KAT MARTIN

Im Sturm der Herzen

Buch

Als Allie Parker am Pier stand und zum Abschied winkte, rechnete sie nicht im Traum damit, dass ihre beste Freundin Chrissy wenige Stunden später bei einer Explosion auf der Jacht zu Tode kommen würde. Sie ist erschüttert, und sie ist überzeugt, dass das kein Unfall war. Um die Wahrheit herauszufinden, schleicht sie sich an Bord eines anderen Schiffs der Reederei der Unglücksjacht. Sie will sich nur umsehen, doch bevor sie wieder aussteigen kann, sticht das Boot in See, und Allie gerät in höchste Gefahr. Schnell erkennt sie, dass die Besatzung aus zwielichtigen Gestalten besteht und dass die Ladung illegal ist. Ein Mann an Bord scheint ihre letzte Rettung: Jake Dawson. Er warnt Allie und macht ihr klar, dass sie nur eine Chance hat, wieder lebend an Land zu kommen. Sie muss sich als seine Geliebte ausgeben, und zwar glaubwürdig. Obwohl Allie dieser Handel erst gar nicht behagt, lässt sie sich darauf ein. Und widerwillig spürt sie, dass ihr Nähe und Zärtlichkeit ihres Beschützers alles andere als unangenehm sind. Was Allie allerdings nicht ahnt: Jake ist gar kein Schurke, sondern ein verdeckter Ermittler …

Autorin

Kat Martin studierte Geschichte und Anthropologie an der University of California. Bisher hat sie mehr als 25 Bestseller geschrieben, die in viele Sprachen übersetzt wurden und weltweit Millionenauflagen erreicht haben. Ihre Lesergemeinde liebt ihre historischen und auch ihre zeitgenössischen Liebesromane gleichermaßen. Die Autorin lebt mit ihrem Mann, ebenfalls Schriftsteller, in Bakersfield/Kalifornien.

Als Blanvalet Taschenbuch lieferbar:

Süßes Geheimnis (35594) – Sündiger Hauch (35663) – Was dein Herz verspricht (35224) – Tanz um Mitternacht (35662) – Wie Samt auf meiner Haut (35063) – Stachel der Erinnerung (35034) – Bei Tag und bei Nacht (35143) – Was die Nacht verheißt (35523) – Ein verführerischer Handel (35764)

Kat Martin

Im Sturm der Herzen

Roman

Aus dem Amerikanischen
von Gabi Langmack

BLANVALET

Die amerikanische Originalausgabe erschien 2002
unter dem Titel »Hot Rain« bei Zebra Books,
Kensington Publishing Corp., New York

Umwelthinweis:
Alle bedruckten Materialien dieses Taschenbuches
sind chlorfrei und umweltschonend.

Blanvalet Taschenbücher erscheinen
im Goldmann Verlag, einem Unternehmen
der Verlagsgruppe Random House GmbH

1. Auflage
Deutsche Erstveröffentlichung Dezember 2003

Umschlaggestaltung: Design Team München
Umschlagillustration: Agentur Schlück/Gadino
Satz: DTP Service Apel, Hannover
Druck: Elsnerdruck, Berlin
Verlagsnummer: 35987
Redaktion: Werner Bauer
LW · Herstellung: Heidrun Nawrot
Made in Germany
ISBN 3-442-35987-6
www.blanvalet-verlag.de

1

»Bist du sicher, Chrissy?« Mary Alice Parker schaute besorgt von ihrer Freundin zu der glänzenden weißen Jacht hinüber, die am Ende des hölzernen Bootsstegs tänzelte. »Du hast Boote doch immer gehasst. Lieber Himmel, du wirst ja schon seekrank, wenn du nur den Steg entlangläufst!«

Chrissy grinste nur. »Ich hasse Boote nicht – und Boote wie das da erst recht nicht.« Sie warf das lange dunkelbraune Haar aus dem Gesicht und nickte in Richtung der 16-m-Bertram-Jacht, auf der sie ihr neuer Freund Donnie Markham heute mit hinausnehmen wollte. »Seekrank zu werden ist das, was ich hasse, aber dagegen habe ich mir heute ein Scopoderm-Pflaster aufgeklebt. Ohne das Ding hätte ich bereits Probleme, sobald wir aus der Bucht heraus sind.«

Mit ihren dunklen Augen und dem vollen Busen war Christine Chambers das exakte Gegenteil Allies mit ihrem gewellten, kurzen blonden Haar, den blauen Augen und der schlanken, fast knabenhaften Statur. Die beiden hatten einander an der San Diego State kennen gelernt, und obwohl Allie das College nach zwei Semestern verlassen hatte, hatte ihre Freundschaft gehalten und war über die Jahre sogar noch enger geworden.

»Schau – da kommt Donnie.« Chrissy winkte und begrüßte den attraktiven, tief gebräunten Mann im blumengemusterten kurzärmeligen Hemd, weißen Hosen und Segelschuhen, der einem langen weißen Cadillac entstieg. Es war nicht sein Wagen, so viel wusste Allie. Genau wie die Jacht gehörte er der Dynasty Corporation – der Import-Export-Gesellschaft, für die Donnie arbeitete –, eine von mehreren exklusiven Limousinen, mit denen die Firma ihre wohlhabende Klientel zum Dinner kutschierte.

Donnie blieb neben ihnen am Steg stehen und nickte Allie beiläufig zu, doch seine Aufmerksamkeit galt Chrissy; seine Augen wanderten über Tank-Top und Shorts und ließen keinen Zweifel daran, womit er den Nachmittag auf der Jacht zu verbringen gedachte. »Können wir, Baby?«

Chrissy nahm ihn am Arm und drückte sich aufreizend an ihn. »Wann immer du willst.« Sie war es gewohnt, dass die Männer sie so ansahen – jede Menge Männer. Chrissy nutzte ihren Körper so wie Allie ihren Kopf, jede von ihnen ständig auf der Suche nach dem Glück. Chrissy hüpfte von Bett zu Bett, Allie von Job zu Job, aber bis jetzt hatte keine der beiden die Antwort gefunden.

»Viel Spaß«, rief Allie dem Paar hinterher. Chrissy drehte sich um, winkte ihr zu und kuschelte sich noch fester an Donnie, während sie auf die Jacht zugingen.

Allie sah die beiden an Bord gehen und in der Kajüte verschwinden, dachte über Donnie Markham nach und fragte sich, weshalb ihre beste Freundin sich immer die Verlierer aussuchte. Markham mochte Geld haben – unendliche Mengen, wie es schien, und er warf damit um sich, als hätte er in der Lotterie gewonnen –, aber er hatte auch einen Schlag. Er war kleiner als der Durchschnitt und hatte, obgleich außerordentlich gut proportioniert, den Komplex des kleinen Mannes, der ihm wie ein Fels auf die Schultern drückte.

Anfangs hatte Chrissy die teuren Geschenke und die Aufmerksamkeiten genossen, mit denen Donnie sie überhäufte, aber in letzter Zeit waren ihr Zweifel gekommen. Allie wusste, es war nur eine Frage der Zeit, bevor Chrissy klar wurde, dass Donnie Markham nur wieder einer in jener langen Reihe von Männern war, die nicht im Mindesten gut für sie waren.

Allie hatte das eiserne Tor am Ende der Hafenanlage erreicht und schob es auf. Sie überquerte den Parkplatz, wo sie ihren brandneuen grünen VW Beetle geparkt hatte, schützte die Augen mit der Hand gegen die grelle Sonne San Diegos, die auf dem hellblauen Wasser blinkte, und warf einen letzten Blick auf die *Dynasty I*. Die Jacht hatte ihren Liegeplatz bereits verlassen und war nach Point Loma unterwegs, kleiner und kleiner werdend, je weiter sie sich entfernte.

Allie hatte sich gerade wieder umgedreht, um zu ihrem Wagen zu gehen, als sie im Augenwinkel ein helles Licht aufleuchten sah und unwillkürlich den Blick erneut auf die Jacht richtete. Eine heftige Explosion erschütterte die Bucht. Wie angewurzelt stand Allie da, die Brust so eng, dass ihr der Atem stockte, während das imposante Boot in eine Million Stücke zersplitterte und in einem leuchtenden Feuerball zerstob.

2

Mit Schildpatt-Sonnenbrille und in der Dienstkleidung des Raucous Raven Bar & Grill, einem kurzen schwarzen Rock mit weißer Bluse, schob sich Allie durch die Tür des San Diego Police Department.

Fast zwei Wochen waren vergangen, seit Donnie und Chrissy ums Leben gekommen waren, und jedes Mal, wenn sie daran dachte, kamen ihr die Tränen. Ohne das ständige Geplapper ihrer besten Freundin war das Apartment einfach nicht mehr dasselbe. Die Zimmer waren nicht mehr so hell ohne die bunten, über das Sofa verstreuten Kleider und die nicht enden wollende Flut von Romanen, die sich auf dem Boden türmten.

Chrissys Sachen waren immer noch da: Freizeithosen, Shorts, Blusen, Modeschmuck, unzählige Schuhschachteln. Ihre Familie lebte in Boston und hatte noch nichts abgeholt. Vor zwei Tagen hatte die Mutter angerufen, um Allie zu fragen, ob sie wohl die Zeit aufbringen und die Sachen schicken könne.

»Ist mir ein Vergnügen, Mrs. Chambers«, hatte Allie gesagt, obwohl es ihr nicht das geringste Vergnügen bereitete, Chrissys Sachen zu packen. Jedes Mal, wenn sie einen von Chrissys Pullovern herauszog, kehrte schmerzlich die Erinnerung zurück. Chrissy und Allie an der San Diego State, wie sie sich für das Schwimm-Team bewarben; wie sie bei einem doppelten Date über diese beiden idiotischen Typen kicherten; wie sie zusammen durch die ausgedorrten Hügel im Landesinneren gewandert waren.

Schlimmer noch – als sie die Geschenke zusammenpackte, die Chrissy von Donnie Markham bekommen hatte, schlichen sich jüngere Erinnerungen ein.

»Ich mache mir Sorgen, Allie«, hatte Chrissy eines Morgens gesagt, bevor Allie zur Arbeit gegangen war. »Donnie benimmt sich in letzter Zeit recht seltsam.«

»Inwiefern?«, hatte Allie gefragt und den Kaffeebecher auf den Küchentisch gestellt.

»Er spricht ständig von seinem Boss. Er sagt, er hat es satt, Befehle entgegenzunehmen, hat es satt, Baranoffs Lakai zu sein. Er sagt, es dauert noch ein paar Wochen, dann ändern sich die Dinge.« Chrissy hatte den Kopf geschüttelt. »Der Blick, den er draufhat, wenn er das sagt – es macht mir Angst, Allie.«

Als Allie den kostspieligen herzförmigen Diamantanhänger einpackte, den Donnie Chrissy eine Woche vor dem Unfall mitgebracht hatte, fiel ihr der Anlass für das Geschenk ein.

»Donnie und ich haben gestern Abend gestritten«, hatte Chrissy gesagt.

»Gestritten? Und worüber habt ihr gestritten?«

»Ich habe etwas über seine Arbeit gefragt, wollte wissen, was er für die Dynasty Corporation tut, dass sie ihm so viel Geld bezahlen.«

»Und was hat er gesagt?«

»Er ist ausgeflippt, Allie – total ausgerastet, meine ich. Er hat gesagt, es geht mich nichts an, womit er sein Geld verdient. Ich schwöre dir, einen Moment lang habe ich gedacht, er schlägt mich.«

»Dass er ein aufbrausendes Temperament hat, hast du mir schon erzählt. Du solltest vorsichtig sein, Chrissy.«

Chrissy hatte sich auf die Lippe gebissen. »Ich sage es nicht gern, aber glaubst du nicht auch, er könnte in irgendetwas Illegales verwickelt sein?«

»Etwas Illegales? Drogen oder so?«

»Ja.«

Der Gedanke war Allie, ehrlich gesagt, mehr als einmal gekommen, genauer gesagt, dieser verstörende Gedanke war der Grund dafür, dass sie jetzt in der Polizeidienststelle vor dem Schreibtisch eines Sergeants stand und nach Lieutenant Hollis fragte, dem Kriminalbeamten, der nach dem tragischen Unglück zu ihr ins Apartment gekommen war, um den Fall zu besprechen.

»Durch die Tür und dann links«, sagte der Sergeant. »Ich gebe ihm Bescheid, dass Sie hier sind.« Ein schwarzer Officer mit mindestens zwanzig Pfund Übergewicht dirigierte sie durch ein paar Pendeltüren in einen anderen Teil des Gebäudes.

»Ich heiße Allie Parker«, sagte sie zu einer der uniformierten Frauen, die hinter einer Reihe von Schreibtischen saßen. »Ich bin hergekommen, um mit Detective Hollis zu sprechen.«

Die Frau zeigte mit dem Ende ihres Kugelschreibers auf den dünnen, rothaarigen Mann, der nur ein paar Schritte entfernt stand. Als sie auf ihn zuging, drehte er sich zu ihr um.

»Entschuldigen Sie die Störung, Detective Hollis. Sie erinnern sich vermutlich nicht an mich, ich bin –«

»Mary Alice Parker. Ihre Mitbewohnerin ist bei dem Bootsunfall letzte Woche ums Leben gekommen. Was kann ich für Sie tun, Miss Parker?«

Allie nahm die Sonnenbrille ab, obwohl sie genau wusste, dass ihre Augen rot und verschwollen waren, nachdem sie heute Morgen noch ein paar von Chrissys Kleidern zusammengepackt hatte. »Ich bin hergekommen, weil ich mit Ihnen noch einmal über den Fall sprechen möchte. Wissen Sie ... ich frage mich ... ob wohl etwas Neues herausgekommen ist.«

Der Detective runzelte die Stirn. »Ich bedaure Ihren Verlust, Miss Parker, aber –«

»Allie«, korrigierte sie ihn.

»Ich bedaure Ihren Verlust, Allie. Nach allem, was Sie uns erzählt haben, muss Miss Chambers ein sehr netter Mensch gewesen sein. Aber ein Kriminalfall liegt nach bisherigen Erkenntnissen nicht vor. Unfälle passieren eben. Pro Jahr fliegen in diesem Staat über siebzig benzinbetriebene Motorboote in die Luft. Die verfluchten Dinger sind eine echte Gefahr.«

»Und wenn es kein Unfall war? Was, wenn Donnie Markham in irgendetwas Illegales verwickelt war?«

»Drogen, meinen Sie?«

»Ich ... ich weiß nicht. Ich meine nur ... Chrissy hat sich Sorgen gemacht, dass er in irgendetwas verwickelt sein könnte und jetzt ... jetzt sind sie beide tot.«

Hollis atmete hörbar aus. »Es tut mir Leid, Miss Parker, es gibt nicht den leisesten Hinweis, dass Markham oder die Firma, für die er tätig gewesen ist, mit Drogen zu tun hatte oder hat. Falls Sie nicht irgendeinen Beweis beibringen, müssen Sie, so fürchte ich, akzeptieren, dass der Tod ihrer Freundin ein Unfall war.«

Allie schob die Sonnenbrille wieder vor die Augen. »Jedenfalls danke, dass Sie sich Zeit genommen haben.«

»Lassen Sie es mich wissen, falls Sie irgendetwas brauchen.«

Das Einzige, was sie brauchte, war, dass diese nagenden Zweifel, die sie noch verrückt zu machen drohten, ein Ende nahmen. Zu dumm. Es gab keinen wirklichen Grund, weshalb die Explosion irgendetwas anderes als ein sehr unglücklicher Unfall gewesen sein sollte. Chrissy hatte immer Pech mit Männern gehabt. Markham war vermutlich nur der Höhepunkt einer langen Reihe. Dennoch setzten Chrissys Worte ihr weiter zu.

»Glaubst du nicht auch, er könnte in irgendetwas Illegales verwickelt sein? Es macht mir Angst, Allie.«

Während des ganzen Rückwegs zu ihrem grünen Beetle ratterten ihr diese Worte immer wieder durch den Kopf. Was, wenn es stimmte? Was, wenn Donnie Feinde gehabt hatte, Männer die mächtig genug waren, ihn umbringen zu lassen? Was, wenn Chrissy, eine arglose Unbeteiligte, ihnen rein zufällig in den Weg geraten war?

In diesem Fall war die Explosion auf dem Boot tatsächlich ein Mord gewesen.

Obwohl der Tag San-Diego-warm war, zitterte Allie hinter dem Lenkrad. Nachdem sie ihr Apartment in der Juniper Street erreicht hatte, marschierte sie geradewegs an den Computer im Schlafzimmer. Abends, nach der Tagesschicht im Raucous Raven, nahmen sie und eine Arbeitskollegin via Internet an einem Computerkurs teil. Allie lernte Website-Design. Bislang hatte sie Spaß an der Herausforderung, und die Jobs auf dem Gebiet wurden richtig gut bezahlt.

Schon bevor sie sich am College eingeschrieben hatte, hatte Allie herauszufinden versucht, was sie mit ihrem Leben eigentlich anfangen wollte. Seit jenem Tag, als sie – mitten im ersten Jahr und immer noch unsicher, welche Richtung sie einschlagen sollte – das Studium abgebrochen hatte, hatte sie alles Mögliche ausprobiert, von Zahnarzthelferin bis Kreuzfahrtschiff-Passagierbeauftragte, immer auf der Suche nach einer Arbeit, die sie interessierte und ausfüllte.

Vielleicht waren es die Computerwissenschaften.

Allie setzte sich an die Tastatur, rief eine Suchmaschine auf und tippte DYNASTY CORPORATION ein. Die Website erschien. Allie ging sie durch und fing dann an, nach anderen Stichworten zu suchen. Eine Stunde später wusste sie weit mehr über die Firma als zuvor. Der Eigentümer Felix Baranoff war Geschäftsführer und Vorsitzender des Aufsichtsrats. Markhams Name erschien allerdings nicht auf der Liste des Führungspersonals. Allie fragte sich, genau wie Chrissy, woran Donnie wohl für Dynasty gearbeitet haben mochte, dass sie ihm so viel Geld gezahlt hatten.

Sie gab seinen Namen in einige andere Suchmaschinen ein, doch nirgendwo im Netz tauchte er auf, ganz im Gegensatz zu Baranoff. Über ihn fand sie einige Zeitungsartikel, die sie sogleich ausdruckte. Felix Baranoff, so stellte sich heraus, war ein russischer Immigrant. Während des Kalten Krieges hatte er sich in Südafrika von Bord gemacht und sich auf verschiedenen Schiffen als Matrose nach Südamerika durchgeschlagen, bis er schließlich die USA erreicht hatte.

Laut *Business Magazine* hatte er sein Vermögen mit »Durchhaltevermögen und harter Arbeit« verdient und war so zu einem der erfolgreichsten Import-Export-Unternehmer des Landes aufgestiegen. Seine Kunstsammlung war legendär, und von seinem Dreizehnhundert-Quadratmeter-Haus auf den Klippen überblickte er den Strand von San Diego.

Und es hörte sich nicht im Geringsten so an, als sei der Mann in irgendwelche kriminellen Machenschaften verstrickt.

Allie suchte eine halbe Stunde lang weiter, förderte aber nichts Bedeutsames zu Tage, nur den Namen der Versicherung, derer sich die Dynasty Corporation bediente. Die Albright Insurance listete Dynasty in einer Werbeanzeige stolz als Klienten auf und hatte eine örtliche Niederlassung.

Was sollte ein kurzer Besuch schon schaden? Chrissy war schließlich ihre beste Freundin gewesen. Und sie schuldete es dieser Freundschaft, mit absoluter Sicherheit zu wissen, dass Chrissys Tod der Unfall gewesen war, nach dem er aussah.

Und falls nicht – nun, dann sollte die Polizei etwas unternehmen.

Montag um zwei, als die Mittagsschicht vorbei war, ging Allie hinter die Theke, um ihre Tasche zu holen. Das Raucous Raven im Vergnügungsviertel von San Diego war ein angesagter Laden. Im Stil der 1860-er dekoriert, mit langer Eichentheke und geschliffenen Glasfenstern, servierte das Lokal fabelhaftes Essen und knauserte auch bei den Drinks nicht. Und die Leute, die im Raucous Raven arbeiteten, waren durch die Bank weg nett.

»Hey, Allie – was beeilst du dich denn so?« Barbara Wallace, die Barfrau der Tagesschicht – dreißig und somit zwei Jahre älter als Allie – war jene Freundin, mit der zusammen Allie den Computerkurs belegt hatte. Sie war zierlich und schwarzhaarig; eine attraktive, geschiedene Frau mit zwei süßen kleinen Jungs, Ricky und Pete.

»Ich gehe zur Albright Insurance. Das sind die, die das Boot versichert haben, auf dem Chrissy war. Ich will ihnen ein paar Fragen stellen.« Barb hatte Chrissy Chambers natürlich gekannt und wusste auch, wie schwer der plötzliche Tod ihrer Freundin Allie traf.

»Du glaubst immer noch nicht, dass es ein Unfall war?«

»Eigentlich habe ich weder für das eine noch das andere irgendwelche Anhaltspunkte. Ich schnüffle einfach ein bisschen herum. Ich will sichergehen, dass auch wirklich alles so ist, wie es aussieht.«

»Meinst du nicht, die Polizei hat das alles schon getan?«

»Ich weiß nicht. Irgendwie zweifle ich daran. Felix Baranoff zahlt hier in der Stadt jede Menge Parteispenden. Anders gesagt, er hat einflussreiche Freunde. Ich glaube nicht, dass die Polizei sich ihn zum Feind machen möchte und der Bürgermeister auch nicht, da bin ich mir sicher.«

»Ist dir je in den Sinn gekommen, dass du vielleicht selber in

Schwierigkeiten gerätst, wenn da irgendetwas Zwielichtiges am Laufen ist und du ständig Fragen stellst?«

Allie zuckte die Schultern. »Um die Wahrheit zu sagen, daran habe ich noch gar nicht gedacht. Aber ich glaube kaum, dass die Fragen, die ich stellen will, irgendwen verärgern könnten.«

»Ich hoffe, du hast Recht.« Barb wischte einen Spritzer von der Theke. » Chrissy würde nämlich, glaube ich, nicht wollen, dass dir ihretwegen etwas zustößt.«

Wie wahr. Chrissy war die Sorte Mensch gewesen, die jeden mochte, den sie traf, und sie hätte nie gewollt, dass ihretwegen jemand Schaden nahm. Aber Allie war wohl kaum in Gefahr. Sie wollte diesen Versicherungsagenten nur ein paar Fragen stellen. Wenn sich nichts Ungewöhnliches ergab, war sie zufrieden und würde die Sache auf sich beruhen lassen.

»Hast du ›System- und Netzwerk-Support‹ eigentlich bestanden?«, fragte Allie.

»Habe ich tatsächlich. Jetzt fange ich mit ›Windows für Fortgeschrittene‹ an.« Sie hatten sich beide in Kurse eingeschrieben, die über eine Firma namens Total Training Solutions angeboten wurden; Barb in der Hoffnung auf einen neuen Job mit besserem Gehalt, um den Jungs mehr bieten zu können, und Allie wie immer auf der Suche nach einem Beruf, der sie wirklich interessierte.

»Mit ›Website Administration‹ bin ich fast durch«, sagte sie. »Bis jetzt macht es mir echt Spaß.« Allie nahm ihre Tasche, ein riesiges Ding aus khakifarbenem Segeltuch, das einem Rucksack ähnelte und alles enthielt, vom Make-up bis zum Miniatur-Schraubenzieher. Allie glaubte an gute Ausrüstung. Sie umrundete die Theke in Richtung Tür und Albright Insurance.

»Hey, warte eine Minute«, rief Barb ihr hinterher, als sie die schwere Tür aufzog. »Wie kommst du eigentlich darauf, dass die Versicherungsgesellschaft dir irgendwelche Fragen beantwortet?«

Allie runzelte die Stirn. »Gute Frage.« Sie besah sich den kurzen schwarzen Rock und die gestärkte weiße Bluse. »Vielleicht mache ich lieber einen Abstecher in die Wohnung und ziehe mir was anderes an.«

»Und was, bitte?«

»Einen netten konservativen Hosenanzug. Irgendwas, das eine Sekretärin bei Dynasty anhaben könnte.«

Barb schaute sie missbilligend an. »Ich dachte, du hättest nicht vor, irgendjemanden zu verärgern. Ich bezweifle, dass Felix Baranoff oder sonst irgendwer es gut heißt, wenn du dich als eine seiner Angestellten verkleidest.«

Allie grinste. »Dann sorge ich lieber dafür, dass sie es nicht herausfinden.« Sie fegte zur Tür hinaus.

Fünfundvierzig Minuten später parkte sie vor dem Bürohaus, einem dreigeschossigen Glasbau an der Seventh Street, am Randstein ein. Im ersten Stock arbeitete ein halbes Dutzend Versicherungsagenten an ihren Schreibtischen, jeder einen Computer vor sich.

In den Sachen, die sie als Aushilfe bei Kelly Girl getragen hatte, einem pflaumenblauen Hosenanzug, hohen Schuhen und einem pflaumenblau und gelb gemusterten Schal um den Hals, marschierte Allie auf die Empfangsdame zu.

»Können Sie mir bitte sagen, wer für die Dynasty Corporation zuständig ist?«

Die grauhaarige Dame musterte sie über halbe Brillengläser hinweg. »Jeder unserer Agenten kann Ihnen weiterhelfen. Wir sind mittlerweile alle computerisiert.«

»Danke.« Allie suchte den Raum nach einem geeigneten Opfer ab und entschied sich für einen jungen Mann in einem konservativen grauen Anzug mit rot gestreifter Krawatte, der vier, fünf Jahre jünger aussah als sie.

Sie blieb neben seinem Schreibtisch stehen und schenkte ihm ein sonniges Lächeln.

Der junge Versicherungsagent lächelte zurück. »Hi.« Er sprang auf und streckte die Hand aus. »Mein Name ist Bill Burns. Was kann ich für Sie tun?«

Allie schüttelte ihm die Hand. »Dorie Rankin. Ich arbeite für die Dynasty Corporation. Mr. Baranoffs Sekretärin hat mich gebeten, vorbeizuschauen und eine Kopie der Versicherungsakte für die *Dynasty I* mitzunehmen, das ist das Boot, das letzte Woche am Hafen explodiert ist. Unsere Kopie ist nach dem Unfall augenscheinlich irgendwie verlegt worden. Meinen Sie, Sie könnten das für mich erledigen?« Sie lächelte wieder. Zwar hatte sie nicht Chrissys kurvige, männermordende Figur, aber ihr Lächeln war immer umwerfend gewesen.

»Sicher. Kein Problem.«

Kein Problem? Unmöglich. So einfach konnte es nicht sein. Andererseits: Wer, außer dem Versicherten selbst, sollte schon eine Kopie der Akte haben wollen?

Der junge Mann – Bill, so weit sie sich erinnerte – tippte in seinen Computer. Ein paar Minuten später fing der Drucker zu summen an und spuckte ein halbes Dutzend Seiten aus.

Er händigte ihr die Papiere aus, zusammen mit einem neuen weißen Kuvert in passender Größe. Ein wirklich effizient arbeitender junger Mann.

Allie warf einen Blick auf die Seiten.

»Kann ich Ihnen sonst noch behilflich sein?«, fragte Bill fast hoffnungsvoll.

Allie las sich die Daten durch und biss sich besorgt auf die Unterlippe. »Ich hoffe, Marge kann sich auf all das einen Reim machen. Sie soll Mr. Baranoff informieren, wissen Sie. Er erwartet, dass sie detailliert Bescheid weiß.«

»Gut«, sagte Bill und griff nach den Papieren. »Lassen Sie uns nachsehen, worum es geht.« Er überflog die erste Seite mit den Abkürzungen, die für Allie böhmische Dörfer waren.

»Dynasty Corp hat offensichtlich drei Schiffe bei uns versichert, von denen die *Dynasty I* das älteste und kleinste war.« Er schaute auf. »Nichtsdestotrotz ein fabelhaftes Boot, verstehen Sie mich nicht falsch. Gott, ich hätte liebend gern selber ein solches Baby.«

Allie lächelte unverwandt weiter. »Und was weiter?«

»Mr. Baranoff hat Glück. Vor drei Wochen hat er die Versicherungssumme erhöht. Wir hatten damals gerade eine Schätzung vorgenommen, um sicherzugehen, dass der Gegenwert vorhanden ist, aber so wie die Jachtpreise gestiegen sind, bestand da kein Problem. Die Jacht war professionell gewartet, und sie wurde für seetüchtig und technisch einwandfrei befunden, also wurde die Deckungssumme erhöht.«

Allie runzelte die Stirn. »Wenn das Boot in Ordnung war, warum ist es dann explodiert?«

Bill ging die Seiten durch. »Offensichtlich war ein Leck in der Treibstoffleitung. In die Bilge unterhalb des Maschinenraums ist Diesel gelaufen. Schlimme Sache, aber so was passiert eben manchmal.«

»Gibt es sonst noch irgendetwas, worüber Marge ihn informieren sollte?«

»Nun, über einen Prozess braucht er sich eigentlich keine Sorgen zu machen. Auch wenn die Familien der Opfer ihn verklagen – die Firma hat einen gigantischen Haftpflichtschutz. Wir einigen uns irgendwie, und das war's dann.«

Ein Prozess. Es war ihr nie in den Sinn gekommen, dass Chrissys Familie den Eigentümer des Boots, auf dem ihre Tochter ums Leben gekommen war, verklagen könnte. Die Chambers waren nicht gerade wohlhabend. Chrissys Schwester ging aufs College, und die Studiengebühren waren hoch. Mr. und Mrs. Chambers konnten das Geld vermutlich brauchen. Allie würde ihnen eine kurze Nachricht hinterlassen, sobald sie zurück im Apartment war.

»Das wäre dann alles«, sagte Bill. »Geben Sie mir Bescheid, wenn Sie noch irgendetwas wissen wollen.«

»Mache ich, Bill. Sie waren mir eine große Hilfe. Vielen herzlichen Dank.«

Allie hielt die Akte fest umklammert, während sie hinter das Steuer des VWs rutschte. Dynasty hatte die Versicherungssumme für die Jacht also, kurz bevor sie explodiert war, erhöht. Ein wirklich passender Schachzug. Wirklich passend.

Trotzdem konnte es sich, wie Bill, der Hilfreiche gesagt hatte, schlicht um einen Glücksfall handeln.

Wie schade, dass Chrissy kein solches Glück gehabt hatte.

3

Allie sagte sich, hör auf damit. Sie war jeder Spur gefolgt, die ihr in den Sinn gekommen war, und abgesehen von der Erkenntnis, dass die Dynasty Corporation die Versicherungssumme für die Jacht erhöht hatte, stand sie mit leeren Händen da. Es war an der Zeit, sich mit dem Tod der Freundin abzufinden und die Angelegenheit auf sich beruhen zu lassen.

Und das würde sie auch, schwor sie sich. Nur noch einmal kurz zu dem Jachthafen, wo die *Dynasty I* gelegen hatte, dann würde sie die bis dato fruchtlose Suche aufgeben. Zudem war heute Montag, ihr freier Tag. Wo hätte sie den besser verbringen können als unten am Hafen?

Doch in dem Moment, als sie den Parkplatz erreichte, überfielen sie die schrecklichen, herzzerreißenden Erinnerungen: orange und rote Flammen, die zum Himmel hinaufzüngeln; der rußige, schwarze Rauch über dem Wasser; das markerschütternde Heulen der Sirenen durch die warme Morgenluft.

Allie nahm sich zusammen, schottete sich ab gegen die schmerzlichen Erinnerungen.

Wie an jenem schicksalhaften Morgen, so war auch der heutige Märztag fabelhaft. Keine einzige Wolke verunzierte das blaue Himmelszelt. Vor ihr glitzerte wie ein makelloser Edelstein die Mission Bay, von weit entfernten Segelbooten gesprenkelt, teuren Powerbooten und dem einen oder anderen Windsurfer.

In einem hellorangefarbenen Tank-Top, khakifarbenen Shorts und den neuen weißen Reeboks, die Segeltuchtasche über der Schulter, machte sich Allie auf den Weg zu dem Bootssteg, wo die *Dynasty I* gelegen hatte.

Das eiserne Tor war verschlossen, das wusste sie. Donnie hatte Chrissy die Zahlenkombination gegeben, doch an jenem unglückseligen Tag, als Allie die Freundin zum Hafen gefahren hatte, hatte sie nicht auf den Zahlencode geachtet.

Sie zog die hellblaue Windjacke an und beschäftigte sich mit dem Reißverschluss, während sich ein Mann mit drei ungebärdigen Kindern dem Tor näherte. Er gab die korrekten Ziffern ein, das Tor schwang auf, und er folgte seinen Kindern den Steg hinunter. Allie erwischte das Tor, bevor es wieder zufiel.

Sie marschierte den Steg entlang, bis sie das hölzerne Schwimmdock erreicht hatte, wo sie sich in der Hoffnung umsah, jemanden zu finden, der am fraglichen Tag etwas gesehen hatte, jemanden, der vielleicht etwas über die *Dynasty I* wusste oder die Explosion, die das Boot und ihre Freundin in Stücke gerissen hatte.

Sie begutachtete die Jachten auf beiden Seiten und lief schließlich auf das beeindruckende Schiff am Ende des Docks zu, wobei sie auch die *Dynasty II* entdeckte, an die sie sich noch erinnern konnte. Die atemberaubende *Imperial Dynasty*, die das ganze untere Ende des Schwimmdocks einnahm, war an jenem Tag allerdings nicht da gewesen. Lang gestreckt und schlank, maß sie mindestens fünfundzwanzig Meter und roch förmlich nach Geld und Jetset. An Bord waren ein paar Männer an der Arbeit, schrubbten die Decks und brachten alles in Ordnung.

Sie schlenderte näher heran, winkte und rief: »Schönes Boot.«

Ein älterer Mann mit einer Haut, die so tief gebräunt war, dass sie fast schwarz schien, grinste und winkte zurück. »Das ist sie, Miss.«

»Der Eigner muss sehr stolz auf sie sein.« Sie lachte in sich hinein. Das hier hörte sich eher an, als redeten sie über eine Rassekatze, nicht über eine Jacht.

»Mr. Baranoff, der Eigner, hat sie gerade erst gekauft ... so vor drei, vier Wochen. Davor war er die meiste Zeit auf dem Boot da drüben.«

Er deutete auf die *Dynasty II*, eine beeindruckende Jacht, wenn auch nicht ganz die Liga der *Imperial Dynasty*.

»Ich habe gehört, er hat letzte Woche eins seiner Schiffe bei einem Unfall verloren.«

Der alte Mann zog den breitkrempigen Strohhut und kratzte sich am Kopf. »Schlimme Sache, das. Sind zwei Leute dabei umgekommen, wissen Sie.«

»Ja ... ich hab es in der Zeitung gelesen. Haben Sie die beiden gekannt?«

»Eigentlich nicht. Ich hab auf diesem Schiff hier gearbeitet und sie fertig gemacht, damit wir sie von San Pedro runterbringen können. Wir sind erst vor ein paar Tagen angekommen.«

Vor ein paar Tagen. Wie praktisch. Baranoff hatte den Ersatz für die *Dynasty I* schon gehabt, noch bevor die Jacht in die Luft geflogen war. Allie winkte zum Abschied, und der alte Mann wandte sich wieder der Arbeit zu. Sie schaute zur *Dynasty II* hinüber, die nicht weit entfernt am Ende eines Taus tänzelte. Es schien niemand an Bord zu sein.

Allie ging auf die Jacht zu. Baranoff hatte die *Dynasty II* bis vor ein paar Tagen noch genutzt, hatte der alte Mann gesagt. Einen flüchtigen Moment lang fragte Ally sich, ob an Bord wohl irgendetwas zu finden sein mochte. Nichts von Bedeutung, da war sie sicher. Schien wohl an der Zeit zu sein, der Realität ins Auge zu sehen. Auch wenn Donnie der eigentliche Grund für

Chrissys Tod gewesen war – es gab keinen Beweis. Und es würde auch nie einen geben.

Sie wollte an der *Dynasty II* vorbeilaufen, doch ihre Beine gehorchten ihr nicht und gerieten ins Stocken. Der alte Mann war schwer bei der Arbeit und rief einem der Jüngeren einen Befehl zu, worauf er unter Deck irgendeinen Botengang erledigte. Der Mann mit den drei Kindern war an Bord einer Jacht namens *Maryann* gegangen und fuhr bereits in die Bucht ein.

Niemand sonst hier. Es war ganz leicht, einfach über die Bordwand der Jacht zu steigen und dahinter in Deckung zu gehen. Höchstens eine Minute würde sie brauchen, um sich in der Kapitänskajüte umzusehen. Sie hatte keine Ahnung, wonach sie suchte, aber vielleicht war das ganz gut so, bedeutete es doch schlicht und einfach, dass sie unvoreingenommen war.

Allie bemerkte gar nicht, dass sie sich in Bewegung gesetzt hatte, bis ihre Füße das Deck berührten und sie sich durch die Tür in einen großen Salon gedrückt hatte. Er war großartig, ganz in Marineblau und Malve gehalten. Hinter der verspiegelten Bar entdeckte sie eine moderne Kombüse mit einer doppelten Edelstahlspüle und einem Mikrowellenherd.

Am anderen Ende des Raums stand eine Tür offen. Sie lief darauf zu und kletterte eine Treppe hinab, die zu zwei Kabinen führte, jede mit eigenem Badezimmer. Anstatt hineinzugehen kehrte sie in den großen Salon zurück und durchquerte ihn nach achtern, wo sich hinter einer Tür eine Wendeltreppe zum Quartier des Kapitäns befand.

Die Kajüte war genauso schön wie der Rest der Jacht, in Malve und Blassgrün. Unter einer Reihe von Bullaugen erstreckte sich ein Doppelbett. Tagesdecke und Vorhänge passten wunderbar zusammen; das Badezimmer war verspiegelt, die Beleuchtung auf dem neuesten Stand der Technik und die Dusche verglast.

Baranoff wusste zu leben.

An der Wand stand ein eingebauter Teakholzschreibtisch. Sie eilte hinüber, zog die oberste Schublade auf und fand einen Kompass, einen Sextanten aus Messing, jede Menge Stifte sowie einen kleinen Palm-Computer. Die zweite Schublade von oben war voller Unterlagen. Sie hatte gerade damit angefangen, die Papiere zu überfliegen, da ließen ihr von oben kommende Stimmen das Blut in den Adern gefrieren.

O mein Gott!

Sacht schob sie die Schubladen zu und schlich über den dicken Veloursboden zur Treppe. Die obere Tür hatte sie hinter sich zugemacht, Gott sei Dank. Lautlos und mit hämmerndem Herzen kletterte sie die Stufen hinauf, um zu lauschen, was da vor sich ging. Es hörte sich nach drei Männern an, allesamt Latinos.

»Bist du sicher, dass das Zeug gut ist, Mann?«

»Das Beste. Reinste peruanische Ware. Was Besseres kriegst du nicht.«

Sie umklammerte das Treppengeländer. *O mein Gott!* Baranoff *hatte* mit Drogen zu tun!

»Wie viel?«, fragte der Erste.

»Tausend pro Klumpen.«

»Okay – gib mir zwei. Zwei Unzen sollten fürs Erste reichen.«

Einer von ihnen kicherte. »Genau, Mann. Lass mich das Geld sehen.«

Allie schluckte schwer. Sie war an Bord gekommen, um irgendeinen Beweis zu finden – und genau wie Barb es vorhergesagt hatte, war sie jetzt in riesigen Schwierigkeiten.

Auf der Suche nach einer Fluchtmöglichkeit schaute sie sich in der Kajüte um, als eine andere, tiefere und härtere Stimme sie ihre Aufmerksamkeit erneut auf die Tür lenken ließ.

»Was zur Hölle ist hier los?«

Die Männer stoben auseinander. »Nichts, Mann, nur eine kleine geschäftliche Angelegenheit, das ist alles.«

»Du blöder Hundesohn!« Ein Körper krachte schwer gegen die Tür. Allie unterdrückte einen Schrei und betete, dass die Tür hielt. »Weg mit dir!«, sagte der Neuankömmling zu dem Kerl, der die Drogen hatte kaufen wollen.

Er zögerte nicht. Allie hörte seine Schritte zur Tür poltern, über das Deck rennen und die Jacht verlassen. Auf der anderen Seite der Tür schimpfte der Mann mit der tiefen Stimme immer noch mit den beiden anderen.

»Habt ihr den Verstand verloren?«

»Ich hab es dir doch gesagt, Mann, wir wollten uns nur ein paar Dollar verdienen.«

»Schaff das Zeug hier weg, Lopez«, befahl er. »Es ist mir egal, wie du das anstellst, aber werd es los.«

»Warte doch mal eine Minute, Dawson«, sagte der erste der Männer, woraufhin sein Körper zum zweiten Mal hart gegen die Tür krachte.

»Willst du jetzt darüber streiten, Bobby? Du hast Glück, dass ich dir den Quatsch nicht aus dem Hirn prügle.« Er ließ los, und der Mann glitt an der Tür herunter. »Benutz doch mal deinen Kopf. Valisimo bringt dich um, wenn du die ganze Operation verpfuschst, nur weil du dir ein paar tausend Dollar in die Taschen schieben willst.«

Roberto sagte nichts, dann hörte Allie ihn seufzen. »Okay, vielleicht hast du Recht.«

»Und ob ich Recht habe. Warum gehst du nicht ein bisschen spazieren, kühlst dich ab und schaust nach, ob du auch ganz bestimmt alles hast, was du brauchst.«

Roberto verließ den Salon, aber der Mann mit der markanten Stimme blieb da.

Lieber Gott, bitte lass ihn nicht hier runterkommen, betete Allie.

Es gab keinen Weg, die Jacht zu verlassen, bis die Männer nicht von Bord waren. In der Zwischenzeit würde sie einfach abwarten müssen. Auf der Suche nach einem Versteck sah sie sich in der Kabine um. Sie entschied sich für das Badezimmer, wo sie ihre Chancen für gut hielt, da mindestens drei Bäder an Bord waren. Leise ging sie hinein und machte die Tür hinter sich zu.

Die werden nicht lange bleiben, sagte sie sich. Warum auch? Sie hörten sich nicht wie die Sorte Typen an, die auf eine Vergnügungsreise aus waren. Sobald sie weg waren, würde sie flüchten – und direkt ins San Diego Police Department laufen zum guten alten Lieutenant Hollis.

Stattdessen verspürte sie ein paar Minuten später unter ihren Füßen ein Vibrieren. Allies Magen krampfte sich zusammen, als die mächtigen Maschinen der *Dynasty II* röhrend zum Leben erwachten und das Boot in die Bucht hinausfuhr.

Auf der Kommandobrücke, geradewegs über dem großen Salon, stand Jacob Michael Dawson am Ruder und lenkte die Jacht sacht ins offene Wasser. Alles war in Ordnung und bereit für die achttägige Reise, die ihr Ende ein Stück südlich von Mazatlan nehmen würde, genau genommen in Belize.

Jake dachte an den Mann, der sie dort erwartete. Wenn der Rest von Valisimos Männern so dumm war wie die beiden, die in L.A. auf seiner Gehaltsliste standen, dann konnte der General seine so genannte Volksrevolution gleich vergessen. Jesus, wenn die Bullen Wind davon bekommen hatten, dass diese Idioten mit Drogen handelten …

Er wollte nicht einmal daran denken.

Jake schob sich die Sonnenbrille vom Scheitel auf die Nase. Er hatte mehr als ein Jahr lang an der Sache gearbeitet. Und er würde sie sich nicht von einem Hohlkopf wie Bobby Santos verderben lassen.

Sorgsam darauf bedacht, die Fünf-Meilen-Geschwindigkeitsbegrenzung im Hafen nicht zu überschreiten, betrachtete er den vorbeiziehenden Küstenstreifen mit seinen langen, weißen Sandstränden und den sagenhaften Strandhäusern. Auch wenn er in L.A. in einem Apartment lebte, den Ozean hatte er immer geliebt. Und die Schiffe. Er liebte das Vibrieren des Gashebels in seinen Händen, liebte das endlose Wasser, das sich vor ihm erstreckte. Und ein Boot wie das hier ... Das war Leben – aber richtig.

In weniger als zwanzig Minuten hatten sie die Bucht hinter sich gelassen und die offene See erreicht. Die überdimensionierten Dieseltanks waren bis zum Anschlag voll. Jake drückte die Gashebel nach vorn, bis das Boot mit ungefähr zwölf Knoten lief, der richtigen Geschwindigkeit, wenn man Treibstoff sparen und trotzdem pünktlich zu dem vereinbarten Treffen erscheinen wollte.

Drei Stunden vergingen. Roberto löste ihn am Steuer ab. Roberto »Bobby« Santos war etwa fünfundzwanzig, ein kleiner drahtiger Mann mit kurz geschnittenem, nach hinten gegeltem Haar und einer Narbe, die seine linke Augenbraue teilte. Während er sich hinter das Steuer setzte, ging Jake in die Kombüse hinunter, um sich ein Sandwich zu machen.

Die Zeit ging so dahin. Irgendwann übernahm Luis seine Schicht am Ruder. Er war ein Stückchen größer als Bobby, sein glattes dunkles Haar war lang und zu einem Zopf gebunden und an den Seiten bis weit über die Ohren wegrasiert. Er war nicht der gleiche Dummkopf wie Bobby, aber irgendwie schien Jake das noch besorgniserregender.

Drei weitere Stunden vergingen. Die Nacht über würden sie Zweistundenschichten einhalten, damit niemand am Ruder einschlief, aber im Augenblick war die Sonne noch da, und Jake wieder an der Reihe. Er war gerade zur Brücke unterwegs, als er von achtern, wo die Treppe zur Kapitänskajüte hinunterführte, Robertos Stimme vernahm. Was zur Hölle hatte der da unten zu suchen?

Er machte sich gerade nach achtern auf, als er eine zweite Stimme hörte, eine höhere, eindeutig weibliche.

Verflucht!

»Lass mich los, du Idiot! Du tust mir weh!«

Bobby zerrte eine um sich schlagende, kreischende Frau die Stufen herauf und schleuderte sie mitten in den Salon.

»Schau, was ich gefunden habe!« Ein hintergründiges Lächeln huschte über sein Gesicht. »Ich habe ein Geräusch gehört. Hörte sich an, als käm's aus deiner Kabine.« Wieder ein Lachen, aber diesmal mit einem lüsternen Blick auf die kleinen Brüste der Frau. Sie war vielleicht sieben- oder achtundzwanzig, mit großen blauen Augen und einer Kappe aus kurzen blonden Haaren, die sich ihr ums Gesicht lockten. Sie war hübsch. Und sie war in Panik.

Genau wie Jake im Moment.

»Wirklich nett von deinem Boss, uns ein kleines Unterhaltungsprogramm mitzugeben«, sagte Bobby. Er hielt sie um die Taille gefasst, den Rücken an seine Brust gepresst, und fuhr mit der Hand über ihre Brust. Die Frau rammte ihm einen Ellbogen in die Rippen, und er ächzte. Das Lachen erstarb. »Mach das noch einmal, du Hure, und es wird dir sehr Leid tun.« Die Blondine erbleichte, und Bobbys lüsternes Grinsen kehrte zurück. »Du weißt doch, was ich mit dir vorhabe, *chica*?« Seine Finger schlossen sich um ihre Brüste, aber diesmal rührte sie sich nicht, sondern schaute nur mit diesen großen runden babyblauen Augen in Jakes Richtung.

Er wappnete sich gegen das lautlose Flehen und hasste sich für das, was er gleich tun würde, doch er wusste, ihm blieb keine andere Wahl. Nicht, wenn sie am Leben bleiben sollte.

»Wer, zur Hölle, bist du? Und was machst du auf diesem Boot?«

Sie schluckte. Ihm fiel ihr schön geschwungener Hals auf; auch hatte sie eine schmale Taille und Beine, die kein Ende nahmen.

»Ich ... ich wollte ... ich wollte immer schon mal auf eine Jacht, wissen Sie. Ich dachte, Sie würden nur ein paar Stunden lang herumfahren. Ich dachte, es wäre ein Spaß, das ist alles. Ich ... ich habe nicht daran gedacht, ob Sie überhaupt wissen, dass ich hier bin.«

Verflucht. Jake wusste zwar nicht, was zur Hölle sie hier an Bord machte, aber für eine Vergnügungsfahrt war sie nicht hergekommen. »Wer weiß sonst noch, dass du an Bord bist?«

Sie zwinkerte einmal zu oft, und Jake wusste, dass, was immer sie antwortete, eine Lüge war. »Ich habe es ein paar von meinen Freunden gesagt. Sie werden sich Sorgen machen, wenn ich nicht zur Arbeit komme. Sie werden die Polizei rufen. Sie ...«

»Lass mich das noch mal klar zusammenfassen. Du hast deinen Freunden in der Arbeit gesagt, dass du dich an Bord der *Dynasty II* schleichen wolltest, um eine Vergnügungsfahrt zu unternehmen, obwohl du gar nicht wusstest, ob das Boot den Liegeplatz verlassen würde. Ich glaube das nicht. Ich glaube nicht, dass irgendjemand die leiseste Ahnung hat, wo du bist.«

»Ich ... ich habe die Jacht erwähnt ... die *Dynasty II*.«

»Yeah, aber du hast dir das falsche Boot ausgesucht, Lady.«

»Ich finde, sie hat das richtige Boot erwischt«, sagte Bobby. Sie war annähernd so groß wie er, ungefähr einen Meter achtzig. Er presste demonstrativ seine Lenden an ihren Hintern.

Genau in jenem Moment kam Luis in den Salon. »Jake, jetzt bist du dran mit Steu ...« Als er das Mädchen sah, brach er ab. »Verdammt, hey! Wo habt ihr denn dieses Stückchen Himmel aufgetrieben?«

Jake sah die Gier in Roberto Santos' Gesicht, sah Luis Lopez' Ständer und wusste, seine Optionen waren schlagartig auf Null geschrumpft.

Er streckte den Arm aus, griff sich das Mädchen, riss sie Roberto weg und hart an die eigene Brust. »Du hast Recht, Roberto. Es ist das richtige Boot. Du hast sie in meiner Kajüte gefunden und da bleibt sie auch, bis ich von ihr genug habe. Erst dann könnt ihr zwei sie haben.«

»Ach, Mann«, quengelte Bobby. »Ich hab sie gefunden. Die Pussy gehört mir.«

Valisimos Männer waren harte Burschen, aber Jake war härter, und das wussten die beiden. Seine acht Jahre bei einer Spezialeinheit der Army waren der Grund, weshalb Baranoff ihn engagiert hatte, der Grund, weshalb er diese Operation leitete.

»Das Mädchen gehört mir, sage ich. Und du gehst zurück ans Ruder, Luis. Ich löse dich ab, sobald ich die Lady ausprobiert habe.« Er spürte, wie sie hochfuhr, packte heftiger zu und quetschte ihren Busen an seine Brust. Entsetzte große blaue Augen starrten ihm ins Gesicht. »Hast du gehört, Blondkopf? Du tust, was ich sage, dann kommst du vielleicht heil aus dieser Sache raus.«

»So geht das nicht, Dawson.« Bobby kam einen bedrohlichen Schritt näher.

Jake richtete sich zu seiner ganzen Größe auf und starrte Bobby über Allie hinweg an. Er war fast einen ganzen Kopf größer als die beiden Latinos, und allein diese Größe war schon Furcht erregend. Er war für die Operation verantwortlich, und man hatte sie angewiesen, seinen Befehlen zu gehorchen, aber Bobby war ein Hitzkopf und Luis ein Unsicherheitsfaktor, über den Jake sich noch nicht ganz im Klaren war. Wenn er jetzt nachgab, war das Mädchen in ernsten Schwierigkeiten.

Er packte sie am Arm und drehte sie in Richtung der Treppe, die zu seiner Kajüte hinunterführte. »Du hast gehört, was ich gesagt habe. Beweg deinen süßen Hintern die Treppe runter.«

Allie stolperte die Stufen hinunter in die Kajüte, den riesigen schwarzhaarigen Mann mit der schneidenden Stimme direkt hinter sich. Er war mindestens zwei Meter groß, zweihundert Pfund solide Muskeln und Knochen. Er war braun gebrannt und sehnig, mit einem Satz eisenharter Bizepse unter den Ärmeln seines abgetragenen Khaki-T-Shirts. Verwaschene, weiche Blue Jeans klebten an seinen schmalen Hüften und den lang gestreckten Sehnen und Knochen seiner Oberschenkel.

Was für ein irrsinniger Gedanke: *Wenn du schon vergewaltigt wirst, was für einen besseren Mann könnte es für den Job geben?* Hysterisches Gelächter kämpfte mit einem hysterischen Weinkrampf. Oh Gott. Chrissy hätte den Typen geliebt. Unglückseligerweise war Allie nicht im Geringsten interessiert. Genau genommen hatte sie im ganzen Leben keine derartige Angst gehabt.

»Was … was haben Sie vor?« Sie rutschte weg von ihm, an das hintere Ende des Doppelbetts.

Er verzog kaum merklich den Mund. »Was, glaubst du, habe ich wohl vor?«

»Bitte … ich wollte nur eine Bootsfahrt machen. Und Sie scheinen ein ganz netter Mensch zu sein.« Was für ein Witz! Er war der leibhaftige Teufel! »Können Sie mich nicht einfach so mit zurücknehmen?«

»Aber klar doch. Und kaum bist du von Bord, rennst du zu den Bullen und erzählst von Bobby und Luis und ihren kleinen Geschäften.«

»Das würde ich nicht. Ich verspreche, ich werde es niemandem erzählen.«

»Du hast also mit angehört, was los war. Das dachte ich mir schon.«

Verdammt, wie hatte sie ihm so in die Falle gehen können?

»Ich habe überhaupt nichts gehört, und selbst wenn ich es hätte, dann würde ich es keinem erzählen.«

»Bestimmt nicht, weil du nämlich nicht zurückgehst. Eine Zeit lang, zumindest.« Er kam auf sie zu, ein Panther auf Beutezug. Seine Augen waren vom intensivsten Blau, das sie je gesehen hatte.

Allie wich zurück. »Bleiben Sie mir vom Leib.«

»Nicht um alles in der Welt, Süße. Übrigens, du kannst mich ruhig auch duzen.«

Na toll, dachte Allie, was für ein großzügiges Angebot! Andererseits fiel ihr aber kein Grund ein, seiner Aufforderung nicht nachzukommen, denn übermäßig viel Achtung hatte sie ja nun wirklich nicht vor dem Kerl.

Ihr Herz donnerte. Sie täuschte nach rechts an und schoss nach links, um über das Bett auszuweichen, doch anstatt hinüberzulaufen und ihr den Weg zu versperren, wie sie es erwartet hatte, packte er sie einfach am Handgelenk, riss sie nach unten, warf sich auf sie und drückte sie in die Matratze.

Allie verkniff sich einen Schreckensschrei. O Gott, o Gott! Ihr Herz pochte wie eine Trommel gegen die Rippen, ihr Atem ging in kurzen, unregelmäßigen Stößen. Jake Dawson hielt sie mit seinem großen harten Körper unten. Sie schaute auf in grimmige blaue Augen mit ungebräunten kleinen Linien in den Winkeln.

»Schrei«, sagte er leise, seine Stimme so tief und rau, dass sie auf seiner Brust zu vibrieren schien.

»Wa … was?«

»Ich sagte, schrei.«

Sie starrte ihn nur an, versuchte, ihr benommenes Hirn in Gang zu bringen, was selbiges aber völlig verweigerte.

»Verdammt noch mal, Lady. Willst du, dass diese Typen da oben dich vergewaltigen? Schrei, habe ich gesagt.« Als sie es immer noch nicht begriff, stieß er einen Fluch aus, den sie lieber nicht gehört hätte, zerrte ihr das Tank-Top nach unten, riss mit beiden Händen ihren Spitzen-BH entzwei und presste ihr seine Lippen auf den Mund. Er küsste sie hart, stieß seine Zunge tief in ihren Mund und rieb mit dem Daumen rau über ihre Nippel. Ihr entwich ein ängstliches Wimmern, aber jeglicher andere Laut blieb ihr im Hals stecken.

Den Kopf hebend schaute er auf sie herab. In seinem durchdringenden Blick stand der Hunger, und in sein Gesicht hatte sich die pure, rohe Lust gegraben. Ihr ganzer Körper verkrampfte sich vor Schrecken – und sie stieß einen markerschütternden Schrei aus.

Sie schrie noch einmal, noch lauter diesmal und konnte ihr Glück kaum fassen, als er sich von ihr herunterrollte und aufstand.

Jake lümmelte in einem Stuhl in der gegenüberliegenden Ecke des Zimmers und schaute auf die Uhr. Fünfzehn Minuten. Eine Art Quickie für seine Verhältnisse. Sein Ruf würde leiden, aber damit würde er dann wohl leben müssen.

Das Mädchen hatte sich in der Mitte des Betts zusammengerollt, die Knie bis zur Brust hochgezogen und schützend die Arme darumgeschlungen. Sie hatte sich ihre Windjacke geschnappt und über das Tank-Top gezogen. Es tat ihm Leid wegen ihres Büstenhalters, aber er hatte eine Rolle zu spielen, und ihm war keine Wahl geblieben. Wenn sie am Leben bleiben wollte, würde sie tun müssen, was er befahl. Exakt das, was er befahl.

Mit Angst ließ sich das am besten erreichen.

Jake stand langsam auf. »Wie heißt du?«

Sie schaute auf, beäugte ihn argwöhnisch. »Allie.«

»Was soll das für ein Name sein?«

Sie antwortete nicht, aber ihr Mund zog sich zu einem Strich zusammen. »Du musst hier unten bleiben, Allie. Hier bist du etwas sicherer.« Er griff in den Kleiderschrank, nahm ein verwaschenes blaues Hemd heraus und zog es gegen die leichte, frühabendliche Kühle über das T-Shirt. »Offensichtlich wirst du nicht seekrank.«

Sie schüttelte den Kopf. Sie hatte das glänzendste blonde Haar, das er je gesehen hatte. »Ich habe eine Zeit lang auf einem Kreuzfahrtschiff gearbeitet.«

Er nickte und machte sich in Richtung der Treppe auf. Verdammt, er hasste Blondinen. Nun, eigentlich liebte er sie – hatte sie immer geliebt, aber er hasste es, dass er sie liebte. Insbesondere mochte er die mit den langen Haaren und den großen Titten. Zwei von der Sorte hatte er geheiratet. Beide Male war es ein Desaster gewesen.

Jake warf einen letzten Blick auf Allie. Gott sei Dank hatte diese da kleine Brüste, nicht so groß und rund, wie er es gern hatte, auch wenn sich die süßen kleinen Nippel ziemlich gut angefühlt hatten. Trotzdem war es besser, dass sie so schlank war und ihr Haar kurz, fast knabenhaft, keine sonderliche Versuchung jedenfalls.

Er bemerkte, wie verführerisch sich das Haar um ihr Gesicht lockte, und dachte an die langen braunen Beine, erinnerte sich an einen Mund, der weicher war als jeder zuvor. Sein Körper straffte sich, fing an, hart zu werden.

Verflucht, er wünschte sich, er hätte sie nie geküsst.

»Eine Sache noch«, sagte er.

Diese großen Augen verfolgten jede seiner Bewegungen. Sie sah zwar clever aus, aber vermutlich war sie genauso begriffsstutzig wie jede Blondine, die er je getroffen hatte. Er lachte in sich hinein.

Was sind die schlimmsten drei Jahre im Leben einer Blondine?

Die dritte Klasse.

»Über das, was hier in diesem Raum vor sich geht, hältst du lieber den Mund. Was Bobby und Luis angeht, gehörst du von jetzt an zu mir. Und du sorgst besser dafür, dass sie das auch glauben.«

Sie schluckte schwer und nickte.

Mehr sagte er nicht. Er hatte seinen Job erledigt. Sie fürchtete ihn höllisch und würde tun, was immer er ihr befahl. Er wünschte, er hätte sie einfach gehen lassen können, sie irgendwo in Baja absetzen und nach Hause schicken. Doch das war unmöglich.

Sobald sie festen Boden unter den Füßen hatte, würde sie zur Polizei laufen, und das konnte er nicht riskieren. Es stand zu viel auf dem Spiel, es ging um zu viele Leben.

Oben angekommen, machte er die Tür hinter sich zu und tat so, als müsse er noch den Reißverschluss seiner Jeans zuziehen. Dann knöpfte er das Hemd zu und durchquerte den Salon, um Luis oben am Ruder abzulösen. Nimm es leicht, sagte er sich, eine Woche noch, dann bist du in Belize.

Aber sein sechster Sinn sagte ihm, dass es nicht leicht werden würde.

Er betete, dass nicht noch etwas schief ging.

4

Allie ging in der Kajüte auf und ab. Die Nacht war angebrochen, und der Wind hatte aufgefrischt. Durch die Reihe der Bullaugen über dem Bett glitzerten auf schwarzem Samt die Sterne, und ein zunehmender Mond warf seine Bahn über das Meer. Weißer Schaum kräuselte sich am Rumpf der Jacht entlang, deren riesige Maschinen das Boot mühelos durchs Wasser pflügen ließen.

Allie schaute auf die Messingschiffsuhr an der Wand. Zehn Uhr abends. Vor zwölf Stunden hatten sie den Hafen verlassen. Zwölf Stunden! Es fühlte sich eher wie zwölf Tage an. Wie lange wollten die Männer denn ausbleiben? Wohin wollten sie?

Was würden sie mit ihr machen, sobald sie angekommen waren?

Allie zitterte. Was für ein Chaos hatte sie da angerichtet. Dass sie vermutlich Recht gehabt hatte und Chrissys Tod irgendetwas mit illegalen Drogengeschäften zu tun gehabt hatte, war kaum ein Trost. Von hier aus konnte sie ohnehin nichts unternehmen.

Allie seufzte, während sie zum zwanzigsten Mal aus dem

nächstgelegenen Bullauge spähte. Wenigstens hatten sie ihr bis jetzt nicht wehgetan. Sie dachte an diesen Mann, Jake Dawson, groß und zäh, gefährlich wirkend, genau der Typ Mann, den man sich bei kriminellen Machenschaften vorstellen konnte. Warum hatte er lediglich so getan, als vergewaltigte er sie?

Ein Angstschauer überkam sie, als sie an die wüste Attacke dachte, wie er ihr den BH zerrissen hatte, sie brutal geküsst und rau ihre Brüste geknetet hatte. Er hatte ihr Angst einjagen wollen und seine Sache gut gemacht. Warum hatte er aufgehört? Aber vielleicht hatte er einfach abwarten wollen, bis seine Kumpane nicht mehr oben vor der Tür lauerten.

So wie jetzt, dachte sie, während sich ihr Herzschlag beschleunigte, weil nämlich die Tür aufschwang und der große Jake Dawson oben an die Stufen trat. Ohne es zu merken, wich sie nach hinten zurück, während er die Wendeltreppe herunterkam, doch er würdigte sie kaum eines Blickes, durchquerte nur die Kabine und verschwand im Badezimmer.

Sie musste zugeben, er war beeindruckend, groß und sehnig, mit lang gestreckter Taille und einem unglaublichen Paar Schultern. Sein Haar war schwarz und gewellt, so lang, dass es sich im Nacken lockte; er war schlicht und ergreifend gut aussehend.

Nicht hübsch. Nicht einmal annähernd. Dafür war das Gesicht zu kantig, die Wangenknochen zu hoch, der Mund zu hart.

Sie hörte das Wasser laufen. Ein paar Minuten später tauchte er wieder auf und ließ die Kajüte noch kleiner erscheinen, als sie es mittlerweile ohnehin schon tat. Er warf ihr einen Blick zu, den sie nicht zu deuten in der Lage war, und fing damit an, gelassen sein Hemd aufzuknöpfen. Die Angst, gegen die sie angekämpft hatte, kehrte mit voller Wucht zurück.

»Wa … was machst du da?«

Eine glatte schwarze Augenbraue wanderte nach oben. »Mich fürs Bett fertig.«

O mein Gott! »Ich werde kämpfen. Du gewinnst vermutlich,

aber vorher kriegst du auf jeden Fall was ab. Ich war im Selbstverteidigungskurs, und ich habe gut gelernt, mich zu schützen.«

Er grinste. Er grinste doch tatsächlich. »Das klingt ja mächtig reizvoll. Ich wollte mich eigentlich etwas schlafen legen – ich habe nur vier Stunden, bis ich wieder ans Ruder muss –, aber wenn du mir einen solchen Spaß in Aussicht stellst …«

Allie fuhr zornig hoch. Dieser Riese von einem Blödmann lachte, machte sich auf ihre Kosten einen Spaß. »Willst du damit sagen, du hast nicht vor, mich zu vergewaltigen?«

»Ich dachte, das wäre dir bereits klar geworden.«

»Ich dachte, du wolltest vielleicht … einfach noch warten.«

Seine Augen glitten über die Windjacke, die sie trotz der Wärme übergezogen hatte, und wanderten ihre Hüften und Beine hinab. »Vielleicht tue ich das ja.«

Allie wandte den Blick ab und hoffte, er sah nicht, welche Angst seine Worte ihr einflößten. »Warum lässt du mich nicht gehen? Es gibt genug Orte, wo wir ankern könnten, kleine Häfen, wo …«

»Das habe ich dir doch gesagt. Ich will nicht, dass du zu den Bullen läufst, denn genau das würdest du tun.«

Jede Diskussion war sinnlos, das sah sie der unversöhnlichen Miene an. »Was hast du dann mit mir vor?«

Er hielt einen Augenblick inne beim Hemdausziehen. »Ich würde sagen, das hängt von dir ab. Benimm dich ordentlich und sobald wir da sind, wo wir hinwollen, lasse ich dich laufen.«

Sie fragte sich, ob er es ernst meinte. Und sagte sich, dass er es tat.

Ihr Magen grummelte und ihr wurde klar, wie lange es her war, dass sie etwas gegessen hatte. »Ich nehme doch an, dass du rein zufällig etwas zu essen da hast.«

Er streifte das Hemd endgültig ab, stand wieder in seinem Khaki-T-Shirt da, das er darunter trug, und warf ihr einen abschätzigen Blick zu. »In der Kombüse ist Zeug für Sandwiches.

Luis ist ins Bett gegangen, Roberto steht am Steuer. Geh nirgendwo sonst hin und komm, sofort wieder her, wenn du fertig bist.«

Er ließ sie ganz allein nach oben in die Kombüse gehen? Ihr Puls überschlug sich. Sie waren zu weit von der Küste entfernt, als dass sie hätte an Land schwimmen können, aber in der Kombüse waren jede Menge Sachen, die sich als Waffe verwenden ließen. In ihrer Segeltuchtasche, die sie unter das Waschbecken im Badezimmer gestopft hatte, hatte sie ein kleines Taschenmesser, außerdem eins von diesen zusammenklappbaren Maniküre-Sets aus Feile und Schere und verschiedenen anderen Sachen; aber nichts davon konnte wirklichen Schaden anrichten.

Sie setzte eine ausdruckslose Miene auf. »Danke. Ich bin gleich zurück.«

Allie rannte die Treppe hinauf und geradewegs zur Kombüse. Seit dem Frühstück hatte sie nichts mehr gegessen und war am Verhungern, aber sich zu schützen war jetzt wichtiger. Sie wühlte die Schubladen durch, fand ein Obstmesser mit ordentlicher Klinge und schob es in die hintere Tasche ihrer Khaki-Shorts. Ein schwerer, langer Schraubenzieher wanderte in die Tasche der Windjacke. Seitlich in ihre Socken schob sie ein Steakmesser mit gezackter Klinge und in die andere Jackentasche eine Dose Pfefferspray.

Aus Angst, die Männer könnten es bemerken, wenn sie zu viel mitnahm, setzte sie sich schließlich hin und machte sich ein Käse-Schinken-Sandwich.

Gott, es schmeckte wie Manna vom Himmel. Mit einem Glas Milch dazu verschlang sie das Sandwich und ging wieder nach unten.

Wo unglücklicherweise schon Jake Dawson auf sie wartete.

Sie hatte gerade das Ende der Treppe erreicht, da hatte er sie auch schon gepackt und drückte sie gegen die Wand.

»Was soll das denn?«

»Nur eine Vorsichtsmaßnahme. Ich möchte sichergehen, dass ich in einem Stück aufwache.« Worauf er anfing, sie zu durchsuchen; er tastete sie ab, fand die Spraydose und den Schraubenzieher in den Taschen der Windjacke und legte beides auf eine Kommode.

»Aha, ich schätze, du wolltest hier unten ein bisschen was kochen oder ein paar kleine Reparaturen vornehmen?«

Allie biss sich fest auf die Zunge, auch wenn sie ihn innerlich verfluchte. Jake machte den Reißverschluss der Windjacke auf, schob sie ihr über die Schultern und sah, dass sie wieder das orangfarbenen Tank-Top trug – allerdings ohne Büstenhalter, denn den hatte er ja ruiniert.

Er drehte sie zur Wand herum, zog ihre Arme nach oben drückte ihre Handflächen gegen die Wand und fuhr damit fort, ihren Hintern abzutasten. Allie mühte sich, nicht rot zu werden, doch die Hitze schoss ihr ins Gesicht. Natürlich fand er das Obstmesser. Und das Steakmesser, das sie sich in die Socke geschoben hatte, auch.

Er drehte sie wieder um und sah die Zornesröte auf ihren Wangen. »Du bist ziemlich einfallsreich, Allie.« Dann lachte er, aber seine Miene hatte nicht die Spur von Humor. Sein T-Shirt und seine Schuhe waren weg, er trug nur noch die Jeans, und die hingen ihm tief auf den Hüften. Sie ertappte sich dabei, wie sie seinen Waschbrettbauch anstarrte und die schwarzen Haare, die sich über seine Brust fächerten.

Er spielte mit dem Obstmesser herum, die scharfe Klinge im Lampenlicht blinkend. »Ich frage mich … hättest du versucht, das Ding an mir auszuprobieren?«

Sie gab keine Antwort, sondern reckte nur das Kinn und schenkte ihm ein mörderisches Lächeln. Sie hatte Angst vor ihm. Vielleicht gelang es ihr ja, ihm auch ein klein wenig Angst einzujagen.

»Rüber mit dir, aufs Bett.«

Der Magen rutschte ihr in die Kniekehle. »Warum?«

»Weil ich etwas Schlaf brauche und jetzt weiß, dass ich dir nicht trauen kann. Los, aufs Bett mit dir.«

Sie schüttelte nur den Kopf.

Jake ging zur Kommode hinüber und machte die oberste Schublade auf, in der ein aufgerolltes Seil lag. Er wickelte ein Stück ab, durchtrennte es mit einem Taschenmesser und ging auf sie zu. Sie am Arm nehmend, knotete er das eine Ende um ihr Handgelenk, das andere um sein eigenes.

»Was machst du da?«

»Wie gesagt, ich gehe ins Bett.« Jake schwenkte sie durch den Raum, warf sie auf das Bett und streckte seinen langen Körper neben ihr aus.

Überzeugt, dass er sich ihr diesmal aufzwingen würde, wappnete Allie sich, so gut es ging. Doch stattdessen machte er die Nachttischlampe aus und schob sich das Kissen hinter dem Kopf zusammen.

»Du solltest auch etwas schlafen«, sagte er unwirsch und drehte sich ein wenig von ihr weg auf die Seite.

Starr und misstrauisch lag Allie neben ihm, stierte in die Dunkelheit und wartete auf seinen nächsten Schachzug. Doch ein paar Sekunden später fiel ihr auf, wie gleichmäßig sein Atem ging, und sie begriff, dass er eingeschlafen war.

Zur Hölle! Sie lag hellwach da, angekettet wie eine Gefangene – was sie schließlich auch war – und dieser groß gewachsene Idiot schlief einfach ein! So viel zum Thema, Jake Dawson Angst einzujagen.

Sie starrte an die Decke, wartete, dass ihr Herzschlag sich beruhigte, und kämpfte gegen die aufkommende Erschöpfung an.

Würde sie es wagen einzuschlafen? So hypnotisch, wie das Boot in seinem schaukelnden Rhythmus durch die Wellen pflügte, und mit den Maschinen, die tief unter Deck schnurrten, wurden ihr die Lider schwer. Sie versuchte zu vergessen, dass neben ihr ein Mann lag, der jeden Moment erwachen und Gott weiß was tun konnte.

Stattdessen dachte sie an Chrissy und wie sehr ihr die Freundin fehlte. Sie dachte an ihre Eltern, die in San Marco lebten, einer kleinen Stadt nördlich von San Diego, und fragte sich, wann sie wohl anfangen würden, sich Sorgen um sie zu machen. Sie fragte sich, ob sie sie je wiedersehen würde, ob sie Barb und ihre anderen Freunde je wiedersehen würde und ob wohl irgendwer daran dachte, Whiskers zu füttern, ihre kleine rot gescheckte Katze.

Sie wünschte sich, sie wäre keine solche Närrin gewesen, wünschte sich, sie hätte auf Barb gehört, wünschte sich, zu Hause in San Diego zu sein. Und dann weinte sie lautlos, bis sie schließlich einschlief.

Ein paar Stunden später wachte sie auf, das Handgelenk ans Kopfende des Betts gebunden, das Seil nur herumgeschlungen, nicht einmal richtig verknotet. Jake Dawson war fort und tat am Ruder seine Pflicht, während es noch nicht einmal dämmerte. Eine eisige Ruhe überkam sie. Sie war immer noch am Leben, immer noch unbeschadet. Und sie war nicht der Typ, der kampflos aufgab.

Früher oder später, schwor sie sich, würde sie eine Fluchtmöglichkeit finden.

Als Jake seine Schicht beendet hatte und in die Kajüte zurückkehrte, fand er Allie schlafend auf dem Stuhl vor, die Beine unter sich eingeschlagen, den Kopf nach vorn geneigt. Sie war ein hübsches kleines Ding, mit weichen, femininen Gesichtszügen und großen blauen Augen. Er lächelte, als er an das Pfefferspray, die Messer und den Schraubenzieher dachte. Nicht schlecht. Bobby und Luis wären vielleicht sogar auf sie hereingefallen.

Was tust du, wenn eine Blondine mit einer Haarnadel nach dir wirft? Renn weg wie ein Wahnsinniger – denn sie hat eine Handgranate im Mund!

Er lachte vor sich hin und fragte sich wieder, wie man so viel Pech haben konnte, ausgerechnet auf diesem Boot zu landen. Es bestand natürlich die Möglichkeit, dass sie für Baranoff arbeitete, ein zusätzliches Paar Augen und Ohren für seinen Auftraggeber, aber das glaubte er nicht. Baranoff hätte damit gerechnet, dass die Männer sich ihrer bedienten, und sie sah nicht im Geringsten so aus, als sei sie an so etwas gewöhnt.

Jake streifte die Segelschuhe ab, entkleidete sich bis auf die Jeans und legte sich aufs Bett. Er erwog, sie wieder festzubinden, aber sein Schlaf war leicht, und es war schon fast Morgen. Er schlief noch ein wenig, erwachte um Viertel vor sieben und stand auf. Als sie ihn herumlaufen hörte, schoss Allie aus dem Schlaf hoch und rutschte noch ein Stück tiefer in den Stuhl.

Jake ignorierte sie. Er ging ins Badezimmer, entledigte sich seiner restlichen Sachen und trat unter die Dusche. Allie saß immer noch auf ihrem Stuhl, als er frisch rasiert zurückkam, um sich ein sauberes T-Shirt anzuziehen.

Er betrachtete sie einen Moment, sah wieder diese langen braunen Beine und entschied dann: »Du hast fünfzehn Minuten Zeit zum Duschen, dann will ich dich oben an Deck sehen.«

Auf ihrer Wange spannte sich ein Muskel. Sie sprang auf und verblüffte ihn mit einem zackigen Salut. »Ja, Sir, Captain Jake.«

»Ich bin nicht der Captain, ich bin der Typ, der es mit dir treibt, erinnerst du dich? Falls nicht, dann kann ich mir gut vorstellen, dass die beiden anderen Kerle den Job tatsächlich erledigen, falls es das ist, was du haben willst.«

Die Farbe wich aus ihrem Gesicht. »Nein … das ist bestimmt nicht das, was ich haben will. Ich tue alles, was du sagst.«

»Gut. Ich habe genug von den ewigen Sandwiches. von jetzt an bist du hier die Köchin. Hier kriegt niemand seine Überfahrt umsonst.«

»Aber ich kann nicht …«

Sein eisiger Blick schnitt ihr das Wort ab. Sie bewegte sich vorsichtig an ihm vorbei ins Bad, und er hörte die Dusche laufen. Fünfzehn Minuten später erschien sie mit nassem Haar, das sich aber bereits zu locken begann, oben im Salon an der Treppe. Sie trug kein Make-up, aber sie hatte großartige Gesichtskonturen, schön geschwungene Augenbrauen und hübsche rosa Lippen, genau die Art von Gesicht, das er jetzt nicht brauchen konnte. Er bedeutete ihr, zur Kombüse zu gehen.

»Roberto und Luis könnten auch eine ordentliche Mahlzeit gebrauchen. Im Kühlschrank sind Speck und Eier. Und jede Menge Toastbrot.«

Er überhörte, was auch immer sie zu sagen ansetzte, verließ den Salon und ging auf das Deck hinaus. Der Wind peitschte durch sein Haar, und warmes Sonnenlicht fiel auf seinen Rücken. Sie lagen prima in der Zeitplanung, und die extragroßen Treibstofftanks verschafften ihnen einen großen Aktionsradius. Ihren ersten Tankstop würden sie erst morgen früh in Tortugas einlegen müssen, einem kleinen Dorf in Baja.

Jake schaute in Richtung der Kombüse, doch außer den röhrenden Maschinen und dem Wind, der ihm um die Ohren pfiff, war nichts zu hören. Er würde sie in der Kajüte einsperren müssen, sobald sie sich Tortugas näherten. Zwar wusste er nicht, wie weit sie in ihrem Bestreben zu fliehen gehen würde, aber er wollte nichts riskieren.

Er sah Luis durch den Salon auf sie zugehen. Vielleicht hätte er sie nicht heraufkommen lassen sollen, aber er konnte sich nicht vorstellen, sie eine Woche lang unten eingesperrt zu lassen, außerdem konnten sie wirklich eine Köchin brauchen. Er wünschte nur, sie wäre kein so verführerisches kleines Ding.

Und er hoffte, sie würde ihre Rolle als seine widerwillige Bettgenossin so gut spielen, dass diese beiden Halunken sie in Ruhe ließen.

Allie schob den Speck in der Bratpfanne herum und versuchte, dem heißen Fett auszuweichen, das ihr auf Hände und Beine spritzte. Sie griff sich einen Topflappen, hob vorsichtig die Pfanne an und kippte etwas von dem Fett in eine zweite Pfanne, wobei eine Wolke aus heißem Dampf und Rauch aufstieg, der sie mit einem ungelenken Sprung auswich, während sie nach den Eiern griff.

Sie hatte daran gedacht, die Eier ohne große Umstände zu Spiegeleiern zu verarbeiten, aber schon beim ersten fiel ihr die Schale in die Pfanne, genau wie beim zweiten. Dann eben Rührei. Sie schlug acht Stück in die Pfanne, zwei pro Kopf, und rührte in der Pfanne herum.

In den letzten paar Jahren hatte sie eine Trillion verschiedener Jobs ausprobiert, um herauszufinden, was ihr zusagte – Kochen war nicht darunter gewesen. Keine der häuslichen Künste sprach sie wirklich an, obwohl sie Kinder liebte, und sie hatte sich immer darauf gefreut, eines Tages vielleicht Ehefrau und Mutter zu sein.

Sie rührte weiter in den Eiern, die langsam anfingen, am Pfannenboden festzukleben. Deshalb nahm sie einen Teigschaber und kratzte wie wild in der Pfanne, sah den Gummischaber schmelzen und in die Eiermasse fließen, fluchte und warf ihn in die Spüle. Der Speck war inzwischen dabei, schwarz zu werden, und über der Pfanne stieg eine Rauchwolke auf. Sie wollte die Pfanne gerade wegreißen, als mit einem wütenden Schrillen der Rauchmelder losging und Jake hereingestürmt kam.

»Was zur Hölle …«

»Ich hab dir doch gesagt, ich kann nicht kochen!«, schrie sie über den Alarmton hinweg und wollte nach der Pfanne greifen, da packte Jake mit seiner riesigen Pranke ihr Handgelenk.

»Nimm einen Topflappen, verdammt!« Er griff sich einen, nahm damit die rauchende Pfanne und stellte sie neben dem Herd ab, ebenso die Eierpfanne. »Ich glaube das nicht, du kannst nicht einmal Spiegeleier braten?«

Sie setzte dazu an, ihm Dutzende andere Dinge aufzuzählen, die sie konnte, aber in dem Moment, als sie den Mund aufmachen wollte, ließ sein finsterer Blick sie innehalten.

»Keine Sorge, *ich* mache das Frühstück. Aber lass mich besser nicht herausfinden, dass du das absichtlich gemacht hast.«

Allie sagte nichts, sondern wich nur ein Stück zurück und schaute ihm beim Arbeiten zu. Er bewegte sich mit schneidiger Effizienz und einer für einen so groß gewachsenen Mann sonderbaren Anmut. Ein paar Minuten, und schon hatte er frischen Speck zum Brutzeln gebracht und die restlichen Eier mit Tomaten, Zwiebeln und der genau richtigen Menge Fett zu Rührei verarbeitet.

»Ich hole die Teller«, hörte Allie sich sagen, vermutlich weil ihr von dem köstlichen Duft das Wasser im Mund zusammenlief. Zehn Minuten später füllte Jake die Teller mit perfekt kross gebratenem Speck, goldenen Rühreiern und knusprigem, gebuttertem Weizentoast.

»Bring den da zu Roberto hinauf.« Er gab ihr einen der Teller, und Allie trug ihn die Stufen zur Brücke hinauf. Als sie zurückkam, war Luis gerade dabei, sich seinen Teller voll zu häufen.

Seine Augen glitten über ihre Windjacke und Shorts die Beine hinunter. »Hey, Mann«, sagte er zu Jake. »Wie war sie?«

Jake lächelte sie begierig an, doch sein Blick ermahnte sie. »Besser als ich dachte. Ich werde sie noch eine Weile behalten.«

Luis schien enttäuscht. Allie, die genau wusste, wie wichtig es war, dass sie ihre Rolle spielte, gab sich spröde. »Sich einer hilflosen Frau aufzuzwingen, und das will ein Mann sein?«

Jake lachte wölfisch. »Ist ja gut, Baby. Ich erzähle denen schon nicht, wie gut es dir gefallen hat.« Als Schauspieler war er gar nicht so schlecht, aber sie auch nicht. Während der Jahre, in denen sie noch überlegt hatte, ob sie vielleicht Schauspielerin werden sollte, hatte sie bei einem halben Dutzend kleiner Theaterproduktionen mitgewirkt.

Schweigend aßen sie zu Ende, und Jake befahl ihr, den Abwasch zu erledigen. Als sie hinterher nach draußen ging und nach oben zum Bug marschierte, unternahm keiner den Versuch, sie aufzuhalten. Die Stunden vergingen, und schließlich kehrte sie in die Kajüte zurück.

Angesichts des Frühstücksfiaskos verlangte niemand von ihr, dass sie sich um das Mittagessen kümmerte, aber die Männer erwarteten, dass sie die Kombüse aufräumte. Als sie damit fertig war, kehrte sie wieder in die Kajüte zurück. Nachts wieder dieselbe Prozedur: Jake fesselte ihr Handgelenk an seines und legte sich schlafen.

Am Morgen machte er das Frühstück, Allie räumte auf und ging dann wieder zum Bug. Die frühmorgendliche Sonne brannte auf sie herab, und sie bemerkte, dass die Jacht sich der Küste näherte. Jake stand einmal mehr am Ruder und lenkte das Schiff auf ein Stückchen Land in der Ferne zu. Sie würden zum Tanken anlegen, begriff sie, während ihr Puls hoffnungsvoll hämmerte.

Bleib ganz ruhig, sagte sie sich. Dies ist deine Chance zu fliehen.

Sie hatte genug von Jake und seinen vulgären Freunden. Sie würde dieses Boot verlassen – koste es, was es wolle.

Jake schob sich die Sonnenbrille vor die Augen und machte es sich am Ruder bequem. In der Ferne grüßte Bahia de Tortugas wie eine heiß ersehnte Fata Morgana inmitten von trockenem kakteenbedecktem Sand. Viel gab es nicht dort, nur eine Gruppe schindelgedeckter Häuser, eine Cantina und den kleinen Hafen. Der vermutlich einzig gute Ort, um nachzutanken, seit sie Ensenada passiert hatten, und die Sorte von Hafen, in den sie ohne großes Aufsehen ein- und wieder ausfahren konnten.

Jake erhaschte einen kurzen Blick auf ein orangefarbenes Tank-Top und eine blaue Windjacke und sah Allie in der Nähe des Bugs stehen. Er würde sie ein wenig frische Luft schnappen lassen und sie dann in seine Kajüte zurückbringen.

Verdammt, er wünschte sich, er könne sie einfach loswerden. Nicht nur, dass sie sich bei einem Fluchtversuch vermutlich umbringen würde – bei Gott, die Frau konnte noch nicht einmal kochen!

Warum hassen Blondinen es, Chocolate Chip Cookies zu backen?

Weil die M & Ms sich so schlecht schälen lassen!

Der Witz heiterte seine Stimmung auch nicht auf. Er wartete weitere dreißig Minuten, änderte den Kurs ein wenig, um die Sicht auf das Dorf zu erschweren, rief nach Luis, damit der ihn am Ruder ablöste und machte sich auf, das Mädchen zu holen.

Er fand sie in der Nähe des Bugs, wo ihr der Wind durch das glänzende blonde Haar fegte. Die Windjacke flog auf, und sein Blick fiel auf ihre Brüste und die scharfen kleinen Punkte ihrer Nippel. Seine Lenden regten sich. Verdammt, er hasste Blondinen.

»Macht das Spazierengehen Spaß?«, fragte er sie und hatte sich wieder unter Kontrolle.

Sie schenkte ihm ein nichts sagendes Lächeln. »Das tut es tatsächlich.«

»Gut, denn du wirst für eine Weile nach unten müssen.« Jake erwischte ihren Arm, obwohl sie noch versucht hatte, ihm auszuweichen, und dirigierte sie zurück nach drinnen. Er gab ihr einen Schubs in Richtung Treppe und folgte ihr nach unten.

»Ich verrammle die Tür«, sagte er. »Da wieder herauszukommen kannst du gleich vergessen.«

Allie lächelte nur. »Ich weiß nicht, worüber du dir Sorgen machst. Wir sind mitten im Nirgendwo. Hier draußen kann ich ja wohl schlecht von Bord gehen.«

»Ach, tatsächlich? Was hältst du davon, wenn ich dich gehen lasse, unter der Voraussetzung, den Mund zu halten?«

Ihr Gesicht hellte sich auf. »Das würdest du tun? O Gott, das wäre fantastisch. Ich sage zu keinem ein Wort. Ich sehe nur zu, dass ich einen Weg finde, nach Hause ...«

»Genau das habe ich mir gedacht.« Jake ging zur Kommode, zog die oberste Schublade auf und holte ein paar Taschentücher heraus. Er hatte eigentlich nicht vorgehabt, sie zu knebeln, aber ein Blick auf die Bullaugen reichte aus, und er konnte sie schon förmlich um Hilfe schreien hören.

»Setz dich aufs Bett.«

Sie beäugte ihn misstrauisch. »Warum?«

»Mach es einfach, verdammt.« Er packte sie am Arm und zerrte sie nach unten, nahm das Stück Seil, das er die Nacht über benutzt hatte, und fesselte ihr die Arme auf den Rücken.

Als sie zu protestieren anfing, stopfte er ihr eins der Taschentücher in den Mund und band ihr ein zweites um den Kopf, um es am Platz zu halten. Allie verfluchte ihn hinter ihrem Knebel, wenigstens stellte er sich vor, dass sie ihn etwas nannte, das er ohnehin überhört hätte. Er verließ die Kajüte, machte die Tür hinter sich zu und ließ sie kochend vor Wut auf dem Fußende des Betts sitzen.

Dann klemmte er einen Stuhl unter die Türklinke und kehrte zu seinen Pflichten am Ruder zurück.

5

Verflucht sollte er sein! Allie verdrehte die Handgelenke und versuchte, das Seil aufzuknoten, aber es war sinnlos. Sie schaute zu den kleinen Bullaugen über dem Bett auf und wünschte sich, sie wären größer oder sie selber kleiner, aber sie war wild entschlossen, wenigstens den Knebel loszuwerden, damit sie um Hilfe rufen konnte.

Als sich das Boot der Küste näherte, stürzte Allie ins Badezimmer, drehte sich um, um die gefesselten Hände benützen zu können, und zerrte die riesige Segeltuchtasche unter dem Waschbecken heraus. Sie schleppte die Tasche hinüber, kippte den Inhalt mitten auf das Bett und zog die kleine zusammengeklappte Nagelschere hervor, die aber doch sehr winzig war und nicht gemacht für etwas so Kräftiges wie ein Seil. Das Taschenmesser war vermutlich besser geeignet. Allie fummelte herum, schaffte es schließlich, das kleine Messerchen aufzuklappen, und säbelte wie eine Wahnsinnige an den Fesseln herum.

Sie näherten sich wohl dem Dock, denn Allie hörte, wie sich das Stampfen der Maschinen veränderte. Sie säbelte und säbelte und durchtrennte schlussendlich das Seil. Mit leisem Triumphgeheul band sie das Taschentuch auf, spuckte den Knebel aus und rannte zu den Bullaugen über dem Bett hinüber. Das Boot glitt zur Anlegestelle, und wer immer oben am Ruder stand, schaltete die Maschinen ab.

Die Männer am Dock fingen an, auf Spanisch zu reden, und sie hörte Roberto antworten. Da sie in San Diego lebte, hatte sie sowohl in der High School als auch am College Spanisch belegt. Ihre Sprachkenntnisse waren nicht gerade großartig, aber sie kam einigermaßen zurecht. Jetzt, beim Zuhören, verstand sie erstaunlich viel und wartete auf den richtigen Zeitpunkt, während ihr Herz vor Aufregung hämmerte. Wenn sie zu früh zu schreien anfing, würde einer der Männer nach unten kommen und sie zum Schweigen bringen.

Allie schauderte bei dem Gedanken.

Sie schaute zur Treppe und überlegte, ob sie den Stuhl unter die Klinke klemmen sollte, aber sie sah keinen Weg, wie das auf der Wendeltreppe funktionieren sollte. Dann fragte sie sich, ob sich auf der Innenseite der Tür vielleicht ein Riegel befand, stieg lautlos die Treppe hinauf – und da war er. Kein großer Riegel, aber besser als nichts. Sie ließ den kleinen Knopf einschnappen, betete, dass die Männer das Klicken nicht gehört hatten, und schlich wieder hinunter.

Lange Minuten vergingen. Sie biss auf einer Fingerspitze herum, fing an zu kauen, begriff, was sie tat, und zog die Hand weg.

Seit sie ein Kind gewesen war, hatte sie nicht mehr Fingernägel gebissen. Und sie wollte diese hässliche Angewohnheit auch jetzt nicht wieder aufnehmen. Diese Genugtuung gönnte sie denen nicht.

Allie starrte durch das Bullauge. Sie waren in Bahia de Tortugas – Turtle Bay –, das stand jedenfalls auf dem Schild über der Zapfsäule. Mindestens vier Mexikaner rannten auf dem Dock umher und betankten die riesigen Dieseltanks der Jacht, füllten die Wassertanks und spritzten die Decks ab. Frauen in bunten langen Röcken und weißen Blusen boten Eier, Früchte und ungesäuertes mexikanisches Brot feil.

Die Ankunft der Jacht sorgte für Aufregung. Mehr und mehr Dorfbewohner versammelten sich am Hafen.

Allie schaute zur Tür hinauf, hoffte, dass der Riegel wenigstens ein paar kostbare Augenblicke lang hielt, und fing an, um Hilfe zu schreien.

Jake war ins Gespräch mit einer der Frauen vertieft, einem hübschen zierlichen schwarzhaarigen Mädchen mit einem Korb voller brauner und weißer Eier im Arm, und hielt nun mitten im Handeln inne.

Allie schrie laut genug, um jeden toten Mexikaner im Umkreis von hundert Meilen zum Leben wiederzuerwecken, und teilte der ganzen Welt auf Englisch und in erstaunlich gutem Spanisch mit, dass sie gekidnappt worden war und Hilfe brauchte.

Luis und Roberto waren ein Stück weiter unten am Pier und schacherten mit einem Fischhändler um ein fangfrisches Abendessen. Ihre Köpfe schossen hoch, als sie den Krach auf der Jacht hörten, und Jake fing an zu laufen. Er sprang über die Bordwand der Jacht, landete an Deck wie ein olympischer Sprinter, raste durch die Glastür in den Salon, zerrte den Stuhl weg, drückte die Klinke und hätte sich beinahe selbst k.o. geschlagen, als die Tür nicht aufging.

Verdammter Mist! Er biss die Zähne zusammen und rammte die Schulter gegen das Holz, ließ die Tür gegen die Wand krachen und hätte sie fast aus den Angeln gehoben. Die Stufen nahm er mit drei Sprüngen, machte noch drei Schritte und zerrte Allie vom Bett.

»Halt, zur Hölle, den Mund!«, warnte er sie, packte sie an beiden Armen und riss sie hart an sich. Allie schrie einfach weiter. Er drückte ihr eine Hand auf den Mund und verdrehte ihr den Arm hinter den Rücken, was dem Lärm schließlich ein Ende setzte. Dann fesselte er ihre Handgelenke mit einem Stück Seil, das sie nicht zersäbelt hatte, und stopfte ihr den Knebel wieder in den Mund.

»Jesus, bist du etwa lebensmüde?«

Warum wählen Blondinen nie die 9-1-1, wenn sie Hilfe brauchen?

Sie vergessen immer die 1-1.

Leise fluchend schleppte er sie zum Stuhl, rammte ihr Hinterteil hart auf die Sitzfläche und benutzte die andere Hälfte des Seils, um ihre Beine zu fesseln. Er hatte jede Menge Seil, also wickelte er noch mal zwei Meter von der Rolle in der Schublade, schnitt es mit seinem Taschenmesser durch und fesselte sie an den Stuhl. Durch den Knebel konnte er sie schreien hören, aber das half ihr gar nichts; zumindest bis er sich überlegt hatte, was zu tun war, konnte sie ihm nicht weiter auf die Nerven gehen.

Er entdeckte die Segeltuchtasche, fragte sich, wo sie die wohl versteckt gehabt hatte, und fing an, den Krempel in der Mitte des

Betts durchzuwühlen – alles dabei, vom Pfefferminz bis zum Lippenstift, das Taschenmesser, das sie offensichtlich verwendet hatte, und eine Kunststoffbox mit winzigen Schraubenziehern. So etwas war ihm noch nie untergekommen.

Roberto erschien oben an der Treppe. Er schaute sich wütend im Raum um und schien zufrieden zu sein, als er sie geknebelt und an den Stuhl gefesselt sah.

»Hey, Mann. Da oben sind ein paar Kerle, die mit dir über die kreischende Frau reden wollen.«

Jesus! Jake holte tief Luft und marschierte die Treppe hinauf.

Zwei Männer von der örtlichen *policia* und ein älterer, grauhaariger Mann, bei dem es sich um den Dorfvorstand zu handeln schien, standen an Deck.

»Da war eine Frau, Señor«, sagte der Herr in gebrochenem Englisch. »Sie hat sehr laut gerufen und uns um Hilfe gebeten. Wir haben sie alle gehört.«

Jake kratzte sich am Kopf und versuchte, verlegen auszusehen. »Es tut mir wirklich Leid, Señor …?«

»Delgado. Ich bin der Bürgermeister von Bahia de Tortugas.«

»Yeah, nun, es tut mir wirklich Leid, Bürgermeister. Die Frau, die sie da gehört haben, ist meine Ehefrau. Ich fürchte, sie hat ein kleines Alkoholproblem. *Boracho*, verstehen Sie?« Er tat so, als setze er eine Flasche an den Mund und schütte sich den Inhalt die Kehle hinunter. »Heute Morgen war sie ein wenig wetterfühlig, also habe ich sie etwas Whiskey in ihren Kaffee schütten lassen. Offensichtlich hat sie ein bisschen zu viel erwischt.«

Jake griff in die Tasche seiner Jeans und zog seine Brieftasche heraus. »Ich wollte nicht, dass sie sich lächerlich macht, also habe ich sie in unserer Kabine eingesperrt. Aber ich muss wohl einsehen, dass das ein Fehler war.«

Während er sprach, blätterte er mit dem Daumen das Bündel Dollarscheine durch. »Ich weiß, dass Ihre Zeit und Ihre Mühen einiges wert sind. Vielleicht dürfte ich Sie für die Sorge, die meine Frau Ihnen bereitet hat, entschädigen.« Er zog ein paar Scheine heraus und zählte sie dem Bürgermeister in die Hand.

»Ich weiß nicht recht, Señor. Wir alle würden uns besser fühlen, wenn wir mit der Frau reden könnten.«

Jesus! Er legte zwei Hunderter drauf. »Ich versichere Ihnen, sie ist unverletzt und schläft sich bereits aus.«

Roberto lächelte und stimmte ein: »*Sí*, Señor Dawsons Frau hat manchmal ihre verrückten Anfälle, aber inzwischen geht es ihr wieder gut. Alkohol – ist nicht gut für sie, *comprende*?«

Jake zählte die nächsten zweihundert Dollar ab. Er war jetzt bei sechshundert und zählte immer noch weiter. Am liebsten hätte er den kleinen Fratz da unten erwürgt.

»Und Sie sind sicher, dass mit der Señora alles in Ordnung ist?«, fragte einer der Polizisten, was Jake dazu veranlasste, ein paar hundert Dollar draufzulegen.

»Wie ich bereits sagte, sie schläft sich aus.«

Endlich schienen die Männer zufrieden. Der Bürgermeister lächelte. »Falls Sie noch irgendetwas brauchen, Señor – Lebensmittel? Vorräte? Was auch immer, lassen Sie es uns wissen.«

Jake lächelte zähnefletschend. »Alles bestens. Sobald die Tanks voll sind, verschwinden wir.«

Der Bürgermeister nickte. »Gute Reise, Señor Dawson.« Er zählte das Geld, während sie von Bord gingen, wobei die Polizisten ein Auge auf ihren Anteil hatten.

Mordida war gang und gäbe in Mexiko, Bestechungsgeld für jedwede Gesetzesübertretung – oder was sonst auch immer. Abgesehen davon waren die Leute in Ordnung und mischten sich selten in fremde Angelegenheiten ein.

Im Augenblick war Jake jedenfalls verdammt froh.

»Du solltest ihr vielleicht eine Lektion erteilen«, schlug Roberto vor, als die Männer fort waren. Er schaute die Tür an, die zur Kapitänskajüte führte. »Oder ich erledige das für dich, wenn du willst.«

Der Ausdruck in Robertos Augen ließ Jake erschaudern. »Ich kümmere mich selbst darum. Bezahl einfach den Treibstoff, und dann sehen wir zu, dass wir endlich hier rauskommen.«

Robertos Mundwinkel zogen sich nach oben, aber der kalte Blick blieb. Verflucht, wo hatte der General nur diese zwei Typen aufgetrieben?

In diesem Augenblick wünschte Jake sich fast, Allies Plan hätte funktioniert und ihr wäre die Flucht gelungen.

Allie hörte die geborstene Tür aufgehen und sah Jake oben an der Treppe stehen. Der Zorn grub harte, unerbittliche Furchen in sein Gesicht, und unter seinem T-Shirt spannten sich die Schultermuskeln. Ein angstvolles Zittern überkam sie. Sie hatte gewusst, welches Risiko sie einging, als sie zu entkommen versucht hatte. O Gott, was würde er tun?

Seine Schritte donnerten wie Gewehrfeuer die Stufen herab. Als er ihr den Knebel aus dem Mund zog und Hand- und Fußfesseln löste, nahm Allie sich nach Kräften zusammen.

»Du kleine Närrin.« Sie bei den Armen packend, zerrte Jake sie aus dem Stuhl und schubste sie gegen die Wand. »Was muss ich tun, damit du es endlich begreifst? Wenn du nicht tust, was ich dir sage – exakt, was ich dir sage –, dann bringen diese beiden Kerle dich um!«

Allie starrte ihm ins Gesicht, das keine Handbreit von ihrem entfernt war. »Und was ist mit dir? Wirst du mich umbringen?«

Er stieß einen vulgären Fluch aus. »Im Moment hätte ich gute Lust dazu.« Er ließ ihre Arme los, trat zurück und fuhr sich mit der Hand durch das wellige schwarze Haar. »Schau, Allie, ich kann dir schlecht vorwerfen, dass du zu entkommen versuchst. Vielleicht bewundere ich dich sogar dafür. Aber es wird nicht funktionieren, und alles, was für dich dabei herausspringt, ist eine Tracht Prügel – oder Schlimmeres.«

Allie antwortete nicht, doch es überlief sie ein Schaudern. Er kämpfte schwer, seinen Zorn in Griff zu bekommen. Eine Tracht Prügel war das Letzte, das sie erwartet hatte.

»Du bleibst lieber eine Weile lang hier unten. Bobby will Blut sehen, und Luis sucht wie verrückt nach einem Grund, dich zu vergewaltigen.«

Allie biss sich auf die zitternde Unterlippe. Sie wollte nach Hause. Sie wollte Whiskers sehen. Sie wollte wieder bei ihren Freunden und ihrer Familie sein.

»Jesus, wein jetzt bloß nicht«, sagte Jake.

»Ich weine nicht.« Allie zwinkerte und eine Träne lief ihr die Wange hinab.

Jake fluchte unhörbar, drehte sich um und machte sich zur Treppe auf. Allie schaute ihm hinterher, dachte an seinen harten Gesichtsausdruck und seine Drohungen und sagte sich, dass sich nichts dadurch änderte.

Was auch immer Jake Dawson tat, sie würde nicht aufgeben, bis sie von diesem Boot herunter war.

»Entschuldigen Sie, Mrs. Parker, ich möchte Sie nicht beunruhigen, aber Allie ist seit drei Tagen nicht zur Arbeit erschienen, und ich mache mir langsam wirklich Sorgen.« Barbs Finger schlossen sich fester um den Hörer. Sie hasste es, Allies Mutter anrufen zu müssen, aber sie wusste nicht, was sie sonst tun sollte. »Ich bin heute Morgen zu ihrem Apartment gegangen, um nachzusehen, ob sie vielleicht krank ist. Als sie nicht aufgemacht hat, habe ich die Schlüssel genommen, die sie unter dem Blumentopf im Eingang deponiert hat, aber von Allie fehlte jede Spur, und Whiskers ist nicht gefüttert worden.«

»O mein Gott! Allie würde niemals verreisen, ohne jemanden zu besorgen, der sich um Whiskers kümmert.«

»Ich weiß, Mrs. Parker, deshalb rufe ich ja an. Ich habe Whiskers zu mir nach Hause mitgenommen, deswegen müssen Sie sich also keine Sorgen machen, aber ...«

»Allie verreist nicht, ohne dass sie Bescheid gibt. Es muss etwas passiert sein. Wir müssen die Polizei rufen.«

»Daran habe ich auch schon gedacht.« Barb schaute zu Detective Reynolds hinüber, dem groß gewachsenen Polizeibeamten, der am anderen Ende der Bar stand. Er war Stammgast im Raucous Raven, auch wenn sie bis jetzt noch nie mit ihm gesprochen hatte. Doch als er heute zum Mittagessen gekommen war, hatte sie ihn zur Seite genommen und um Hilfe gebeten.

»Es ist gerade ein Polizeibeamter hier im Lokal«, sagte sie. »Ein Detective namens Reynolds. Er wollte, dass ich zuerst Sie anrufe und alle anderen, die vielleicht wissen könnten, wo Allie sich aufhält. Wenn wir sie dann immer noch nicht gefunden haben, müssen wir eine Vermisstenmeldung machen.«

Mrs. Parker fing an zu weinen, und Barbs Unruhe erreichte ungeahnte Dimensionen. Sie strengte sich an, ihre Stimme nicht die Angst verraten zu lassen. »Alles wird wieder gut, Mrs. Parker. Allie ist klug, und Sie wissen, wie umsichtig sie ist. Es geht ihr bestimmt gut. Vermutlich handelt es sich einfach um ein Missverständnis.«

Doch in Wirklichkeit dachte sie etwas anderes. Barb legte den Hörer auf und hatte ein flaues Gefühl im Magen. Sie hatte Allies Befürchtung, dass Chrissys Tod kein Unfall gewesen war, nicht erwähnt, hatte Mrs. Parker auch nicht erzählt, dass ihre Tochter auf einen Eine-Frau-Kreuzzug gegangen war, um einen Beweis dafür zu finden, dass Chrissy und ihr Freund ermordet worden waren.

Aber genau das hatte sie Detective Reynolds erzählt.

»Ich nehme an, ihre Mutter glaubt ebenfalls, dass ihr etwas zugestoßen sein könnte«, sagte er. Er hatte dunkle Haut, dichtes braunes Haar, ein angenehmes Lächeln. Barb hatte ihn immer schon für einen gut aussehenden Burschen gehalten. Doch im Augenblick hoffte sie einfach nur, dass er seinen Job gut machte.

»Sie macht sich wirklich Sorgen. Allie und sie stehen sich sehr nahe. Ich glaube nicht, dass Allie ihr jemals, aus welchem Grund auch immer, mit Absicht Angst einjagen würde.«

»Wir werden mit ihr sprechen müssen und mit Allies Vater auch, natürlich.«

»Er ist pensioniert und vermutlich gerade auf dem Golfplatz.«

»Sie sagten, Allie sei Chrissy Chambers wegen zu Detective Hollis gegangen.«

»Genau. Sie dachte, dass Felix Baranoff oder sonst irgendjemand bei Dynasty mit Drogen zu tun haben könnte.«

»Wie kam sie darauf?«

»Chrissy hat irgendetwas gesagt, nehme ich an. Sie hatte Angst, dass Donnie Markham in irgendwelchen Schwierigkeiten steckt.

»Interessant.«

»Sehr interessant, wenn man bedenkt, dass Allie jetzt auch etwas zugestoßen ist.«

»Das wissen wir noch nicht.« Der Typ, der neben ihm an der Bar stand, winkte mit einem leeren Highball-Glas. Barb holte ihm einen neuen Drink.

»Ich habe jeden angerufen, der mir eingefallen ist«, sagte sie, als sie zurück war. »Und ich weiß nicht, was ich noch tun soll.«

»Wenn Sie jemanden finden könnten, der Sie hier vertritt, dann könnte ich Sie zum Revier mitnehmen, damit wir die Vermisstenmeldung aufnehmen können.«

Barb band die rotschwarze Raucous-Raven-Schürze auf, die sie über dem schwarzen Rock trug. »Geben Sie mir fünf Minuten. Ich finde schon jemanden.« Mit vor Angst zitternden Händen eilte sie nach hinten. Dan Reynolds kannte Allie Parker. Sie hatte ihn dutzende Male bedient. Chrissy Chambers hatte er sogar noch besser gekannt – weil er zweifelsohne mit ihr geschlafen hatte.

Reynolds kannte also beide Frauen. Wenn ihm daran gelegen

war, die Suche nach Allie schnellstmöglich aufzunehmen, dann hatte Barb noch mehr Grund, sich zu sorgen.

Zwei lange Tage vergingen. Bis auf gelegentliche Spaziergänge an Deck blieb Allie unten. Nachts fesselte Jake ihr die Hände, zerrte sie neben sich aufs Bett und schlief auf der Stelle ein. Am Tag ließ er sie allein.

Wieder war ein Tankstop fällig. Ausgehend davon, wie weit sie beim ersten Mal gekommen waren, mussten sie bald einen Hafen finden. Nach ihrem Fluchtversuch hatte Jake den Inhalt ihrer Tasche durchwühlt und ihr alles weggenommen, was sie gegen ihn hätte verwenden können.

Allie verspürte einen Anflug von Befriedigung, wenn sie an das kleine Bic-Feuerzeug dachte, das Jake übersehen hatte und das mittlerweile unter der Matratze verstaut lag.

Sie war schon fast eine Stunde lang an Deck, als sie den Wind sich leicht drehen spürte, was, wie sie wusste, bedeutete, dass die Jacht den Kurs änderte. Das Schiff beschrieb einen langsamen Bogen, und die Küste schob sich vor den Bug – ein langer, dünner, grün gesprenkelter Sandfinger.

»Wo sind wir?«, fragte sie, als Jake neben ihr erschien, obwohl sie nicht annahm, dass er es ihr sagen würde.

»Puerto Magdalena.« Er warf ihr einen düsteren Blick zu. »Ich nehme an, nicht darauf vertrauen zu können, dass du unten bleibst und dich ruhig verhältst.«

»Oh, das kannst du. Ich habe dir doch versprochen, dass ich nicht …«

»Genau, wie ich es mir gedacht habe.« Er packte sie am Arm und zog sie zu der Tür, die zu seiner Kabine hinunterführte. Allie wusste, dass ihr keine Wahl blieb, und ging ihm voraus.

»Ich habe versprochen, dass ich ruhig bin«, sagte sie. »Reicht das nicht?«

»Nein.« Er griff in die Kommodenschublade und nahm die

Seilstücke heraus, die er zuvor schon benutzt hatte. »Ich hasse es wirklich, das zu tun, aber mir bleibt nichts anderes übrig.«

»Aber du kannst doch bestimmt –« Der Knebel wanderte in ihren Mund, schnitt ihr das Wort ab. Er fesselte ihre Handgelenke, dann die Füße, setzte sie auf den Stuhl, wickelte ein weiteres Seil um sie herum und ließ sie allein. »Ich mache dich los, sobald wir losfahren«, sagte er noch.

Allie verfluchte ihn, während sie ungeduldig darauf wartete, dass das Schiff anlegte. Kaum dass die Maschinen stillstanden, hörte sie, wie die Männer oben an Deck allesamt die Jacht verließen. Sobald sie allein war, machte sie sich ans Werk, ruckelte den Stuhl an den Rand des Betts und tastete nach ihrem kleinen Notfall-Bic.

Was sich als nicht gerade leicht herausstellte, verschnürt,wie sie war. Sie fummelte an dem Feuerzeug herum, versuchte das Seil durchzubrennen, doch das schien mit dieser kleinen Flamme unmöglich. Ihr war klar, dass Zeit der kritische Faktor war, also fand sie sich mit ihren Fesseln ab und fing an, samt Stuhl umherzuhüpfen, ihn von da nach dort mitzuzerren. Aus dem Papierkorb schnappte sie sich ein weggeworfenes Stück Papier, dann schob sie Tagesdecke, Decke und Laken in der Mitte des Betts zu einem Haufen zusammen.

Die Bullaugen aufzubekommen schien eine halbe Ewigkeit zu dauern, doch irgendwie schaffte sie es, die letzten beiden zu öffnen. Erschöpft lehnte sie sich in ihrem Stuhl zurück und malte sich das alsbaldige Freudenfeuer auf dem Bett aus.

In Anbetracht ihrer begrenzten Möglichkeiten schien ihr der Plan ein guter zu sein. Sobald sie ein Feuer in Gang brachte, würde der Rauch durch die offenen Fenster ziehen. Jake und die anderen würden es vermutlich sehen und zum Löschen zurückeilen, aber es bestand immerhin die Chance, dass auch andere Männer angelaufen kamen. Sie würden sie gefesselt und geknebelt vorfinden und begreifen, dass sie in Schwierigkeiten war.

Sie würden ihr helfen – sie mussten es einfach.

Diesmal, davon war sie überzeugt, würde sie es schaffen.

Mit einem tiefen Atemzug machte sie sich Mut und betete, dass sie nicht mit der Matratze zusammen in Flammen aufgehen würde. Sie entzündete das zwischen das Bettzeug gestopfte Papier und wartete darauf, dass die kleine Flamme zum Leben erwachte.

Als sie sicher war, dass sie das Feuer in Gang gebracht hatte, hoppelte sie so weit weg wie möglich, sprach ein schnelles Gebet, dass der Rauch nicht zu dick werden möge, bevor Hilfe kam, und wartete darauf, dass die Vorstellung begann.

Jake verspürte ein ungutes Prickeln im Nacken. Ein Gefühl, das er selten ignorierte und heute ganz bestimmt nicht. Von Anfang an hatte er sich unwohl gefühlt, Allie so lange allein zu lassen; jetzt rief ihm sein sechster Sinn eine Warnung entgegen. Den Arm voller Vorräte, stürzte er zum Boot.

Am Ende der Straße kam er an Luis und Roberto vorbei, die in Pedro's Cantina – einem offenen Schuppen mit Schindeldach und sechs Stühlen – an der Bar hockten und Tequila tranken. Er wies sie an, in zwanzig Minuten abfahrbereit zu sein, und lief zum Boot weiter.

Er hatte den Steg, an dem die *Dynasty II* festgemacht hatte, fast erreicht, als er die ersten feinen Rauchschwaden durch die Bullaugen kommen sah.

Verdammter Mist! Wütend, schon wieder reingelegt worden zu sein, packte er seine Lebensmitteltüten, sprang an Deck, warf die Vorräte achtlos zur Seite und donnerte durch die Tür, die Allie dieses Mal wenigstens nicht hatte verriegeln können.

Jake blinzelte in den Rauch, der die Kajüte zu füllen begann. Mitten auf dem Bett schmorte ein Haufen Bettzeug, der sich aber – zu seiner großen Erleichterung – geweigert hatte, richtig in Flammen aufzugehen. Nach wie vor an den Stuhl gefesselt, versuchte Allie, ihm zu entfliehen. Ihr ohnehin schon blasses Gesicht wurde kalkweiß, als er aus der Tasche seiner Jeans ein Messer zog und die Klinge aufklappte – keine niedliche kleine Klinge wie die ihre, sondern ein langes, massives Stück Stahl, das einem Mann bei Bedarf den Bauch aufschlitzen konnte.

Allie schloss die Augen; sie zitterte.

Gut, dachte er. Zur Hölle, ich hoffe wirklich, sie fürchtet sich. Jake riss die Tür des Kleiderschranks auf, bückte sich, zerschnitt das Seil, das sie an den Stuhl fesselte, riss sie hoch und schob sie in den Schrank.

Er verfluchte sie und jede Blondine, die er je das Unglück zu treffen gehabt hatte. Dann schlug er die Tür zu, drehte den Stuhl um und rammte die Lehne unter den Türknauf.

Undeutlich hörte er sie seinen Namen rufen, doch er ignorierte es, raffte dann die schmorende Tagesdecke vom Bett – mehr zu ruinieren war ihr nicht gelungen –, brachte sie in die Dusche und stellte das Wasser an.

Zufrieden, dass er endlich einen Weg gefunden hatte, sie aus allen Schwierigkeiten herauszuhalten, verließ er ein paar Minuten später die Kajüte, beendete den Tankvorgang und bereitete die Abfahrt vor.

Er warf einen letzten Blick auf die Kajütentür, während ihm ein unheilvolles Beben den Rücken hinunterlief. Gott sei Dank war er derjenige gewesen, der den Rauch entdeckt hatte – nicht Bobby oder Luis.

Allies Brust schmerzte, als sie über ihr Scheitern nachsann und gegen die wachsende Panik ankämpfte. Ein letztes Mal rammte sie die Schulter gegen die Schranktür, aber der Stuhl wollte nicht nachgeben, und sie wusste, dass es sinnlos war weiterzumachen. Mit schmerzender Schulter lehnte sie sich an die Wand der winzigen, stickigen Kammer, die vielleicht einen Meter breit und gerade so tief wie ein Kleiderbügel war. Ein dünner Lichtstrahl kroch unter der Tür hindurch, und in der Luft lag stechend der Geruch verbrannter Baumwolle.

Allie rutschte im Schrank umher, versuchte, es sich bequem zu machen und sich zu entspannen. Eine Jacke, eine Freizeithose und ein paar Lederschuhe, mehr war nicht im Schrank, doch die Enge legte ihre Nerven bloß und trieb sie an den Rand der Panik.

Seit ihrem achten Lebensjahr bekam sie in engen Räumen Angstzustände. Seit jenem Freitagnachmittag, als sie in einem offenen Graben hinter dem Haus gespielt hatte. Eine Baufirma hatte den Graben ausgehoben, um eine beschädigte Leitung zu reparieren, doch die Arbeiter waren bereits fertig und weggefahren.

Als die Arbeiter verschwunden waren, war Allie augenblicklich zum Graben gelaufen und hatte sich ausgemalt, wie viel Spaß es machen würde, mit den Nachbarszwillingen Krieg zu spielen und den Graben als Fort zu verwenden.

Sie war gerade dabei, sich wie eine Wahnsinnige hineinzugraben und eine Festungsmauer zu bauen, als die Erde nachgegeben und sie begraben hatte; bis auf die Nase und die obere Kopfhälfte war sie ganz von Lehm bedeckt gewesen.

An jenem Tag hatte sie eine Angst überkommen, die alles übertraf, was sie je erlebt hatte. Ihre Eltern hatten sie erst nach annähernd drei Stunden gefunden; zu diesem Zeitpunkt war sie bereits völlig hysterisch gewesen – und seither ängstigte sie jegliche Enge.

Allie holte ruhig Luft, was mit dem Knebel im Mund schwierig war. Sie atmete zu schnell, ihre Handflächen waren verschwitzt, die Wände des Kleiderschranks fingen an, auf sie einzustürzen. Sie machte die Augen zu und stellte sich einen friedvollen Ort vor, so wie der Doktor in der psychiatrischen Klinik es ihr gesagt hatte, nur dass das nie wirklich geholfen hatte.

Die Minuten vergingen, die Panik wuchs. Sie versuchte, die Arme zu bewegen, aber Jake hatte sie gut verschnürt. Sie versuchte, den Knebel auszuspucken, aber er saß zu fest.

Ihre Brustmuskeln verspannten sich, und das Atmen wurde immer schwerer. Sie fühlte sich wie begraben, in der Falle wie damals. Sie wand die Handgelenke, versuchte, sich zu befreien, und fühlte den Schmerz schon gar nicht mehr, als ihr das Seil in die Haut schnitt. Ihre Panik wuchs. Sie schlug mit der Schulter gegen die Tür, dann sank sie langsam auf die Knie.

Ihr Atem pfiff. Lieber Gott, sie würde ersticken, würde hier auf dem Boden des Kleiderschranks sterben! Tränen füllten ihre Augen, liefen die Wangen hinab und benetzten den Knebel, der sich mittlerweile anfühlte, als wäre er auf die doppelte Größe angeschwollen.

Allie starrte die Tür an, sah sie aber nicht mehr, sondern nur noch die Dunkelheit, die sie zu verschlingen drohte und sie nicht entkommen ließ.

Fluchend und entschlossen, dem Mädchen ein und für alle Mal klar zu machen, in welcher Gefahr es sich befand, sobald die Jacht wieder unterwegs war, kehrte Jake in die Kajüte zurück. Was, zur Hölle, war los mit ihr? War diese kleine Närrin wirklich so dumm zu glauben, sie könnte drei hartgesottene Männer übertölpeln?

Als er die letzte Stufe erreicht hatte und den Kleiderschrank anstarrte, fluchte er immer noch. Er hörte dumpfe Geräusche und begriff, dass Allie gegen die Tür schlug. Verflucht, wusste sie denn nicht, wann es Zeit war aufzugeben?

Entschlossen, ihr einen derartigen Schrecken einzujagen, dass sie ihm künftig keine Schwierigkeiten mehr machen würde, riss er die Tür auf. Doch Allie ließ nur ein Mitleid erregendes Wimmern hören, und machte nicht den leisesten Versuch herauszukommen.

Jake war erschüttert; seine Hand zitterte, als er sie hochzog, kraftlos wie sie war und kaum noch in der Lage, sich auf den Beinen zu halten. Ihre Augen waren glasig, die Pupillen abnorm erweitert.

»Ruhig, Baby.« Er legte ihr einen Arm um die Taille und hielt sie fest, während er ihre Fesseln aufknüpfte. Ihre Handgelenke waren blutig, aufgerieben beim Versuch, die Fesseln abzustreifen.

Zur Hölle! Er wusste nur zu gut, was hier nicht stimmte, band ihr den Knebel auf und zog das Taschentuch aus ihrem Mund.

Allie blickte zu ihm auf und brach in Tränen aus.

Verdammt, er hasste heulende Frauen, insbesondere wenn er selbst der Grund war. »Ist ja gut«, beruhigte er sie, packte sie fester, drückte seinen Körper an sie und hüllte sie in seine Wärme ein. »Ist ja gut.«

Dann setzte er sich auf den Rand des Betts, zog sie sacht auf seinen Schoß und hielt die zitternde Allie einfach nur fest. Er hatte knallharte Männer kennen gelernt, die unter Klaustrophobie litten, Typen, die ihre Spezialeinheiten verlassen hatten, weil sie nicht durch einen Tunnel kriechen oder es nicht aushalten konnten, unter Wasser in schwerem Tauchgerät gefangen zu sein.

Jake strich ihr lockiges blondes Haar zurück, kämmte es mit den Fingern durch, klemmte ihr eine Strähne hinters Ohr. Es fühlte sich weich wie Seide an, ganz anders als das von Haarspray strotzende, überblondierte Haar jener Frauen, mit denen er sich zu treffen pflegte, inklusive der beiden, die er schließlich geheiratet hatte. Er spürte, wie sich ihr Busen an seine Brust presste, erinnerte sich, wie er sich unter seiner Hand angefühlt hatte, und seine Lenden strafften sich. Jake zwang sich dazu, es zu ignorieren, und hob mit den Fingerspitzen ihr Kinn an. »Alles in Ordnung?«

Allie richtete sich ein wenig auf und nickte.

»Du leidest unter Klaustrophobie?«

»Ja, seit meiner Kindheit. Ich habe mir hinter unserem Haus eine Festung gegraben, die eingestürzt ist und mich begraben hat. Darüber komme ich wohl nie mehr hinweg.« Auf einmal bemerkte sie, dass sie auf seinem Schoß saß, und ihr Gesicht lief rot an, sie rutschte herunter und kam unsicher auf die Füße. Das Vibrieren der Maschinen fiel ihr ebenso plötzlich auf, denn sie schaute nach der sich entfernenden Küste.

»Wir sind wieder unterwegs. Du kommst mit uns, Allie. Gewöhne dich lieber an den Gedanken.«

Allie sagte nichts, doch die Verzweiflung in ihrem Blick entging ihm keineswegs.

»Im Badezimmer ist Salbe. Lass mich deine Handgelenke versorgen.« Er stand auf und kehrte ein paar Minuten später zurück. Allie starrte immer noch verloren aus dem Bullauge. Er führte sie zum Stuhl zurück und fing an, die Salbe auf ihren Handgelenken zu verreiben.

»Du wirst mich umbringen, oder?«, sagte sie leise.

Jake hielt inne. Zum ersten Mal, seit Roberto sie entdeckt hatte, überlegte er, ob er ihr die Wahrheit sagen sollte. Doch die Idee verschwand so schnell, wie sie gekommen war.

»Ich habe dir doch gesagt, dass ich dich, wenn du dich benimmst, gehen lasse, sobald wir unser Ziel erreicht haben.«

»Und wo wäre das …?«

»Südlich von hier.«

»Wenn du mich dort gehen lässt, warum dann nicht gleich hier?«

»Das weißt du doch. Wir können das nicht riskieren. Du hast uns schon genug Schwierigkeiten gemacht. Wir brauchen nicht noch welche.«

»Aber …«

»Du gehst von Bord, Allie. Ende der Diskussion.«

Sie stritt sich nicht mit ihm herum. Nachdem er ihre Handgelenke verbunden hatte, starrte sie wieder zum Bullauge hinaus.

»Wie heißt du?«, fragte er, mehr an ihr interessiert, als vielleicht gut war.

Allie beäugte ihn argwöhnisch. »Du weißt doch, wie ich heiße.«

»Ich meinte den Nachnamen.«

»Parker.«

»Allison Parker?«

»Nein.«

Mehr sagte sie nicht, und er drängte sie auch nicht weiter. Je weniger er von ihr wusste, desto besser. Als er kurz vor dem Abendessen wieder nach unten kam, um nach ihr zu sehen, fand er sie schlafend vor.

Jake dachte über das, was er ihr gesagt hatte, nach. Dass sie sie gehen lassen würden, sobald sie ihr Ziel erreicht hatten. Die Wahrheit war: Er konnte sie nicht gehen lassen – nicht bevor dieser ganze Wahnsinn vorüber war. Sie kannte den Namen der Jacht, was Felix Baranoff ins Spiel bringen würde. Sobald sie wieder in San Diego war, würde sie schnurstracks zu den Bullen laufen, und das ganze Unternehmen flog auf. Schlimmer noch, wenn sie zur mexikanischen Polizei ging, dann würde die ihm die *Federales* auf die Fersen hetzen.

Das durfte er nicht zulassen. Um keinen Preis der Welt.

Er wünschte nur, er hätte verdammt gewusst, was er tun sollte.

6

An seinem glänzenden Louis-XIV.-Schreibtisch aus Rosenholz sitzend, warf Felix Baranoff einen prüfenden Blick auf seine goldene Patek Philippe. Zehn vor zehn.

Als zu seiner Rechten ein einzelner, scharfer Klingelton ertönte, öffnete er eine Schublade und nahm sein privates Handy heraus, dessen Nummer unter einem Fantasienamen registriert war, von dem nicht einmal seine Sekretärin wusste. Eve Holloway war effizient und vertrauenswürdig. Einmal hatte er sich sogar im Bett an ihr erfreuen dürfen. Aber manche Dinge, wie etwa seine Kontakte zu General Alejandro Valisimo, behielt man lieber für sich.

»*Buenos dias*, Alejandro.« Felix sprach fünf Sprachen fließend und ein paar andere ganz passabel, doch er zog es vor, sich auf Englisch zu unterhalten, um seine Klienten, Ausländer zumeist, über seine Sprachkenntnisse im Ungewissen zu lassen.

Sein Tonfall war entspannt, sorgsam leichthin gehalten. Er hatte auf diesen Anruf gewartet. Kein Grund zur Sorge, also … zumindest jetzt noch nicht.

»Ich rufe Sie an, um unsere Verabredung zu bestätigen. Das Boot ist unterwegs?«

»Ist es.« Felix war ein hünenhafter Mann mit stämmiger Brust und kräftigen Schultern. Sein dunkelbraunes Haar war an den Schläfen von ein paar grauen Strähnen durchzogen, aber das ließ ihn, wie die Frauen zu sagen pflegten, nur noch würdevoller erscheinen.

»Und Ihr Mann … Dawson, nicht wahr? Hat er die bestellte Ware?«

»Jake Dawson überbringt die erste Schiffsladung wie geplant.«

»Gut, meine Männer warten am vereinbarten Treffpunkt. Wenn das Boot innerhalb von vierundzwanzig Stunden nach dem geplanten Zeitpunkt nicht da sein sollte, melde ich mich wieder.«

»Es wird da sein, General. Dawson ist ein zuverlässiger Mann.«

»Das möchte ich ihm auch geraten haben«, sagte Valisimo, und die Leitung war tot.

Baranoffs Lippen wurden schmal. Er konnte Alejandro Valisimo nicht leiden. Der General sah sich als Patrioten im Dienst des Volkes. Menschen, die sich am Profit orientierten, strafte er mit Verachtung. Felix hielt ihn für einen Eiferer an der Grenze zur Selbstzerstörung und war ihm gerne behilflich auf seinem Weg – aber das hatte seinen Preis.

Er legte das Handy in die Schublade zurück, erhob sich und ging ans Fenster. Von seinem Büro aus überblickte er die Bucht von San Diego, kein billiger Standort, aber er konnte ihn sich leisten.

Vorsichtig streckte er die Hand aus und griff nach einem exquisiten Porzellanpferd aus der Zeit der Tang-Dynastie, das auf einem Hepplewhite-Tisch stand. Das Pferd war nur eines der kleineren Stücke aus einer Sammlung von Weltruf.

Felix liebte das Sammeln. Flämische Maler des siebzehnten Jahrhunderts, italienische Skulpturen, exotische japanische Wandschirme aus Seide und – seine persönlichen Lieblinge – exquisite, goldene Artefakte aus versunkenen Zivilisationen.

Er stellte das Tang-Pferdchen wieder auf den Tisch und wandte sich der beleuchteten Vitrine mit dem goldenen Halsband zu, das 1500 v. Chr. die ägyptische Königin Hatschepsut getragen hatte.

Um solch wertvolle Kunstgegenstände zu erstehen, brauchte es Geld. Felix hatte sein ganzes Leben lang hart gearbeitet, um sich diese Schätze zu erwerben.

Er dachte an Alejandro Valisimo und dessen dumme kleine Revolution. Er dachte an das, was unter dem Deck der *Dynasty II* lagerte, und lächelte.

Es wurde langsam Abend. Allie erwachte und fand die Kajüte in Schatten getaucht. Durchs Bullauge sah sie die Sonne tief über dem Horizont stehen und den Himmel in orangerotes Gold verwandeln. Es war wärmer heute Abend. Je weiter südwärts sie kamen, desto heißer wurde es. Sie war froh, dass sie erst Ende März hatten – halt! – heute war der 1. April, und der Scherz ging definitiv auf ihre Kosten.

Ihr Magen rumorte. Sie dachte daran, nach oben in die Kombüse zu gehen, um sich etwas zu essen zu holen, und fragte sich, ob Jake wohl die Tür verrammelt hatte. Sie bezweifelte es, schließlich konnte sie nirgendwohin entkommen, und wann immer sie an Deck war, hatte sie einer der Männer im Auge behalten. Also ging sie die Treppe hinauf und hatte schon die Tür erreicht, als mittlerweile vertraute Männerstimmen sie innehalten ließen.

»Die Frau ist ein Problem«, sagte Bobby Santos gerade zu Jake. »Du hast sie nicht unter Kontrolle, überlass sie lieber mir. Ich sorge dafür, dass sie den Mund hält.«

»Nee, Mann, ich kümmere mich um sie«, erbot sich Luis. »Ich fick sie dermaßen durch, dass sie es nicht mehr aus dem Bett raus schafft.«

Beide Männer schienen das für unglaublich witzig zu halten, nur Jake stimmte nicht in das Gelächter ein. »Ich habe es euch gesagt, die Frau gehört mir, so lange es mir passt.«

»Yeah, und das nervt ziemlich«, grummelte Bobby.

»Gefällt dir das etwa nicht?« Sie hörte Jakes Stuhl nach hinten rutschen. »Willst du vielleicht was dagegen unternehmen?«

Bobby gab keine Antwort. Jake Dawson war groß und zäh und sich seiner selbst in einer Art und Weise sicher, wie keiner der beiden anderen es war. Sie konnte Bobby also kaum vorwerfen, dass er gegen Jake nicht antreten wollte.

»Das habe ich auch nicht angenommen«, stellte Jake fest.

Er verteidigte sie schon wieder, und Allie fragte sich, warum. Gab es denn wirklich so etwas wie böse Buben mit gutem Herzen? Oder steckte etwas Abgründigeres dahinter? Wollte er doch etwas von ihr und wartete nur den richtigen Zeitpunkt ab?

Sie dachte an das, was in Tortugas passiert war und wie er sich um sie gekümmert hatte, nachdem er sie so verängstigt im Schrank vorgefunden hatte. Sie konnte den Abdruck des großen, harten Körpers, der ihr all seine Wärme gab, noch förmlich spüren.

Draußen vor der Tür hörte sie Bobby den Salon verlassen und zur Brücke zurückkehren. Allen ihren Mut zusammennehmend, gesellte sie sich zu den beiden Männern. Jake hatte eine Art Fischeintopf gekocht, und es duftete köstlich. Ein Mann, der kochen konnte – und dabei so gut aussehend war wie er –, wäre unter anderen Umständen ein Glücksfall gewesen. Sie aß den Teller Eintopf, den er ihr hinstellte, und räumte, als sie fertig war, die Kombüse auf.

Als er an diesem Abend in die Kajüte kam und sich auszuziehen begann, betrachtete sie ihn in einer Art und Weise, wie sie es zuvor nie getan hatte, so, wie vielleicht Chrissy ihn betrachtet hätte. Was sie sah, ließ ihr den Atem stocken. Die Schultern so breit, dass sie gerade noch durch die Tür zum Badezimmer passten, der Bauch flach und hart wie Stein. Ein glatter braun gebrannter Rücken mit ausgeprägten Muskeln, die Augen von schönem, tiefem Blau und ein Gesicht, das eine jede Frau schwindlig gemacht hätte, wären die Kanten nicht so hart gewesen.

Allie schüttelte sich. Vielleicht litt sie langsam unter dem Stockholm-Syndrom und fing an, in ihren Geiselnehmern die Retter zu sehen und nicht die ruchlosen, mit Drogen dealenden Kidnapper, die sie in Wirklichkeit waren. Die Wahrheit war doch, dass sie nicht die leiseste Ahnung hatte, welche Absichten Jake Dawson verfolgte.

Er warf einen Blick in ihre Richtung, zog das T-Shirt aus und warf es über einen Stuhl.

»Geh ins Bett. Ich brauche etwas Schlaf, und solange du so durch die Kajüte schleichst, werde ich keinen finden.«

Sie beäugte ihn misstrauisch und staunte, dass er die Schublade mit dem Seil ignorierte und gleich auf die andere Seite des Betts zuging.

»Du hast nicht vor, mich zu fesseln?« Er machte kehrt und stellte sich vor sie hin. »Wenn du die Kajüte verlässt, bekommst du es mit Bobby oder Luis zu tun. Du solltest dir mittlerweile darüber im Klaren sein, was mit dir passiert, sobald sie dich in die Finger kriegen.«

Allie erschauderte. »Ich gehe bestimmt nicht hinauf.«

»Gut. Und jetzt leg dich hin. Wenn ich vorhätte, dich zu vergewaltigen, dann hätte ich es längst getan.«

»Und warum hast du es nicht getan?« Die Worte waren dem Mund entflohen, bevor sie es noch verhindern konnte. Sein erstaunter Gesichtsausdruck ließ sie sich krümmen.

»Willst du etwa vergewaltigt werden?«

»Nein! Natürlich ... nicht. Ich habe mich nur gefragt, warum du's nicht getan hast. Hätte sich meine Mitbewohnerin in deiner Kajüte versteckt, hättest du es zumindest erwogen, da bin ich mir sicher. In gewisser Weise ist es beleidigend ...«

Seine Mundwinkel zuckten nach oben, doch das schwache Lächeln schwand sogleich wieder. Er spürte, wie er in seiner verwaschenen Jeans hart wurde. Und es bedurfte keiner Expertin, die Beule an seinem Hosenschlitz oder das, was sie zu bedeuten hatte, korrekt zu benennen.

Wie gelähmt stand sie da, als er die Hand ausstreckte und ihre Wange berührte. »Nun, ich möchte eine Lady nur ungern beleidigen.«

Überrascht machte Allie den Mund auf, um etwas zu sagen – irgendetwas – doch bevor sie noch ein Wort über die Lippen brachte, glitt eine seiner kräftigen Hände in ihr Haar, und er zog ihren Mund an seine Lippen. Und diese Lippen waren weicher als sie aussahen, seine Hände stärker.

Sie vermochte sich nicht zu bewegen, so fest hielt er sie. Er nahm sich, was er wollte, legte sich ihren Kopf zurecht, wie es ihm gefiel, forderte heiße, nasse Küsse ein und drang tief mit der Zunge in sie.

Allie fühlte sich ausgeraubt, überfallen. Entflammt. Harte Muskeln und gelocktes schwarzes Brusthaar pressten sich an ihren Busen, und jedes Mal, wenn er sich bewegte, rieben sich ihre Nippel am Stoff ihres Tank-Tops. Seine Oberschenkel suchten sich einen Platz zwischen ihren Beinen, und sie verspürte einen pochenden Schmerz. Sein Mund fühlte sich heiß an, nass und wundervoll.

Sein Kuss wurde fordernder, und ihre Knie verwandelten sich in Wackelpudding. Ihre Lungen weigerten sich, genügend Luft zu holen. Irgendwo in der Ferne hört sie ein leises Stöhnen und begriff, dass es ihr eigenes war.

O mein Gott! Allie wich just in dem Augenblick zurück, als Jake sie losließ, und trat einen Schritt zurück. Einen Moment lang standen sie beide nur so da, viel zu schnell atmend, einander anstarrend, als könnten sie nicht fassen, was geschehen war.

»Verdammter Mist«, sagte Jake und fuhr sich mit der Hand durchs zu lange schwarze Haar.

Allie sagte nichts, aber sie hätte es selbst nicht besser ausdrücken können. Was in Gottes Namen war los mit ihr? Der Mann war ein Kidnapper, ein Krimineller, vielleicht sogar ein Mörder. Und sie hatte ihn geküsst!

»Es ... es tut mir Leid.«

Durchdringende blaue Augen fixierten ihr Gesicht. »Es tut dir Leid?«

»Ja, ich ... Das war dumm von mir. Ich bin deine Gefangene. Und du bist ein ... ein ... eine Art Desperado. Ich hätte das, was ich da gesagt habe, nicht sagen sollen.«

Zusammen mit dem Mundwinkel hob sich eine Augenbraue. »Mich fragen, ob ich daran gedacht habe, dich zu vergewaltigen, meinst du?«

Sie schluckte. »Ja. Es war wirklich dumm von mir ...«

»Nur damit du es weißt, Allie, willige Frauen sind mir lieber. Aber ich habe oft daran gedacht, wie es wäre, dich zu haben.« Seine Belustigung schwand langsam. »Und nach dem, was gerade passiert ist, werde ich jetzt wohl noch um einiges häufiger daran denken.«

Allie sagte nichts, aber ein kleiner Schauer überlief sie, und sie redete sich ein, dass es sich um Angst handelte. Sie sah ihm zu, wie er das Bett umrundete.

»Und jetzt werde ich dich bestimmt zu nichts zwingen. Aber ich habe genug davon, in diesen dämlichen Jeans zu schlafen, also werde ich sie ausziehen. Falls dir das nicht gefällt – schau einfach nicht hin.«

Womit er seinen Gürtel aufmachte und den Reißverschluss aufzog, die Jeans hinunterschob und auszog. Nicht hinschauen, sagte sie sich, aber ihre Augen weigerten sich, woanders hinzusehen. Er trug einen knappen weißen Slip, und als er unter die Laken kroch, sah sie, dass seine Beine ebenso lang und muskulös waren wie alles an ihm. Und wenn die Beule an der Vorderseite irgendetwas zu sagen hatte, dann war er auch da gut ausgestattet.

»Sieh zu, dass du auch etwas Schlaf abbekommst«, sagte er barsch.

Unter diesen Laken lag ein annähernd nackter Mann. Es war zuvor schon schlimm genug gewesen, neben ihm schlafen zu müssen, aber da hatte er sie noch nicht geküsst – und eine Menge mehr Kleider angehabt.

»Ich schlafe heute auf dem Stuhl.«

Ein blaues Auge öffnete sich einen Spaltbreit. »Du schläfst im Bett, damit ich auf dem Laufenden bin, was du tust.«

Allie schüttelte den Kopf.

»Willst du wieder gefesselt werden?«

Mit einem resignierten Seufzen setzte sie sich auf die Bettkante und zog die Socken und die Reeboks aus. Doch sie weigerte sich, unter das Laken zu schlüpfen, legte sich auf die Tagesdecke und ignorierte den Geruch der versengten Wolle.

»Diese Klamotten können nicht recht viel bequemer sein als meine Jeans«, sagte Jake, ohne die Augen aufzumachen. »Wenn du willst, hole ich dir eins von meinen T-Shirts.«

»Nein! Ich ... ich meine, nein danke. Ich bin ganz zufrieden so.«

Jake schnaubte ungläubig, aber er drängte sie nicht weiter. Genau genommen schien er erleichtert. Er rollte sich zur Seite, knuffte mehrmals das Kissen zusammen und schob es sich unter den Kopf. Allie versuchte, nicht an all die dunkle Haut und all die Muskeln zu denken, die nur ein Stückchen entfernt neben ihr lagen.

Doch es dauerte sehr lange, bis sie Schlaf fand.

Detective Dan Reynolds betrat das verglaste Büro und machte die Tür zu. Der dünne, rothaarige Archie Hollis war bereits da. Dan und Archie waren mit dem Fall »Parker« betraut worden, weil Archie mit Allie bezüglich des Todes ihrer Mitbewohnerin gesprochen hatte und Dan über beide Frauen ein wenig Bescheid wusste.

Ihnen gegenüber saß hinter seinem Schreibtisch Captain Tom Caruthers, der jetzt seine Brille abnahm und sich den Nasenrücken rieb. »So, wie viel haben wir bis jetzt?« Caruthers war ein Schwarzer, mittelgroß und von der Statur eines Hydranten. Er wusste, was auf den Straßen abging, war stur wie eine Bulldogge und der beste Captain, unter dem Dan je gedient hatte.

Hollis antwortete: »Nicht gerade viel, Sir. Wir haben ihr Apartment gecheckt. Die Wohnung ist in Ordnung, kein Durcheinander. Falls jemand sie entführt hat, dann definitiv nicht dort. Wir haben die Nachbarn befragt. Niemand hat irgendetwas Ungewöhnliches bemerkt. Sie sagen, die Parker sei nett gewesen und beliebt. Keine Feinde. Keine ernsthaften Männerbekanntschaften. Hatte keine häufigen Rendezvous. Ihre Mitbewohnerin allerdings schon.« Er warf Dan einen Blick zu. »Ich schätze, sie ist ziemlich viel rumgekommen.«

Dan überhörte die Stichelei. Er hatte sich ein paar Wochen lang mit Chrissy getroffen, aber das Einzige, das sie gemeinsam gehabt hatten, war Sex. Sie hatte es gerne wild getrieben, genau wie er, aber wenn sie am Morgen zusammen aufwachten, hatten sie einander nichts zu sagen gehabt.

Seltsamerweise waren sie dennoch Freunde geblieben, nachdem die Affäre geendet hatte. Chrissy hatte einen jeden gern gehabt. Sie hatte sich nie jemanden zum Feind gemacht, nicht einmal die Männer, mit denen sie geschlafen hatte. Sie war einfach diese Sorte Mensch.

»Was ist mit dem Wagen?«, fragte Caruthers.

»Nichts bis jetzt«, sagte Dan. »Aber es ist einer von diesen metallic-grünen VW Beetles – nicht zu übersehen. Früher oder später taucht er irgendwo auf.«

»Es sind mittlerweile mindestens fünf Tage. Überprüft die Abschleppunternehmen. Und seht nach, ob der Wagen vielleicht irgendwo auf einem Parkplatz herumsteht.«

»Bin schon dran«, sagte Dan.

»Sonst noch irgendetwas?«

»Ihre Freundin Barbara Wallace hat gesagt, dass Allie die Albright Insurance Company aufgesucht hat«, setzte Dan hinzu. »Das ist die Versicherung, die für das Boot aufkommt, auf dem Christine Chambers ums Leben gekommen ist. Archie und ich haben mit einem Burschen namens …« Er schlug ein kleines Spiralnotizbuch auf. »… Bill Burns gesprochen. Dem Namen nach kannte er sie nicht, aber auf dem Foto hat er sie erkannt. Er hat gesagt, sie hätte sich Dorie Rankin genannt. Sie hat ihm erzählt, sie würde für die Dynasty Corporation arbeiten, und hat ihn um Hilfe gebeten.« Dan kämpfte gegen ein Grinsen an. »Burns hat ihr alles gegeben, was sie haben wollte.«

»Als da wäre?«

»Informationen über die *Dynasty I*. Augenscheinlich hat sie in Erfahrung gebracht, dass die Versicherungssumme für die Jacht aufgestockt worden ist, kurz bevor sie explodiert ist.«

»Glück für Baranoff«, sagte der Captain trocken.

»Ich schätze, das hat Allie sich auch gedacht.«

»Sieht so aus, als hätte sie versucht, die Beweise beizubringen, die Hollis haben wollte.«

»Möglicherweise«, sagte Archie. »Aber ich glaube nicht, dass sie auf irgendwas Brauchbares gestoßen ist.«

»Warum nicht?«, fragte Dan.

»Weil Baranoff nicht die Sorte Mann ist, der sich mit so 'nem Blondchen abgibt, deshalb. Er hat mehr Geld als der liebe Gott und ist ein richtiggehender Philan … Philan …«

»Philanthrop«, brachte Dan zu Ende.

»Yeah. Letztes Jahr hat er sogar unserem Witwen- und Waisenfond 'nen ziemlichen Scheck ausgestellt.«

Dan griff sich an den Hals und lockerte seine Krawatte. Dieses verfluchte Ding tragen zu müssen, war am Detective-Dasein das Schlimmste. »Ich gebe ja zu, dass es nicht sehr wahrscheinlich ist, aber es besteht die Möglichkeit, dass Allie Parker auf irgendetwas gestoßen ist, das sie nicht wissen sollte, und jemand sie irgendwie zum Schweigen bringen will.«

»Für Spekulationen ist es noch zu früh.« Der Captain erhob sich. »Ihr beide bleibt an der Sache dran. Haltet mich auf dem Laufenden. Solange Baranoff noch im Gerede ist, kann sich das zu einer ziemlich hoch angesiedelten Untersuchung auswachsen.«

Dan erwiderte nichts, aber die Richtung, die das Ganze nahm, gefiel ihm nicht. Und genau wie Barb Wallace, so machte auch er sich Sorgen um Allie Parker.

Ein weiterer Tag und eine weitere ruhelose Nacht waren vergangen. Jake lag schon fast ein Stunde lang wach, als sich ein dünner, grauer Lichtstrahl durch die Bullaugen über dem Bett schlich. Er streckte sich ein wenig und versuchte, den Krampf im Nacken zu lösen. Die Kabine roch ein wenig nach Rauch, aber sie war geräumig und auf jeden Fall luxuriös, doch mit der schlanken Frau, die neben ihm schlief, fühlte sich der Raum überfüllt und stickig an, nicht annähernd groß genug für sie beide.

Jake warf einen Blick zu Allie hinüber, die sich nur eine Handbreit entfernt zusammengerollt hatte. Seine Schicht am Ruder fing erst in über einer Stunde an, trotzdem bestand verdammt geringe Aussicht auf ein wenig Entspannung

Verdammt, er wünschte, er hätte sie nicht geküsst.

Er bemerkte den sanften Schwung ihrer Lippen, den Pfirsich-Sahne-Ton ihrer Haut, und seine Lenden begannen zu pochen. Er war hart wie Stein, und das war schmerzlich unbequem. Und so erging es ihm seit jenem Tag, als Roberto sie gefunden hatte, mit kurzen Unterbrechungen ständig.

Verflucht, er hasste Blondinen. Sie schafften es, ihm unter die Haut zu gehen – und zwar immer zum unmöglichsten Zeitpunkt. Er hatte geglaubt, gegen diese da immun zu sein, hatte aber alsbald herausfinden müssen, dass dem nicht so war. Er wollte sie.

Verdammt.

Warum sagt eine Blondine beim Sex kein Wort?

Weil ihre Mutter ihr beigebracht hat, nicht mit Fremden zu sprechen.

Jake knirschte mit den Zähnen. Er und Allie waren Fremde; aber blond oder nicht, er glaubte nicht, dass sie die Sorte von Mädchen war, die einfach so Sex hatte – ganz abgesehen davon, dass er einen Job zu erledigen hatte und sein Bestes tun musste, für ihre Sicherheit zu sorgen.

Mit einem Fluch auf den Lippen stieg er aus dem Bett und trottete ins Badezimmer. Er drehte die Dusche auf und stellte die Temperatur niedriger, als er es eigentlich mochte, was ihn endgültig aufweckte und ihn seine Morgenlatte loswerden ließ. Das machte das Denken leichter.

In Gedanken ging er noch einmal die Ereignisse der letzten Tage durch. Bis Allie Parker entdeckt worden war, war alles wie geplant verlaufen. Die Jacht, das perfekte Versteck, war beladen und planmäßig Richtung Süden unterwegs. Die Behörden suchten nach Booten, die Drogen in die Vereinigten Staaten schmuggelten. Dass eine riesige, teure Jacht wie diese hier irgendetwas in die entgegengesetzte Richtung schmuggelte, war kaum wahrscheinlich.

Und der Name Baranoff war für sich genommen schon Schutz genug. Die *Dynasty II* war seit Jahren mit Baranoffs reicher Klientel an Bord auf Luxusreise durch diese Gewässer unterwegs. Oberflächlich betrachtet, war dies nur eine weitere Vergnügungsfahrt.

Jake dachte an das Satellitentelefon auf der Brücke. Er wusste genau, was Baranoff sagen würde, falls er herausfand, dass eine Frau an Bord war.

»Wir dürfen keine Fehler machen«, hatte er gesagt. »Behalten Sie das im Kopf. Und tun Sie, was immer nötig ist.«

Mit »was immer nötig ist«, meinte Baranoff genau das, und es bestand kein Zweifel, dass er den beiden anderen Männern die gleichen Instruktionen erteilt hatte.

Jake zog eine abgeschnittene Jeans an, Zugeständnis an die zunehmende Hitze. Dann dachte er an Allie, und ein Schauder lief ihm über den Rücken. Baranoff hatte gar keine Möglichkeit herauszufinden, dass sie an Bord war. Absolut keine. Oder doch? Jesus, er hoffte es zumindest, aber der Mann war clever und hatte fast grenzenlose Verbindungen.

Als seine Schicht anfing, entschied Jake, dass das Satellitentelefon für eine Weile ausfallen würde.

7

Irgendwann drehte sie noch durch. Hätte sie nicht gewusst, dass das in einer sonnigen, luxuriösen Kabine unmöglich war, sie hätte glauben müssen, dass sie einen Anfall von Klaustrophobie hatte. Allie marschierte auf dem dicken malvenfarbenen Teppich auf und ab. Sie war einfach nicht der Typ, der so viel Zeit mit Nichtstun verbrachte.

Jake hatte ihr geraten, so viel wie möglich unter Deck zu bleiben, was sie bislang auch getan hatte. Sie hoffte, dass die Jacht jetzt langsam ihr Ziel erreichte. Aber unglücklicherweise waren sie immer noch auf See, immer noch unterwegs, und recht viel länger hielt sie das nicht aus.

Die Sonne brannte durch die Bullaugen und ließ die Kabine unerträglich heiß werden. Für die Windjacke war es zu heiß, aber ohne wagte sie sich nicht an Deck. Also zog sie die Jacke über das Tank-Top, das genau wie ihre Shorts dringend in die Wäsche musste, und ging die Treppe hinauf.

Als sie die Tür aufmachte, stand Luis oben im Salon. »Hey, Baby! Juckt's dich irgendwo, und du willst gekratzt werden, was?« Er grinste sie lüstern an. »Kannst Jake sagen, dass er dich nicht ordentlich glücklich macht, Luis kümmert sich gern um dich.«

Allie ignorierte ihn. Luis sagte ständig irgendwas in der Art. »Wo ist er?«

»Schiebt seine Schicht, oben auf der Brücke.«

Und wo ist Roberto?, wollte sie fragen, tat es aber nicht. Es war wichtig, dass die beiden Latinos nicht mitbekamen, wie sehr sie sie fürchtete. Und sie brauchte wirklich etwas frische Luft. Sie musste sich unbedingt die Beine vertreten, und weder Bobby Santos noch sonst irgendjemand würde sie daran hindern.

Also schob sie die Glastür auf, ging auf das Deck hinaus und sog tief die warme, salzige Luft ein. Bis jetzt war das Wetter immer mild und sonnig gewesen mit lediglich ein paar Wolkenfetzen am Himmel. Aber heute war der bis dato heißeste Tag mit Temperaturen weit über dreißig Grad.

Eilig lief sie nach vorne zum Bug und freute sich am Wind und der klaren blauen See, die sich vor ihr erstreckte. Doch plötzlich brach das Dröhnen der Maschinen ab, und Stille legte sich über die Jacht. Das Schiff verlor schlingernd an Fahrt und legte sich tiefer in die Wellen.

Sie ging hinein, um herauszufinden, was passiert war, doch was immer es auch sein mochte, es würde ihr die Stimmung nicht verderben, und sie würde diesen seltenen Augenblick der Freiheit weiter genießen. Schützend legte sie die Hand über die Augen, studierte den Horizont, fuhr hoch und sah genauer hin.

Wale! Sie war so aufgeregt und vergaß einen Moment lang sogar, dass sie eine Gefangene war. Vergaß, dass sie auf einem Schiff nach Gott-weiß-wohin festsaß und vor ihr eine unsichere Zukunft lag. Sie wollte ihre Freude mit jemandem teilen und hatte einen süßen Augenblick lang Jakes Namen auf den Lippen.

Dann holte die Realität sie ein. Jake war ihr Kidnapper, nicht ihr Freund, wie sehr er sie auch beschützen mochte.

Wie innig er sie auch geküsst hatte.

Ein riesenhafter grauer Leib tauchte aus dem Wasser auf, gefolgt von einer monströsen Schwanzflosse. Eine Welle reinster Freude überrollte Allie. Vielleicht war das eine Nachricht, ein Zeichen. Das Leben konnte so gut sein, so wunderbar, sogar dann, wenn die Dinge düster schienen. Sie sah eine andere wundervoll geschwungene Schwanzflosse sich in die Luft schwingen, um anmutig wieder unter der Wasseroberfläche zu verschwinden, und ein Gefühl der Ehrfurcht überkam sie.

Sie lachte und überlegte sich, dass die Nachricht, die sie erhalten hatte, eine hoffnungsfrohe war. Kostbar war das Leben und wert, darum zu kämpfen. Sie würde dieses Abenteuer überstehen und als ein besserer, stärkerer Mensch daraus hervorgehen.

Ihre Überzeugung war so stark, dass sie das leise Quietschen der Gummisohlen hinter sich auf dem Deck fast überhört hätte. Sie drehte sich um und sah Bobby Santos nur wenige Zentimeter entfernt hinter ihr stehen.

»Hast du die Wale gesehen?«

Sie erstarrte. »Ja. Sie waren wunderschön.«

»*Sí*, wunderschön ... genau wie du, *chica*.« Er streckte die Hand aus, berührte ihre Wange und ließ sie langsam ihr Kinn entlanggleiten. Allie kämpfte gegen einen Anfall von Ekel. Sie warf einen verzweifelten Blick über seine Schulter, fragte sich, wo Jake war, und wünschte sich, er würde wie von Geisterhand erscheinen.

»Er ist unten im Maschinenraum, es gibt ein Problem mit der Pumpe.« Roberto kam näher und zwang sie nach hinten zurückzuweichen, an die Reling aus Edelstahl, die den Bug umgab. »Ich denke, es ist Zeit, dass wir einander besser kennen lernen, findest du nicht auch?«

Ihr Kinn hob sich. »Ich kenne dich gut genug.« Allie versuchte, an ihm vorbeizukommen, doch er trat ihr in den Weg, zwang sie zurück an die Reling. »Geh mir aus dem Weg!«

Doch Bobby kam noch näher, klemmte sie mit seinem Körper fest und presste seine Lenden an sie. »Du willst dich doch nicht etwa mit mir anlegen, *chica*?« Eine seiner Hände glitt in ihre Windjacke und legte sich um eine Brust. »Ich könnte dir ohne weiteres wehtun.« Seine Finger klammerten sich in ihr weiches Fleisch und drückten schmerzhaft zu. »Es wäre gescheiter, du gibst mir einfach, was ich haben will.«

Ihr Herz hämmerte. Sie wollte zunächst schreien, sich umdrehen und wegrennen, doch stattdessen hielt sie stand. »Ich werde dir überhaupt nichts geben, Roberto.«

Die falsche Antwort. Roberto brachte sie auf dem Deck zu

Fall und landete schwer auf ihr. Sein Gewicht machte ihr das Atmen schwer. Sie konnte seine Hände fühlen, eine, die ihr die Brust rieb, die andere zwischen ihren Schenkeln. Sein Blick war verschleiert, aber dennoch von Entschlossenheit erfüllt.

Allie schluckte. Angst kämpfte mit Zorn. Sechs Monate lang hatte sie an Selbstverteidigungskursen teilgenommen. Sie wusste, was zu tun war, und verdammt, sie würde es tun – mit welchen Folgen auch immer.

Mühsam zwang sie ihren Körper, sich zu entspannen, und lächelte ihn an. »Vielleicht hast du Recht«, sagte sie und legte ihm eine Hand in den Nacken, als wolle sie ihn küssen. »Ich gebe Jake, was er will. Warum sollte ich es dir nicht auch geben?«

Robertos Augen leuchteten triumphierend. Er fingerte an seinem Reißverschluss herum, neigte den Kopf, um sie zu küssen – und Allie rammte ihm gnadenlos das Knie zwischen die Beine.

»Aaaah!«, heulte Roberto und rollte, sich den Schritt haltend, von ihr herunter, während Allie aufsprang. »Du Biest!«

Allie wirbelte herum und wollte wegrennen, doch Robertos Hand schoss vor und bekam ihren Knöchel zu fassen. Er drehte sich und riss sie aufs Deck zurück.

»Du willst Spielchen spielen?« Im Nu war er wieder auf ihr, presste ihr die Handgelenke neben dem Kopf zu Boden und hielt sie mit seinem Körper unten. Plötzlich glaubte sie, etwas zu hören und betete, dass es nicht Luis war. Sie fühlte, wie sich seine Erektion in ihren Magen presste, und die Furcht entflammte erneut ihren Zorn. Mit einem plötzlichen Ruck riss sie eine Hand los und fuhr ihm mit den Nägeln durchs Gesicht.

»*Puta*!«, zischte Roberto und packte ihr Handgelenk. Allie kämpfte wie eine Wilde und drückte ihn mit aller Kraft fort, aber Roberto hielt sie unten. Sie kämpfte gegen die Hand, die sich um ihren Hals legte, zuzudrücken begann und ihre Welt verschwommen und trüb werden ließ. Dann tauchte aus dem Nichts Jake auf, packte ihren Peiniger am Genick und zerrte ihn von ihr herunter. Jake wirbelte den Kerl herum, als wäre er aus Balsaholz, und schleuderte ihn gegen die Plexiglasfenster der Brücke.

»Ich habe dir doch gesagt, ich teile nicht mit dir!« Jakes Gesicht war vom Zorn gezeichnet, die blauen Augen beinahe schwarz. Lange, gebräunte Finger gruben sich in Robertos makellos weiße Hemdbrust. »Das Mädchen gehört, bis ich mit ihm fertig bin, mir. Und weil ich diese Operation leite, bleibt das auch so. Verstanden?«

Roberto wischte sich die dünnen Rinnsale aus Blut weg, die ihm über die Wangen liefen. »Verstanden.« Grausame schwarze Augen durchbohrten Allie. »Wenn das hier vorbei ist, *chica*, bringe ich dich um.«

Jake zog ihn hoch und schleuderte ihn erneut gegen die Fenster. »Du bringst überhaupt niemanden um. Und du fickst auch niemanden. Du bist hier, um deinen Job zu erledigen. Und das ist genau das, was du tun wirst.« Eine ganze Weile sagte Roberto kein Wort. Schließlich nickte er, doch seine Miene war unverändert mürrisch, und sein dunkler Blick verharrte auf Allie. Er warnte sie, teilte ihr mit, dass er tun würde, was Jake ihm befahl – für's Erste. Aber die Zeit würde kommen, da er sie bezahlen ließ.

Ein eisiger Schauer lief Allie über den Rücken, obwohl der Tag heiß war.

»Geh hinunter«, sagte Jake zu Allie. Als sie nicht gleich hochkam, nahm er sie am Arm, riss sie förmlich auf die Beine und zog sie das Deck entlang in den Salon. Er warf die Tür hinter sich zu und folgte ihr die Stufen hinunter, die sie mehr als ein wenig wackelig nahm, so zittrig wie ihre Beine waren.

Allie zwang sich, ihm ins Gesicht zu sehen. Seine düstere Miene ließ sie erbleichen, und sie wappnete sich gegen seinen Zorn. In einem entlegenen Winkel ihres Hirns fragte sie sich, weshalb sie eigentlich nicht verängstigter war.

»Was, zur Hölle, ist mit dir los? Ich habe dir doch gesagt, du sollst nicht allein an Deck gehen.«

»Ich … ich dachte, du wärst auf der Brücke.«

»Da du dir nicht die Mühe gemacht hast, mir mitzuteilen, dass du die Kabine verlässt, habe ich es gewagt, in den Maschinenraum zu gehen. Dein kleiner Spaziergang war genau die Gelegenheit, auf die Bobby gewartet hat.«

Ein Anflug von Zorn ließ sie die Schultern straffen. Allie stützte die Hände in die Hüften. »Ach, es war also mein Fehler? Diese Typen da oben sind Schweine, die sich nicht unter Kontrolle haben, und ich soll diejenige sein, die Schuld daran hat? Schöne Freunde sind das!«

»Das sind nicht meine Freunde. Ich dachte, du wüsstest das mittlerweile.« Da war etwas in seinem Gesicht, etwas, das bemerkenswerterweise ganz wie Besorgnis aussah. Er nahm sie am Kinn, hob es an und begutachtete die Druckstellen an ihrem Hals. »Es tut mir Leid, dass er dir wehgetan hat. Denkst du, du bist wieder einigermaßen in Ordnung?«

In seiner Stimme schwang ein sonderbar weicher Unterton. Sie war geradezu entsetzt, als ihr bewusst wurde, dass er offensichtlich Angst um sie hatte. »Ich bin okay. Danke für das, was du getan hast.«

»Als ich aus dem Maschinenraum zurückgekommen bin, habe ich durchs Fenster der Brücke gesehen. Sonst hätte ich nicht mitbekommen, dass du in Schwierigkeiten bist.« Seine Mundwinkel zuckten nach oben. »Ich schätze, du kennst dich tatsächlich mit Selbstverteidigung aus.«

Sie konnte sich ein Grinsen nicht verkneifen. »Ich habe den Kurs mit einer Eins beendet.« Es war lachhaft, einen Mann anzulachen, der einen als Gefangene hielt. Der Mangel an Sauerstoff schien ihren Verstand zu beeinträchtigen. »Ich habe es ihm jedenfalls nicht leicht gemacht. Trotzdem, wenn du nicht gekommen wärst …«

Sein Amüsement legte sich langsam wieder.

»Bobby ist kräftiger als er aussieht. Und er ist geradezu gemein. Ich weiß nicht, wie lange ich ihn noch unter Kontrolle halten kann. Von jetzt an hältst du dich von ihm fern.«

Allie blickte zu ihm auf. »Warum beschützt du mich, Jake?«

»Vielleicht habe ich ein Faible für übellaunige Blondinen.«

»Und vielleicht bist du ein ganz anderer Mann, als diese beiden es sind. Warum sagst du mir nicht, was hier los ist? Was lässt Felix Baranoff von dir und diesen beiden Kretins erledigen, dass du mich nicht vom Schiff lassen kannst?«

Sein Blick wurde hart wie der Robertos. Allie fürchtete ihn zum ersten Mal wirklich.

»Was weißt du über Felix Baranoff?«

Sie trat einen Schritt zurück. »Nicht ... nicht viel. Aber ich weiß, dass er vermutlich meine Mitbewohnerin Chrissy Chambers umgebracht hat.«

Er schaute sie streng an. »Christine Chambers war deine Mitbewohnerin?«

»Und meine beste Freundin.«

»Das ist es also, oder? Das hast du auf dem Boot gemacht? Herumgeschnüffelt, nach irgendwelchen Informationen gesucht, was mit der kleinen Chambers passiert sein könnte.«

»Ja. Und ich hab sie ja auch gefunden. Ich habe herausgefunden, dass Felix Baranoff in Drogengeschäfte verwickelt ist.«

»Hast du irgendjemandem gesagt, dass dir der Tod deiner Mitbewohnerin verdächtig erscheint?«

Sie kaute auf ihrer Unterlippe herum und überlegte, wie viel sie preisgeben sollte. Vielleicht half es ihr ja, wenn er wusste, dass sie mit der Polizei gesprochen hatte. »Einigen Leuten, genau gesagt – unter anderem einem Detective namens Hollis, der der Polizei von San Diego angehört.«

»Ach?«

»Allerdings. Ich habe sogar die Möglichkeit erwähnt, dass Baranoff mit Drogen zu tun hat. Sie suchen vermutlich schon nach dem Schiff.«

»Ach? Du hast also diesem Detective gesagt, du schleichst dich an Bord der Jacht und findest einen Beweis dafür, dass Baranoff Drogen schmuggelt – und Hollis hat das für eine brillante Idee gehalten.«

Ihr Gesicht lief rot an. »Ganz so war das natürlich nicht.«

Jake starrte sie eine Weile lang an, dann wich die Anspannung aus seinen Schultern. »Ich enttäusche dich nur ungern, Allie, aber Baranoff hat einen untadeligen Ruf. Die Polizei dürfte deiner Geschichte keine Spur von Glauben geschenkt haben.«

Untadelig? Ein großes Wort für einen Kriminellen. Allie fragte sich, wer dieser Jake Dawson eigentlich war. »Sie bekommen es schon noch heraus. Du hast Glück, dass die Polizei uns noch nicht eingeholt hat.« Jake sagte nichts. Und Allie verspürte das dringende Bedürfnis, die Hand nach ihm auszustrecken und ihn zu berühren. »Du kannst das hier immer noch beenden. Es ist noch nicht zu spät. Anstatt Baranoffs Auftrag durchzuziehen, was auch immer für einer es ist, könntest du immer noch einer von den guten Jungs werden.«

Seine Mundwinkel zuckten nach oben. »Ein guter Junge, hm?« Er hatte einen so hübschen Mund. Sie erinnerte sich daran, wie hitzig seine Lippen sich über die ihren bewegt hatten, wie unerwartet weich sie gewesen waren, und ihr wurde in der Magengrube warm.

»Ich werd's mir überlegen, Allie.« Er drehte sich um und machte sich zur Treppe auf. »Ich bringe dir etwas Eis. Du kannst es dir in ein Handtuch wickeln und den Hals damit kühlen.«

Allie sah ihn die Stufen hinauf verschwinden. Sie fragte sich, was Jake Dawson wohl widerfahren war, das ihn hatte schlecht werden lassen.

Der Morgen war in den Nachmittag übergegangen. Die Sonne brannte heißer als ein gestohlener Schlitten, doch Bobby gefiel es gut. Auf dem Achterdeck vor dem Salon stehend, zog er an seiner Zigarette, legte den Kopf in den Nacken, um die Sonnenstrahlen einzufangen, und ließ den Rauch aus der Nase strömen.

Er tastete den Schorf ab, der sich auf seinem Gesicht gebildet hatte und in langen, feinen Linien die Wangen hinunterlief. Diese kleine Hure hatte das angerichtet. Nie zuvor hatte jemand Spuren auf seinem Gesicht hinterlassen, niemals. Der Gedanke, dass Dawsons kleines Biest es getan hatte, verursachte ihm einen bitteren Geschmack im Mund. Er beugte sich vor und spuckte in die See.

Sie lagen gut in der Zeit, hielten das Boot genau im Plan. Heute würden sie Cabo San Lucas erreichen und noch einen Tankstopp einlegen. Diesmal sah Dawson besser zu, dass die kleine Hure still war, oder er würde es selber erledigen.

Vor Jake Dawson hatte Bobby keine Angst. Er hatte vor niemandem Angst. Aber bei diesem Job gab es eine Menge Geld zu verdienen – wenn er erst einmal bezahlt wurde. Und das würde nicht passieren, bevor sie Belize erreicht hatten und selbst dort nicht ohne Dawson. General Valisimo brauchte Dawsons tolle Waffenkenntnisse. Ohne ihn lief der Handel nicht.

Bobby schob sich die Zigarette zwischen die Lippen, nahm einen tiefen Lungenzug und blies den Rauch langsam wieder heraus. Er würde sich mit Dawson nicht anlegen, bevor er nicht sein Geld hätte, aber dann würde er sich schon um den Bastard kümmern – und um seine kleine Hure.

Schon bei der bloßen Vorstellung, was er mit dem Biest anstellen würde, bekam er einen Steifen. Vorfreude war ein Teil des Vergnügens.

Vielleicht war es gar nicht so schlecht, dass er noch warten musste.

Sie erreichten Cabo San Lucas am frühen Nachmittag. Jake ließ Bobby und Luis an Land, bis die Jacht aufgetankt war. Er gab ihnen eine Liste der Lebensmittel, die ihnen für die nächsten beiden Tage ausreichen würden, und sagte ihnen, sie sollten sich ruhig eine Stunde oder so für sich selbst Zeit nehmen. Er hatte sich überlegt, dass die beiden sich etwas beruhigen würden, wenn sie erst einmal ein paar Tequilas hatten und möglicherweise sogar einen Fick.

Jake blieb an Bord. Er wollte, was Allie anging, die er gefesselt und im Badezimmer eingesperrt hatte, kein Risiko mehr eingehen. Zwei Stunden später traten sie den letzten Abschnitt der Fahrt an, vorbei an der Mündung des Golfs von Kalifornien zum mexikanischen Festland. Übermorgen würden sie eine abgeschiedene Bucht in der Nähe von Mazatlan erreichen, ganz in der Nähe der schmalen Meerenge von Teacapan, wo sie schließlich die Männer des Generals treffen würden.

Gleich nachdem das Boot wieder unterwegs war und sich auf die offene See zubewegte, ging Jake nach unten. Er ließ Allie aus dem Badezimmer, löste ihre Fesseln und begleitete sie an Deck, damit sie frische Luft schnappen konnte. »Es tut mir Leid, dass ich das tun musste, aber du wirst zugeben müssen, dass du mir keine Wahl gelassen hast.«

Allie warf ihm einen bärbeißigen Blick zu. »Du glaubst doch nicht etwa, dass ich zu fliehen versucht hätte?«

Jake lächelte. »Davon habe ich nichts gesagt, aber wenn ich an deiner Stelle wäre, würde ich vermutlich dasselbe tun.«

Allie starrte den Küstenstreifen an, der von Minute zu Minute kleiner wurde.

»Hey, Jake«, rief Luis von der Brücke, »kannst du dir mal die Anzeige anschauen? Ich glaube, die Pumpe spinnt schon wieder.«

»Lauf ja nicht weg«, sagte er zu Allie, deren Gesichtsausdruck sogleich noch verdrießlicher wurde. Er ignorierte einen Anflug von Belustigung, ließ sie an der Reling stehen und stieg die Leiter zur Brücke hinauf.

Lauf ja nicht weg. Allie betrachtete die schwindende Küste und ärgerte sich immer noch über Jakes letzte Worte, während sie versuchte, die Distanz zwischen dem Festland und der Jacht einzuschätzen. Das Boot lief ein wenig nach Südwest und war vielleicht eine Meile landab. Ein weiter Weg, aber das Wasser war warm, und sie war eine sehr gute Schwimmerin. Chrissys lachendes Gesicht tauchte vor ihrem inneren Auge auf. Sie hatten sich beide für das Schwimm-Team beworben, aber nur Allie hatte es geschafft. Sie war die ganzen drei Jahre, die sie an der San Diego State gewesen war, in der Mannschaft gewesen.

Ein Adrenalinschub brachte ihren Puls in Schwung. Sie war in der Lage, so weit zu schwimmen. Prüfend schaute sie sich um – die Männer waren anderweitig beschäftigt. Wenn sie jetzt über die seitliche Bordwand sprang, dann war es, bis sie begriffen hatten, dass sie weg war, zu spät, sie noch aufzuhalten.

Ihr Herz raste. Sie sprach ein Gebet, dass die Männer sie nicht sahen – und das Wasser nicht voller menschenfressender Haie war. Dann zog sie die Windjacke aus, streifte die Reeboks ab und stopfte alles hinter eine Schiffstruhe. Schließlich stieg sie achterbord über die Reling auf die Badestufe, holte tief Luft und verschwand im schäumenden Wasser.

Sie wagte es nicht, einen Blick zurück zu riskieren, und fing an, mit aller Kraft auf die Küste loszuschwimmen.

»Die Muffe um die Antriebswelle ist undicht«, sagte Jake zu Luis. »Keine große Sache, aber die Bilgenpumpe läuft heiß. Wir lassen es reparieren, bevor das Boot nach San Diego zurückfährt.« Was noch eine ganze Weile dauern würde, so lange eben, bis in Belize alles erledigt war. Wenn alles wie geplant lief, würde Jake sich des Bootes wegen ohnehin keine Sorgen machen müssen und zurück nach L.A. ein Flugzeug nehmen.

»Hey, Mann!« Robertos aufgeregter Schrei riss ihn aus seinen Gedanken. »Du kommst lieber her und zwar schnell!«

Etwas in Robertos Tonfall ließ ihn an Allie denken, und sämtliche Alarmglocken in seinem Kopf läuteten. Er sprang die Leiter zum Oberdeck hoch und rannte zu Bobby an die Reling.

»Was ist los?«

»Deine kleine Hure, die ist los! Schau dir das an.« Er deutete in Richtung der Küste. »Siehst du den kleinen orangen Fleck?«

Jakes Hände krampften sich um die Reling. »Gottverdammt!« Er brüllte zur Brücke hinauf und deutete in Allies Richtung. Luis wendete die Jacht und stellte die Maschinen auf volle Kraft. Ungläubig schaute Jake zu, wie der kleine orangefarbene Fleck, der Allie war, sich bewegte, durch die Wellen pflügte, als hätte er Flossen.

»Sie hat uns gesehen«, sagte Roberto. »Da links von ihr ist ein Boot. Jetzt schwimmt sie in diese Richtung.«

Verdammter Mist! Das war genau das, was ihnen jetzt noch fehlte, ein Boot voller reicher amerikanischer Sportfischer, die eine Lady aus höchster Not retteten. Die Segelschuhe abstreifend, zerrte sich Jake das T-Shirt über den Kopf und machte die abgeschnittenen Jeans auf. Darunter trug er seine Speedo, weil er heute Nachmittag ein wenig die Sonne hatte genießen wollen.

Die andere Jacht, eine große 17-Meter-Hateras, hatte Allie noch nicht gesichtet. Und das würde er auch nicht zulassen. Als sie nahe genug heran waren, sprang Jake ins Wasser. Der Ozean war warm, die Wellen keinen Meter hoch.

Er hatte sie fast schon eingeholt, als sie ihn entdeckte. Sie begriff sofort, dass er bei ihr sein würde, bevor sie das andere Boot erreicht hatte, und fing an zu schreien und zu winken.

Verdammt! Er musste sie zum Schweigen bringen, also drückte er ihr sofort, als er sie erreichte, die Hand auf den Mund und hielt sie einfach unter Wasser. Allie fing an, um sich zu schlagen, wollte sich befreien, doch er ließ nicht los, sondern hielt sie unten. Als sie aufhörte, sich zu wehren, zog er sie hoch.

Allie kam spuckend, würgend und um Luft kämpfend an die Oberfläche.

»Entspann dich. Ich tue dir nichts.« Sie war ziemlich weit geschwommen, weswegen er annahm, dass sie erschöpft war und nicht damit rechnete, dass sie ihn angreifen würde – geschweige denn in die Eier treten und davonschwimmen. *Verdammter Mist!*

Sie hatte ihm nicht besonders wehgetan, dazu wirkte das Wasser zu dämpfend. Er verfolgte sie also wieder und staunte, dass ihre Armzüge noch immer so kraftvoll waren. Das machte sie ständig, stellte er fest: ihn mit ihrer Kraft und ihrem Mut in Erstaunen zu versetzen. Er konnte nicht anders, als sie zu bewundern und sich zu fragen, wo sie gelernt hatte, wie ein verfluchter Fisch zu schwimmen.

Jake wünschte sich, er hätte sie nicht zurückbringen müssen, als er sie wieder eingeholt hatte und sie erneut unter Wasser drückte, diesmal ein wenig länger. Sie würde ihm nicht entkommen, und die Männer auf der Sportjacht hatten sie noch nicht bemerkt, aber er durfte kein Risiko mehr eingehen. Er hatte sie schon viel zu oft unterschätzt.

Als ihre Gegenwehr schwächer wurde, zog er sie an die Oberfläche und hielt sie hoch, während sie keuchte und hustete, wie wild um sich schlug und Wasser spie. Ihre Kraft war beinahe aufgebraucht. Sie wehrte sich nur kurz, als er sie auf den Rücken drehte, einen Arm um ihren Hals legte und sie zur Jacht zurückzog.

Als sie das Boot erreichten, brach sich die Erschöpfung Bahn, gegen die sie angekämpft hatte. Es brauchte Bobby und Luis, sie an Bord zu hieven. Jake folgte ihr auf die Badestufe, und gemeinsam halfen sie ihr über die Reling an Deck. Allie stand zitternd da und starrte Luis und Roberto mit einer Mischung aus Hass und Angst an.

Aus Angst, sie könnte kollabieren, drückte Jake sich ihren

Rücken an die Brust, was vermutlich das Dümmste war, das er tun konnte.

»Was ist los mit dir, Mann?«, geiferte Roberto. »Du lässt dich von der kleinen *puta* überrumpeln und unternimmst nichts? Du sagst, sie gehört dir, aber du bringst sie nicht dazu zu parieren?«

»Yeah, Mann«, setzte Luis hinzu. »Sie macht die ganze Zeit nur Schwierigkeiten.«

»Ich sage, wir sehen zu, dass wir sie auf der Stelle loswerden«, sagte Roberto. »Sobald es dunkel ist, werfen wir sie über Bord.«

Allie richtete sich auf und zitterte noch heftiger.

»Er hat Recht, Mann«, stimmte Luis zu. »Du hast sie nicht im Griff, also müssen wir sie loswerden.«

Allie stierte die Männer an, und Jake sah die Furcht, die sie zu verbergen suchte. Er hatte versucht, sie zu warnen, ihr die Lage begreiflich zu machen. Jetzt musste er es wohl oder übel auf die ganz harte Tour tun.

Er drehte sie zu sich herum und schlug ihr ins Gesicht. »Du hast gehört, was Roberto und Luis gesagt haben. Du bist die Schwierigkeiten, die du machst, nicht wert. Noch so eine Aktion, und ich überlasse dich den beiden. Hast du verstanden?«

Sie schaute ihn einfach nur an, die Hand auf den wachsenden roten Fleck auf der Wange gepresst. Die Tränen standen ihr in den Augen, und sie sah, zum ersten Mal, seit die Kerle sie entdeckt hatten, so aus, als gäbe sie sich geschlagen.

Es zog Jake die Brust zusammen, und er wagte sich nicht vorzustellen, was sie jetzt denken musste. Er richtete sich kerzengerade vor ihr auf, packte sie bei den Schultern und schüttelte sie heftig. »Hast du verstanden?«

»Ja«, flüsterte sie kaum hörbar und so erbärmlich, dass ihn das Herz schmerzte.

»Gut. Jetzt schaff deinen Hintern nach unten.«

Allie setzte sich in Bewegung, aber ihre Beine zitterten derart, dass er nicht daran glaubte, dass sie es schaffen würde. Er hätte sie am liebsten hochgehoben und hinuntergetragen, aber das konnte er nicht wagen. Stattdessen wartete er ab und sah hilflos zu, wie sie ihr letztes bisschen Kraft zusammennahm und das Deck Richtung Salon überquerte. Als sie drinnen verschwunden war, atmete er tief durch.

»Ihr habt Recht«, sagte er zu den Männern. »Was passiert ist, ist meine Schuld.« Er grinste die beiden schief an. »Verrückt, was ein Mann so alles für sein bisschen Schwanz tut.«

Luis brach in schallendes Gelächter aus.

Bobby brachte kaum ein Lächeln zu Stande. »Du willst sie wirklich bis nach Belize mitnehmen, Mann?«

»Nein, ich bezweifle, dass dem General das gefallen würde. Sobald wir das Festland erreicht haben, werde ich sie los.«

Bobby gab keinerlei Kommentar ab, aber seine Schultern schienen sich zu entspannen.

Luis schien enttäuscht. »Du hast gesagt, dass wir sie bekommen, wenn du fertig bist mit ihr.«

»Wenn wir Zeit dazu haben, meinetwegen. Aber jetzt gehe ich runter und mache ihr unmissverständlich klar, was passiert, wenn sie künftig nicht pariert.«

8

Triefnass und erschöpft bis auf die Knochen sank Allie in der Kajüte auf den Stuhl.

Jake hatte sie geschlagen. Nun, was hatte sie eigentlich erwartet? Der Mann war ihr Kidnapper, nicht ihr Freund. Mit zitternder Hand berührte sie die Strieme auf ihrer Wange. Es war lächerlich, sich so verletzt, so hintergangen vorzukommen. Jake Dawson war ein Krimineller, ein Entführer. Sie musste wahnsinnig gewesen sein, ihn für etwas anderes als die beiden anderen Kerle zu halten.

Plötzlich hatte sie ein flaues Gefühl im Magen. Vielleicht zum ersten Mal spürte sie, wie allein sie wirklich war.

Und wie nah sie dem Tod gekommen war.

Verschwommen nahm sie wahr, wie die Tür sich öffnete und schloss. Sie blickte auf und sah Jake die Treppe herunterkommen. Er hatte einen harten Zug ums Kinn, und seine Miene war düster. Er sah genauso finster und bedrohlich aus wie am ersten Tag, und zum ersten Mal seit Tagen hatte sie wirklich große Angst vor ihm.

Unmittelbar vor ihr blieb er stehen. Die großen Hände waren zu Fäusten geballt, ein Angstschauer durchzuckte sie und ließ sie erneut zittern. Er sagte lange Zeit kein Wort, und ihre Angst kletterte eine weitere Stufe nach oben. Als er die Strieme auf ihrer Wange berührte, zuckte sie zurück und hörte ihn fluchen.

Er sank ein Stück entfernt auf die Bettkante und schob sich das nasse schwarze Haar aus dem Gesicht. Die Ellbogen auf die Knie stützend, beugte er sich vor zu ihr.

»Sieh mich an.«

Allie blinzelte und versuchte, den Schmerz zu ignorieren, der ihre Brust durchzuckte. Sie wollte dem intensiven blauen Blick, der in sie hineinzusehen schien, nicht begegnen; diesem Blick, der sie vergessen machen konnte, dass sie seine Gefangene war, der sie Vertrauen fassen ließ, was sie – wie sie jetzt mit absoluter Sicherheit wusste – nicht durfte.

»Schau mich an, Allie … bitte.« Die Sanftmut in seiner Stimme zog sie wie ein Leuchtfeuer an.

»Es tut mir Leid, dass ich dich geschlagen habe.«

Ja, genau! Allie schaute weg.

»Schau mich an, verdammt!«

Sie tat es und wünschte, sie hätte es nicht getan. Die Tränen begannen zu fließen.

Jake atmete bebend aus. »Bitte nicht. Ich halte es nicht aus, dich weinen zu sehen.«

»Ich weine nicht«, sagte sie und reckte das Kinn, während sie die Tränen fortwischte.

»Es tut mir wirklich Leid, dass ich dich geschlagen habe. Ich habe mein ganzes Leben lang noch keine Frau geschlagen.«

Allie sagte nichts.

»Ich musste es tun. Ich weiß, wie absurd sich das anhört, aber es ist die Wahrheit. Ich wusste nicht, was ich sonst hätte tun können. Sie hätten dich womöglich umgebracht – oder hast du das vergessen?«

Allie schniefte. »Ich habe es nicht vergessen.«

»Jetzt vertraust du mir nicht mehr, oder?«

»Ich hab dir nie vertraut.«

»Doch, ich denke, das hast du. Ich denke, du hast gewusst, dass ich dir nicht wehtun würde. Ich habe versucht, dir Angst einzujagen, aber ich hatte nie wirklich Erfolg damit. Deshalb hattest du auch keine Angst, einen Fluchtversuch zu wagen.«

»Ich habe zu fliehen versucht, weil ich am Leben bleiben will.«

»Und ich bin der Einzige, der dir dabei helfen kann, Allie.«

Sie antwortete nicht. Sie bemerkte, dass er den roten Fleck auf ihrer Wange anstarrte.

»Glaub mir, ich wollte dir wirklich nie wehtun.« Sein Gesichtsausdruck war so voller Reue, dass ihr wieder die Brust schmerzte. Seine Miene veränderte sich, der Blick herausfordernd, als taxierte er sie.

Allie kam auf die Füße. »Was ist los? Warum siehst du mich so an?«

Jake stand gleichfalls auf. »Ich versuche herauszufinden, ob du clever genug bist, mit dem, was ich dir sagen will, das Richtige anzufangen. Ich versuche, mich dazu durchzuringen, das Risiko einzugehen und mein Leben in deine Hände zu legen.«

»Was meinst du damit?«

»Ich spreche davon, dir die Wahrheit zu sagen. Wenn ich es tue und du mich verrätst, sind wir beide tot.«

Sie feuchtete die Lippen an und war sich nicht sicher, ob sie mehr hören wollte. »Das verstehe ich nicht.«

»Natürlich nicht. Tatsache ist, wenn ich dir nicht die Wahrheit sage, kann ich dich auch nicht gehen lassen. Und wenn ich dich – früher oder später – nicht gehen lasse, dann bringen Bobby und Luis dich irgendwann um – oder Schlimmeres.«

Allie verschränkte die Arme vor der Brust und kämpfte gegen die Kälte, die ihr über die Haut kroch. »Warum solltest du ein derartiges Risiko auf dich nehmen?«

»Weil ich keine andere Wahl habe. Und ich bin zu der Überzeugung gekommen, dass ich dir vertrauen kann. Ich habe gerade gesehen, wie viel Mumm du in den Knochen hast. Wie viel Entschlossenheit. Du bist um einiges zäher als du aussiehst, noch dazu höllisch gescheit.«

War das nun ein Kompliment oder eine Beleidigung? »Ich höre...«

»Ich arbeite nicht für Baranoff. Das heißt, zum Teil schon, aber ich arbeitete auch für Uncle Sam. Ich bin ein Undercover-Agent, Allie. Ich lebe jetzt fast schon ein Jahr im Untergrund. Hinter Baranoff sind wir schon sehr lange her, aber das hier ist unsere erste Chance, ihn festzunageln. Wenn wir das hier durchziehen, können wir ihm ein für alle Mal das Handwerk legen.«

Allie wurden plötzlich die Beine weich. Lieber Gott, konnte man ein solches Glück haben? Ein Undercover-Agent, genau wie im Fernsehen? Konnte sie es wagen, ihm zu glauben? Sie kehrte in Gedanken zu der Szene an Deck zurück. Die Stelle auf ihrer Wange, wo er sie getroffen hatte, brannte immer noch. Aber er hatte Recht, mit dem, was er sagte. Die anderen beiden hätten sie umgebracht, wenn er nicht so überzeugend agiert hätte.

Zumindest einen Aufschub hatte er ihr verschafft.

Sie spürte seine Hand federleicht den roten Fleck auf ihrer Wange berühren. »Verdammt, ich habe versucht, den Schlag abzubremsen, aber es musste echt aussehen. Wenn ich nur einen Funken Verstand hätte, dann würde ich dich gleich noch einmal schlagen, um sicherzugehen, dass die Kerle überzeugt sind.«

Allies Blick schoss hoch.

»Keine Sorge. Mir ist schon ganz schlecht, wenn ich nur sehe, was ich dir mit dem ersten Schlag angetan habe.«

Er sagte die Wahrheit. Sie konnte es in seinen Augen sehen. »Und du bist wirklich …« Sie schluckte. »Du bist wirklich einer von den guten Jungs?«

Jake grinste doch tatsächlich! Er streckte die Hand aus und strich ihr eine nasse blonde Locke aus dem Gesicht.

»Ja, ich bin ein richtig guter Junge.«

Plötzlich verstand sie die Welt nicht mehr. Gerade hatte sie noch vor ihm gestanden und zu ihm aufgeschaut, zu verängstigt, um Hoffnung zu schöpfen, und sich doch verzweifelt wünschend, ihm glauben zu dürfen. Im nächsten Moment lag sie weinend an seiner Schulter, die Arme um seinen Hals gelegt, ihren Körper an seinen gepresst.

»Ist ja gut, Baby. Alles wird gut.« Mit einer Hand über ihr Haar streichelnd, hielt er sie fest. Sie war triefnass, das Tank-Top klebte ihr an den Brüsten, ihre Nippel waren hart wie Stein und bohrten sich an seine Brust. Jake war fast nackt, trug nur die knappe rote Speedo. Ihr Verstand schrie eine Warnung, doch Allie hörte nicht zu.

Jake war kein Krimineller. Er war eine Art Polizist und würde sie retten. Sie würde ihre Familie wiedersehen. Sie würde ihre Freunde wiedersehen. Sie würde zu Whiskers nach Hause zurückkehren.

Sie spürte die Hitze seines sehnigen, harten Körpers durch ihre nassen Sachen dringen, fühlte seine Brustmuskeln sich spannen und sein gekräuseltes Brusthaar durch das Tank-Top ihre Nippel reiben. Die Anziehung, die sie niedergekämpft hatte, erwachte nun mit geradezu gewalttätiger Kraft. Sie wollte ihm die Finger in die sehnigen Schultern graben, seinen Mund auf ihren herabziehen, ihn küssen und küssen und nie mehr aufhören.

Es war Lust von der heißesten Sorte, und sie hatte nie zuvor so empfunden.

Jake schien es genauso zu gehen. Die Muskeln seiner Brust strafften sich vor Anspannung. Seine Haut fühlte sich heiß und feucht an, und als sie zu ihm aufsah, stieß sein Mund förmlich auf ihren hinab.

Mit einem kleinen Aufschrei grub Allie die Finger in seine Schultern. Seine Zunge stahl sich in ihren Mund, während die knappe Speedo und alles, was sie enthielt, sich wie ein heißes rotes Zepter in ihren Unterleib bohrten.

Ihr Magen ging auf Talfahrt, und Allie fiel ihm geradezu entgegen. Keine Achterbahnfahrt war je so aufregend gewesen. Der Kuss ging weiter und weiter; seine Lippen waren genauso weich, wie sie es in Erinnerung hatte, und doch fordernder. Ihre Hände bewegten sich über seine Brust, nahmen Maß. Seine Haut fühlte sich glatt an, seine Muskeln waren zum Beben gespannt. Sie streifte eine Brustwarze und hörte ihn stöhnen.

Es war an der Zeit aufzuhören. Sie waren Fremde. Sie konnte einem Fremden nicht erlauben, sie zu lieben.

Sie erlaubte ja nicht einmal den Männern, mit denen sie vertraut war, sie zu lieben.

Allie wollte sich zurückziehen, doch er küsste sie nur wieder, und sie küsste ihn zurück. Seine Hand bedeckte ihre Brust, massierte sie rau, zog an der Brustwarze. Sie schnappte nach Luft, als er ihr das nasse Tank-Top über den Kopf zerrte, sich hinunterbeugte und einen Nippel in den Mund nahm.

O mein Gott! Ihre Haut dampfte, ihr Körper brannte. Ihre

Beine sackten fast unter ihr zusammen, so fuhr ihr das Feuer in den Magen und tiefer hinab.

Aufzuhören – dazu war es zu spät. Was, wenn er log? Was, wenn die ganze Geschichte nur dazu diente, sie ins Bett zu kriegen? Jake Dawson wäre nicht der erste Mann gewesen, der sie hinters Licht führte. Er griff nach dem Reißverschluss ihrer Khaki-Shorts und zog ihn auf, schob die Hände in ihren Slip und umfasste ihre nackten Hinterbacken. Er hob sie hoch, zog sie enger an seine Lenden ... Nichts hatte sich je zuvor so gut angefühlt! Ihr war überall heiß, alles schmerzte und glühte und brannte. Jeden Augenblick konnte er sie auf den Rücken legen und in ihr versinken – genau dahin, wo sie ihn haben wollte.

O mein Gott!

Die Erinnerung an ihr letztes Liebesabenteuer durchzuckte sie, an die schreckliche Erniedrigung, die sie verspürt hatte, als es vorüber gewesen war. Was, wenn Jake sie genauso behandelte? Was, wenn er sie verlachte, seine Scherze mit ihr trieb? David hatte sie zumindest aus dem Weg gehen können. Hier war sie eine Gefangene. Sie würde nirgendwohin fliehen können, ihm nicht entgehen können.

»Jake?«

»Alles ist gut, Baby. Lass dich einfach gehen.«

»Ich will nicht ... das ist nicht ... bitte, hör auf damit, Jake.«

Einen Augenblick lang schien er benommen, unfähig sich zu bewegen.

»Jake? Bitte lass mich gehen.«

Seine Muskeln spannten sich, dehnten sich ihr entgegen, während er gegen dieselbe heiße Lust focht, die immer noch auch durch Allies Adern pumpte. Sie fragte sich, ob sie ihn hatte zu weit gehen lassen, ob er einfach weitermachen würde. Falls ja, dann war sie nicht sicher, ob sie würde widerstehen können.

Doch er hob den Kopf aus der Senke zwischen ihrem Hals und ihrer Schulter und ließ einen bedauernden Seufzer hören.

Wie ein Stein sank er auf die Bettkante. Lange, sonnengebräunte Finger durchwühlten das wellige schwarze Haar. »Ich hatte das überhaupt nicht vor.«

Allie bückte sich, hob ihr durchweichtes Tank-Top auf und zog es mit zitternden Händen über. »Ich auch nicht.«

»Wir ... wir stehen einfach ziemlich unter Stress. Und zu zweit in einer so beengten Kajüte ... manchmal passieren die Dinge einfach so.«

»Ja ... sicher ... die beengte Kajüte ...« Aber daran lag es nicht. Sie hatte sich all ihre achtundzwanzig Jahre lang nicht so aufgeführt. Es lag an Jake. Er hatte so etwas an sich, etwas, das sie von Anfang an angezogen hatte. Er war groß und drahtig, eigentlich nicht der Typ Mann, den sie attraktiv fand. Aber er war ein Spezialagent, er würde sie retten, ihr nicht wehtun, und sie konnte die Wahrheit nicht leugnen: Er war ein heißer Typ.

Vielleicht lag es auch nur daran, dass sie ihre Triebe so lange ignoriert hatte.

Er stand wieder auf, und sie sah, dass er immer noch einen Steifen hatte. Unmöglich, das in einer so kleinen Badehose zu verbergen. Jake ertappte sie, wie sie ihn anstarrte, und seine Mundwinkel zogen sich nach oben. »Du könntest wenigstens so tun, als würdest du es nicht sehen.«

Ihr Gesicht wurde so rot wie der Fleck auf ihrer Wange, was selbigen völlig verschwinden ließ. »Glaube ich nicht. Das ist die kleinste Badehose, die ich je gesehen habe.«

In seinen Augen blitzte Belustigung auf. »Ich trag die Dinger, seit ich in der Army war. Man gewöhnt sich an die Freiheiten.«

Allie richtete ihren Blick auf sein Gesicht. »Du hast gesagt, du würdest mich gehen lassen. Hast du das im Ernst gemeint?«

»Wir treffen übermorgen am vereinbarten Treffpunkt ein. Das nächstgelegene Dorf ist Teacapan. Und dann ist da noch eine kleine Stadt namens Caimanero, nicht allzu weit weg. Am Flughafen von Mazatlan kannst du einen Linienflug nehmen.

Bis nach Mazatlan sind es ungefähr sechzig Meilen. Ich weiß, dass du ziemlich gut Spanisch sprichst, also dürfte das kein Problem sein. Ich gebe dir etwas Geld, aber sobald du frei bist, bist du auf dich allein gestellt.«

»Ich schaffe es schon zu diesem Flughafen. Wenn ich dort bin, muss ich als Erstes meine Eltern anrufen und sie wissen lassen, dass es mir gut geht. Sie sind mittlerweile vermutlich krank vor Sorge.«

»Solange du ihnen nicht sagst, wo du bist.«

»Ich sage ihnen gar nichts, nur dass es mir gut geht und dass ich auf dem Nachhauseweg bin. Bis ich zurück in San Diego bin, wird mir schon eine Geschichte eingefallen sein, die sie mir glauben können.«

Jake nickte. »Ich möchte, dass du, sobald du in den Staaten zurück bist, einen bestimmten Mann anrufst. Sein Name ist Martin Biggs. Biggs ist mein direkter Vorgesetzter, der Chef unseres Büros in L.A. Ich gebe dir seine Nummer. Sprich mit niemandem sonst. Falls du es doch tust und meine Deckung auffliegt, kannst du dir vorstellen, was passiert.«

Allie erschauderte beim Gedanken an Roberto und Luis. Sie konnte es sich nur allzu leicht vorstellen.

»Ich gehe wieder an Deck. Du bleibst besser hier unten, bis sich die Lage etwas abgekühlt hat.«

Allie nickte. Sie selbst konnte auch eine kleine Abkühlung vertragen.

»Ich komme bald wieder und bringe dir ein Tablett mit dem Abendessen.«

Allie schaute ihm hinterher und dachte über das, was geschehen war, nach. Dachte darüber nach, dass er von hinten fast so gut aussah wie von vorn. Sie sah ihn erst wieder, als er das Tablett brachte – Sandwiches und einen Teller Suppe –, doch er blieb nicht. Als es Schlafenszeit wurde, erwartete sie ihn nervös. Sie malte sich die leidenschaftlichsten Szenarien aus und sagte sich, dass sie nichts davon zulassen würde. Doch letztlich hatte sie sich umsonst aufgeregt. Er kam nämlich nicht.

Am nächsten Morgen kam er nach unten, um zu duschen und sich umzuziehen, bevor er wieder auf die Brücke musste. Er ging ihr offenkundig aus dem Weg, und Allie war froh darüber. Wenn Jake die Wahrheit sagte, dann erreichten sie morgen ihr Ziel. Jake würde sie gehen lassen, und sie würde nach San Diego zurückkehren.

Sie würde Roberto und Luis nie wiedersehen müssen.

Sie würde endlich außer Gefahr sein.

Sie würde Jake nie wiedersehen.

Allie ignorierte den lachhaften Anflug von Enttäuschung und sagte sich, wie glücklich sie sich schätzen durfte, bald auf dem Nachhauseweg zu sein.

Am Ende der langen Eichenholztheke im Raucous Raven nippte Dan Reynolds an seinem Bier und sah Barb Wallace bei der Arbeit zu. Sie war ihm zuvor nie sonderlich aufgefallen – nicht dass sie nicht hübsch gewesen wäre. Mit ihren schulterlangen schwarzen Haaren und dem hellen Teint war Barb eine äußerst attraktive Frau. Sie war knapp über einssechzig und hatte einen kurvenreichen, zierlichen Körper. Für seinen Geschmack war sie allerdings ein wenig zu unverblümt und nach ihrer bitteren Scheidung zu einer notorischen Männerhasserin geworden.

Dan schaute zur Tür und fragte sich, was Archie Hollis wohl aufgehalten hatte. Nachdem sie acht Tage lang gesucht hatten, um schließlich mit den Sicherheitsleuten, die Allies Wagen abgeschleppt und die Unterlagen verlegt hatten, aneinander zu geraten, hatten sie den fluoreszierenden, limonengrünen Beetle schließlich lokalisiert. Es gab nirgendwo Anzeichen von Gewalt, und auch drinnen hatten sie nichts Ungewöhnliches entdeckt.

Das einzig Interessante an dem Wagen war, dass er am Jachthafen geparkt hatte – an einer Stelle in der Nähe des Stegs, an dem Felix Baranoffs beeindruckende Firmenflotte lag.

Barb bediente den Gast fertig und kehrte ans Ende der Theke zurück.

»Ich wusste es«, sagte sie und bezog sich damit auf das, was er ihr über den Wagen berichtet hatte. »Ich schwöre bei Gott, ich wusste, sie kriegt Probleme, wenn sie sich mit jemandem anlegt, der so mächtig ist wie dieser Felix Baranoff.«

»Ganz ruhig. Soweit wir wissen, hat Baranoff nichts mit alledem zu tun. Am Jachthafen sind jede Menge Leute unterwegs. Du hast selber gesagt, dass es Allies freier Tag war. Vielleicht ist sie einfach nur gerne am Wasser.«

»Yeah, und vielleicht tragen du und das SDPD eure Nasen so hoch über Baranoffs Hintern, dass ihr nicht mehr seht, was sich direkt vor euren Augen tut. Ich lese jedenfalls Zeitung. Ich weiß auch, dass Baranoff gut Freund ist mit eurem Polizeichef. Ich weiß, dass er jede Menge für den Wahlkampf des Oberstaatsanwalts gespendet hat, aber das macht seine Weste noch lange nicht weiß.«

Ihn packte der Ärger. Barb Wallace schaffte es doch immer wieder. »Niemand hat gesagt, dass er das hat. Ich habe dir nur erklärt, dass wir keine Verbindung finden konnten.«

»In Gottes Namen, Dan! Chrissy ist tot. Allie war überzeugt, dass Chrissy ermordet worden ist, und jetzt ist Allie verschwunden. Die beiden müssen etwas herausgefunden haben, von dem Baranoff nicht wollte, dass sie es wissen.«

Sein Ärger wuchs. »Chrissy Chambers war nicht die Einzige, die auf diesem Boot ums Leben gekommen ist, das weißt du genau. Und soweit wir wissen, war es ein Unfall. Wir haben keinen Grund zu der Annahme, dass Felix Baranoff irgendetwas damit zu tun hat.«

»Gut, vielleicht ist es ja nicht Baranoff. Vielleicht ist es jemand anderer aus der Firma. Hat eigentlich jemand mit Baranoff gesprochen? Hat ihn irgendjemand dazu befragt?«

Genau das hatte Dan vor, sobald Hollis endlich auftauchte. »Schau, Barb. Da unten am Hafen kann ihr alles Mögliche zugestoßen sein. Der Hafen mit seinen vielen Tagelöhnerjobs wimmelt nur so vor dubiosen Gestalten. Die Typen sind notorische Herumtreiber, und manche haben Strafregister, die du nicht für möglich halten würdest. Wir haben in die Richtung nachgeforscht und jeden befragt, der sie gesehen oder etwas gehört haben könnte.«

»Und herausgefunden habt ihr nichts, richtig?«

Dan bekam einen harten Zug um das Kinn. Er hasste diese Neunmalklugen, und neunmalkluge Frauen waren noch schlimmer. »Bis jetzt noch nicht, aber wir haben noch nicht mit allen gesprochen.«

»Das war keiner von diesen Herumtreibern, Dan, und falls du nicht so dumm bist, an eine Chance von eins zu einer Million zu glauben, dann weißt du das auch.«

Dan musste sich heftig auf die Zunge beißen, obwohl er ihr in Wahrheit zustimmte. »Ich habe dir jedenfalls über alles Bescheid gesagt. So ist das Polizeigeschäft nun mal, Barb. Aber wir tun alles, Allie Parker zu finden. Und wir hören nicht auf, bevor wir sie haben.«

Barb stand ein paar Sekunden lang nur so da, dann holte sie zittrig Luft. Er war verblüfft, Tränen in ihren Augen blitzen zu sehen. Sie zwinkerte so lange, bis sie fort waren. »Es tut mir Leid. Ich weiß, du tust dein Bestes. Ich mache mir einfach nur solche Sorgen. Jeden Tag ruft Allies Mutter mich an. Mr. und Mrs. Parker sind außer sich.«

»Ich weiß. Ich habe ja selbst ein paarmal mit ihnen gesprochen.«

»Nun, es hört sich vielleicht nicht so an, aber ich bin froh, dass du es bist, der Allies Fall bearbeitet.«

Schon wieder verblüfft, räusperte sich Dan. »Wie ich gesagt habe, wir geben nicht auf, bis wir sie gefunden haben.« Barb nickte und fing an, die Theke zu wischen, obwohl sie längst spiegelblank war.

Dan spielte mit dem leeren Eisteeglas herum. »Wann bist du mit der Arbeit fertig?«, hörte er sich fragen und verblüffte sich diesmal selbst.

»Um halb sechs.« Sie beäugte ihn mit einem Anflug von Argwohn. »Warum?«

»Ich dachte, vielleicht möchtest du mit mir essen gehen.«

Sie fing an, den Kopf zu schütteln, was ihn wieder völlig verärgerte. »Versteh mich nicht falsch, ich dachte, wir könnten uns über Allie unterhalten. Vielleicht stoßen wir auf etwas, das wir bis jetzt ganz übersehen haben.«

Sie entspannte sich wieder, lächelte sogar. Sie schien sich besser zu fühlen, wenn sie etwas Sinnvolles zu tun glaubte, und aus irgendeinem Grund gefiel es ihm nicht, wenn sie Tränen in den Augen hatte.

»In Ordnung. Klingt nach einer guten Idee. Ich schreibe mir ein paar Sachen auf und versuche, an alles zu denken, was ich vielleicht vergessen haben könnte. Aber erst muss ich den Jungs ihr Essen machen, doch das dauert nicht lange.«

»Sagen wir gegen sieben oder halb acht?«

»Halb acht wäre mir recht.«

»Und die Adresse?«

»998 G Street, nicht weit von hier.«

Dan notierte sich die Adresse zusammen mit Barbs Telefonnummer, die sie ihm anscheinend nur zögerlich gab, dann verschwand sie ans andere Ende der Bar, um einen Gast zu bedienen.

Genau in diesem Moment kam Archie Hollis herein.

»Du hast dich verspätet«, sagte Dan, während er auf seine Armbanduhr sah.

»Yeah, aber das ist nicht der einzige Fall, an dem ich dran bin, weißt du.«

»Ich möchte mit Baranoff sprechen, und ich dachte, es wäre besser, wir gehen zusammen hin.«

»Moment, warte mal eine Minute. Weiß der Captain davon?«

»Er weiß, dass wir den Wagen gefunden haben. Aber in Anbetracht der Tatsache, dass Allies Mitbewohnerin auf Baranoffs Jacht ums Leben gekommen ist, halte ich es nicht für abwegig, mit ihm zu reden.«

»Und ich denke, du handelst dir Schwierigkeiten ein. Du holst dir lieber eine Genehmigung beim Captain, bevor du Felix Baranoff auf eigene Faust da hineinziehst.«

»Gut, dann gehe ich eben allein.« Dan legte ein paar Dollar für den Eistee auf die Theke, sprang vom Stuhl und marschierte Richtung Tür.

Hollis blieb ihm auf den Fersen. »Bist du wirklich so wild entschlossen?«

»Ich möchte ihm einfach nur ein paar Fragen stellen.«

Hollis zuckte die Achseln. »Es ist dein Arsch, mein Junge«, sagte er, als sie zur Tür hinausgingen.

Friedlich schlafend lag Allie zusammengerollt auf der Seite, als Jake endlich die Kajüte betrat, um sich ein paar Stunden dringend erforderlichen Schlafs zu holen. Spät nachmittags war das Wetter schlechter geworden, das Boot schlingerte und schwankte. Flache schwarze Wolken hingen über dem Wasser, und jede Welle trug eine Schaumkrone.

Allie schlief ungerührt weiter. Jake dachte an Roberto und was Allie beinahe widerfahren wäre, und er bekam einen harten Zug ums Kinn. Morgen würden sie den Treffpunkt in der Nähe von Teacapan erreichen, und er würde sie nach Hause schicken. Er hatte sich eine Strategie überlegt, wie er Allie laufen lassen konnte, ohne seine Deckung auffliegen zu lassen.

Und er hoffte, dass sie, sobald sie unterwegs war, verdammt genau das tun würde, was er ihr sagte.

Ungewollt warf er einen Blick in ihre Richtung, während er sich des T-Shirts entledigte und den Knopf seiner abgeschnittenen Jeans aufmachte. Ihr die Wahrheit zu sagen war riskant gewesen, aber er hatte keine andere Wahl gehabt. Nachdem er zu der Überzeugung gekommen war, dass sie mit Baranoff nichts zu tun hatte und auch nicht sonstwie in die Sache verwickelt war, hielt er es für seine Pflicht, sie zu schützen. Es war einfach ein Teil seines Jobs.

Er hatte nur die explosive Anziehungskraft nicht erwartet, die wie eine Rakete zwischen sie beide gefahren war. Seither ging er ihr aus dem Weg, aber das war nur machbar, solange die anderen beiden Männer keinen Verdacht schöpften. Oder von ihm verlangten, dass er ihnen ihren knackigen kleinen Körper überließ.

Die Überlegung weckte die Erinnerung daran, wie süß sich dieser kleine Körper angefühlt hatte, und Jake wurde steinhart.

Verdammt, wie hatte er je glauben können, sie hätte keinen Sex-Appeal? Dass ihr Körper zu schlank sei, ihr Busen zu klein? Seine Hände spürten immer noch den Abdruck ihrer Brüste, wie zwei weiche, reife Pfirsichhälften. Ihre Hüften waren schmal, aber ihr Hintern war rund und perfekt gekurvt, die Muskeln genauso fest wie die ihrer langen, langen Beine.

Gott, er hasste Blondinen.

Worüber verfügt eine Blondine, die sich die Haare braun färbt?

Künstliche Intelligenz.

Jake grinste, während er die Jeans wegschleuderte und die Segelschuhe abstreifte. Allies Intellekt war alles andere als künstlich. Und ganz abgesehen davon konnte er sich nicht erinnern, wann er das letzte Mal so erregt gewesen war. Jesus, es war ihm höllisch schwer gefallen, sich zum Aufhören zu zwingen und sie nicht in sein Bett zu zerren, um sich in sie zu vergraben.

Aber, bei Gott, gewollt hatte er es. Und tat es immer noch.

Jake hob seufzend das Laken und stieg neben ihr ins Bett. Sie trug an Stelle des Tank-Tops und der Shorts eines seiner T-Shirts, fiel ihm auf. Jetzt, wo sie wusste, dass er ein Bundesagent war, vertraute sie ihm wohl wieder.

Jake dachte darüber nach, wie leicht es doch war, das T-Shirt hochzuschieben, die hübschen Beine zu spreizen und in sie zu gleiten.

Sie glaubte, sie könne ihm vertrauen?

O Gott, was für eine Närrin sie doch war.

9

Ein frühmorgendlicher Sonnenstrahl drang durch die Wolken und die Bullaugen über dem Bett. Das Wetter klarte auf und die Temperaturen stiegen wieder. Allie wühlte sich tiefer in das Kissen. Ihr Kopf war wirr, ihre Muskeln weich und fließend, in einer Art und Weise entspannt wie noch nie zuvor, seit sie an Bord gekommen war. Anfangs war sie nicht sicher, weshalb sie so tief geschlafen hatte, doch dann dämmerte die Erkenntnis, und sie bemerkte, dass sie nicht allein war.

Einen Augenblick lang erstarrte sie förmlich. Jake ! Und sie lag ganz, ganz nah bei ihm. Ihr Herzschlag raste, und ihr Atem ging schneller. Ihre Haut wurde heiß. Ihre Fingerspitzen fingen, da wo sie sich in sein gekräuseltes schwarzes Brusthaar gruben, zu prickeln an. Das Laken war nach unten geschoben. Eins ihrer Beine hatte sich um seines geschlungen, und ihr Körper presste sich innig seine ganze rechte Seite entlang an ihn.

Ein paar lange Sekunden lag sie still, vollkommen unfähig, sich zu bewegen. Sie spürte, wie sein Brustkorb sich hob und senkte, und entspannte sich ein wenig, weil er offensichtlich schlief.

Ihr Blick wanderte über die Vertiefungen zwischen seinen Rippen den flachen Bauch hinab. Er streifte den Nabel, folgte der dunklen Haarlinie in den Bund seiner Boxershorts bis zu der Stelle, wo sein mächtiges Geschlechtsteil ruhte.

Nur dass es nicht ruhte.

Atemlos starrte Allie die riesige Wölbung an, die sich in die weißen Baumwollshorts drückte, und begriff, dass er total erregt war.

»Du spielst mit dem Feuer, Süße. Wenn du das da nicht in dir fühlen willst, dann schlage ich vor, dass du dich von mir losmachst und auf deine Seite des Betts gehst.«

Allie quiekte, hastete mit einem Sprung aus dem Bett, als stünde es in Flammen, und wich rückwärts zurück, bis ihre Schultern an die Wand der Kabine schlugen.

Jake lachte erst, dann glaubte sie, ihn stöhnen zu hören.

»Ich … ich muss ins Badezimmer«, sagte sie und eilte davon. Aus dem etwas sichereren Gefühl heraus, dass Jake Geheimagent war, hatte sie letzte Nacht ihre Sachen gewaschen und sie zum Trocknen im Bad aufgehängt.

»Du kannst auch gleich duschen, wenn du schon drin bist. Ich für meinen Teil brauche eh eine kalte Dusche, sobald du im Bad fertig bist.«

»Ja … ja, das hab ich gesehen.« Sie machte schnell die Tür hinter sich zu, stieg in die Dusche, lehnte sich an die Wand und versuchte, nicht daran zu denken, wie sie sich, einer Python ähnlich, um Jake herumgeschlungen hatte. Versuchte, nicht an diesen unglaublichen Körper zu denken, wie groß und hart er war – und zwar überall.

Das Duschen beruhigte sie etwas. Schnell kleidete sie sich anschließend wieder an und kehrte in die Kabine zurück. Jake ging sofort ins Badezimmer, duschte und zog Jeans, Segelschuhe sowie das übliche Khaki-T-Shirt an und darüber ein kurzärmeliges blaues Baumwollhemd. Er würde sich, sobald sie heute Morgen den Treffpunkt erreichten, mit jemandem treffen, so viel wusste sie – und dann würde er sie aus ihrem luxuriösen Gefängnis lassen.

Das hoffte sie jedenfalls.

»Und wie machen wir das heute?«, fragte sie ein klein wenig nervös, während er seinen Gürtel durch die Bundschlaufen der Jeans zog.

»Ich denke, das Beste wird sein, ich bringe dich irgendwohin und erschieße dich.« Jake machte seinen Gürtel zu und sah in ihr völlig erbleichtes Gesicht.

»In Gottes Namen, doch nicht wirklich! Aber wenn Bobby und Luis dich für tot halten, dann hören sie auch auf, sich deinetwegen Sorgen zu machen. Wenn wir Glück haben, werden sie keinem von uns beiden irgendwelche Schwierigkeiten mehr machen.«

Allie kam sich ein bisschen dumm vor und seufzte erleichtert. »Und wann soll das passieren?«

»Sobald sich eine Gelegenheit ergibt. Du hältst dich versteckt, bis wir fort sind, dann machst du dich auf den Weg.« Er öffnete eine Schublade und nahm einen Umschlag heraus. Dann griff er sich am Schreibtisch einen Stift und notierte eine Telefonnummer auf einen Fetzen Papier. Er übergab ihr Umschlag und Papier.

Der Umschlag war voller Geldscheine. Allie zählte sie durch und starrte ihn an. »Da sind zweitausend Dollar drin.«

»Das Flugticket wird nicht billig werden. Jedenfalls nicht, wenn man nicht auffallen will. Außerdem brauchst du etwas anzuziehen, und ein Hotelzimmer wirst du vermutlich auch haben wollen.«

»Was mache ich, wenn doch etwas übrig bleibt?«

Er zuckte die Achseln. »Unsere Behörde benutzt konfisziertes Drogengeld. Kauf dir etwas Hübsches. Verdient hast du es dir, nach allem, was du durchgemacht hast.«

Was stimmte. Allie stopfte den Umschlag tief in die Tasche ihrer Khaki-Shorts.

»Oh, und bevor ich es vergesse …« Er kehrte an den Schreibtisch zurück und zog die unterste Schublade auf. »Ich habe dir das gestern von der Brücke mitgebracht.« Er händigte ihr ihr Taschenmesser aus, das kleine Schraubenzieherset, das Notfall-Bic und die anderen Sachen, die er ihr abgenommen hatte. Gestern hatte er ihr die Windjacke und die Reeboks geholt, die sie vor ihrem verunglückten Fluchtversuch an Deck gelassen hatte, und sie hatte beides schon wieder an.

»Wie lange brauchen wir noch?«

»Eine Stunde oder so. Wir werden innerhalb des vereinbarten Zeitrahmens da sein, trotz des Sturms letzte Nacht.«

Jake kehrte nach oben zurück, während Allie in der Kajüte auf und ab marschierte. Die Schiffsuhr aus Messing ständig im Blick, schienen die eineinhalb Stunden bis zum Treffpunkt eine Ewigkeit zu dauern. Endlich spürte sie, wie die Maschinen gedrosselt wurden, schaute zum Bullauge hinaus und sah, wie das Boot sich der Küste näherte.

Sie fuhren südlich eines Vorgebirges, das die Jacht vor neugierigen Blicken schützte, in eine kleine Bucht ein. Ein sonnengebleichter Holzsteg, an dessen Ende ein dunkelhäutiger Mexikaner stand, stach ins Wasser. Der Mann fing das Tau, das Roberto ihm zuwarf, und sicherte die Jacht an dem wackeligen Bootssteg.

Jake kletterte von der Brücke und gesellte sich zu dem Mexikaner. Allie konnte nicht hören, was sie sagten, aber sie lächelten und nickten einander zu, was ein gutes Zeichen war. Die Minuten zogen sich dahin. Sie schwitzte, die Nerven zum Zerreißen gespannt.

Als sie wieder zum Bullauge hinausspähte, sah sie vier weitere Männer den Steg betreten, die damit begannen, lange rechteckige Holzkisten von Bord zu schaffen. Was das Letzte war, das sie erwartet hatte.

Mit der Geschwindigkeit eines tropischen Sturms überkam sie die Verunsicherung. Weshalb sollte Baranoff Drogen *ins* Land schmuggeln? Unvorstellbar. Was nur bedeuten konnte, dass er etwas anderes schmuggelte. Was wiederum bedeutete, dass Jake Dawson kein Undercover-Ermittler der Drug Enforcement Agency war, wie sie angenommen hatte.

Ihr stand der Schweiß auf der Stirn. Sie redete sich gut zu, nicht in Panik zu verfallen, denn sie hatte ihn vermutlich schlicht missverstanden. Jake hatte schließlich nicht behauptet, der DEA anzugehören, aber weil im Fernsehen immer von dieser Behörde die Rede war und Baranoff offensichtlich in Drogengeschäfte verwickelt war, hatte sie das einfach angenommen.

Aber offensichtlich war dem nicht so, zumindest nicht in diesem speziellen Fall. Allie kämpfte darum, ruhig zu bleiben und klar zu denken – und *nicht* daran zu denken, dass sie, falls Jake gelogen hatte, vermutlich bald tot wäre.

In diesem Moment erschien er oben in der Tür, mit grimmiger Miene und ganz wie der Kidnapper, der er gewesen war, nicht wie der sympathische DEA-Agent, der er hätte sein sollen.

»Komm jetzt rauf.«

Ihr Pulsschlag legte einen Gang zu. Ruhig bleiben, sagte sie sich, griff nach ihrer Segeltuchtasche und ging auf die Treppe zu. Es muss für all das eine Erklärung geben.

Sie bemerkte die Waffe hinten im Bund seiner Jeans, und plötzlich wurde ihr eng um die Brust. Draußen vor dem Salon stand Luis an der Reling, doch Roberto war nirgendwo in Sicht.

»Hey, Baby«, grinste Luis. »Wie wär's, wenn wir zwei es noch ein bisschen treiben, bevor wir aufbrechen?« Er machte mit den Händen eine schmutzige Geste, die Allie ignorierte, während sie ihre ganze Konzentration auf Jake richtete.

»Tut mir Leid«, sagte Jake. »Aber dazu haben wir keine Zeit. Es kommt schon wieder eine Schlechtwetterfront auf uns zu. Wir müssen sehen, dass wir hier rauskommen.«

»Ach, Mensch. Du hast es versprochen.«

»Du kannst so viele Pussys haben wie du willst, wenn wir erst in Belize sind.«

»Ich steh auf Blondinen, Mann. Ich hab 'nen Ständer ihretwegen, seit ich sie zum ersten Mal gesehen hab.«

»Yeah, ist ja gut. Ich hasse Blondinen. Und die da macht eh nur Schwierigkeiten. Ich will sie loswerden, bevor sie wieder welche macht.«

»Warte eine Minute, Mann.«

Aber Jake wartete nicht. Seine Hand legte sich wie eine Stahlmanschette um ihren Arm, während er sie vor sich herschob. Über das Deck, über die Reling und herunter vom Boot. Sie kam kaum hinterher, als er sie den Steg hinunter hinter sich herzog, auf den dichten Dschungel zu, der die Küste entlang wucherte.

»Geh einfach weiter«, sagte er und würdigte sie keines Blickes. Falls er eine Rolle spielte, dann spielte er sie sehr gut. Allie erschauderte und versuchte, die Angst zu ignorieren, die ihr den Rücken hinaufkroch. Solange sie nicht sicher wusste, dass Jake ein Lügner war, war er immer noch ihre größte Chance, lebend aus diesem Schlamassel herauszukommen.

Jake marschierte einfach weiter, zerrte sie derart auf den Dschungel am Rande des Ufers zu, dass ihre Füße kaum noch die Planken berührten. In einiger Entfernung war eine Lücke im Dickicht zu sehen und dahinter ein schmaler Streifen offenes Land, der als Rollbahn diente. Am Ende stand eine zweimotorige Maschine, und neben der Tür des Cockpits stand der Mann, den sie schon unten am Dock gesehen hatte.

Aber Jake sprang vom Steg und marschierte in die entgegengesetzte Richtung weiter, vorbei an dem verbeulten roten Ford Pick-up, mit dem die vier Männer gekommen waren, die das Boot entladen hatten. Sie glaubte, er wolle sie vielleicht irgendwohin fahren, doch stattdessen marschierte er an dem Pick-up vorbei und zog sie auf den Dschungel zu. Er kam nur ein paar Schritte weit, da entstieg Roberto dem Wagen.

Er hatte ein große hässliche Automatic und lächelte, als er damit auf Jake zielte.

»Wo willst du hin, *amigo*?«

Sie spürte förmlich, wie Jake sich anspannte. »Ich muss mich um unser Problem kümmern – schon vergessen? Ich komme zurück, sobald es erledigt ist.«

Bobbys Waffe ignorierend, ging er weiter und blieb erst stehen, als er das tödliche Klicken der Sicherung hörte.

Jake drehte sich langsam um. »Was, zur Hölle, machst du da, Roberto?«

Bobby hob den Lauf und richtete ihn direkt auf Jakes Brust. »Du gehst nirgendwohin, Mann.« Bobby trat vor, griff um Jake herum und zog die Pistole aus dem Bund der Jeans, dann griff er in dessen Hosentasche und erleichterte Jake um sein schweres Klappmesser.

»Bist du verrückt? Wir müssen sie loswerden und zusehen, dass wir hier wegkommen.«

»Ist ja gut, wir hauen ja ab. Aber sie kommt mit uns.« Bobby grinste kalt und erinnerte Allie daran, welche Rache er ihr für die erlittene Demütigung versprochen hatte. »Ich habe schon Pläne für sie, wenn wir erst einmal da sind.«

Allies Magen sank wie ein Stein in einen bodenlosen Abgrund.

»Keine Chance«, sagte Jake, immer noch ihren Arm umklammernd. »Ich hätte das hier viel früher tun sollen. Das wissen wir beide. Jetzt gib mir die Pistole und lass mich die Sache erledigen.«

Roberto schüttelte den Kopf. »Entweder sie kommt mit, oder ich ficke sie jetzt auf der Stelle – und ich werde es ihr richtig geben. Also, was jetzt?«

Allie begann zu zittern.

Jake sah sie an und hatte keine Spur von Mitgefühl im Gesicht. »Gut, sie kommt mit. Wenn wir in Belize sind, kannst du sie haben.« Er wandte sich wieder Bobby zu. »Aber jetzt müssen wir weg hier. Der Sturm wartet nicht, und Baranoff bringt uns um, wenn wir das hier vergeigen, weil du dich an einer dummen Blondine vergehen musstest. Gib mir die Pistole zurück.«

Allie war viel zu verängstigt, um noch Anstoß an der Beleidigung zu nehmen.

Bobbys Blick verhärtete sich. »Du begreifst es einfach nicht, *amigo*. Von jetzt an bin ich hier der Boss. Du kriegst deine Waffe zurück, wenn wir in Belize sind.«

Jake sagte nichts. Aber seine Miene hätte Wasser zum Frieren bringen können. »Bist du sicher, dass du es so haben willst ... *amigo*?« Er sprach die Worte mit einer Sanftmut, die bei weitem bedrohlicher war als lautes Geschrei.

In Bobbys Augen flackerte irgendetwas auf, doch er hielt die Pistole unverwandt fest. »Los, geh! Wie du gesagt hast, der Sturm wartet nicht.«

Den Griff etwas lockerer setzte Jake sich in Bewegung, marschierte zur Rollbahn und auf das Flugzeug zu.

Allies Beine begannen zu zittern. Und das Zittern wanderte ihren ganzen Körper hinauf, bis sie zur Gänze schlotterte. »Locker bleiben«, sagte Jake so leise, dass kein anderer es hören konnte. »Wir sind noch weit von Belize entfernt.«

Und von den Vereinigten Staaten noch weiter. Tränen brannten ihr in den Augen. Sie dachte an ihre Mutter und ihren Vater, malte sich aus, was sie die beiden durchmachen ließ, und verfluchte sich dafür, je einen Fuß an Bord der *Dynasty II* gesetzt zu haben. Ihr Vater hatte inzwischen sicherlich die Polizei informiert, aber was half das schon? Niemand wusste, wo sie war, oder wo man anfangen sollte zu suchen. Sie würden vermutlich nach ihrem Wagen suchen, aber den hatte sie am Jachthafen in einer Zwei-Stunden-Parkzone geparkt, und er war bestimmt längst schon auf irgendeinen Abstellplatz abgeschleppt worden.

Allie stolperte, und Jake stützte sie, damit sie nicht fiel.

»Pass auf, wo du hintrittst, dumme Gans.«

Roberto versetzte ihr einen derart heftigen Stoß, dass sie bäuchlings in den Dreck stürzte. Ein Zweig schnalzte ihr das Bein entlang, und sie hatte sich beide Knie aufgeschürft.

»Lass sie in Ruhe«, warnte Jake. »Du kriegst deinen Spaß, aber die nächsten paar Stunden will ich mich nicht mit einer flennenden Frau herumplagen müssen.«

Bobby grunzte nur. Jake half Allie auf die Füße, die Kinnpartie so angespannt, dass auf seiner Wange ein Muskel zuckte. Sie stiegen in das Flugzeug und Allie sah, dass Luis bereits an Bord war und außerdem der Mann vom Bootssteg, bei dem es sich anscheinend um den Piloten handelte. Sie wusste nicht, was für ein Flugzeug es war, aber im hinteren Teil befanden sich militärisch aussehende Netzsitze und die schweren hölzernen Kisten, die im Rumpf der *Dynasty II* versteckt gewesen waren.

Sie fragte sich, was die Kisten enthielten, fragte sich, was mit der Jacht passieren würde, sobald sie fort waren. Aber sicherlich kümmerte sich irgendwer um das Boot. Und die Männer planten wahrscheinlich, auf dem gleichen Weg, auf dem sie auch gekommen waren, in die Vereinigten Staaten zurückzukehren.

Sie duckte sich und bewegte sich durch die Kabine. Es war heiß im Flugzeug, die metallene Außenhaut hatte sich in der tropischen Hitze aufgeheizt. Sie setzte sich in eines der Netze, und Jake nahm neben ihr Platz. Sie hoffte, er würde sie ansehen, doch als er es tat, war keine Spur von Gefühl in seinem Blick.

Dann sah sie Roberto grinsen, und ihr Magen rebellierte vor Übelkeit. Sie brauchte all ihre Kraft, um nicht zu weinen, doch irgendwie gelang es ihr, die Tränen zurückzuhalten. Sie würde nicht aufgeben, nicht jetzt. Sie dachte an das, was Jake ihr gesagt hatte. *Locker bleiben. Wir sind noch weit von Belize entfernt.* Diese Worte machten ihr Mut.

Aus irgendeinem wahnsinnigen Grund vertraute sie ihm immer noch.

Vielleicht, weil sie keine andere Wahl hatte.

Felix Baranoff drückte den Knopf der Gegensprechanlage auf seinem Schreibtisch. »In Ordnung, Eve. Bringen Sie die Herren herein.« Er sah sie auf sich zukommen. Der jüngere Mann, braunhaarig und vielleicht Mitte dreißig, trug eine billige dunkelbraune Jacke und gelbbraune Hosen, aber er hatte breite Schultern, und die Jacke stand ihm gut. Die Frauen registrierten die Qualität seiner Kleidung vermutlich gar nicht.

Den anderen Mann kannte er. Detective Archie Hollis, rothaarig, Anfang vierzig, in einer schäbigen dunkelgrün karierten Jacke und zerknitterten Freizeithosen.

Unbewusst strich Felix über das Revers seines marineblauen Nadelstreifenanzugs von Bijan, freute sich an dem teuren Tuch und war dankbar, seine Kleidung nicht mehr bei J. C. Penny erstehen zu müssen wie in den Anfangsjahren.

Er lächelte die Männer an. »Die Detectives Reynolds und Hollis, wie ich annehme. Meine Sekretärin hat mich informiert, dass Sie Anfang der Woche schon einmal hier waren, um mit mir zu sprechen. Unglücklicherweise war ich nicht in der Stadt, sondern auf Geschäftsreise.« Auf einer jener Geschäftsreisen, nach denen es ihn gelegentlich gelüstete, in Las Vegas mit einer großbusigen Rothaarigen, seiner derzeitigen Geliebten. Er spielte kaum, denn er verlor nicht gern, aber am Sex und an den Shows hatte er seinen Spaß. »Was kann ich für Sie tun?«

»Tut uns Leid, Sie zu stören, Mr. Baranoff«, antwortete Hollis, bevor der Jüngere etwas sagen konnte. »Verstehen Sie, das ist reine Routine. Wir suchen nach einer Frau namens Mary Alice

Parker. Sie wird seit einer Woche vermisst und ist seither nirgendwo mehr gesehen worden.«

»Und inwieweit kann ich Ihnen da behilflich sein?«

»Miss Parkers Wagen wurde auf dem Parkplatz am Jachthafen aufgefunden«, sagte Detective Reynolds. »In der Nähe des Stegs, wo ihre Firmenjachten liegen. Es könnte sein, dass sie in der Hoffnung zum Hafen gefahren ist, Informationen über die Explosion zu erhalten, die ihre Mitbewohnerin Chrissy Chambers getötet hat.«

Felix schenkte ihnen erstmals wirklich Beachtung. »Welche Art von Informationen? Ich dachte, die Explosion, bei der Miss Chambers ums Leben gekommen ist, sei ein Unfall gewesen.«

»Nach allem was wir erfahren haben, war es auch genau das, Mr. Baranoff«, sagte Hollis. »Aber die kleine Parker will das nicht einsehen.«

Reynolds holte das Foto einer hübschen blonden Frau mit einem Elfengesicht und großen blauen Augen hervor. »Haben Sie sie schon einmal gesehen?«

Felix studierte die Fotografie gründlich. »Nein, ich fürchte nicht.«

»Dann ist sie also nie hergekommen, um Ihnen Fragen zu stellen und hat Sie auch sonst nicht kontaktiert?«

»Nein, warum sollte sie?«

Hollis hob die Stimme. »Das Mädchen war sehr aufgebracht über den Tod seiner Mitbewohnerin. Sie war überzeugt, dass ihr Tod etwas mit Drogengeschäften zu tun hätte, in die irgendwie auch Sie involviert seien.«

Er lächelte und entspannte sich. »Ich nehme an, Sie haben ihr versichert, dass dem nicht so ist.«

»Ich habe ihr gesagt, dass sie falsch liegt, Mr. Baranoff. Aber Dan dachte, sie sei vielleicht hergekommen oder Sie hätten sie womöglich irgendwo in der Nähe gesehen.«

»Ich fürchte, das habe ich nicht, meine Herren. Es tut mir Leid, Ihnen nicht besser behilflich sein zu können.«

Reynolds trat vor und hielt ihm das Foto hin. »Könnten Sie das hier behalten und es Ihren Mitarbeitern zeigen, vielleicht hat sie ja jemand gesehen?«

Felix nahm das Foto entgegen. »Natürlich. Ich schätze mich glücklich, behilflich zu sein. Und falls es noch etwas gibt, das ich tun kann, zögern Sie nicht, es mich wissen zu lassen.«

Die Männer verließen das Büro, und Felix hielt das Foto in der Hand. Er hatte die Wahrheit gesagt. Er hatte die Frau nie gesehen, aber er würde auf jeden Fall herumfragen. Er mochte keine losen Enden, und offensichtlich war das hier eines. Natürlich konnte es auch schlicht ein Zufall sein, dass die Frau in der Nähe seiner Jachten verschwunden war.

Felix legte das Foto achtsam auf seinen Schreibtisch neben das Telefon. Unglücklicherweise hatte er nie an Zufälle geglaubt.

10

Das Dröhnen der Motoren und das Vibrieren der Maschine erstickten jeden Gesprächsversuch. Jake war es recht, denn es gab nichts, das er Allie hätte sagen können, um es ihr irgendwie leichter zu machen.

Verdammt, er hatte gehofft, sie mittlerweile schon auf dem Nachhauseweg zu haben. Pech gehabt. Vielleicht hätte er Roberto außer Gefecht setzen sollen, als der die Pistole gezogen hatte. In der Spezialeinheit hatte er ein Dutzend tödlicher Methoden trainiert, einen Feind zu entwaffnen, aber immer mit einer gewissen Gefahr verbunden, und er hatte nicht riskieren wollen, dass Allie, die nur ein Stück entfernt gestanden hatte, dabei ums Leben kam.

Er hätte Roberto genauer im Auge behalten sollen. Die Typen waren schon die ganze Zeit über ziemlich daneben, paranoid und vermutlich schizophren.

Jake schaute sich in der Kabine um. Sie waren in einer alten DeHavilland Twin Otter unterwegs, einem langsamen, aber verlässlichen Flugzeug, dazu gebaut, auf kurzen Rollbahnen starten und landen zu können. Die Otter war eigentlich dazu gedacht, bis zu neunzehn Passagiere zu transportieren, aber diese hier war förmlich ausgeweidet worden, um Frachtgut aufzunehmen. Außerdem hatte man die Motoren frisiert, um schneller zu sein. Im hinteren Teil befand sich eine Toilette, was gut war, denn es war ein Acht-Stunden-Flug über die mexikanische Grenze nach Belize ins Lager Valisimos.

Der Tag schleppte sich träge dahin, bis es schließlich später Nachmittag war. Nach sieben Flugstunden waren sie keine hundertfünfzig Meilen mehr von ihrem Ziel entfernt. Drei Stunden zuvor hatten sie einen planmäßigen Tankstop eingelegt, aber Roberto hatte sich geweigert, Jake aus der Maschine zu lassen und ihn mit vorgehaltener Pistole bewacht.

Irgendetwas stimmte hier nicht, und Jake fürchtete zu wissen, was.

Er warf einen Blick in Allies Richtung und sah sie durch das kleine runde Fenster auf den Dschungel unter ihnen starren, Luis war eingeschlafen.

»Also gut, Bobby. Es ist an der Zeit, dass du mit diesen Spielchen aufhörst. Ich will meine Pistole zurück, und zwar jetzt.«

Bobby bedachte ihn mit einem unangenehmen Lächeln. Sich aus dem Sitz erhebend, zog er die 40-mm-Smith-&-Wesson, die er bei sich trug, seit sie das Flugzeug bestiegen hatten, aus dem Schulterhalfter. Jakes Pistole steckte in Bobbys Koffer.

»Ich hab es dir doch gesagt«, sagte Roberto. »Du kriegst deine Pistole, wenn wir da sind.«

»Du idiotischer Hurensohn. Valisimo wird Verdacht schöpfen, wenn du mich mit vorgehaltener Pistole aus der Maschine scheuchst. Du ruinierst die ganze Operation, und wenn Valisimo dich nicht umbringt, dann tut es Baranoff.«

Roberto hob den Revolver hoch und zielte auf Jakes Gesicht. »Du hältst mich für einen Idioten? Glaubst du wirklich, ich hätte nicht gemerkt, wie du das Mädchen beschützt? Du hast sie noch nicht einmal gefickt, oder? Als das Satellitentelefon ausgefallen ist, wusste ich, dass etwas im Busch ist. An dem Tag, als du sie aus dem Wasser gezogen hast, bin ich aufs Achterdeck und habe eine von den Luken aufgemacht. Ich hab dich gehört, Mann. Ich weiß, was du bist – ein stinkendes, verlogenes, widerliches Schwein. Wenn Valisimo dich nicht brauchen würde, wärst du längst tot!«

Jake wartete nicht länger. Er schoss wie ein Vulkan aus seinem Sitz hoch, riss Robertos Arm nach oben und verdrehte ihn so heftig, dass Roberto japste und den Abzug betätigte. Allie schrie auf, als der Schuss explodierte und über ihren Köpfen ein Loch in die Metalldecke der Kabine riss. Der Sauerstoff in der Kabine entwich durch das Einschussloch und zog alles, was lose war, mit sich. Papierschnitzel, Schmutz und Stroh wirbelten durch die Luft auf das Loch von der Größe einer Fünf-Cent-Münze zu.

Allie begriff, dass der Sauerstoff bald aufgebraucht, und in einer Höhe von etwa fünftausend Metern das Atmen dementsprechend schwer werden würde. Sie griff in ihre Tasche, fischte ein Kompakt-Make-up heraus, brach den gebogenen, verspiegelten Deckel ab und drückte die Dose über das Loch. Der Luftzug hielt sie fest und verschloss die Öffnung einigermaßen.

Das Leck war gestopft, aber dafür hatte sich, während Allie beschäftigt gewesen war, Luis in den Kampf gestürzt.

Jake hatte Roberto am Boden zwischen den Holzkisten und rangelte mit ihm um die Waffe. Das Ganze hätte schnell vorbei sein können, aber die beengte Situation und die Sorge um Allie hielten Jake auf. Luis war auf seinem Rücken, schlang die Arme um seinen Hals und fing an, ihn zu würgen. Jake versuchte, zu Atem zu kommen, doch er durfte nicht von Roberto ablassen, und die drahtigen braunen Arme um seinen Hals schnitten ihm wie ein Schraubstock die Luftzufuhr ab.

Schwarze Punkte tanzten vor seinen Augen. Alles verschwamm, und die Kabine drehte sich um ihn.

Aus einem Augenwinkel konnte er noch erkennen, wie Allie sich auf Luis' Rücken stürzte und ihm mit einer Haarbürste auf den Kopf einhämmerte, damit er losließ, bevor Jake womöglich das Bewusstsein verlor. Roberto machte sich das Durcheinander zu Nutze, drehte sich, bekam seinen Revolver frei und zielte auf Jake.

»Pass auf!«, schrie Allie. Jake schlug erneut den Arm fort und Roberto feuerte wieder – mitten durch den Vorhang, der das Cockpit abtrennte.

Zuerst stieg das Flugzeug steil nach oben, dann senkte sich die Nase nach unten. Das Motorengeräusch wurde lauter und die Maschine begann einen jähen Sinkflug.

»Du Idiot!«, schrie Luis. »Du hast den Piloten erwischt!«

»Verdammter Mist!« Jake rutschte auf das Cockpit zu, und alle kamen sie aufeinander zu liegen. Jake kriegte die Waffe zu fassen und schlug Roberto mit einem harten Faustschlag ans Kinn bewusstlos. Allie zog unter einem der Netzsitze einen langen Schraubenschlüssel hervor und schlug ihn Luis über den Kopf, der daraufhin gegen die Wand sackte.

Sich gegen die Schlagseite des Flugzeugs stemmend, duckte sich Jake unter dem Vorhang durch und sah den Piloten über den Instrumenten liegen. Aus einem sauberen kleinen Einschussloch am Hinterkopf tropfte Blut.

Der Boden kam schnell näher. Jake riss den Piloten weg und rutschte auf den Sitz. Er packte das Ruder, zog, so fest er konnte, kämpfte darum, die Nase nach oben zu bekommen, und betete, dass er die Maschine abfangen konnte, bevor es zu spät war.

»Geh zurück nach hinten, und schnall dich an!«, rief er Allie zu, die der Anordnung stolpernd Folge leistete. Sie war verängstigt, das sah er ihr an, aber in Panik war sie bis jetzt noch nicht verfallen. Für eine Blondine – zur Hölle! für wen auch immer eigentlich – hatte sie gute Nerven.

Mit zweihundertvierzig Meilen pro Stunde raste der Erdboden auf sie zu. Zweihundertfünfzig. Zweihundertsechzig. Der Motorenlärm dröhnte in seinen Ohren. Gerade als Jake glaubte, dass er die Maschine nicht dazu bekommen würde, rechtzeitig zu reagieren, begann die Nase, sich zu heben. Er zog weiter nach hinten, betete unablässig und fing das Flugzeug im letztmöglichen Moment ab. Sie stiegen wieder, waren aber kaum hundert Meter vom Boden entfernt.

Dennoch hätten sie es schaffen können, wäre da nicht diese dschungelbedeckte, flache Hügelkette gewesen, die sich direkt vor ihnen erhob. Keine Chance, die Baumwipfel am Kamm der Hügelkette zu übersteigen.

»Festhalten!«, schrie Jake und stemmte sich in den Pilotensitz. »Wir fliegen rein!« Er stellte die Klappen auf und drosselte die Motoren so weit es ging. Dann studierte er den Kamm, suchte sich eine offene Stelle zwischen zwei Baumgruppen und wartete bis zur letztmöglichen Sekunde, bevor er sämtliche Elektrikschalter auf Aus stellte.

Der Dschungel reckte sich in die Höhe, und das Grün rauschte an ihnen vorbei. Er verspürte plötzlich einen markerschütternden Schlag, dann ein paar kleinere schmerzhafte Stöße. Das Geräusch schleifenden Metalls füllte seine Ohren, und er wusste, dass gerade die Flügel abrissen. Das Blattwerk des Dschungels rauschte an den Fenstern vorbei. Jake machte sich bereit und drückte den Kopf in die Arme, als auch schon das Cockpitfenster barst und das Glas in die Kanzel geflogen kam. Metall- und Glassplitter schnitten in seine Haut und sein Haar, und ein blutiges Rinnsal lief ihm über die Stirn.

Das Fahrwerk traf ins dichte Gestrüpp und wurde abgerissen, der Rumpf schnitt durch das nasse laubige Unterholz wie ein Schlitten durch den Schneesturm. Die Maschine schlug hart auf, sprang hoch und schlug erneut auf, erbebte gewaltig, und die gesamte linke Seite flog einfach weg.

Er musste kurz das Bewusstsein verloren haben, denn er konnte sich nicht erinnern, was in den nächsten paar Sekunden geschehen war. Als er die Augen aufschlug, umgab ihn eine unheimliche Stille, und das Flugzeug lag zerborsten inmitten des Dschungels. Das Kabinendach über ihm war weg und das Cockpit so voller Zweige und Laub, dass er sich kaum bewegen konnte.

Jake schüttelte den Kopf, versuchte, den Schleier vor den Augen loszuwerden, und kämpfte gegen einen Anflug von Benommenheit. Dann fiel ihm Allie ein. Er öffnete den Sitzgurt und setzte sich in Bewegung. »Allie!« Er konnte sie nirgendwo sehen und verspürte einen scharfen Stich im Herzen. Da die linke Seite abgerissen war, musste er damit rechnen, dass sie hinausgeschleudert worden war. Er schaute zwischen die Kisten und betete, dass er sie bald finden würde, denn er dachte auch ständig daran, dass das auslaufende Kerosin jede Minute explodieren konnte. Dann entdeckte er Luis, dessen Körper seltsam verrenkt war, der Kopf scharf zur Seite geknickt. Eine der Kisten musste ihn getroffen und ihm das Genick gebrochen haben.

Hoffentlich hatte Allie nicht ein ähnliches Schicksal ereilt.

Eilig schob er die nächsten Kisten zur Seite und sah, dass sie dahinter festgeklemmt war. Seine Hand zitterte, als er sie nach ihr ausstreckte und sanft ihre Wange berührte.

Ihre Lider flatterten. »Jake …?«

Erleichterung überkam ihn. »Ganz ruhig. Ich bin hier. Wie schwer bist du verletzt?«

»Überhaupt nicht ... obwohl ... ich bin mir nicht sicher.«

Sie bewegte Beine, Arme, den Hals, den Rumpf. »Nichts gebrochen, glaube ich.«

»Gut, denn wir müssen hier raus. Hier läuft überall das Kerosin aus. Die Kiste kann jede Minute hochgehen.«

Sie spannte die Muskeln und zog sich unsicher ein Stück weit hoch. »Worauf warten wir dann noch?« Sie wühlte sich vorwärts, packte ihre Segeltuchtasche, warf sie sich über die Schulter und kletterte über die Kisten auf ihn zu. Er wischte sich ein paar Blutstropfen aus den Augen und nahm sie bei der Hand.

»Was ist mit den anderen?«, fragte sie, während er sie auf das Loch im Rumpf zuführte. Er sah sich nach seinem Rucksack um, aber den schien es hinausgeschleudert zu haben. Doch er entdeckte Robertos schwarzen Samsonite-Koffer, zerrte ihn unter einer zerbrochenen Kiste hervor und bewegte sich weiter vorwärts.

»Der Pilot und Luis sind tot«, sagte er. »Was mit Roberto ist, weiß ich nicht, und wir haben keine Zeit, es herauszufinden.« Er erreichte das zerklüftete Loch im Rumpf der Maschine, sprang hinaus, griff hoch und half Allie, das Wrack ebenfalls zu verlassen.

Sie hatte einen Schnitt auf der Wange, Risse und Kratzer an Stirn und Hals, aber abgesehen davon schien sie in Ordnung zu sein.

Er nahm wieder ihre Hand, und sie rannten los, kletterten über umgerissene Bäume, bahnten sich zwischen nassen Ästen und Blättern einen Weg und versuchten, so weit wie möglich wegzukommen, um in Sicherheit zu sein, falls die Maschine in die Luft flog.

Hinter einem dicken Baumstamm zog er sie nach unten. Beide außer Atem, lehnten sie sich dagegen. Allie beobachtete minutenlang den Rumpf. Sie warteten beide auf den Knall der Explosion, wobei Jake insbesondere nach irgendwelchen Bewegungen im Umfeld oder auch innerhalb der Maschine Ausschau hielt. Wenn Roberto noch am Leben war, dann hatte er auch eine Waffe.

Und seine erste Handlung würde es sein, sie beide zu erschießen.

Die Minuten vergingen. Allie schaute Jake an und schien langsam zu begreifen, was geschehen war. Ihr Gesicht war weiß wie Schnee, und sie begann zu zittern. Sie schlang die Arme um den Oberkörper, aber das zittern wurde nur noch schlimmer.

Verdammt, er wünschte sich, all das wäre nie geschehen, dass er sie vor alledem hätte bewahren können, aber Reue hatte jetzt keinen Sinn.

»Locker bleiben«, sagte er. »Alles wird gut.« Er nahm sie sacht in die Arme, und sie ließ es zu. »Der Flieger ist abgestürzt, aber wir sind am Leben. Nur das zählt.«

Sie nickte an seiner Brust. »Ich weiß. Eine Minute noch, dann hab ich mich erholt. Ich kann … ich kann bloß nicht mit diesem Zittern aufhören.«

Er umarmte sie fester, und endlich ließ das Zittern nach. Langsam entspannte sich ihr Körper. Sie holte tief Luft, trat ein Stück zurück und runzelte die Stirn, als sie das Blut sah, das aus dem Schnitt an seinem Kopf lief.

»Du hast dich verletzt.«

»Nur ein paar Schnitte und Kratzer. Nichts Ernstes.« Allie überhörte das. Sie drehte sich um, schnappte sich die Segeltuchtasche und zog ein paar von diesen kleinen Kleenex-Päckchen heraus, die Frauen immer mit sich herumzuschleppen schienen. Mit einem davon wischte sie ihm das Blut von der Stirn, dann begutachtete sie den Schnitt, der genau unterhalb des Haaransatzes verlief.

»Es ist nicht so schlimm«, sagte er wieder. »Kopfwunden bluten einfach stark.«

Sie antwortete nicht, sondern wischte ihm nur vorsichtig das

Blut vom Gesicht und drückte das Kleenex anschließend so lange auf den Schnitt, bis die Blutung nachließ und endlich ganz aufhörte. Dann knüllte sie das Tuch zusammen, bohrte ein kleines Loch in den Boden und vergrub das blutige Papiertuch sorgsam.

Jake grinste. »Umweltbewusst. Sogar hier draußen.«

Allie verbiss sich ein Lächeln und konzentrierte sich wieder auf das Flugzeug. »Wie lange müssen wir warten, bis wir sicher sein können, dass es nicht explodiert?«

»Je länger, desto besser. Aber wir müssen bald wieder hinein. Es dauert nicht mehr lange, dann wird es dunkel und wir müssen so viel wie möglich rausholen und dann von hier verschwinden.«

»Glaubst du, dass das Funkgerät noch funktioniert?«

Er schüttelte den Kopf. »Das ganze Vorderteil des Cockpits besteht nur noch aus Glassplittern und verbogenem Metall. Es ist ein Wunder, dass ich da in einem Stück herausgekommen bin.«

Ihr Gesichtsausdruck änderte sich, als käme sie ihm näher. Sie schluckte und schaute zu ihm auf. »Du bist gar nicht beim DEA, oder?«

Jake ließ den Kopf gegen den Baumstamm sinken und fuhr sich mit der Hand über den spätnachmittäglichen Bartschatten an seinem Kinn. »Nein.«

»Dann bist du auch kein … kein richtiger …«

Er sah auf und bemerkte die Angst, die zu verbergen ihr nicht ganz gelang. »Nicht was du denkst. Ich arbeite für das ATF, das Bureau of Alcohol, Tobacco and Firearms, das dem Justizministerium unterstellt ist. Ich bin seit fünf Jahren dabei.«

Ihre Augen schlossen sich erleichtert, während ihre Wangen sich erbost röteten. »Warum hast du mich angelogen?«

»Hab ich doch gar nicht. Du dachtest, Baranoff sei in Drogengeschäfte verwickelt. Ich habe dich einfach in dem Glauben gelassen.«

»Warum?«

»Weil ich dachte, je weniger du weißt, umso sicherer bist du.« Sie reckte das Kinn, nicht gerade glücklich darüber, dass er sie in ihrem Irrglauben gelassen hatte.

»Was ist in den Kisten, Jake?«

Er drehte sich um und warf einen Blick auf die verbeulten Überreste des Flugzeugs, wo sich immer noch nichts bewegte. Falls Roberto da drin war, dann war er verletzt. Wobei »tot« natürlich besser gewesen wäre. »Tragbare, von der Schulter aus feuerbare Marschflugkörper. Die Stinger-Hornet RRLRM, soll heißen: Rapid-Response Long-Range Missile. Die modernste Boden-Luft-Waffe überhaupt.«

»O Gott.«

»Das kannst du zweimal sagen. Und wenn du schon dabei bist, leg ein gutes Wort für uns ein. Wir können gerade jetzt jede Hilfe brauchen, die wir kriegen können.«

Ihre Lippen bogen sich ein wenig. Was er für ein gutes Zeichen hielt. Dann kehrte ihr Blick zum Flugzeug zurück. »Und wie ist Baranoff an die gekommen?«

»Er … oder irgendjemand anderer … hat sie von einer Basis in Tucson, Arizona, entwendet, und Baranoff hat es zumindest geschafft, sich die Dinger zu besorgen. Und nicht zum ersten Mal. Das ATF ist seit zwei Jahren hinter ihm her. Und so bin ich da auch hineingeraten.«

Sie starrte ihn mit einem so ernsthaften Gesichtsausdruck an, dass es ihm seltsam eng um die Brust wurde. »Lüge mich nie mehr an, Jake – auch nicht, indem du etwas weglässt. Mein Leben steht hier ganz genauso auf dem Spiel wie deines. Gib mir dein Wort, dass du mir von jetzt an die Wahrheit sagst – wie schrecklich sie auch immer sein mag.«

Jake sagte nichts. Es war nicht seine Art, mehr als unbedingt nötig zu sagen. Aber Allie hatte Recht. Ihr Leben war ebenso in Gefahr wie seines. Und sie hatte das Recht, alles zu wissen.

»Das ist nur recht und billig«, sagte er schließlich. »Ich sage dir alles, was du wissen willst.«

»Bist du verheiratet?« Die Worte schienen aus dem Nichts zu kommen, und Allie errötete auf der Stelle. »Verzeihung! Das ist jetzt unter diesen Umständen wohl kaum von Bedeutung, und du scheinst nicht gerade ein heiratswütiger Typ zu sein, aber ...«

»Aber wir hätten fast miteinander geschlafen, und du möchtest wissen, ob ich zu Hause Frau und Kinder habe.«

Die Farbe auf ihren Wangen vertiefte sich. »Hast du?«

»Nein. Ich bin nicht verheiratet. Ich bin geschieden, genau genommen bin ich sogar ein zweimaliger Verlierer. Aber glücklicherweise habe ich meine Lektion gelernt und werde bestimmt nicht so dumm sein, den gleichen Fehler noch einmal zu machen.«

Irgendetwas flackerte den Bruchteil einer Sekunde lang über ihr Gesicht, dann schaute sie weg und ließ sich wieder gegen den Baumstamm sinken.

»Während wir hier warten, bis die Luft rein ist, kannst du mir, denke ich, deinen Nachnamen sagen.«

Sie seufzte und rieb sich einen Flecken am Kopf. »Allie Parker.«

Er zog fragend eine Augenbraue hoch.

»Also gut«, sagte sie. »Mary Alice Parker, falls du es so genau wissen musst.«

Jake grinste. »Alice?«

»Nenn mich Alice, und du wirst dir wünschen, du hättest den Absturz nicht überlebt.« Sie zog ein finsteres Gesicht und er lachte, probierte es aber nicht aus. Abgesehen davon sah sie für ihn nicht wie eine »Alice« aus.

»Wie kommen wir hier raus?«

Jake starrte in den dichten tropischen Regenwald, der sie umgab. »Zu Fuß, fürchte ich. Sie werden nach der Maschine suchen, sobald sie überfällig ist, aber hier draußen ist verdammt viel Dschungel. Als Bobby den Piloten erschossen hat, sind wir vom

Kurs abgekommen, und eine Otter ist nicht allzu groß. Sie finden sie vielleicht wochenlang nicht.«

»Wie weit haben wir es bis zur nächsten Stadt?«

»Aus unserer letzten Position zu schließen, sind wir an die achtzig Meilen …«

»Achtzig Meilen!«

»Mehr oder weniger. Tikal, ein Dorf im Norden Guatemalas, liegt vermutlich am nächsten.«

»Willst du damit sagen, wir müssen achtzig Meilen durch den Dschungel laufen, ohne Proviant und mit nur einer Feldflasche Wasser, bevor wir auf irgendeine Zivilisation treffen?«

»Du bist diejenige, die die Wahrheit haben wollte, erinnerst du dich?«

Allie biss sich auf die Unterlippe und schaute weg. Sogar blass und zittrig, mit Kratzern auf der Stirn und einem Schnitt auf der Wange, sah sie noch hübsch aus. Sie hatte sich heute Morgen das Haar gewaschen, und es glänzte wie Gold in der heißen spätnachmittäglichen Sonne. Sein Körper spannte sich. Sie saßen im Dschungel, zerkratzt, zerschunden und fertig, eine Million Meilen von Nirgendwo entfernt – und er wollte sie. Er konnte es selbst kaum glauben.

Verdammt, er hasste Blondinen.

Er rutschte ein wenig herum, zwang sich den Sex aus dem Hirn und versuchte, es sich in seinen wieder einmal zu engen Jeans bequem zu machen.

»Wasser ist nicht das Problem«, sagte er. »In diesem Teil des Landes regnet es sehr viel. Es gibt viele Flüsse und Ströme, sogar unterirdische Quellen. Und jede Menge zu essen, wenn man weiß, wie man drankommt. Zufälligerweise weiß ich es. Ich weiß sehr genau, wie man an einem Ort wie diesem überlebt. Wir schaffen es, Allie, das verspreche ich dir.«

Sie blinzelte ihn an. »Sie bringen einem beim ATF bei, wie man im Dschungel überlebt?«

Er lächelte. »Spezialeinheit der Army. Da war ich acht Jahre lang, die meiste Zeit in Fort Davis in Panama. Ich war der Waffenexperte der Siebten Einheit. Wir waren auf Süd- und Zentralamerika spezialisiert.«

»Deshalb haben sie dich für diesen Job ausgesucht.«

»Valisimo, dieser Revolutionär, wollte jemanden, der seinen Männern beibringen kann, wie man die neue, kompliziertere Stinger bedient, die Baranoff ihm verkauft hat. Unsere V-Leute haben mich als den Typen eingeführt, der das draufhat.«

»Also, was warst du früher? Ein Lieutenant oder was?«

»Major.« Sein Blick wanderte zur Otter zurück. Es war an der Zeit hineinzugehen, zu bergen, was sie konnten und möglicherweise herauszufinden, was mit Roberto passiert war. »Wir haben lange genug gewartet. Hoffentlich finden wir etwas Nützliches. Die schlechte Nachricht ist, dass meine Tasche durch einen Riss in der Bordwand geflogen ist. Ich hatte eine Überlebensausrüstung dabei, aber die Wrackteile sind eine Meile weit verteilt und so dicht, wie der Boden bewachsen ist, besteht kaum eine Chance, dass wir sie finden.«

Er drehte sich um, klappte die Schlösser von Robertos Koffer auf, tastete sich durch die Hemden und Hosen und fand seine Pistole, ohne die er sich nackt vorkam, desgleichen das schwere Klappmesser.

»Zumindest das hätten wir.« Er steckte das Messer in die Tasche und die Pistole hinten in den Bund der Jeans. Dann durchsuchte er den Koffer nach dem Reservemagazin, fand es aber nicht. Fünfzehn Schuss, inklusive der Kugel im Lauf. Nicht gerade viel an einem Ort wie diesem. Er durchwühlte den Koffer nach irgendetwas Brauchbarem.

»T-Shirts, Shorts, eine Drillichhose und ein paar Wanderstiefel.« Bis auf die Camouflage-Hose warf er alles fort, da das Zeug ihm zu klein und Allie zu groß war. Er stopfte die Arbeitshose in seinen Rucksack, auch wenn er sich nicht vorstellen konnte, dass er sie dazu überreden können würde, das Ding anzuziehen.

Allie griff in den Koffer und zog ein weißes Baumwoll-T-Shirt heraus und eine Plastikdose mit Sonnenschutz. Beides stopfte sie in ihre Tasche. Dann zog sie ein Insektenspray heraus. »Da haben wir aber einen Treffer!«

Jake grunzte. »Wundert mich nicht, Kakerlake, die er nun mal ist, hat er sich vorbereitet.« Er holte eine Stange Zigaretten heraus und ein Tütchen Marihuana. »Nun sieh dir diesen Dreck an.«

»Nicht wirklich hilfreich, oder?« Allie durchwühlte das Waschzeug, und nahm eine Zahnbürste, einen Nassrasierer, Nagelschere, Nagelfeile und eine kleine Reiseseife heraus. »Trotzdem weiß man nie, was man vielleicht einmal brauchen kann.« Sie steckte die Sachen in ihre Tasche. »Vielleicht haben wir in der Maschine mehr Glück.«

»Hoffen wir's.«

»Du meinst, es ist jetzt sicher zurückzugehen?«

»Sicherer wird es nicht mehr. Du bleibst hier. Ich sehe nach, was …«

»Ich komme mit. Zwei finden mehr als einer allein.«

Jake schüttelte den Kopf. »Bobby ist bewaffnet. Falls er noch am Leben ist, dann wartet er auf uns. Es ist sicherer für dich, hier zu bleiben.«

»Ich war nicht mehr sicher, seit ich den Fuß an Deck der *Dynasty II* gesetzt habe. Ich komme mit dir.«

»Du bleibst hier, verdammt. Ich hab dich bis jetzt am Leben halten können, und ich habe vor, damit weiterzumachen, bis ich dich in San Diego zurückhabe.«

Allie warf ihm einen aufmüpfigen Blick zu, widersprach aber nicht.

Leise alle dickköpfigen Frauen verfluchend, insbesondere die hübschen kleinen blonden, zog Jake die Pistole aus dem Bund und machte sich auf zum Flugzeug.

Allie sah Jake hinterher, wie er sich den Weg durch das schwere Blattwerk und die Äste bahnte und im schrottreifen Rumpf der Otter verschwand. Da sie keine Kampfeslaute hörte, nahm sie an, dass Roberto entweder tot war oder hinausgestürzt, als die Bordwand aufriss.

Um sich herum nahm sie langsam die Geräusche des Dschungels wahr, das Zirpen der Insekten, die schrillen Rufe der Vögel, Wasser, das über die feuchte, moosige Erde plätscherte. Sie hatte Bilder vom Dschungel gesehen, aber sie hätte sich nie die Laute ausmalen können, die stechenden Gerüche und das Farbenmeer: hellroter Hibiskus, eine Art blaue Dschungelwinde, riesenhafte purpurfarbene Orchideen. Eine Minute lang verlor sie sich in der Schönheit, dann stach ihr die heiße Sonne ins Auge, die sich auf Silber brach, und sie konzentrierte sich wieder auf das Flugzeug.

Und auf Jake.

Bist du verheiratet? Eine neue Welle der Scham überkam sie. Gott, wie hatte ihr das herausrutschen können? Um Himmels willen, sie hatten gerade einen entsetzlichen Flugzeugabsturz überlebt. Sein Familienstand stand auf der Liste der Prioritäten schwerlich weit oben. Was war sie doch für eine Idiotin!

Zumindest wusste sie jetzt, dass er Single war, auch wenn sie nicht sicher war, weshalb ihr das etwas bedeutete. Und jetzt, wo sie seine diesbezügliche Einstellung kannte, kam es ihr sogar noch bedeutungsloser vor.

Sie konzentrierte sich auf das, was im Flugzeug vor sich ging. Da offensichtlich nichts Gefährliches zu befürchten war, verließ sie ihren Platz hinter dem Baumstamm, hielt sich geduckt und ging vorsichtig auf die aufgerissene Seite zu. Jake war nicht der Einzige, der sich gezwungen sah, meilenweit gefährliches, unerforschtes Dschungelgebiet zu durchqueren. Vielleicht fand sie etwas, das ihr das Unternehmen ein wenig erleichterte.

Über einen verrottenden Baumstamm steigend, schlich sie auf

den Rumpf zu und hievte sich hinein. Es war heiß und feucht und roch stickig-süß nach einer Winde, die sich durch ein zerborstenes Fenster gebohrt hatte. Sie schaute sich nach Jake um oder irgendeiner Spur von Roberto, entdeckte aber nichts. Dann legte sich ihr eine Hand über den Mund, eine andere glitt um ihre Taille und riss sie nach hinten an einen massiven Männerkörper – und Allie fuhr vor Schreck fast aus der Haut.

»Ich dachte, ich hätte dir gesagt, du sollst bleiben, wo du bist.«

Jake! »Falls du vorhast, mich zu Tode zu erschrecken, verschwendest du nur deine Zeit. Da draußen im Dschungel gibt es Kreaturen genug, die das für dich erledigen können, da bin ich mir sicher.«

Er war hart wie ein Fels und schön wie die Sünde, sogar mit den Kratzern im Gesicht. Ihr Herz pochte verdächtig schnell, und sie entfernte sich ein Stück.

»Hast du Roberto gefunden?«

Jake schüttelte den Kopf, wobei ihm eine Strähne schwarzen, welligen Haars in die Stirn fiel. »Es muss ihn hinausgeschleudert haben. Und wenn dem so ist, dann ist er ziemlich sicher tot.«

»Gehst du zurück, um nach ihm zu suchen?«

»Nein.«

»Was hast du bis jetzt gefunden?«

»Einen Kompass, eine halb verbrauchte Schachtel Streichhölzer, eine alte Feldflasche, eine Machete, ein Stück Seil, ein paar Blechtassen und ein paar Plastikplanen, aber ich bin noch nicht fertig.« Er machte sich wieder auf die Suche, und Allie drehte sich weg, als er dem toten Piloten eine zerbrochene Lesebrille aus der Hemdtasche zog. Sie konzentrierte sich auf ihre Aufgabe, machte eine schnelle Runde durch das Wrack und ging schließlich zum Heck.

Sie grinste, als sie den Schlafsack auf der Gepäckablage neben der Toilette entdeckte. Daneben lagen ein halb leerer Erste-Hilfe-Kasten und eine grüne Armee-Wolldecke. Nicht, dass sie sie der Wärme wegen gebraucht hätte, denn es waren an die vierzig Grad in der Maschine und absolut unangenehm. Sie versuchte, Luis nicht anzusehen, während sie sich durch das Wrack bewegte; Luis, der wie eine Stoffpuppe an die Wand gekrümmt dalag. Und sie versuchte, nicht daran zu denken, wie schnell sein Körper in der Hitze verwesen würde. Entschlossen kehrte sie zum Loch in der Bordwand zurück, wo sie auf Jake wartete, der sich ein paar Minuten später zu ihr gesellte.

»Nicht schlecht«, sagte er und begutachtete Schlafsack und Decke. »Sieht ganz so aus, als machtest du dich bezahlt.« Er hatte einen Rucksack bei sich, der dem Piloten oder Luis gehört haben musste, hatte ihn ausgeleert und mit den gefundenen Sachen gefüllt.

»Ich sehe, du hast ein paar Karten gefunden«, sagte sie.

Er nickte. »Die kommen uns definitiv gerade recht.«

Sie sprangen hinaus, und Jake nahm ihr den Verbandsstoff und die Salbe ab, die sie in dem zerborstenen Erste-Hilfe-Kasten gefunden hatte, und legte sie mit in den Rucksack. Er hielt die kleine Flasche Jod hoch, die sie ihm gegeben hatte. »Das da können wir verdammt gut brauchen. Dann brauchen wir keine Zeit damit zu verschwenden, das Wasser abzukochen. Das erledigt das Jod.«

Er schnürte den Schlafsack und die Decke auf den Rucksack und blieb einen Augenblick lang neben den platten Reifen stehen. Mit Hilfe des Klappmessers schnitt er kleine Gummistücke heraus.

»Was machst du da?«

»Es dürfte schwierig werden, trockenes Holz zu finden, um damit ein Feuer zu entzünden. Aber mit dem Zeug da geht es.«

Als er fertig war, schob er die Gummistücke in eine Seitentasche, warf den Rucksack über die Schulter und ging ihr voran, weg vom Flugzeug.

Er warf einen letzten Blick zurück auf die Otter. »Bleib, wo du bist. Ich will mich noch einmal umsehen.«

Er blieb länger fort, als er gedacht hatte, und als er zurückkehrte, war seine Miene finster.

»Was hast du entdeckt?«

»Nichts.«

»Das ist doch gut, oder?«

»Vermutlich. Aber ich würde mich besser fühlen, wenn ich irgendeine Spur von Roberto gefunden hätte. Die gute Nachricht ist, dass es ihn herausgeschleudert haben muss, und selbst wenn er überlebt hat, ist er vermutlich schwer verletzt. Er wird sich mit wilden Tieren herumschlagen müssen und dem Hunger. Ein Kerl wie Roberto ... da besteht kaum eine Chance, dass er es schafft.« Er nahm sie bei der Hand. »Los. Es wird Zeit, dass wir hier wegkommen.«

Allie folgte ihm in die tiefen Schatten der Bäume, blieb dann plötzlich stehen und drehte sich um. »Ich habe nachgedacht, Jake.«

»Davor habe ich dich schon einmal gewarnt.«

»Roberto hat herausbekommen, dass du ein Spitzel bist, oder?«

»Und?«

»Denkst du, er hat es irgendwem gesagt?«

»Nein. Ich denke, er wollte damit warten, bis wir in Belize sind. Er wollte den ganzen Ruhm haben und mich höchstpersönlich an Valisimo übergeben. Er dachte, wenn er wartet, dann springt für ihn selber mehr heraus.«

»Daran habe ich auch gedacht. Valisimo ist der Mann, der die Marschflugkörper gekauft hat, oder?«

»Er ist der Anführer von etwas, das er Volksrevolution nennt. Einer Gruppe von mexikanischen Rebellen, die sich gegen die Nationale Aktionspartei gestellt haben. Sie haben vor, Vincente Fox zu stürzen. Ich glaube, Valisimo träumt davon, das Land selbst zu führen. Deshalb braucht er so dringend diese Marschflugkörper.«

»Ich verstehe es immer noch nicht. Ich verstehe nicht, wie das ATF …«

»Der Plan war, den General bei der Übernahme der gestohlenen Waffen zu erwischen und ihn dazu zu zwingen, Baranoff zu belasten.«

Sie starrte in den Urwald. »Was denkst du, wie weit sind wir von Valisimos Camp entfernt?«

»Sechzig, vielleicht siebzig Meilen, aber das ist nur eine Schätzung.«

»Wir sind also näher am Camp des Generals als am nächsten Dorf?«

Jake nahm sie bei den Schultern. »Mir gefällt der Ausdruck in deinem Gesicht nicht. Worauf willst du hinaus, Allie?«

»Ich denke, wir sollten nicht zum Dorf marschieren, sondern zum Camp.«

»Vergiss es. Kommt nicht in Frage. Du warst schon einmal in der Hölle, und ich werde nicht das Risiko …«

»Hör mir zu, Jake. Diese Marschflugkörper sind doch zum Großteil noch intakt, richtig?«

»Sie sind so gut verpackt, dass sie einen Absturz überstehen, also sind sie es, ja.«

»Keiner weiß, dass du ein Agent bist, Jake, mit Ausnahme von Roberto, und du hast selbst gesagt, dass er hier wahrscheinlich nicht lebend herauskommt, und falls doch, dann nicht rechtzeitig. Wenn wir zu Valisimos Camp marschieren, dann kannst du immer noch diese Marschflugkörper übergeben, genau, wie du es geplant hattest. Und dann kannst du auch Baranoff immer noch erwischen.«

Jake schüttelte den Kopf. »So etwas würde ich vielleicht machen, wenn ich allein wäre, aber ich kann dich nicht mitnehmen, zur Hölle, und ich lasse dich auch ganz bestimmt nicht hier.«

»Du *kannst* mich mitnehmen. Seit wir San Diego verlassen haben, tue ich so, als wäre ich deine Geisel. Ich mache einfach weiter damit. Glaub mir, jetzt, wo ich weiß, dass du mich nicht umbringst, wird alles viel einfacher.«

»Nein.«

»Warum nicht?«

»Weil ich für dich verantwortlich bin. Ich bringe dich zurück nach San Diego und Schluss!«

Allie setzte sich mitten auf den Pfad und zog die Knie unters Kinn.

»Was, zur Hölle, soll das?«

»Wenn du mich nach San Diego zurückbringen willst, dann wirst du mich tragen müssen, denn die einzige Richtung, in die ich marschiere, ist die zu Valisimos Camp.«

Jake gab einen kehligen, frustrierten Laut von sich. »Du bist die dickköpfigste, ärgerlichste Frau, die ich je das Unglück zu treffen hatte.«

»Felix Baranoff hat meine beste Freundin umgebracht. Ich will, dass er dafür bezahlt.«

»Der Anschlag galt Donnie Markham. Er hat versucht, auf Baranoffs Gebiet zu wildern. Deine Freundin ist einfach nur dazwischengeraten.«

»Das macht keinen Unterschied. Baranoff hat sie umgebracht. Ich will, dass er bezahlt.«

Jake runzelte die Stirn, machte den Mund auf, wollte mit ihr streiten – und machte den Mund wieder zu. »Das ist keine gute Idee, Allie«, sagte er schließlich.

Sie kam wieder auf die Füße und klopfte sich das Laub vom Schoß. »Los, Jake. Jetzt sind wir schon so weit gekommen. Lass es uns zu Ende bringen.«

Jake schaute über die Schulter zurück zum Flugzeug. Es lag versteckt im dichten Grün. Nur dann und wann blitzte ein silberner Schimmer durch die schweren Winden und das Blattwerk.

»Ich muss verrückt sein, überhaupt darüber nachzudenken.«

»Es ist das Richtige – und das weißt du.«

»Jesus.« Er fuhr sich mit der Hand durchs Haar, strich es sich aus der Stirn. »Also gut, aber vermutlich bist du nicht mehr so scharf darauf, wenn du erst einmal sechzig Meilen durch den Busch marschiert bist.«

Was ihr das Lächeln vergehen ließ.

»Und nimm dich, um Gottes willen, beim Laufen in Acht. Es gibt Jaguare und Pumas in diesem Dschungel, ganz zu schweigen von Giftkröten, Krokodilen, Schlangen und Spinnen. Pass auf, wo du hintrittst, und halt die Augen offen.«

Jake folgte dem engen Wildpfad nach Osten, offensichtlich unglücklich mit seiner Entscheidung. Allie nahm allen Mut zusammen, hievte sich die Tasche auf den Rücken und benutzte zum ersten Mal die Riemen, die die Tasche zu einem Rucksack machten.

Sechzig Meilen durch einen feindlichen, feuchten Urwald und alles nur, um ein Lager voller Rebellen zu erreichen, die nicht zögern würden, ihnen die Kehle durchzuschneiden, hätten sie nur den blassesten Schimmer, wer sie beide waren.

Allie zitterte der irrwitzigen Hitze zum Trotz. Ich muss den Verstand verloren haben, sagte sie sich mehr als nur einmal.

11

Ich muss den Verstand verloren haben. In dem Moment, als ihm klar geworden war, dass seine Tarnung aufgeflogen war, hatte Jake den Gedanken aufgegeben, sein Ziel weiterzuverfolgen. Von jenem Augenblick an hatte er nur noch versucht, Allie und sich am Leben zu erhalten.

Und jetzt machten sie dennoch weiter, Allies Hartnäckigkeit

und seiner widerstrebenden Einwilligung wegen. Leise über seine Lage fluchend und weil ihm einfach danach war, stieg er vorsichtig, um nicht an den dornigen Zweigen hängen zu bleiben, über einen umgestürzten Baum und hielt Allie die Äste aus dem Weg, als sie ihrerseits darüberstieg.

Aus Sorge, es würde zu schwer für sie und sie könnte nicht mithalten, hatte er die erste halbe Stunde ständig über die Schulter nach hinten gesehen. Aber diese langen Beine marschierten unablässig wie ein sonnengebräuntes Kolbenwerk, trugen sie entschlossen den Pfad voran.

Es war heiß im Dschungel, aber noch nicht so unerträglich wie später im Jahr. Im April bekam das südliche Yucatan vielleicht an die acht oder zehn Zentimeter Regen ab, und die Temperatur blieb nicht unter fünfunddreißig Grad. Etwas Regen musste früher am Tag dennoch gefallen sein. Es war höllisch feucht und fühlte sich um einiges heißer an, als es tatsächlich war. Als er sich das letzte Mal nach Allie umgedreht hatte, hatte er sie die Windjacke, die ihr auf dem Boot als Schutz gedient hatte, ausziehen und mit den Ärmeln um die Hüften binden sehen.

Er wünschte, sie hätte sie anbehalten, Hitze hin oder her. Sie trug keinen Büstenhalter unter dem orangefarbenen Tank-Top – was er sich selbst zu verdanken hatte –, und der Anblick ihrer hüpfenden runden Brüste unter der dünnen Baumwolle brannte sich augenblicklich in sein Hirn ein. Jedes Mal, wenn er die Augen schloss, tauchte das erotische Bildnis wieder auf und ließ ihn hart werden. Was nicht gerade die komfortabelste Art war, sich durch einen Urwald zu bewegen. *Verdammter Mist.*

Sie kamen nur langsam voran. Meist im Schatten riesiger Bäume marschierend, die hoch über ihren Köpfen einen Blätterbaldachin bildeten, mussten sie sich durch dichte Schlingpflanzen und Laub kämpfen, das von dem kurzen tropischen Sturm noch vor Wasser triefte. Hätte er den Wildpfad nicht entdeckt, ein Vorwärtskommen wäre fast unmöglich gewesen.

Dennoch mussten sie von Zeit zu Zeit Halt machen, auch weil er mit der Machete den Weg freischlagen und unter abgebrochenen Ästen und verrottendem Laub nach dem Pfad suchen musste.

Trotzdem hatten sie an die vier Meilen zurückgelegt, als die Sonne hinter den Bäumen zu sinken begann. Jake musste einen Lagerplatz finden, bevor es dunkel wurde, und entschied sich für eine kleine Lichtung auf einer Anhöhe, nicht weit von einem mäandernden, übermäßig viel Wasser führenden Strom entfernt.

Bis jetzt waren die Insekten nicht allzu schlimm gewesen, und die Tiere, denen sie begegnet waren, klein und harmlos – Affen zumeist und farbenprächtige Papageien.

Er drehte sich nach Allie um. »Genug für heute. Wir sind hier auf einem kleinen Hügel, der Boden ist trocken und einigermaßen frei. Hier schlagen wir für die Nacht unser Lager auf.«

Sie sank auf der Stelle nieder und ließ sich gegen einen Baumstamm fallen, ihr Gesicht rötete sich, als sie die Augen schloss. Er begriff, dass sie sich stärker verausgabt hatte, als ihm bewusst gewesen war, und er verfluchte sich in Gedanken dafür.

»Du hättest etwas sagen sollen, verdammt. Wir hätten auch schon früher Halt machen können.«

Sie schenkte ihm ein müdes Lächeln. »Es geht mir gut. Ich habe das Wandern immer geliebt – auch wenn ich mich nicht unbedingt für dieses Gebiet entschieden hätte. Bevor ich so viel gearbeitet habe, bin ich immer nach Point Loma. Ich schätze, ich bin ein bisschen aus der Übung.«

»Du machst das sehr gut«, sagte er mürrisch und meinte es ernst. Allie streckte sich, versuchte, die Verspannungen am Rücken zu lösen, und Jake versuchte, ihre Brüste nicht zur Kenntnis zu nehmen. Sie waren rund wie Äpfel und genauso fest. Und er erinnerte sich genau daran, wie gut sie in seine Hände gepasst hatten. Heiser räusperte er sich und schaute weg in die Bäume. »Nachdem du eine Nacht geschlafen hast, fühlst du dich besser. Morgen machen wir ein wenig langsamer.«

Allie nickte nur.

Er ließ sie ausruhen, während er Holz für ein Feuer zusammensuchte. Dann breitete er eine Plastikplane aus und klappte als Matratze für sie beide den Schlafsack auseinander. Zu dieser Jahreszeit wurde es abends kühler, aber die Armeedecke würde sie ausreichend warm halten.

Jake brauchte das ohnehin nicht. Ihm wurde schon heiß, wenn er nur daran dachte, neben ihr zu schlafen. Er spürte förmlich ihren strammen kleinen Hintern, wie er sich an seine Lenden schmiegte, und ihr Haar auf seiner Wange. Es ging ihm auf, dass die Situation sich verändert hatte. Er war nicht mehr ihr Entführer. Und sie war jetzt seine Partnerin, bereitwillige Mitarbeiterin am selben Projekt. Beide waren sie ungebunden und fühlten sich zueinander hingezogen. Solange Allie verstand, dass er an mehr als einer rein körperlichen Beziehung nicht interessiert war, konnten sie vielleicht …

Er gebot sich Einhalt, bevor der Gedanke zu Ende gedacht war. Er war ein Agent, und er war auf einer Mission. Allie war eine Zivilistin, und von ihm wurde erwartet, sie zu beschützen. Mit ihr zu schlafen war schwerlich ein Teil des Jobs. Er betrachtete Allie, die die Augen geschlossen hatte, der Atem tief und regelmäßig. Er betrachtete die kleinen festen Brüste, wie sie sich hoben und senkten, und brauchte nur einen Herzschlag lang, um wieder hart zu werden.

Jesus, was, zur Hölle, war mit ihm los? Gut, Allie war eine Blondine, und für Blondinen hatte er immer schon ein Faible gehabt, aber eigentlich war sie nicht sein Typ. Er mochte die heißen, frechen Frauen, die es im Bett mit ihm aufnehmen konnten, sonst aber taten, was er sagte. Allie war stur und dickköpfig; bereit, sich jederzeit mit ihm anzulegen. Außerdem war sie klug, mutig und – da war er sich ziemlich sicher – höllisch naiv, sobald es um Männer ging.

Sie hatte es verdient, einen Kerl zu heiraten, der ihr ein Heim und eine Familie bieten konnte. Dinge, die nichts für ihn waren, auch wenn er sie eine Zeit lang unbedingt hatte haben wollen. So etwas konnte nicht funktionieren. Diese Tatsache hatte er schon vor langer Zeit akzeptiert.

Jake dachte an seine Exfrau Marla und seinen kleinen Sohn Michael, der am 1. Juni fünf Jahre alt geworden war. Er dachte an die Scheidung, die er nicht gewollt hatte, und daran, wie sehr er seinen Sohn vermisste. Er fragte sich, wo der Junge war, ob es ihm wohl gut ging, und sah dabei auf seine Hand hinab, die sich zu einer zitternden Faust geballt hatte. Er holte tief Luft, atmete sichtbar aus und zwang sich die schmerzlichen Gedanken aus dem Kopf, so wie er es sich antrainiert hatte.

Wie gesagt, eines war klar: Zu heiraten war ein Fehler, den er nicht noch einmal zu begehen beabsichtigte.

Felix Baranoff holte sein privates Handy aus der obersten Schublade des Schreibtischs und drückte es sich ans Ohr. Er vernahm die mürrische Stimme des Generals, hörte den Worten zu und wurde um den Mund herum weiß.

»Was meinen Sie damit, das Flugzeug sei nicht angekommen? Wo, zur Hölle, ist es?«

»Wir glauben, dass es über dem Urwald abgestürzt ist, irgendwo zwischen hier und Santo Emilio, wo der letzte planmäßige Tankstop stattgefunden hat. Wir suchen mit Helikoptern. Aber bis jetzt haben wir nichts gefunden.«

Baranoff fluchte und fragte sich, ob Valisimo die Wahrheit sagte oder ob er die Waffen schlicht konfisziert hatte, um nicht bezahlen zu müssen. »Das Flugzeug gehört Ihnen. Ich mache Sie für das, was da passiert ist, verantwortlich. Was mich angeht, ich habe geliefert. Ob Sie die Ladung nun finden oder nicht, ich erwarte vollständige Bezahlung.«

»Erwarten Sie, was Sie wollen«, sagte Valisimo. »Aber wir haben vereinbart, dass Sie die … Ladung … anliefern, und zwar zusammen mit der Schulung, die für die Nutzung nötig ist. Und bis ich diese beiden Leistungen nicht erhalten habe, zahle ich keinen *centavo*.«

Felix biss die Zähne zusammen. Am anderen Ende der Leitung konnte er den General atmen hören. Er mäßigte seinen Tonfall und wählte sorgsam jedes weitere Wort. »Dann rate ich nachdrücklich dazu, die Maschine zu finden, General Valisimo.« Felix legte auf, die Finger fast schmerzhaft um das lederbezogene Handy klammernd.

Valisimo sollte ruhig glauben, die Lage unter Kontrolle zu haben, aber Baranoff hatte Freunde an höchster Stelle. Und ein paar Kisten voller Waffen reichten schwerlich aus, eine Revolution durchzuziehen. Wenn der General weiter in der Welt des Waffenhandels seine Geschäfte machen wollte, dann würde er seine Schulden bezahlen müssen.

Felix' Miene verhärtete sich. Valisimo schuldete ihm etwas, und er würde es eintreiben. Der General besaß etwas, das er haben wollte; etwas, das wertvoller war als alles Geld. Seit bewiesen war, dass es existierte, war Felix besessen davon, es zu besitzen. Und nichts – erst recht nicht ein Eiferer wie Alejandro Valisimo – würde ihm im Weg stehen.

Trotzdem war es für alle Beteiligten das Beste, wenn das Flugzeug aufgefunden würde und die Marschflugkörper geborgen werden könnten. Felix würde dem Mann zugestehen, dass er möglicherweise die Wahrheit sagte, und ihm etwas Zeit geben, bevor er den nächsten Schritt tat.

Die Gegensprechanlage auf seinem Schreibtisch summte. Er drückte den Knopf, und seine Sekretärin Eve Holloway sagte: »Ron Marvin ist am Telefon. Sie sagten, falls er anruft …«

»Ja, stellen Sie ihn durch.« Marvin war eine Art Feuerwehrmann, ein Mann, dem Antworten einfielen. Er war nicht billig, aber er war es wert.

Felix hob ab. »Haben Sie etwas herausbekommen, Ron?«

»Nur so viel: Ein alter Mann, der an Bord der *Imperial Dynasty* gearbeitet hat, sagt, er hätte das Mädchen an dem Tag, an dem sie verschwunden ist, unten am Steg gesehen. Sie hat Fragen über die anderen Jachten gestellt, ist aber nicht lange geblieben und dann – soweit er das beurteilen kann – wieder gegangen.«

»Hat er schon mit der Polizei gesprochen?«

»Bis jetzt noch nicht. An dem Tag, an dem sie unten im Hafen herumgeschnüffelt haben, war er nicht da. Aber anscheinend hat jemand ihm die Beschreibung gegeben, und er hat sich daran erinnert, sie gesehen zu haben.«

»Ist er sicher, dass sie das Hafengelände verlassen hat?«

»Er sagt, die eine Minute war sie noch da, die andere schon wieder fort. An mehr erinnert er sich nicht.«

»Um wie viel Uhr ungefähr?«

»Mittags, schätze ich.«

Kurz bevor die *Dynasty II* den Hafen verlassen hatte. Sicher nur ein Zufall, der Nächste in einer ganzen Reihe von Zufällen. Aber sie konnte nicht an Bord der Jacht sein. Dawson hätte das niemals riskiert. Auf der anderen Seite waren diese beiden Idioten, die Valisimo angeheuert hatte, vermutlich zu allem fähig. Falls sie eine Frau dabeihaben wollten, hatten sie sie vielleicht einfach mitgenommen, sie an Bord versteckt.

Er konzentrierte sich wieder auf das Gespräch. »Warnen Sie den alten Mann, er soll ja nichts sagen. Sagen Sie ihm, wenn er seinen Job behalten will, dann vergisst er besser, Allie Parker je gesehen zu haben.«

»Mach ich, Mr. Baranoff.«

Felix legte auf und fragte sich, ob sein Instinkt ihn vielleicht doch nicht trog. Falls dem so war und Allie Parker sich wirklich an Bord der *Dynasty II* aufgehalten hatte, dann hatten die Männer sich inzwischen an ihr ausgetobt, und das Mädchen war tot. Und auch wenn Valisimo das Flugzeug fand und der Deal planmäßig über die Bühne ging, würde sie nicht an Bord der *Dynas-*

ty II zurückkehren. Dawson war nicht so dumm, das Mädchen am Leben zu lassen.

Felix fühlte ein Lächeln auf seine Lippen treten und lehnte sich in seinem Stuhl zurück. Wenn nicht noch irgendetwas passierte, dann war Allie Parker, zumindest was ihn anging, kein Problem mehr.

Barbara Wallace marschierte die breite Freitreppe hinauf, zog die schwere Glastür auf und betrat das San Diego Police Department. Ein bulliger schwarzer Sergeant saß am vordersten Schreibtisch. Sie ging direkt auf ihn zu.

»Ich möchte Detective Dan Reynolds sprechen«, verlangte sie. »Sagen Sie ihm, Barbara Wallace ist hier.«

Der Sergeant tätigte einen Anruf, nickte ins Telefon, als könne ihn die Person am anderen Ende der Leitung sehen, und legte wieder auf. »Reynolds ist außer Haus. Aber wenn Sie mit jemand anderem sprechen möchten ...«

»Nein. Ich ... ich würde lieber eine Nachricht hinterlassen, falls es Ihnen nichts ausmacht.«

»Natürlich nicht.«

Sie wollte gerade dem Mann ihre Adresse geben, als sie hinter sich Dans Stimme vernahm. »Ich nehme nicht an, dass du auf der Suche nach mir bist!«

Ein Prickeln kroch ihr den Rücken hinauf, während sie sich zu ihm umdrehte. Dass ihm so etwas mit ein paar wenigen Worten gelang, war verflucht irritierend.

»Doch, bin ich.« Sie wünschte sich, sie wäre es nicht gewesen. Er sah einfach zu gut aus. Einfach zu sexy. Das wusste sie seit jenem Abend, als sie zusammen Essen gegangen waren. Das Letzte, was sie wollte, war, sich zu einem Mann hingezogen zu fühlen – egal zu welchem. Sie wusste, was diese Typen wollten, einer wie der andere, und es hatte nichts mit dem zu tun, was *sie* wollte.

Überhaupt nichts.

»Ich muss wissen, wie es in Sachen Allie steht. Du bist seit Tagen nicht mehr in der Bar gewesen. Ich dachte, vielleicht finde ich dich hier.«

Dan nahm sie am Arm und geleitete sie zur Tür. »Lass uns rausgehen. Es ist ein schöner Tag, und draußen haben wir ein wenig mehr Ruhe.«

Sie ließ sich von ihm führen und bemühte sich, die langen, kräftigen Finger um ihren Arm zu übersehen. In dem Augenblick, als sie die unterste Stufe erreicht hatten, machte sie sich von ihm frei, folgte ihm aber auf den Rasen. »Gut, jetzt sag mir, was die Polizei tut, um Allie Parker zu finden.«

Dan seufzte. »Ich sage es dir, aber es wird dir nicht gefallen.«

»Warum nicht?«

»Das ist eine Vermisstenakte, Barb, aber bearbeitet wird sie von der Mordkommission. Das heißt, sie hat keine Priorität – die ist den Mordfällen vorbehalten. In dem Moment, wo wir eine Leiche haben, tritt alles andere in den Hintergrund. Unglücklicherweise haben wir eine Entführung mit Todesfolge, und die Tote ist Fred Mortensens Tochter.«

»Und wer ist Fred Mortensen?«

»Fred Mortensen – der Quarterback-Superstar der San Diego Chargers.«

»Oh, *der* Fred Mortensen. Jetzt, wo du es sagst, fällt mir ein, dass ich da etwas in den Nachrichten gehört habe.«

»Wir haben ohnehin alle schon genug zu tun. Aber seit das passiert ist, schieben wir nur noch Überstunden. Allies Fall ist zur bloßen Nebensache geworden.«

Barb zog die Augenbrauen zusammen. »Du kannst das nicht machen. Das kannst du nicht zulassen.«

»Ich weiß, was du dabei empfinden musst. Aber Tatsache ist, dass wir alles getan haben, was möglich war. Allie ist jetzt im NCIC. Vielleicht ...«

»Was, zur Hölle, ist das NCIC?«

»Das National Criminal Information Center, ein hochtechnisiertes Computersystem. Sie haben Akten über gestohlene Autos, Schwerverbrechen, vermisste Personen und tausend andere Sachen. Da hocken die Typen, die von den Bullen kontaktiert werden, nachdem sie dich auf dem Highway rausgewunken haben.«

»Das heißt, sie wissen in den anderen Bundesstaaten auch, dass sie nach ihr suchen müssen.«

»Genau. Unglücklicherweise hat sich bis jetzt nichts ergeben. Falls das so bleibt und sich auch keine neue Spur auftut, können wir nichts mehr machen.«

Plötzlich brannten ihr die Tränen in den Augen. Mrs. Parker hatte heute Morgen wieder angerufen. Ihr Mann hatte sich so aufgeregt, dass die Ärzte ihn wegen zu hohen Blutdrucks behandeln mussten. Die beiden taten Barb so schrecklich Leid. Und Allie war ihre Freundin. Seit der Scheidung hatte sie davon nicht mehr viele.

Sie spürte, wie sich Dans Arm um sie legte, und begriff erst jetzt, dass sie weinte. »Ruhig«, sagte er sanft und hielt sie an seine Brust gedrückt. »Wir wissen beide, dass du zum Weinen viel zu stark bist.«

Er fühlte sich so stark an, so warm. Sie hätte ihm am liebsten die Arme um den Hals geschlungen und sich einfach nur fest gehalten. In all den Jahren hatte sie nie einen Mann zum Festhalten gehabt, jemanden, auf den sie zählen konnte, wenn sie Hilfe brauchte. Ihr Exmann Mal war jedenfalls nicht diese Sorte von Mann gewesen. Oh, er sah gut aus und konnte sehr charmant sein, aber gutes Aussehen und Charme waren eben nicht alles. Barb hatte ihn geheiratet, weil sie ihn für ihren Ritter in der glänzenden Rüstung gehalten hatte, den Mann, der sie vor einer trinkenden Mutter erretten würde und einem Vater, der seine Frau und seine Tochter windelweich prügelte, wann immer ihm danach war.

Aber Mal war kein Ritter gewesen. Er war ein Schmarotzer und ein Weiberheld, der sie an jedem Tag ihrer Ehe hintergangen hatte.

Nach der Scheidung hatte sie sich gesagt, dass sie nie mehr einen Mann brauchen würde. Bis Dan Reynolds aufgetaucht war, hatte sie auch fast daran geglaubt.

Barb schniefte und wich zurück. »Da hast du natürlich Recht – ich bin viel zu stark, um rumzuheulen. Ich weiß auch nicht, was ich mir dabei gedacht habe.«

Dan schaute sie an wie an jenem Abend, als sie schließlich zum Essen gegangen waren – so, als wolle er mit ihr ausgehen.

So, als hasse er sich selbst dafür.

»Was machst du heute Abend?« Seine Stimme hörte sich mürrisch an. Die Worte schienen gegen seinen Willen herauszupurzeln. Barb wünschte sich beinahe genauso wie er, er hätte sie nicht gesagt.

Sag ihm, du hast zu tun, warnte eine leise Stimme. Du kennst solche Männer wie ihn doch, Männer, deren Charme du verfällst, in die du dich verliebst. Männer wie Mal, der dich mit einem Stapel Rechnungen und zwei Kindern hat sitzen lassen und sich nicht einmal mehr umgedreht hat.

Aber Dan Reynolds war nicht Mal Wallace. Und sie war nicht mehr die schwache Frau, die sie einst gewesen war. »Morgen ist keine Schule. Ich wollte mit den Jungs zu Hause bleiben.«

Dan lächelte. »Ich mag Kinder. Wie wäre es, wenn ich mit Pizza vorbeikomme?«

Tu es nicht! »In Ordnung.«

»Gut. Ich kann nicht lange bleiben. Ich muss später noch arbeiten. Aber ein paar Stunden lang kann ich weg. Sieben Uhr?«

Barb nickte nur. Die Stimme in ihrem Kopf fluchte und präsentierte ihr eine endlose Liste von Schimpfnamen.

Ganz oben auf der Liste stand »Idiotin«.

12

Allie redete sich ein, dass alles nur ein verrückter, entsetzlicher Albtraum war. Sie schlief in ihrem komfortablen Apartment in San Diego, nicht in einem Schlafsack im feuchten mexikanischen Dschungel, sechzig Meilen von Nirgendwo.

Eine oder zwei Minuten lang hatte sie fast daran geglaubt, aber die nächtlichen Geräusche waren zu real, die Feuchtigkeit, die ihre Haut bedeckte, zu klebrig und zu unangenehm. Gerade noch, nach ihrem Marsch durch den Urwald, war sie fast zu erschöpft gewesen, etwas zu essen, wäre da nicht der verführerische Geruch gebratenen Fleischs gewesen, der ihren Schlummer durchdrang. Sie war lange genug wach gewesen, um eine der dicken, saftigen Tauben zu verspeisen, die Jake mittels einer Falle gefangen und auf einem Spieß über dem Feuer gebraten hatte, dann war sie auf der Stelle wieder eingeschlafen.

Dummerweise wachte sie noch einmal auf, als es schon dunkel geworden war, und ihr schoss wegen der fremden Laute, die aus dem dicken, undurchdringlichen Unterholz ertönten, das Adrenalin in die Adern. Da war das markerschütternde Fauchen einer Wildkatze, irgendwo in der Ferne, und nur ein Stück weit entfernt eine unheimliche Lichtbrechung im Laub, als ein Tier sich lautlos durchs Blattwerk bewegte. Nicht einmal Jakes großer starker Körper, der neben ihr auf dem Schlafsack lag, konnte ihre bibbernden Nerven beruhigen.

Genau genommen machte seine Anwesenheit das Schlafen sogar noch illusorischer. Sie wollte sich an ihn kuscheln, seine warme Haut spüren und sich mit der Kraft seines Körpers umgeben.

Wie es wohl wäre, mit ihm zu schlafen? Die stählernen Muskeln zu spüren, wie sie sich über ihr bewegten? All seine kaum bezähmte Macht und Stärke in sich zu fühlen?

Die Erinnerung an den Tag, als er sie geküsste hatte, tauchte wieder in ihrer Erinnerung auf – an die großen Hände, die ihre Brüste umfasst gehalten hatten. Eine klebrig süße Wärme schlich sich in ihren Schoß. Sie konnte nur darüber spekulieren, wie es war, ihn zu lieben, aber schon der bloße Gedanke reichte aus, dass sich Feuchtigkeit zwischen ihren Beinen sammelte.

Sich rastlos auf dem Schlafsack wälzend, zwang Allie die gefährlichen Gedanken fort. Sie hatte nie zuvor einen Mann so begehrt, und jetzt war dazu bestimmt nicht die Zeit. Stattdessen horchte sie auf das Zirpen eines Insekts auf dem Ast über ihr, hörte am Rande der Lichtung das Laub flüstern und versuchte, dabei nicht an eine Dschungelbestie zu denken, die in der Dunkelheit auf sie zuschlich.

Endlich breitete sich die Erschöpfung in die schmerzenden Glieder aus, und sie fiel in unbeständigen Schlaf. Sie war nicht sicher, wie lange sie geschlafen hatte, nicht lange genug jedenfalls, dachte sie, als ein seltsames Geräusch an ihr Ohr drang und sie erschreckt die Augen aufschlug.

Im ersten schwachen Licht der Dämmerung, das durch die Äste und das Laub kroch, konnte sie jedoch nur die Lichtung und ihr behelfsmäßiges Lager erkennen. Neben ihr lag Jake schlafend auf dem Bauch, das Gesicht in ihre Richtung gewandt. Die Decke war ihnen über die Hüften hinuntergerutscht, und während Allie sich Robertos T-Shirt genommen hatte, schlief Jake nur in Jeans, mit nackten Füßen und nacktem Oberkörper.

Ihr Blick wanderte über die unglaublich breiten Schultern mit den glatten Muskeln und der tiefen Sonnenbräune. Sie erfreute sich an dem Anblick, betrachtete die Sehnen auf seinem Rücken und …

Allie japste. *O Gott, o Gott, o Gott!* Jakes Augen klappten auf, obwohl sie gar nicht laut gesprochen hatte, und ihr wurde klar, wie leicht sein Schlaf gewesen sein musste.

»Was ist?«, fragte er, ohne sich einen Millimeter zu bewegen.

»Sp-Spinne. Gr-große Spinne.« Eine riesige Spinne genau genommen. Eine dickes, schwarzes Spinnentier mit haarigen Beinen, mindestens zwei Handbreit! Allie fing an zu zittern.

»Was … was soll ich machen?«

»Vermutlich ist sie gar nicht giftig.« Seine Stimme klang ruhig und sachlich. Als sei es etwas ganz Alltägliches, dass einem eine gefährliche Spinne über den Rücken krabbelte. »Vielleicht findest du irgendwo einen Ast, um sie wegzuschubsen.«

Sie nickte und sah, dass er immer noch absolut reglos dalag. Als ihr nichts Passendes einfiel, womit sie sich hätte bewaffnen können, suchte sie um sich herum die Lichtung ab und entdeckte einen kräftigen, gegabelten Ast, hob ihn auf und kehrte zu Jake zurück, der wie erstarrt am Boden lag. Die Spinne war ein Stück weitergekrabbelt und saß jetzt mitten auf seinem Rücken.

Allie holte tief Luft. »Wenn du nur die geringste Ahnung hättest, wie sehr ich Spinnen hasse …« Sie rückte langsam näher, mühte sich ab, die Hände nicht zittern zu lassen, und bewegte den Ast auf das Tier zu. Was der Tarantel – es handelte sich tatsächlich um eine solche – nicht verborgen blieb, denn sie machte die pelzigen Beine flach, schob den Ast ein wenig hoch und das, was wohl der Kopf war, schoss hoch.

O mein Gott. O mein Gott.

In Allies Kopf schrillten die Alarmglocken. Das Vieh würde ihn jeden Augenblick beißen!

»Ganz langsam«, sagte Jake leise. »Versuch, den Ast drunterzuschieben.«

Sie nickte, obwohl er das vermutlich gar nicht sehen konnte, wischte sich den Schweiß von den Handflächen und versuchte, genau das zu tun, was er sagte. Den Ast näher und näher schiebend, alles in der Hoffnung, sie werde die Spinne nicht noch mehr in Aufregung versetzen, als es schon der Fall war, schob sie den Ast unter die Vorderbeine und ließ das riesige Spinnentier das feuchte Holz ertasten. Dann schob sie weiter. Als sie glaubte, genug von dem Ast unter dem Tier zu haben, schleuderte sie es mit aller Kraft hoch und quer durch die Lichtung wie einen Eishockey-Puck.

Allie schnaufte schwer, und ihr war vom Magen her übel, als sie sah, dass Jake sich auf den Ellbogen gestützt hatte und grinste.

»Nicht schlecht für einen Amateur. Du darfst jeder Zeit in meinem Team mitspielen.«

»Sehr lustig.«

»Falls du nicht vorhast, noch ein Tor zu schießen, kannst du den Ast jetzt loslassen.«

Sie blickte nach unten und sah ihre Finger immer noch verzweifelt das Holz umklammern. Wie eine heiße Kartoffel ließ sie es fallen und sank neben Jake auf den Schlafsack.

»Alles in Ordnung?«, fragte er und setzte sich in den Schneidersitz auf.

»Nein. Was wäre passiert, wenn dieses furchtbare Ding dich gebissen hätte? Was, wenn du hier draußen krank geworden wärst – oder vielleicht sogar gestorben? Was hätte ich dann getan?«

Jake griff hinüber und schnappte sich ihre Finger, hielt sie zwischen seinen großen Händen gefangen. »Wie gesagt, selbst wenn sie mich gebissen hätte, hättest du es schon in den Griff bekommen. Genau wie gerade eben.«

Allie schüttelte den Kopf und war sich da nicht annähernd so sicher wie Jake. Nervös befeuchtete sie ihre Lippen. »Ich hoffe, du hast Recht.«

Als er nicht antwortete, blickte sie auf und sah seine Augen ihren Mund fixieren. Einen Moment lang war sie nicht fähig zu sprechen, nicht fähig zu atmen. Sie dachte, er werde sie küssen und, bei Gott, sie wollte es so. Doch stattdessen biss er die Zähne zusammen, murmelte einen Fluch und stand auf. Fast hätte sie geglaubt, er begehre sie nicht mehr – wäre da nicht die riesige Beule in seiner Jeans gewesen.

»Zeit, dass wir weiterkommen«, sagte er mürrisch und zog ein Khaki-T-Shirt über den Kopf. »Wir müssen heute ein ziemliches Stück schaffen.«

Allie gab keine Antwort, sondern drehte sich nur weg und fing an, ihre Sachen zu packen. Sie benutzten ein wenig von dem jodierten Wasser aus der Feldflasche und teilten sich die Zahnbürste aus Robertos Koffer. Jake füllte den Wasservorrat auf und gab noch ein paar Tropfen Jod zu, während Allie den Schlafsack zusammenrollte und ihn als längliches Bündel auf Jakes Rucksack schnürte. Dann machten sie sich wieder auf den Weg durch den Urwald.

Es war heißer heute. Mit unerbittlicher Gewalt brannte die Sonne auf sie herab. Allie war leicht gebräunt von den gelegentlichen Urlaubstagen, die sie am Swimmingpool ihres Apartmenthauses verbracht hatte, aber nicht annähernd dunkel genug, um vor einem Sonnenbrand geschützt zu sein. Obwohl die Schatten tief waren unter dem doppelten Blätterdach des Dschungels, gab es doch Stellen, wo die Sonne hell und heiß hervorbrach. Also hatte sie den Sonnenschutz, den sie in der Maschine gefunden hatte, auf Nacken und Arme aufgetragen. Sie waren so schnell wie möglich unterwegs und folgten erneut dem Wildpfad.

Das Gehen war schwierig. Zweige, dünnes, scharfkantiges Gras und dorniges Gestrüpp zerkratzten ihr die Beine; Wurzeln und Schlingpflanzen legten sich um ihre Knöchel.

Sie schwitzte, wedelte die kleinen Stechmücken fort, die ihr um das Gesicht surrten, während sie hinter Jake herstapfte, und verfluchte sich für die Unüberlegtheit, mit der sie sich all das eingehandelt hatte.

Jake schien gegen sämtliche Beschwernisse immun. Er marschierte unbeirrt voran, sein Schritt geriet niemals ins Stocken, es sei denn, er sah sich gerade um, um sicherzugehen, dass mit ihr alles in Ordnung war. Irgendwann gegen Mittag erreichten sie eine Stelle des Regenwaldes, die so dicht war, dass er schier undurchdringlich erschien, aber Jake zog einfach nur sein T-Shirt aus und hackte sich mit der Machete hindurch.

Allie sah die kraftvollen Muskeln unter der Haut arbeiten, und ihre Brüste begannen zu prickeln. Was für ein Wahnsinn, hier mitten im Dschungel an Sex zu denken, aber sie konnte einfach nicht anders. Lieber Gott, der Mann war so schön, er gab dem Wort »sexy« eine gänzlich neue Bedeutung.

Jake schlug ihnen einen Weg frei, der zu einem schmalen Flüsschen hinunterführte, und sie liefen eine Zeit lang am Ufer entlang. Das Wasser floss nach Osten auf das Meer zu, die Richtung, in der sie unterwegs waren, und für eine Weile fiel ihnen das Laufen leichter.

Dennoch schmerzte sie der ganze Körper, und ihre Beine zitterten, als Jake den Tagesmarsch endlich für beendet erklärte.

»Hier machen wir Halt. Ich habe ein paar Orientierungspunkte entdeckt, die ich wohl auf der Karte ausmachen kann. Ich denke, ich finde heraus, wo wir genau sind und wie wir am schnellsten an unser Ziel kommen.«

»Und wie willst du das machen?«

»Mittels Triangulation.« Er schnappte sich einen Stock, malte ein Bild auf den Boden, zeichnete zwei der Orientierungspunkte ein und deren Winkel zu ihrem gegenwärtigen Standort. »Natürlich wäre das alles um einiges einfacher, wenn ich mein GPS hätte.«

Allie lehnte sich mit schmerzenden Füßen und völlig verschwitzt an einen Baum. »Soll heißen: Global Positioning System, oder?«

»Yeah. Es sagt dir überall auf der Welt, wo genau du bist.«

»Ich habe meinem Vater letztes Weihnachten eins geschenkt. Wir sind früher immer zusammen wandern gegangen. Er steht auf diesen elektronischen Firlefanz und hat schon immer unter der Paranoia gelitten, dass wir uns irgendwann verirren.«

Sie lächelte. »Er würde durchdrehen, wenn er wüsste, dass ich hier draußen mitten im Urwald sitze.« Das Lächeln verging ihr jedoch schnell, als sie daran dachte, wie besorgt ihre Eltern sein mussten.

»Mit etwas Glück, Allie, ist das hier bald vorbei, und du bist wieder in San Diego.«

»Ich wünschte, ich könnte sie anrufen und ihnen wenigstens sagen, dass es mir gut geht.«

»Yeah. Mein Satellitentelefon war zusammen mit dem GPS und den ganzen anderen Sachen in meinem Gepäck.«

Den Gedanken an Familie und Freunde verdrängend, sah Allie ihm zu, wie er die Karten ausrollte, und kratzte sich einen Stich hinten am Bein, wobei die kühle Brise des letzten Abends die meisten Mosquitos zum Glück vertrieben hatte. Nachdenklich schaute sie zum Fluss. Er war nicht allzu tief, bis zum Knie vielleicht, aber er sah kühl und einladend aus.

»Meinst du, ich könnte ein Bad nehmen, solange du hier am Arbeiten bist?«

Er sah zum Wasser hinüber. »Es fließt ordentlich schnell. Lass mich das aber vorher mal genauer ansehen.« Er suchte das Ufer in beide Richtungen nach Getier ab. Dann kehrte er zu seinen auf dem Boden ausgebreiteten Karten zurück. »Sieht gut aus. Aber geh nicht zu weit weg.«

Sie beäugte den Fluss und entdeckte hinter einer Gruppe großblättriger Pflanzen einen kleinen Wirbel, den er nicht hatte sehen können. »Keine Sorge, ich bleibe in der Nähe.«

Allie konnte es nicht erwarten hineinzuwaten, sich das Mückenspray und die Sonnencreme herunterzuspülen, die Haare und die schweißverklebte Haut zu waschen. Während Jake an seinen Karten arbeitete, streifte sie ihre Kleider ab und glitt in das knietiefe Wasser.

Fest entschlossen, nicht an Allie zu denken, die nur ein kleines Stück entfernt im Wasser plantschte, benutzte Jake den Stift, den er sich aus ihrer Tasche geholt hatte, und funktionierte seinen Gürtel zum Lineal um, um ihren Standort zu bestimmen.

Vorausgesetzt, seine Berechnungen waren korrekt, waren sie näher an Valisimos Camp, als er anfangs gedacht hatte. Drei oder vier Tage festes Marschieren, und sie wären in unmittelbarer Nähe des Lagers. Und selbst wenn sie das Camp nicht fanden, würden Valisimos Wachleute ganz bestimmt *sie* finden.

Zufrieden, sein Bestes getan zu haben, rollte Jake die Karten zusammen und machte sich auf, nach Allie zu sehen. Sie war jetzt lange genug im Wasser. Er wollte sie nicht allein lassen, und er musste, bevor es dunkel wurde, noch etwas zu essen auftreiben. Jake wollte gerade nach ihr rufen, als er sie einen Schrei ausstoßen hörte, der nicht von dieser Welt zu stammen schien.

Wie ein Wahnsinniger durchs Unterholz stürmend, brach er durch ein Gewirr aus tellergroßen Blättern und blieb wie angewurzelt stehen.

Allie stand bis zu den Knien im Wasser und grinste eine grüngelbe Schildkröte an, die sich zum Sonnen neben einen Baumstamm gesetzt hatte. Offenkundig hatte die Schildkröte Allie schlicht überrumpelt.

Jetzt war der Tisch gedeckt.

Allie schnappte nach Luft und ließ sich fallen, um sich zu bedecken, doch es war bereits zu spät. »Es … es tut mir Leid«, stotterte sie, die Arme schützend vor den Busen gelegt. »Sie hat mich überrascht. Ich wollte gar nicht so schreien.«

Es bedurfte all seiner Willenskraft, sich umzudrehen, doch ihr Anblick, wie sie nackt dort gestanden hatte, sengte sich wie ein hitzig-rotes Brandmal in sein Hirn.

Sie ist echt, war alles, was er noch denken konnte. Allie Parker war von Natur aus blond. Von all den Frauen, mit denen er geschlafen hatte und sogar den beiden, die er schließlich geheiratet hatte, war *das* keine gewesen. Seine geheimen Fantasien hatten jedes Mal in einer Enttäuschung geendet.

Verdammter Mist!

Stocksteif ein Stück flussabwärts stehend, hörte er sie auf das Ufer zuplätschern, hörte die Kleider rascheln, als sie sich anzog.

»Deine Beine sind ganz schön verkratzt«, sagte er, musste die Worte aus einer ausgedörrten Kehle zwingen und konnte nur hoffen, dass sie kühl und beiläufig klangen.

»Ich denke, es ist an der Zeit, die weibliche Eitelkeit bleiben zu lassen und Robertos Drillichhosen anzuziehen.«

Sein milder Tonfall schien ihr die Peinlichkeit zu erleichtern. Wieder in ihren Sachen, seufzte sie und kam von hinten heran.

»Ich habe mir schon gedacht, dass es irgendeinen diabolischen Grund gibt, weswegen du sie mitgenommen hast. So sehr ich den Gedanken auch hasse, ich schätze, du hast Recht. Ich hätte die schon heute früh anziehen sollen.«

Er drehte ihr weiter den Rücken zu und setzte sich in Bewegung. »Ich hole sie dir.« Er hatte einen Ständer von der Größe eines Eichenstamms. Der Himmel wusste, was sie von ihm denken würde, wenn sie ihn sah. Verdammt, sie machte ihn noch verrückt.

Allie folgte ihm zum Lager und wartete, bis er die Camouflage-Hosen aus dem Rucksack geholt hatte. Roberto war nicht sonderlich groß. Die Hosenbeine waren ein Stück zu lang, und der Bund war zu weit, was mit dem Gürtel aber kein Problem darstellte. Er nahm die Machete und schnitt den überflüssigen Stoff ab, ließ aber genug Länge, um die Hosenbeine in Allies hohe Reeboks zu stecken. Als er fertig war, trat er ein Stück zurück und begutachtete sein Werk.

Verflucht, wie konnte eine Frau in einem Paar zu weiter Arbeitshosen nur so gut aussehen? Aber der Gürtel brachte ihre Taille zur Geltung, und diese festen kleinen, unter dem Tank-Top hüpfenden Brüste ließen keinen Zweifel, dass sie eine Frau war.

Das Bild, wie sie splitternackt mitten im Fluss gestanden hatte, kehrte zurück; in dem Dreieck aus Gold zwischen ihren Beinen hatten ein paar winzige Wassertropfen geglitzert.

»Wir brauchen etwas zu essen«, sagte er mürrisch und kämpfte gegen den nächsten Erregungsschub. »Ich bin zurück, sobald ich etwas Genießbares gefunden habe.«

Er schlenderte davon und war dankbar für die Gelegenheit, seinen Körper wieder unter Kontrolle zu bringen. Den Fluss entlanglaufend, kehrte er an die Stelle zurück, wo Allie auf die Schildkröte getroffen war. Das Tier saß immer noch im Schlamm am Rand des Wassers. Jake zog das T-Shirt aus, um es als Netz zu benutzen, fing die Schildkröte sauber ein, tötete sie mit seinem Schweizer Armeemesser, säuberte sie und kehrte zum Lagerplatz zurück.

Schildkrötensuppe war eine Delikatesse, die sich direkt im Panzer kochen ließ und den man später als Topf weiterverwenden konnte.

Die nächste halbe Stunde lang suchte er Knollen, Wildrosenäpfel, Tamarinde und Palmknospen. Zufrieden mit seiner Sammlung, machte er sich zurück auf den Weg zur Lichtung.

Allie wartete schon auf ihn und hatte das Lager mittlerweile genau so hergerichtet wie er am Abend zuvor: die Büsche abgeholzt, um den Insekten zu entgehen; die Plastikplane als Schutz gegen den feuchten Boden ausgebreitet; den Schlafsack entrollt und auf die Plane gelegt; die Decke ordentlich aufgefaltet.

Sein Körper spannte sich bei dem Anblick. Verdammt, wie viele Nächte würde er es noch ertragen, neben ihr zu schlafen, ohne sie anzurühren?

»Wir können bald essen«, sagte er, riss den Blick von der Schlafstatt los und machte sich ans Werk.

»Das hoffe ich auch«, sagte Allie und gesellte sich zu ihm. »Ich bin am Verhungern.«

Genau wie er, wenn auch nicht, was das Essen betraf.

Eine Stunde später genossen sie ihre Suppe, während sie in der Dunkelheit am Feuer saßen. Es schmeckte köstlich, auch ohne Salz.

»Ich muss zugeben, dass du ein ziemlich guter Koch bist.«

Allie nahm, neben ihm auf dem Schlafsack sitzend, einen Schluck aus der Blechtasse. »Schildkrötensuppe zu kochen hast du vermutlich in der Army gelernt.«

Seine Mundwinkel zuckten nach oben. »Ist 'ne recht praktische Sache, wenn man mit dem Flugzeug abgestürzt ist und mitten im Urwald strandet.«

Allie grinste. »Stimmt. Hast du dort auch das Fliegen gelernt?«

Er nickte. »Ich dachte mir, wenn ich schon aus den verdammten Dingern rausspringe, dann sollte ich auch wissen, wie man sie fliegt.«

»Warum bist du zur Army? War es das, was du immer schon machen wolltest? Hast du dich gleich nach der High School verpflichtet?«

»Ich hab die High School ein Jahr früher abgeschlossen und bin dann an die USC.«

Eine dunkelgoldene Augenbraue zog sich hoch. »Die University of Southern California – im Ernst? Ziemlich beeindruckend.«

»Meine Mutter ist gestorben, als ich sechzehn Jahre alt war. Meine ältere Schwester hat geheiratet und hat mich meinem Vater überlassen. Dad wollte, dass ich an die USC gehe. Er sagte, sein Sohn solle eine bessere Ausbildung bekommen als er damals. Natürlich hat er erwartet, dass ich nach dem Studium in unsere Firma einsteige. Er hat sich große Hoffnungen gemacht, dass ich den Laden eines Tages übernehme.«

Allie neigte die Tasse und schluckte einen Mund voll Brühe. »Ich nehme an, du warst nicht interessiert.«

»Meine Familie ist im Textilreinigungsgeschäft, Allie. Sehe ich vielleicht aus wie jemand, der Spaß daran hat, Reinigungsläden zu leiten?«

Sie lachte. »Nicht so ganz.«

»Kurz vor meinem Abschluss hatten Dad und ich deswegen einen schlimmen Streit. Wir sind nie gut ausgekommen miteinander, jedenfalls nicht, nachdem Mutter gestorben war. Es war Zeit für mich zu gehen. Deshalb bin ich zur Army.«

Allie biss in ein Stück Schildkrötenfleisch und kaute mit offenkundigem Vergnügen. Jake hatte nicht die leiseste Ahnung, weswegen er ihr all das erzählte. Er sprach nur selten von sich selbst. Vielleicht, weil sie ernsthaft interessiert schien. Vielleicht auch, weil sie in der Mitte von Nirgendwo saßen, eine einigermaßen nebulöse Zukunft vor sich, und es sich gut anfühlte, mit jemandem zu reden.

»Soweit ich weiß, gibt es die Army und die Special Forces«, sagte sie.

Jake grinste und dachte daran, wie hart das SF-Training gewesen war. »Yeah, habe ich auch irgendwann herausgefunden.« Einer seiner alten Kumpels, Pete Varner, hatte aufgegeben, nachdem er sich bei einem Absprung den Arm gebrochen hatte. Charley Hanks und Willie Lewis hatten nach einem Vierzigmeilenmarsch durch den panamaischen Dschungel den Dienst quittiert, als sie irgendwann von Blutegeln förmlich bedeckt gewesen waren. »Die Wahrheit ist, ich liebe die Herausforderung, und ich fand heraus, dass ich wirklich gut war. Sehr gut. Nachdem ich die Army verlassen hatte, war es nur logisch, zu den Cops zu gehen.«

»Und was ist mit dem ATF? Arbeitest du gerne für sie?«

»Ich finde die rechtliche Seite gut, aber ich würde lieber auf mich allein gestellt arbeiten. Eines Tages habe ich hoffentlich meine eigene Security-Firma und mache nebenbei vielleicht ein wenig private Ermittlungsarbeit. Da wird man gut bezahlt, und die Herausforderung ist groß genug, denke ich.«

Allie seufzte. »Ich wusste nie, was ich machen wollte. Ich habe eine Million verschiedener Jobs ausprobiert, aber nichts hat sich wirklich gut angefühlt.«

Er betrachtete sie im Feuerschein, wie sie mit gekreuzten Beinen mitten im Urwald auf dem Schlafsack saß und mit den Fingern Schildkrötenfleisch aß. Mit Marla, seiner Exfrau, hatte er nicht einmal nachmittags zum Picknick gehen können, ohne dass sie sich über die Hitze und die Ameisen beschwert hätte.

»Wie wäre es mit Mann und Familie?«, fragte er leise. »Das ist es doch, was die meisten Frauen sich wünschen.«

Allie schaute zu ihm auf und lächelte. Verflucht, war dieses Lächeln hübsch. »Ich liebe Kinder. Eines Tages hätte ich gern eine eigene Familie. Aber ich möchte die Sorte von Ehemann, der bei der Erziehung mithilft, und ich würde auch arbeiten gehen wollen. Ich glaube nicht, dass es mir reichen würde, die ganze Zeit nur zu Hause zu bleiben.« Sie grinste ihn an. »Einmal habe ich sogar daran gedacht, als Assistentin eines Biologen zu arbeiten, der Regenwaldforschung betrieben hat. Gott sei Dank habe ich die Stelle nicht angenommen.«

Jake lachte. »Oh, ich weiß nicht. Du schaffst es doch ziemlich gut, hier draußen zu überleben. Denk nur daran, wie du die Schildkröte entdeckt hast, die wir gerade essen.«

Die Röte stieg ihr ins Gesicht, als sie an den Fluss dachte und daran, dass er sie nackt gesehen hatte.

»Erinnere mich bitte nicht daran.«

Jakes unbeschwerte Stimmung schwand. Verdammt, warum hatte er die Schildkröte erwähnen müssen? Jetzt konnte er nur noch an diese weichen Kurven denken, die langen Beine und das blonde Haar – überall da, wo es sein sollte. Seine Lenden pochten, bis es ihn schmerzte.

Allie sagte nichts mehr, und schweigend beendeten sie ihr Mahl. Jake sah Allie in den Arbeitshosen und versuchte, nicht an das blonde Haar darunter zu denken. Versuchte, sich nicht auszumalen, wie reizvoll sich diese Locken unter seinen Fingerspitzen anfühlen würden.

Versuchte, sich Allie Parker nicht zum Nachtisch zu wünschen.

13

Kurz nach Tagesanbruch brachen sie auf. Während Allie sich die Zähne putzte, entledigte Jake sich mit Hilfe von Robertos Nassrasierer seines Dreitagebarts. Allie hatte den Piraten-Look durchaus gemocht, aber Jake sagte, der Bart jucke, sei warm und liefere nur den Insekten ein Versteck.

Ein weiterer Tagesmarsch Richtung Osten führte sie erst durch einen dichten Regenwald und dann in ein sonnenhelles Gebiet mit trockenem Gras und niedrigem, dornigem Gebüsch. Sie folgten einem Pfad, der am Ufer eines Bachs entlangführte, wo sie Halt machten, um zum Mittagessen Beeren zu sammeln und Büschel aus fingergroßen Bananen. Aus den Baumkronen über ihren Köpfen drang das Geschnatter kleiner schwarzer Brüllaffen, die Laub auf sie herabregnen ließen. Gelbschnabelige Tukane stießen zwischen den Ästen herab; ein scharlachroter Papagei leistete ihnen beim Essen Gesellschaft.

In der Mitte des Nachmittags war es unerträglich heiß geworden, und die Luftfeuchtigkeit stieg permanent – und dies, obwohl der Pfad sie wieder in den tiefen Schatten des Tropenwaldes führte.

»Gott, was würde ich für eine nette, kühle Dusche geben«, sagte Allie mit wehmütigem Seufzer, duckte sich unter tief hängenden Ästen durch, stieg über umgestürzte Bäume, wich klebrigen Schlingpflanzen und scharfkantigen Blättern aus. Jake sagte nichts, sondern marschierte immer nur geradeaus und verlangte ihr noch mehr ab als am Tag zuvor.

Ein Wasserrauschen irgendwo vor ihnen machte ihr Mut und hielt ihre Beine in Bewegung.

»O mein Gott!« Allie blieb wie angewurzelt stehen, als sie um die nächste Biegung kamen. Ein majestätischer Wasserfall stürzte aus vielleicht sieben Metern Höhe über einen Felsvorsprung aus zwei übereinander liegenden Granitblöcken, die Jahre unablässigen Rauschens glatt geschliffen hatten.

»Du wolltest doch duschen«, sagte Jake grinsend. »Ist mir eine Freude, den Wünschen einer Lady zu gehorchen, wann immer ich es vermag.«

Sie starrte den weißen Schaum an, der im Becken am unteren Ende des Wasserfalls blubberte. »Du konntest hiervon doch gar nichts wissen.«

»Nein, aber aus dem Rauschen zu schließen, habe ich mir schon so etwas vorgestellt.«

»Wundervoll. Ich finde, wir sind über ein kleines Stück Paradies gestolpert.«

Er betrachtete das saftige Blattwerk, das den Wasserfall umgab. »An solchen Orten kann auch das Paradies noch todbringend sein. Ich sehe mich erst einmal um, bevor wir weitergehen.« Er begutachtete die Stelle, an der sie sich befanden, und bewegte sich dann auf das Becken an der Basis des Wasserfalls zu. Es war in den schieren Fels eingeschliffen, knappe zwei Meter tief und etwa sieben im Durchmesser. Am Rand des Wassers wucherten riesenhafte Blattpflanzen, die alles in tiefes Grün tauchten. Ganze Bündel aus rotem und gelbem Hibiskus und rosafarbene Blüten, an Azaleen erinnernd, klammerten sich an die zerklüfteten Granitwände, die sich fast senkrecht zum Plateau erhoben.

»Sieht gut aus«, sagte Jake und nahm sie bei der Hand. »Komm. Es ist Zeit, dass du die Dusche kriegst, die du haben wolltest.«

Allie ließ sich von ihm an den Rand des glatt geschliffenen Steinbeckens führen, und eine ganze Weile standen sie nur da, bewunderten die Schönheit, die sie umgab, und ließen sich von der kühlen Gischt benetzen. Dann war im Blattwerk über Allie plötzlich ein Rascheln zu hören. Sie schaute in genau dem Moment nach oben, als etwas von einem überhängenden Ast fiel und auf ihren Schultern landete.

Allie schrie. Jake wirbelte herum, eine große Hand schoss auf Allie zu und packte eine olivgrüne Schlange am Kopf, die am Rücken entlang eine Stundenglas-Zeichnung trug. Er riss die Schlange fort und schlug ihr mit der Machete so schnell den Kopf ab, dass Allie so gut wie nichts davon mitbekam. Die bösartig aussehenden Kiefer arbeiteten noch, und die schwarze Zunge schoss vor und zurück, während er den Kopf in sichere Distanz zwischen die Büsche warf; die Überreste des mehr als einen Meter langen Körpers schleuderte er ein Stück vom Pfad weg.

Allie versuchte, ihr wie wahnsinnig hämmerndes Herz zu beruhigen, stand zitternd da und rieb sich Arme und Beine, um die Kälte zu vertreiben, die aus ihrem Innersten drang. »Was … was war das für eine Schlange?«

Jake machte ein mürrisches Gesicht. »Eine Fer de Lance. Von dieser Gattung leben einige in Bäumen.«

Allie zwinkerte und schluckte schwer. »Sie hatte einen schaufelförmigen Kopf. Ich dachte immer … ich dachte, das bedeutet, dass es eine giftige ist.«

Sein Kiefer zuckte. »Tödlich. Das Gift zerstört die roten Blutkörperchen. Die Opfer bluten aus Nase und Mund. Es kommt zu Schwellungen und zu Erbrechen, der Körper erleidet einen Schock. Du wärst innerhalb weniger Stunden tot gewesen.«

Daraufhin zitterte sie heftiger – und fand sich plötzlich in seinen Armen wieder. Ein Schauder durchzuckte Jakes mächtigen Körper.

»Alles ist gut«, sagte er und fuhr mit der Hand ihren Rücken auf und ab. »Es ist vorbei, und du bist in Sicherheit.«

Allie schaute in das entschlossene, schöne Gesicht und dachte bei sich, wie gut es doch war, dass er da gewesen war, wie dankbar sie war, einfach nur am Leben zu sein. Das Adrenalin pumpte immer noch durch ihren Körper, und ihr Herz wollte partout nicht langsamer schlagen. Ihre Fingerspitzen lagen auf seinen Brustmuskeln, und ein lang gestreckter kräftiger Oberschenkel presste sich intim zwischen ihre Beine. Ihr Pulsschlag dröhnte los, und etwas Heißes senkte sich in ihren Unterleib.

Ihrer beider Blicke hielten einander fest, seine Pupillen zogen sich zusammen, und seine Iris glitzerte wie geschliffenes blaues Glas.

Zögerlich benetzte Allie die zitternden Lippen. »Würdest du … würdest du mich küssen, Jake?«

Seine Nasenflügel bebten. Der nächste Herzschlag schien eine Ewigkeit zu dauern. Dann pressten sich seine Lippen endlich auf die ihren.

Allie stöhnte. Ihre Arme glitten um seinen Hals. Ihr Körper kam ihm entgegen, und er zog sie fest an sich. Sein Kuss war heiß und ungestüm, seine Zunge senkte sich in ihren Mund, raubte ihr den Atem. Er nahm ihr Gesicht in die Hände, drehte ihren Kopf, küsste sie, wo und wie es ihm gerade einfiel.

Es war nicht genug.

Sie wollte ihn berühren, von ihm berührt werden, wollte seine heiße, feuchte Haut auf ihrer spüren. Ihre Hände flogen an den Saum seines T-Shirts, schoben es hoch, zogen es ihm über den Kopf. Er ächzte, als sie sein Schlüsselbein küsste und drückte ihr kleine feuchte Küsse auf die Kehle. Sie spürte seine Hände unter das Tank-Top gleiten und ihre Brüste umfassen, während die Daumen ihre Nippel streichelten. Hitze und Lust überkamen sie, die Begierde kroch ihr in alle Knochen.

Ihre Finger fuhren über seine Brust, und purer Instinkt

zwang ihre Hand zu einem flachen Nippel hinauf, sie umkreiste ihn und fühlte, wie er sich in eine kleine Knospe verwandelte.

Ein Schauder durchfuhr ihn. Allie zitterte, als er ihr das Tank-Top über den Kopf zog und seine Lippen sich ihren Hals entlang bewegten. Er zog eine Spur aus warmen Küssen über ihre Schultern bis hinunter zwischen ihre Brüste. Dann senkte er seinen Mund auf ihre Brust. Das Gefühl war atemberaubend. Allie klammerte sich an seine kraftvollen Schultern, die Knie so zittrig, dass sie sich kaum noch auf den Beinen halten konnte.

Doch es war immer noch nicht genug.

Ihre Hand wanderte an den Knopf seiner Jeans, seine drückte ihn auf und griff nach dem Reißverschluss, verzweifelt bemüht, die Barriere loszuwerden, die sie voneinander trennte. Als sie gerade dabei war, den Reißverschluss zu öffnen, packte Jake ihre Finger.

»Tu das und ich kann mich nicht mehr zurückhalten. Dieses Mal schaffe ich das nicht.« Sein wilder Blick, der vor Hunger brannte, sprach von einer Gier, die der ihren gleichkam. »Ich will dich so sehr, verdammt.«

Allie schenkte ihm ein zittriges Lächeln. »Das Leben ist so kurz, so kostbar. Keinen Augenblick davon will ich mehr verschwenden.«

Mehr als dieser Ermunterung bedurfte es nicht. Jakes Kehle entrang sich ein leiser Laut, Sekunden später hatte er sie entkleidet und sich selbst dazu. Kleider und Pistole fielen in einem wirren Haufen um ihre Füße. Allies Blick wanderte seinen Körper entlang, und sie erbleichte ob der Größe seiner Erektion, die sich vor seinem flachen Bauch erhob, als sei sie zu mächtig, sich oben zu halten.

»Wir gehen es ganz entspannt an«, versprach er, als er sie zittern sah. »Ich werde dir nicht wehtun.«

Allie schloss die Augen, als Jake sie hochhob und hinüber an den Rand des Wassers trug, wo er sie auf den nassen glatten Stein legte, zwischen eine Gruppe aus Farnen und weißen, gekräuselten Orchideen.

Ganz schlanke Muskeln und dunkelbraune Haut, legte er sich neben sie. Seinen Körper über sie schiebend küsste er sie, neckte ihre Mundwinkel, knabberte an ihrer Unterlippe und nahm sie schließlich tief mit der Zunge. Lange dunkle Finger liebkosten ihre Brüste, traktierten ihre Brustwarzen, bis sie zu kleinen festen Gipfeln geworden waren. Ein feuchtes Feuer schoss ihr in den Unterleib, und ihre Beine bewegten sich rastlos, suchten nach mehr. Sie wusste nicht viel von der Liebe, aber sie glaubte instinktiv, dass das hier richtig war, dass Jake Dawson zu lieben genau das war, was sie wollte.

Wilde Küsse folgten. Nasse, hungrige Küsse. Rohe erotische Küsse, die sie vollends entflammten. Warme Lippen fingen einen Nippel ein, und ihr Magen zog sich zusammen, als er daran zu saugen begann, sie mit der Zunge verwöhnte. Sie spürte, wie sich sein erigiertes Glied gegen ihren Oberschenkel presste, und die Hitze und seine steinharte Länge ließen sie erschaudern.

Sie wollte ihn in sich fühlen, wollte von diesem harten Männerkörper auf den rutschigen Fels gepresst werden.

»Gott, ich will dich so«, flüsterte er. Lange Finger bewegten sich über den flachen Bauch unterhalb ihres Nabels und durch das Gewirr der blonden Locken in ihrem Schoß. Er pausierte einen Moment, um sie dort zu berühren, betrachtete fast ehrerbietig ihren Körper. Allie schnappte nach Luft, als er einen Finger in sie hineingleiten ließ und sie sanft zu streicheln begann. Die Lust durchwogte sie in sanften, ansteigenden Wellen, und die Luft um sie herum schien dünner zu werden.

»Du bist heiß und nass«, sagte er barsch, ließ einen zweiten Finger in sie gleiten und dehnte sie, damit sie seine mehr als durchschnittlich große Männlichkeit aufnehmen konnte. »Du bist ganz genauso dazu bereit, wie ich es bin, aber verflucht, du bist sehr eng.«

Sie bog sich nach oben durch, presste sich fester auf die kunstfertige, aufreizende Hand, die all diese unglaublichen Dinge mit ihr tat. »Ich bin keine … ich bin keine Jungfrau, Jake.«

Er lachte leise, streichelte die schmerzende Knospe in ihrer Spalte, und Allie biss sich auf die Unterlippe. » Das hatte ich auch nicht angenommen. Du bist eine erwachsene Frau, Süße.«

»Aber … aber du solltest vielleicht wissen …, dass ich bis jetzt nur ein einziges Mal Sex hatte.«

Er war gerade dabei gewesen, ihren Hals zu küssen. Jetzt hielt er kurz inne und hob ein wenig den Kopf. »Du warst erst mit einem einzigen Mann im Bett?«

»Also … ja. Und wir haben es nur einmal getan.«

Sie fühlte, wie seine Muskeln sich spannten, und fürchtete, dass er von ihr lassen wollte. »O Gott, Jake. Bitte hör nicht auf. Das macht doch nichts, oder? Ich möchte dich doch lieben. Ich möchte …«

Jake brachte sie mit einem hungrigen Kuss zum Schweigen. »Baby, ich weiß doch, was du willst.« Womit er sich zwischen ihre Beine drückte, diese mit dem Knie spreizte, sich den Zugang zu ihrer Pforte ertastete und anfing, seinen Harten sacht in sie hineinzuschieben.

Allie ächzte, während er immer tiefer in sie drang, sie langsam dehnte und sie Stück für Stück ausfüllte, bis er völlig in ihr war.

»Alles in Ordnung?«, fragte er leise. »Ich tue dir doch nicht weh, oder?«

Unfähig zu sprechen, schüttelte sie nur den Kopf. Es fühlte sich so gut an, ihn dort zu spüren, sich von seiner Härte wärmen zu lassen.

»Ich versuche, langsam zu machen«, sagte er, aber sie sah seinen angespannten Gliedmaßen an, welche Anstrengung ihn das kostete. Jake begann sich zu bewegen, und ihre Nägel gruben sich in seine Schulter. Kleine Hitzeschauer entsprangen der Stelle, wo sie vereint waren, und ein Schmerz begann zu pochen. Allie bog sich ihm entgegen, versuchte, ihn tiefer aufzunehmen und den Schmerz zu stillen.

»Langsam«, flüsterte er, glitt heraus, küsste sie seitlich auf den Hals und drang wieder in sie ein. Sein Rhythmus beschleunigte sich, und ihr Körper reagierte, bewegte sich in seinem Takt und kam jedem seiner Stöße entgegen. Sein Atem hörte sich immer abgehackter an, seine Brust hob und senkte sich, die Muskeln seiner Pobacken spannten sich unter ihren Handflächen.

Ihre Haut brannte, ihr Puls raste. Schneller, tiefer, härter, bis sie sicher war, in Stücke zerspringen zu müssen.

»Komm zu mir, Baby«, dröhnte seine tiefe Stimme wie ein Streicheln über ihre Haut, und dieses eine Mal tat sie exakt, was er ihr befahl. Ihr Körper verkrampfte sich und zersprang schließlich in eine Million Bruchstücke.

O mein Gott! Sie hatte nie zuvor so gefühlt. Selbstverständlich wusste sie, was ein Orgasmus war, aber so etwas wie das hier hatte sie sich niemals ausgemalt. Als wäre die ganze Welt explodiert und hätte sie in den Weltraum geschleudert. Als wären tausend Feuerwerkskörper alle auf einmal losgegangen. Und dieses Vergnügen …, gütiger Himmel, dieses Vergnügen war so enorm, dass es fast unerträglich war.

Jakes Körper folgte ein paar Sekunden später, sein kraftvoller Körper spannte sich, die Muskeln so hart, dass sie fast zitterten. Mit einem leisen Ächzen stützte er sich auf die Ellbogen, bis das Beben endlich abebbte, und legte sich in das seichte Wasser, das neben ihr über die Felsen floss.

Lange Zeit sagten sie beide nichts. Allies Kehle schmerzte infolge eines dicken Tränenkloßes, den sie nun wirklich nicht erwartet hatte. Das, was geschehen war, war unglaublich gewesen. Ein Erdbeben. Anders als alles, worauf sie sich eingestellt hatte – und im Herzen wusste sie, dass das, was sie fühlte, Liebe war.

Du empfindest Lust, nicht Liebe, raunte ihre praktisch veranlagte Seite. *Du bist, verdammt noch mal, eine erwachsene Frau, die über Jahre hinweg ihre sexuellen Bedürfnisse ignoriert hat. Es war höchste Zeit, etwas dagegen zu unternehmen.*

Die Stimme der Vernunft ließ sie sich besser fühlen, und sie kuschelte sich näher an Jake und gestattete sich, die Augen zu schließen, riss sie aber sofort wieder auf.

»O mein Gott! Jake – wir hatten ungeschützten Sex! Ich glaube das nicht. Ich hätte nie gedacht ...«

»Ich schon.«

»Schon was?«

»Ich habe daran gedacht, und wir hatten keinen ungeschützten Sex.«

»Hatten wir nicht?«

»Nein, hatten wir nicht.«

»Aber, woher ... woher hattest du es denn ...?«

»*Sie*«, korrigierte er. »Eine ganz Schachtel voll, genau genommen.«

Er lächelte schelmisch. »Ich hab sie in Robertos Koffer gefunden. Wie du gesagt hast, man weiß nie, was man vielleicht einmal brauchen kann.«

»Du ... du hattest vor, mich zu verführen?«

Er schien ein wenig verlegen. »Eigentlich wollte ich mein Bestes geben, genau das nicht zu tun. Aber ich war nicht sicher, über wie viel Willensstärke ich verfügen würde.«

Allie lachte. Sie konnte nicht anders. Er mochte sich auf das hier vorbereitet haben, aber Tatsache blieb: Sie war diejenige gewesen, die *ihn* verführt hatte. Und sie würde es jederzeit wieder tun.

Im seichten Wasser liegend, das über die Felsen plätscherte, hörte Jake, wie Allie leise lachte. Sie zu lieben war atemberaubend gewesen, weit über das hinausreichend, was er sich ausgemalt hatte. Ihr Körper machte ihn verrückt, schlank und leicht muskulös, aber trotzdem an den richtigen Stelle weich und unglaublich feminin. Sie war sinnlich und zugänglich, ihm sexuell gewachsen, aber da war noch weit mehr. Er fühlte sich Allie so verbunden wie nie zuvor einer Frau.

Vielleicht lag es an all dem, was sie zusammen durchgemacht hatten. Oder daran, dass sie keine Angst hatte, sich ihm zu widersetzen. Was auch immer es war, es machte ihm eine Höllenangst – und er wollte diese Frau haben.

Außerdem war er neugierig auf diese Frau.

Er pflückte eine Orchidee mit purpurfarbenem Inneren, die über das Wasser hing, und legte sie ihr in die Hand. »Wie alt bist du, Allie?«

Sie neigte den Kopf und sog den zarten Duft ein. »Achtundzwanzig, seit dem 3. Februar.«

»Wie kommt es dann, dass du erst einmal mit einem Mann geschlafen hast?«

Seufzend setzte sie sich auf dem Felsen auf, wobei ihr ein kleines Wasserrinnsal über Beine und Füße lief, das den Moschusduft der Liebe fortzuspülen schien. »Weil es ein ziemliches Desaster war.« Sie zupfte an der Orchidee, berührte sanft die Blütenblätter. »Er hieß David Carlson. Ich habe ihn kennen gelernt, als ich noch an der San Diego State war. An den Wochenenden und nach der Vorlesung habe ich damals für einen Tierarzt namens Meyers gearbeitet. Ich habe Tiere sehr gern. Eine Weile lang habe ich überlegt, ob ich auf diesem Gebiet einen richtigen Beruf ergreife.«

»Die nächste Sackgasse, wenn ich das recht verstehe.«

Sie nickte. »Ich musste immer weinen, wenn eins der Tiere eingeschläfert werden musste oder schwer verletzt war oder …«

Er nickte langsam. »Ich verstehe.«

»Wie auch immer, David hatte diese wunderschöne braunweiße Collie-Hündin namens Venus. Er hat sie in die Praxis gebracht, um sie impfen zu lassen, und eine Woche später hat sie sich den Fuß verletzt und musste genäht werden. Ich habe mich mit David unterhalten, und er hat mich gefragt, ob ich mit ihm ausgehen möchte. Er war ein gut aussehender Typ, im Graduierten-Kolleg der University of California in San Diego. Ich mochte ihn wirklich. Und ich dachte, er mag mich auch.«

»Also bist du mit ihm ins Bett gegangen.«

»Nicht gleich. Wir haben uns ein paar Wochen lang getroffen. Wir haben viel Zeit zusammen verbracht, und ich dachte wirklich, wir beide hätten etwas Besonderes. David hat mich ständig gedrängt, mit ihm zu schlafen. Er sagte, es wäre der nächste, logische Schritt in unserer sich entwickelnden Beziehung. Ich war einundzwanzig und ich dachte, ich hätte jetzt lange genug gewartet.«

»Was ist passiert?«

»Eines Abends sind wir zum Essen ausgegangen, und nachdem wir in meinem Apartment zurück waren, habe ich ihn eingeladen zu bleiben. Wir hatten Sex, und sofort nachdem wir fertig waren, ist er gegangen. Ich habe nie mehr von ihm gehört.«

Der Zorn, der ihn überkam, verblüffte ihn. »Du meinst, der Kerl hat dich nicht einmal mehr angerufen?«

Sie schaute weg, und er begriff, dass das Thema sie immer noch schmerzte. »Es war so peinlich und hat mir sehr wehgetan. Der Sex war alles andere als berühmt gewesen, also dachte ich, ich hätte wohl etwas falsch gemacht. Später habe ich dann herausgefunden, dass David ein Frauenheld war, dem es nur darum ging, so viele wie möglich zu kriegen. Ich nehme an, er wollte mich einfach auf seine Liste der Eroberungen setzen.« Sie spielte mit einem Orchideenblatt. »Ich habe mich so geschämt, nur ein One-Night-Stand gewesen zu sein, dass ich mir geschworen habe, nie mehr mit einem Mann zu schlafen, wenn ich mir nicht sicher bin, dass ich ihm vertrauen kann.«

Allie hob den Kopf und sah ihn an. »Dir vertraue ich, Jake.«

In ihrem Blick lag eine derartige Ernsthaftigkeit, dass sich ihm fast schmerzlich die Brust zusammenzog. »Vielleicht solltest du das aber nicht, Allie. Du weißt, ich bin kein Mann zum Heiraten. Du weißt, womit ich meinen Lebensunterhalt verdiene. Was auch immer zwischen uns passiert, es wird nicht halten. Sobald wir das hier hinter uns haben, gehst du nach San Diego zurück und ich nach L.A. Jeder wird sein Leben wieder leben wie zuvor. So ist das nun mal.«

Sie starrte die schöne Orchidee an, dann wieder sein Gesicht. »Ich weiß, Jake. Aber ich hätte heute sterben können, oder bei dem Flugzeugabsturz vor vier Tagen. Ich werde mir alles, was ich will, vom Leben nehmen. Ich werde jeden Augenblick genießen und nichts bereuen.«

Ein paar lange Sekunden sah er sie nur an, wie sie im Dunst am Wasserfall saß, eine Orchidee in der Hand. Er wusste, er hätte es besser nicht getan, weil es alles nur noch komplizierter machte, doch er zog sie in seine Arme und hielt sie einfach nur fest.

Sie war so lebendig, so voller Leben. Unter anderem war es das, was ihn anzog, dieser Lebensfunke in ihr. Er hatte ihn gefühlt, als sie einander geliebt hatten, als er in ihr gewesen war.

Die Lust überkam ihn, bohrte sich dick und schwer in seine Lenden. Er spürte sie zittern und wusste, dass auch sie ihn wollte.

Sie liebten einander wieder, langsamer diesmal. Dann duschten sie unter dem Wasser, das von der felsigen Kante ins Becken herunterprasselte. Ein paar Minuten, und die Sonne hatte sie getrocknet. Diesmal widerstand Jake der Versuchung, sie noch einmal zu lieben. Er hatte gehofft, die Faszination würde schwinden, sobald er sie erst einmal gehabt hatte.

Er schaute in ihre Richtung, spürte seinen Körper sich zusammenziehen und murmelte einen Fluch. Die Chance, dass seine Hoffnung sich erfüllte, war nicht größer als die eines Schneeballs im Höllenfeuer.

14

Auf einem moosbedeckten Baumstumpf sitzend, zog Allie ihre Reeboks an. Ihr Körper pochte an Stellen, die nie zuvor gepocht hatten. Sorgsam schüttelte sie ihre Schuhe aus, wie Jake es ihr gesagt hatte, stopfte den ausgefransten Saum der Drillichhose unter den Rand und sah zu Jake hinüber, der bereits angezogen war, vom T-Shirt, das er sich gerade über den Kopf zerrte, einmal abgesehen.

»Fertig?«, fragte er.

»Yes, Sir.«

Er lächelte, während er die Pistole an ihren üblichen Platz hinten im Bund der Jeans stopfte. Allie bückte sich gerade nach ihrer Segeltuchtasche, als eine ganze Serie von Schüssen aus den tiefen Schatten der Bäume krachte und um sie herum den Lehm aufspritzen ließ, die Blätter zerfetzte, an den Steinen abprallte, dabei Felsbrocken durch die Luft schleuderte und Jakes Kopf nur um eine Winzigkeit verfehlte.

»Runter!« Er stieß Allie hinter einen dicken Baumstamm, folgte ihr, gab ihr mit seinem Körper Deckung und zog noch in der Bewegung seine Pistole. Der Abzug klickte nach hinten, und eine Kugel schob sich in die Kammer.

Allie versuchte, ihr hämmerndes Herz zu beruhigen und die Angst im Zaum zu halten. »Ist das … ist das Roberto?«

»Sieht verdammt so aus.« Wieder zwei Schüsse, aber Jake feuerte immer noch nicht zurück. Allie wusste, dass sein Munitionsvorrat begrenzt war, folglich musste er dafür sorgen, dass jede Kugel traf.

»Er muss unserer Spur gefolgt sein«, sagte Jake. »Himmel, ich hatte gehofft, er wäre tot.«

»Wenn das wirklich Roberto ist, warum hat er dann nicht schon vorhin versucht, uns zu erschießen?«

»Hat uns vermutlich jetzt erst eingeholt. Wir sind gut vorangekommen. Und er ist möglicherweise verletzt.«

»Oder zumindest geschwächt. Er hat jedenfalls bestimmt nicht so gut gegessen wie wir.«

Jake warf ihr einen Blick zu. »Das sollte ein Kompliment sein, vermute ich.« Der nächste Schuss dröhnte, zersplitterte einen Ast über ihren Köpfen und ließ einen Blätterregen niedergehen. »Ich muss näher ran, aber ich will dich hier nicht allein lassen.«

Allie starrte die Stelle an, von der die Kugeln kamen. »Ich wünschte, ich hätte ein Gewehr.«

Eine schwarze Augenbraue zog sich nach oben. »Kannst du damit denn umgehen?«

Sie zuckte die Achseln. »Auf dem Jahrmarkt habe ich jedenfalls immer getroffen. Ich habe ein halbes Dutzend Teddybären, mit denen ich das beweisen kann.«

Jake schüttelte mit zuckenden Mundwinkeln den Kopf. Der nächste Schuss krachte in den Baum.

»Das geht schon klar«, sagte Allie, die sehen konnte, wie unschlüssig er war. »Hol ihn dir.«

Die nächste Salve, diesmal aus einem anderen Winkel, dröhnte durch den Dschungel und traf den Baum links von ihnen.

Jake spannte einen Muskel am Kinn. »Bleib einfach nur unten. Ich bleibe nicht lange weg, und ich behalte dich im Auge.«

Er feuerte einen Schuss ab, um Roberto unten zu halten. Dann machte er sich lautlos durch die großblättrigen Büsche auf den Weg und verschwand gut getarnt in den Schatten des Urwalds.

Allie dachte an das Gewehr, das sie nicht hatte. Sie musste Roberto so lange ablenken, bis Jake einen Schuss feuern konnte. Aber schließlich gab es auch andere Wege, jemanden abzulenken, als ausgerechnet mit Hilfe eines Gewehrs. Sie betrachtete den Boden, entdeckte einen faustgroßen Stein, schlich Stückchen für Stückchen darauf zu und hob ihn auf. Flach an einen

Baum gepresst schleuderte sie den Stein in eine Farngruppe und brachte die filigranen Blätter zum Tanzen.

Schüsse hallten durch den Urwald wider und schlugen in den feuchten Grund bei den Farnen ein. Sie hörte rechts von sich Jakes Pistole donnern, zwei schnelle Schüsse, dann feuerte Roberto die nächste Runde.

Stille legte sich über den Urwald. Nur noch ihr Herzschlag donnerte wie wahnsinnig in ihren Ohren; Sekunden wurden zu Minuten. Nicht einmal ein Vogelzwitschern oder Laubgeraschel. Die Minuten zogen sich dahin, und Allies Angst wuchs mit ihnen.

Vielleicht war Jake verletzt. Vielleicht hatte eine von Robertos Kugeln getroffen. Vielleicht lag er sterbend da draußen, brauchte verzweifelt ihre Hilfe.

Die Sorge nagte an ihr, ließ ihre Handflächen schwitzen. Sie bemerkte, dass sie auf einem Nagel herumkaute, und zog die Fingerspitze aus dem Mund.

Sie starrte in das Blätterdickicht, wo Jake verschwunden war. Wie konnte sie einfach hier herumsitzen? Sie musste etwas tun! Sie wartete noch ein paar Minuten, dann straffte sie die Schultern und stürzte sich ins Blattwerk. Entschlossen herauszufinden, was geschehen war, hielt sie sich sorgsam geduckt und folgte dem Pfad, den Jake genommen hatte. Sie war erst ein kleines Stück weit gekommen, als eine flüsternde Stimme direkt vor ihr sie wie angewurzelt innehalten ließ.

»Ich dachte, ich hätte dir gesagt, du sollst bleiben, wo du bist.«

Ihr Blick wanderte von den Segeltuchschuhen über die langen, in Jeans steckenden Beinen und die muskulöse Brust zu seinem Gesicht. »Ich dachte, du bist vielleicht verletzt. Ich konnte dich doch nicht da draußen herumliegen lassen.«

Seine Gesichtszüge blieben hart. »Das nächste Mal, wenn ich dir sage, was du zu tun hast, tust du es auch. Verstanden?«

Allie überkam der Zorn. »Wie Sie wünschen, Major Dawson. Das nächste Mal lasse ich dich einfach im Dschungel verrotten.«

Er veränderte langsam die Haltung, entspannte sich und warf eine schwarze gewellte Strähne aus dem Gesicht. »Entschuldigung. Das hast du nicht verdient. Ich wollte nur nicht, dass dir etwas zustößt.«

»Und ich will nicht, dass dir etwas zustößt. Aber wenn ich glaube, dass vielleicht genau das passiert ist, kann ich nicht einfach herumsitzen und nichts tun.«

Sein breites Grinsen überraschte sie. »Ich denke, damit kann ich leben.«

»Was ist denn überhaupt passiert?«

Jake sicherte seine Pistole und schob sie in den Bund der Jeans. Wobei Allie unter seinem rechten Arm einen Flecken frischen Bluts entdeckte.

»Du bist angeschossen worden!«

Er zuckte die Achseln. »Wie sie im Film immer sagen: ›Es ist nur eine Fleischwunde.‹«

»Aber sie muss sauber gemacht und verbunden werden. Das ist wichtig, bei all den Insekten und Krankheitserregern hier draußen.«

»Yeah, sicher.« Er zog sie hinter einen schützenden Felsbrocken, setzte sich und zog das T-Shirt aus.

»Also, was ist passiert?«, fragte Allie, während sie die Tasche nach Verbandsstoff und Pflaster durchwühlte sowie der antibakteriellen Salbe, die sie in dem zerborstenen Erste-Hilfe-Kasten im Flugzeug gefunden hatte.

»Es war tatsächlich Roberto. Ich habe ihn gut sehen können, als du ihn mit dem Stein abgelenkt hast.« Er lächelte. »Was übrigens eine gute Idee von dir war.«

»Danke.«

»Ich habe zweimal auf ihn geschossen und ihn getroffen. Erst dachte ich, er sei tot, aber unglücklicherweise ist er immer noch am Leben. Ich habe in den Dschungel zurück eine Blutspur gefunden, aber im Wasser oben an den Fällen hab ich seine Spur verloren.«

»Was, wenn er es vor uns in Valisimos Camp schafft?«

Jake starrte in das schwere grüne Dickicht. »Ich wette, er schafft es überhaupt nicht mehr. Er ist angeschossen und blutet ziemlich stark. Bald ist er zu schwach, um weiterzumarschieren. Er wird sich mit wilden Tieren und Insekten herumschlagen müssen. Sieht so aus, als hätte es ihn diesmal erwischt. Aber ich habe ihn schon einmal unterschätzt, und das hätte uns fast umgebracht. Ich werde das ganz bestimmt nie mehr tun.«

Allie säuberte die Wunde mit dem desinfizierten Wasser aus der Feldflasche. Da, wo die Kugel Jake gestreift und nur knapp die Rippen verfehlt hatte, verlief ein Riss durch das Fleisch. Sie drückte einen Gazetupfer auf die Wunde und band ihn ordentlich fest, indem sie ihm den Verbandsstoff um die Brust wickelte.

»Du machst das ziemlich gut.«

»Ich hab dir doch erzählt, dass ich bei einem Tierarzt gearbeitet habe.«

Er lachte. »Das hast du allerdings.«

Sie holten ihre Ausrüstung und brachen auf, allerdings nicht ostwärts, sondern durch hohes scharfkantiges Gras nach Süden, bis Jake einen Wildpfad entdeckte, der wieder in die richtige Richtung führte. Er wechselte noch zweimal die Richtung, wobei er sorgsam ihre Spuren verwischte, indem er sie mit einem Palmwedel bearbeitete oder im Gehen mit Zweigen und Laub bedeckte; das Terrain war unfreundlicher als zuvor.

»Es ist doch möglich«, sagte Allie, als sie zum Trinken pausierten, »dass Roberto gar keinen Gedanken mehr an uns verschwendet und auf dem schnellsten Weg zum Camp marschiert. Er ist verwundet. Und da können sie ihm helfen.«

»Yeah, aber Bobby hat keine Ahnung, wo das Camp ist. Wir haben wenigstens ein paar Landkarten und ein paar gute Orientierungspunkte, die uns den Weg in die richtige Richtung weisen.«

»Vielleicht hat er ja Glück.«

Jake schraubte den Deckel auf die Feldflasche. »Yeah, vielleicht.«

Beide schwiegen sie, als sie eine neue Region des schattigen Regenwaldes betraten. Nirgendwo eine Spur von Roberto. Sie marschierten weiter und kamen, wenn auch langsam, voran. Allie war es heiß, und sie war völlig erschöpft, als Jake entschied, das Lager in einer Lichtung auf einem Hügel aufzuschlagen, der von Felsen umgeben war, die ihnen Deckung boten und einen guten Ausblick auf das umliegende Terrain.

Bevor sie den Wasserfall verlassen hatten, hatte Jake noch die gehäutete Schlange in Blätter eingerollt und in den Rucksack gepackt.

»Da sieht man wieder, wie praktisch du veranlagt bist«, neckte er sie, während er das Fleisch an einem Spieß über das Lagerfeuer hielt, das bescheiden ausgefallen war, damit Roberto es nicht womöglich erspähen konnte. »Das ist jetzt schon der zweite Abend in Folge, wo du mir behilflich bist, das Abendessen aufzutreiben.«

Allie lachte und dachte an die Schildkröte und ihr offensichtliches Pech mit Reptilien. Obwohl ihr Magen rumorte und kundtat, dass die Bananen und Nüsse, die sie tagsüber gegessen hatten, ihm nicht annähernd reichten, nahm sie ihren Anteil Schlangenfleisch ohne großen Enthusiasmus entgegen. Sie probierte vorsichtig einen Bissen und stellte fest, dass das Fleisch von fester Struktur war und leicht süßlich schmeckte. Eine Mischung aus Hummer und Huhn, sagte sie sich, war aber nicht wirklich überzeugt.

Sie aßen im Dunkeln am verloschenen Feuer. Die Müdigkeit machte ihnen die Lider schwer. Als sie auf ihren Schlafsack krochen, war Allie sicher, dass sie beide zu erschöpft waren, um noch an Sex zu denken. Aber kaum hatte sie sich neben ihm hingelegt, griff er schon nach ihr. Alle Müdigkeit fiel von Allie ab und sie liebten einander zärtlich und ohne jede Eile.

Danach schmiegten sie sich aneinander, bis sie einschliefen. Das heißt, bis Allie einschlief.

Ein paar Stunden später, als Allie erwachte, saß Jake, die Pistole dicht neben sich, an einen Felsen gelehnt da.

»Schlaf ruhig weiter«, sagte er leise. »Du hast noch ein paar Stunden, bis es Zeit zum Aufstehen ist.«

»Und was ist mit dir? Du brauchst doch auch deinen Schlaf.«

»Wir sind schon zu nah am Camp. Ich schlafe, wenn wir dort sind.«

»Aber …«

»Ich bin das gewohnt, Allie. Jetzt schlaf weiter. Ich möchte, dass du ausgeruht bist morgen früh.«

Allie tat, was er sagte. Sie schlief tief und ungestört, fühlte sich sonderbar sicher mit Jake, der über sie wachte.

Samstags um acht Uhr abends saß Dan Reynolds an dem wackeligen Eichentisch in Barbara Wallace' kleinem Apartment. Er rüttelte an dem Tisch, sah ihn hin und her schwanken. »Du solltest mich diesen Tisch reparieren lassen.«

Barb, die gerade das französische Knoblauch-Baguette aus dem Ofen hatte holen wollen, hielt inne. Es gab heute Abend Spaghetti, eine ihrer Spezialitäten, wie Barb behauptet hatte, als sie ihn zum Essen eingeladen hatte. »Würdest du das für mich erledigen? Macht es dir auch nichts aus?«

»Das ist keine große Sache. Ich brauche nur etwas Kleber und ein paar Klemmen, die das Ganze zusammenhalten, bis es getrocknet ist. Nächstes Mal bringe ich das Zeug mit.«

Barb schaute ihn verblüfft an. Weil er davon ausging, dass er wiederkommen würde, oder weil er wusste, wie man den Tisch reparierte? Er hätte es nicht zu sagen vermocht.

»Noch nie hat mir irgendwer etwas repariert«, sagte sie. »Es sei denn, ich habe dafür bezahlt.« Sie warf ihm einen argwöhnischen Blick zu. »Vielleicht hast du ja auch etwas anderes als Geld im Sinn.«

Er bekam einen harten Zug ums Kinn. »Verdammt, Barb, du bist wirklich die zynischste Frau, die mir je begegnet ist. Wenn das, was du da kochst, nur halb so gut schmeckt, wie es aussieht, ist das Bezahlung genug, okay? Wie gesagt, es ist keine große Sache.«

Barb sah ihn verlegen an. »Entschuldige. Ich schätze, ich erwarte von jedem nur das Schlechteste. Insbesondere von den Männern.«

»Dabei bin ich derjenige, der zynisch sein sollte. Dazu wird man nämlich, wenn man ein Cop ist.«

»Genau, wie wenn man verheiratet ist.«

»Kann sein. Aber ich denke, es kommt auf den Menschen an. Dein Exmann war wohl nicht der Richtige, so wie ich das verstanden habe.«

»Das könnte man so sagen.« Einen Moment lang glaubte er nicht, dass sie noch etwas sagen würde, doch am Ende erzählte sie ihm von Mal Wallace und sogar von ihrem Vater.

»Als kleines Kind habe ich mich immer unter der Terrasse vor ihm versteckt. Ich hatte zwar Angst vor Spinnen, aber noch mehr Angst hatte ich vor Vater. Doch dann habe ich begriffen, dass er, wenn er mich nirgendwo finden konnte, seine Wut an meiner Mutter ausließ, und das habe ich nicht ausgehalten. Von da an habe ich versucht, ihm einfach nur aus dem Weg zu gehen.«

Dan kaschierte sorgsam seine mitleidsvolle Miene. Er wusste, Barb hätte ihn dafür gehasst. »Meine Eltern haben sich scheiden lassen. Eine wunderbare Kindheit hatte ich zwar nicht gerade, aber mit deiner ist das nicht zu vergleichen.«

»Ich glaube, dass ich deshalb so argwöhnisch bin. Etwas Persönliches ist es jedenfalls nicht.«

Aber für Dan fühlte es sich verdammt persönlich an. Er fing an, Barbara Wallace zu mögen, scharfe Zunge hin oder her, und sie zog ihn mehr als nur ein bisschen an. In letzter Zeit hatte er sich ausgemalt, mit ihr zu schlafen. Er fragte sich, was sie wohl dazu gesagt hätte.

Just in diesem Moment flog die Küchentür auf, und ihre beiden Söhne, Pete und Ricky, kamen hereingestürmt. Ihre Gesichter waren vor Anstrengung rot, die Kleider feucht vor Schweiß.

»Hallo, Detective Reynolds«, sagte Pete.

»Was gibt's zum Abendessen, Mom?«, fragte Ricky.

»Spaghetti.« Barb lächelte ob des Freudenausbruchs, den ihr Lieblingsessen hervorrief. »Aber bevor ihr euch zum Essen setzt, wascht ihr euch erst die Hände.«

»Ach, Mensch.«

»Na los, Jungs.« Dan rückte den Stuhl zurück und stand auf. »Wir kommen sehr viel schneller zu diesen Spaghetti, wenn wir eurer Mutter den Gefallen tun.«

Die Jungen grummelten, folgten ihm aber in das bescheidene Badezimmer. Wie der Rest der Wohnung war es ordentlich und sauber, mit der einen oder anderen anheimelnden Kleinigkeit wie dem rosa bestickten Deckchen unter der Reserverolle Toilettenpapier. Alles Dinge, die Barb angeschafft hatte, um das ansonsten schlichte Apartment ein wenig wie ein Zuhause aussehen zu lassen.

»Ich brauch die Seife«, sagte Ricky. Dan reichte ihm das Stück und sah ihm zu, wie er sie aufschäumte. Ricky war sieben, schwarzhaarig wie seine Mutter, dünn und drahtig. Pete war sechs, rothaarig und ständig am Grinsen. Sie waren zwei großartige Jungs. Es war offensichtlich, dass ihre Mutter eine gute Hand bei der Erziehung der beiden hatte.

Dan gab die Seife an Pete weiter und war Ricky beim Händeabtrocknen behilflich. Und nachdem Dan sich selbst die Hände gewaschen hatte, kehrten sie alle in die Küche zurück.

Der Tisch war gedeckt, doch auf dem Tisch standen nur zwei Teller.

»Ihr Jungs dürft heute Abend vor dem Fernseher essen, ich bringe euch eure Teller rüber.«

Ein paar Minuten später, nachdem sie ihre Söhne am Kaffeetisch platziert hatte und mit der Fernbedienung den Disney-Kanal eingeschaltet hatte, kehrte Barb zurück.

»Danke, dass du gekommen bist«, sagte sie, als sie sich zum Essen setzten. »Ich dachte, du hättest am Samstagabend sicher zu tun, aber den Versuch war es mir wert. Ich warte schon länger auf eine Gelegenheit, mit dir zu sprechen.«

Dan verspürte einen Stich. Aus irgendeinem wahnsinnigen Grund hatte er tatsächlich angenommen, Barb habe ihn angerufen, weil sie ihn sehen wollte.

»Wenn das alles ist, hättest du auch im Büro vorbeikommen können. Und hättest dir keine Umstände machen müssen.«

Die Schärfe in seinem Tonfall ließ Barb von ihrem dampfenden Teller aufblicken. »Ich dachte, wir könnten ein paar Plakate von Allie drucken. Du weißt schon, solche, wie sie sie bei vermissten Kindern machen. Ich dachte, wir könnten sie überall in der Stadt aufhängen. Vielleicht fällt irgendjemandem etwas Verwertbares ein, wenn er sie sieht.«

Das »wir« beschwichtigte ihn ein wenig. Vielleicht hatte sie nur einen Vorwand gesucht. Und verdammt, was kümmerte ihn das eigentlich?

»Die Dinger sind ziemlich teuer«, sagte er und wünschte sich, er hätte im Fall Parker wenigstens einen kleinen Fortschritt vorweisen können, aber die Chance, Allie Parker gesund und munter aufzufinden, wurde mit jedem Tag kleiner.

»Wenn wir sie in Schwarzweiß machen, kosten sie ungefähr zweihundert Dollar. Aber mein Boss hat mich in der Bar ein Schild aufstellen lassen, und wir haben schon über fünfzig Dollar gesammelt.«

»Super.« Er griff nach der Flasche Valpolicella, die er mitgebracht und bereits entkorkt hatte, und schenkte ihnen beiden ein. »Ich spende gerne auch etwas, und sobald die Plakate gedruckt sind, helfe ich dir, sie aufzuhängen. Ich bin sicher, dass die Jungs von der Polizei das ihre dazu tun.«

Die Spaghetti waren köstlich, der Salat knackig und kühl, das Baguette warm und knusprig. Er war fast fertig, als sein Handy klingelte. Fluchend holte er es aus der Jackentasche.

Es war Archie Hollis, sein Partner, seit Allie verschwunden war. »Okay. Ich bin so schnell ich kann da.« Er beendete das Gespräch und steckte das Telefon in die Manteltasche.

»Was ist denn?«, fragte Barb.

»Es gibt einen Lichtblick in Allies Fall. Ein alter Mann, der unten im Jachthafen arbeitet, ist in die Dienststelle gekommen. Er sagt, er hätte Allie Parker am Tag ihres Verschwindens gesehen.«

Barb umfasste das Weinglas ein wenig fester. Erst jetzt bemerkte Dan, dass es sich um Marmeladengläser handelte. »Warum hat er so lange gewartet, bis er damit herausgerückt ist?«

»Augenscheinlich hat man ihm nahe gelegt, er solle lieber nichts sagen, aber sein Gewissen hat ihm keine Ruhe gelassen.«

»Und wer hat ihm nahe gelegt, nichts zu sagen?«

Dan zog den Mantel von der Lehne des Stuhls, in Gedanken schon ganz mit den Antworten beschäftigt, die er zu bekommen hoffte. »Felix Baranoff«, sagte er.

Captain Tom Caruthers ging in seinem Büro hinter dem Schreibtisch auf und ab und dachte an die beiden Männer, die ihn vor drei Wochen hier aufgesucht hatten, die FBI-Agenten Morris und Duchefski.

Die Männer hatten ihn nach der Explosion der *Dynasty I* kontaktiert, jener Jacht, auf der Donald Markham und Christine Chambers ums Leben gekommen waren. Morris und Duchefski hatten ihn davon in Kenntnis gesetzt, dass ihre FBI-Abteilung sich mitten in einer verdeckten Ermittlungsoperation von höchstem Rang befand, und hatten ihn unmissverständlich davor gewarnt, Felix Baranoff aufzuscheuchen. Tom war angewiesen worden, nicht einmal seine eigenen Männer darüber zu informieren. Glücklicherweise war die Explosion allen Anzeichen nach ohnehin ein Unfall gewesen, und die Untersuchungen waren niedergelegt worden.

Dann hatten seine eigenen Männer, die Detectives Reynolds und Hollis, Baranoff über das verschwundene Mädchen befragt, und Caruthers hatte einen Anruf bekommen, diesmal von einem Bezirksleiter des Bureau of Alcohol, Tobacco and Firearms, einem gewissen Martin Biggs. Offensichtlich wurde Baranoff überwacht, und die Ermittler hatten die beiden Detectives das Hauptquartier der Dynasty Corporation oberhalb der Bucht betreten sehen.

Biggs hatte ihn sogar noch eindringlicher davor gewarnt, Baranoff auf die Zehen zu steigen, und Tom hatte seine Männer zurechtgewiesen und ihnen gesagt, dass sie einen Mann vom Einfluss eines Felix Baranoff in Ruhe zu lassen hatten, solange es keine handfesteren Beweise gab.

Tom war davon überzeugt, dass die Männer jetzt dachten, er wolle sich bei dem reichen Geschäftsmann einschmeicheln und führe sich wie ein regelrechter Schleimer auf.

Jetzt hatte der alte Mann, der unten am Jachthafen für Baranoff arbeitete, eine Aussage gemacht, und Tom sollte einmal mehr seine Rolle spielen. Schlimmer noch, Allie Parker war immer noch vermisst, und sie hatten keine verdammte Chance, der einzigen Spur zu folgen.

Verflucht! Dieser Tag war die reinste Pest.

Dan Reynolds stand vor dem abgenutzten Schreibtisch seines Captains und traute kaum seinen Ohren. »Was soll das heißen?

Die Aussage des alten Mannes ändert nichts? Am Tag ihres Verschwindens ist Allie Parker an genau der Stelle gesehen worden, wo Baranoffs Jachten ankern. Sie hatte ihn in Verdacht, etwas mit dem Tod ihrer Mitbewohnerin zu tun zu haben. Sie war unten am Hafen, um Beweismittel zu suchen. Die Aussage dieses alten Mannes stellt da eine direkte Verbindung her.«

»Allie Parker dachte, Felix Baranoff sei in Drogenschmuggel verwickelt. Wir haben niemals auch nur ein Fitzelchen Beweismaterial dafür entdeckt, dass er irgendetwas anderes sein könnte als ein absolut untadeliger Bürger. Die Geschichte des alten Mannes bestätigt doch nur, was wir schon wussten, dass sie in der Nähe des Hafens verschwunden ist. Mein Gott, man hat lediglich ihren Wagen vom Parkplatz abgeschleppt! Und dass sie jetzt irgendwer da gesehen haben will, ändert überhaupt nichts.«

Dans Unterkiefer fühlte sich verspannt an. »Wenn Baranoff nicht in die Sache verwickelt ist, warum hat er dann versucht, den alten Mann am Reden zu hindern?«

»Weil er nicht noch mehr negative Schlagzeilen brauchte. Das kann man ihm kaum vorwerfen.«

»Wo ist der alte Mann jetzt? Ich möchte mit ihm sprechen.«

»Er ist schon wieder fort. Du kannst seine Aussage lesen. Ich lege sie dir auf den Schreibtisch.«

Dan biss sich auf die Zunge. Er hatte Tom Caruthers immer respektiert, deshalb hätte er nie gedacht, dass Caruthers vor Baranoff oder sonst irgendjemandem kuschen würde, nur weil der Kerl Geld hatte. Klar, Tom bekam vermutlich Druck von oben. Der Bürgermeister und der Staatsanwalt standen immer auf der Gästeliste, wenn Baranoff seine exklusiven Partys gab.

»Wär's das, Boss?« Archie Hollis kratzte sich das rote Haar am Hinterkopf. »Wir lassen es einfach bleiben?«

»Zur Hölle, nein. Das tut ihr nicht. Irgendwo da draußen ist eine vermisste Frau. Es ist unser Job, sie zu finden. Aber macht es einfach, ohne dass ihr Baranoff da reinzieht.«

Dan wollte sich nicht mit ihm streiten. Er kannte den Captain gut genug, um zu wissen, dass er sich damit nichts Gutes tat. Aber er würde den alten Mann finden und mit ihm sprechen. Und falls er neue Informationen zu Tage förderte, würde er sich wieder an Caruthers wenden.

Falls es sein musste, würde er direkt zu Baranoff gehen – und sich erst später Sorgen über die Folgen machen.

15

Am fünften Tag ihres Marsches waren die Streichhölzer aufgebraucht, und Allies Bic-Feuerzeug war leer. Jake benutzte die zerbrochene Lesebrille, die er dem toten Piloten aus der Hemdtasche gezogen hatte, als Vergrößerungsglas, um damit das abendliche Feuer zu entzünden.

Allie kontrollierte die Wunde an seiner Seite, die gut verheilte, und wechselte den Verband. Dann machte Jake sich auf, um etwas Essbares zu suchen. Einer Schlinge war es zu verdanken, dass er an einem ausgetretenen Pfad zum Fluss hinunter ein Pekari fing, eines der kleinen Wildschweine, die im Regenwald leben.

Derweil hatte Allie Pflanzen gesammelt, von denen Jake gesagt hatte, dass sie essbar seien: Katzenschwanz-Sprossen, Spitzgras und wilde Feigen, die jetzt in Laub gewickelt unter den Steinen am Rand des Feuers dampften.

Das Fleisch war erstaunlich gut, die Katzenschwanz-Sprossen leider holzig und das Spitzgras recht geschmacklos. Doch nahrhaft war es, und das allein zählte. Als sie fertig waren, lehnte sich Allie an Jake, kuschelte sich zwischen seine langen Beine und legte den Kopf an seine Brust.

»Also, ich habe dir von David Carlson erzählt. Da ist es nur fair, wenn du mir von deiner Exfrau erzählst.«

Er grunzte. »Von welcher?«

»Wie wäre es mit der ersten?«

Er seufzte und nahm berechtigterweise an, dass sie nicht aufhören würde, ihn zu drängen, bevor sie nicht Bescheid wusste. »Ihr Name war Cindy Stengal. Sie war ein Cheerleader.«

Sie schoss herum und funkelte ihn an. »In der High School?«

»Ja.«

»Um Himmels willen, wie alt warst du damals?«

»Cindy war im vorvorletzten Jahr, ich im letzten.«

»Und du warst bestimmt eine große Nummer.«

Er grinste. »Captain der Footballmannschaft.«

Sie kuschelte sich wieder an ihn. »Wie kam es dazu, dass ihr geheiratet habt? Nein, warte! – lass mich raten. Cindy Cheerleader war schwanger.«

»Genau.«

»Und du warst einer von den guten Jungs. Du musstest das Richtige tun und hast sie geheiratet.«

Sie spürte seine Schultern zucken. »Es schien die einzige Möglichkeit. Obwohl ihre Eltern dagegen waren. Als Cindy dann zugeben musste, dass sie nicht wirklich schwanger war, haben sie die Ehe annullieren lassen.«

Sie drehte sich wieder um. »Was? Sie hat gelogen, nur weil sie zum Altar geführt werden wollte?«

»Wie gesagt, sie war erst in der vorvorletzten Klasse.«

»Klingt, als hätten ihre Eltern dir einen Gefallen getan.«

»Wenn man bedenkt, wie jung wir beide waren und dass wir einander nie wirklich geliebt haben, ja.«

»Und was war mit Ehefrau Nummer zwei?«

Seine Körperhaltung veränderte sich. Die Anspannung, die sich in seine Miene schlich, verblüffte sie.

»Ihr Name war Marla Stevens. Sie war eine kurvenreiche, verschlampte Blondine, die ich in Fort Bragg in einer Bar namens Alley Cat kennen gelernt habe.«

»Eine kurvenreiche, verschlampte Blondine? Heißt das genau das oder was?«

»Es heißt, dass sie ein heißer Feger war, zumindest habe ich sie damals dafür gehalten.«

»Ich weiß nicht recht, ob mir dein Geschmack in Sachen Frauen gefällt.«

Seine Mundwinkel zuckten. »Von dir einmal abgesehen, meinst du wahrscheinlich.«

Sie grinste. »Von mir einmal abgesehen.«

»Damals fand ich sie großartig. Ich war davor über drei Jahre lang in Panama. Marla war klasse im Bett, und die anderen Kerle waren alle scharf auf sie. Als sie anfing, vom Heiraten zu reden, dachte ich, zur Hölle, was soll's? Du bist siebenundzwanzig. Es ist Zeit, dass du sesshaft wirst und eine Familie gründest.«

»Und Marla wollte das auch?«

»Hat sie jedenfalls gesagt. Sie wollte, dass ich die Army verlasse, und ich schätze, es war auch an der Zeit. Ich habe eine Stelle beim ATF angenommen und bin nach L.A. versetzt worden. Unglücklicherweise hat es Marla nicht gefallen, mit einem Waffenfahnder verheiratet zu sein, genauso wenig, wie vorher mit einem Soldaten. Dann wurde sie schwanger und ...«

»Schwanger!« Dieses Mal schoss sie förmlich zwischen seinen Beinen heraus und drehte sich ganz nach ihm um. »Du hast mir nie gesagt, dass du ein Kind hast!«

»Einen Jungen. Michael Jacob Dawson. Ich habe ihn immer Mikey genannt.«

Da war etwas in seinen Augen, etwas so Freudloses, dass sich ihr der Magen zusammenkrampfte.

»Warum hast du mir nicht gesagt, dass du einen Sohn hast?«, fragte sie leise.

»Weil ich keinen habe.« Seine Miene verhärtete sich. »Nicht mehr. Eines Tages bin ich von der Arbeit nach Hause gekommen und habe Marla mit Carter James im Bett erwischt, einem von den Typen aus meiner Abteilung. Ich habe am nächsten Tag die Scheidung eingereicht. Zwei Wochen bevor sie rechtskräftig wurde, ist Marla gegangen. Sie hat Mikey mitgenommen, und seither habe ich ihn nicht mehr gesehen.«

»O Gott, Jake.« Der Schmerz in seinem Gesicht tat ihr schrecklich weh. Plötzlich fiel ihr das Atmen schwer.

»Ich habe versucht, sie zu finden. Ich habe einen Privatdetektiv engagiert, habe jeden Cent investiert, den ich hatte. Aber wir haben nicht die geringste Spur von den beiden gefunden.« Er schaute auf sie hinab, dann weg. Sein Adamsapfel hüpfte auf und ab. »Mikey wird am 1. Juni fünf Jahre alt, und er weiß vermutlich nicht einmal mehr, wie sein Vater aussieht.«

Allie nahm seine Hand und drückte sie sich an die Lippen. »Jake, es tut mir so Leid. Ich kann mir gar nicht vorstellen, was es heißt, ein Kind zu haben und nicht zu wissen, wo es ist. Es muss furchtbar sein für dich.«

Ein tiefer Atemzug in der Dunkelheit war ihr Antwort genug. »Ich versuche, nicht an ihn zu denken. Täte ich es, ich könnte es nicht aushalten. Marla war nie eine sonderlich gute Mutter. Ich habe mehr Zeit mit Michael verbracht als sie. Vielleicht hat sie ihn deshalb mitgenommen, weil sie wusste, wie viel mein Sohn mir bedeutet. Sie hat sich dafür gerächt, dass ich mich habe scheiden lassen.«

Allie lehnte sich an ihn und legte den Arm um seinen Hals. »Ich wünschte, ich könnte dir irgendetwas sagen, das es dir leichter macht, aber ich weiß, dass das nicht geht.«

Jake zog sie an sich und hielt sie ein paar Minuten lang einfach nur fest. Dann sah sie ihm ins Gesicht, und ihrer beider Blicke wollten einander nicht mehr loslassen. Seine Lippen bewegten sich über ihre, und wie schon mehrmals zuvor flammte zwischen ihnen eine gewaltige Hitze auf. Er nahm sie auf dem Schlafsack, hämmerte sich Trauer und Herzschmerz aus dem Leib, ersetzte sie durch Lust.

Als sie fertig waren, zog er sie an seine Seite, schlief aber nicht ein. Am Morgen fand sie ihn über sie wachend vor, wie schon am Morgen zuvor.

Doch diesmal war es nicht der Gedanke an Roberto, der ihn wach gehalten hatte, sondern die Sorge um seinen Sohn.

Jake beugte sich über seine Karten, ging die Orientierungspunkte durch und bestimmte erneut ihre Position in Relation zum Hauptquartier Valisimos, der Hacienda Corazon de la Selva, dem Haus im Herzen des Dschungels, wie es zutreffend hieß.

Nach allem, was Baranoff gesagt hatte, befand sich das Camp des Generals derzeit auf der belizianischen Seite der mexikanischen Grenze, ungefähr zwanzig Meilen von einem kleinen Dorf namens San Rafael entfernt, nicht weit vom New River. Wenn Jakes Berechnungen stimmten, befanden sie sich irgendwo innerhalb eines Fünfmeilenradius um das Camp.

»Wir sind nahe dran, oder?«, fragte Allie, als sie am späten Vormittag eine Verschnaufpause einlegten.

»Yeah.« Jake machte ein finsteres Gesicht.

»Du machst dir Robertos wegen Sorgen, oder? Du hast Angst, er könnte das Camp doch vor uns erreicht haben.«

Er betrachtete den überwucherten Pfad, dem sie folgten. »Die Chance ist eins zu einer Million, aber falls dem tatsächlich so ist und er den General davon überzeugen konnte, dass ich ein Undercover-Agent bin, dann überleben wir keine zehn Minuten.«

»Was, sollen wir demnach tun?«

»Diese ganze wahnsinnige Idee vergessen und geradewegs nach San Rafael marschieren.«

»Und Baranoff kommt ungeschoren davon.«

»Es wird immer wieder mal die Gelegenheit geben, ihn zu kriegen.«

»In noch einmal zwei Jahren vielleicht? Vergiss es, Jake. Wir wissen, dass Roberto verwundet ist. Du hast selber gesagt, die Chancen stehen eins zu einer Million zu unseren Gunsten. Ich sage, wir hatten bis jetzt immer Glück – wir machen weiter wie geplant.«

Jake betrachtete ihr Gesicht. Die Sonne ließ ihre Wangen leuchten, und in ihren Augen blitzte die Vorfreude. Sie lächelte, die schönen Lippen rot vom Saft der Beeren, die sie gegessen hatte. Das Verlangen überkam ihn, und er musste wegsehen.

»Also gut«, sagte er ein wenig mürrisch. »Wir machen weiter wie geplant. Aber du gibst mir dein Wort, dass du exakt tust, was ich sage, sobald wir im Camp sind. Das heißt, wenn ich dir sage, tu dies oder das, dann tust du es – und fragst nicht lang.«

Sie grinste. »Wie Sie wünschen, Major. Ihr Wort ist mir Befehl.«

»Ich mache keine Witze, Allie.«

Ihr Grinsen verschwand. »Also gut, ich verspreche es.«

Er glaubte ihr nicht wirklich, aber da sie ihm ihr Wort gegeben hatte, würde sie immerhin vielleicht gründlicher nachdenken.

Sie bewegten sich tiefer in den Dschungel, unterbrachen immer wieder ihren Marsch, um niederes Buschwerk wegzuhacken, und kamen um einiges langsamer voran als zuvor. Jake hatte Schmerzen in der Seite, aber zum Glück hatte es zu bluten aufgehört. Nachdem Allie ihn neu verbunden und das blutige T-Shirt gegen das blaue Hemd ausgetauscht hatte, das er beim Absturz der Maschine getragen hatte, blieben wenigstens die Fliegen weg.

Jake fluchte, als es zu regnen begann. Kein leichter dunstiger Schauer, sondern ein ausgewachsener tropischer Wolkenbruch.

»Verdammt, das musste ja irgendwann passieren.«

»Bis jetzt hatten wir immerhin Glück.«

Er lächelte. Für Allie war das Glas immer halb voll. »Ich schätze, du hast Recht.«

»Was machen wir jetzt? Ich kann nirgendwo ein trockenes Plätzchen entdecken, wo wir es aussitzen könnten.«

»Ich auch nicht. Wir können nur weitergehen.«

Also taten sie es, kämpften sich durch den Schlamm, das nasse Laub, die Kleider triefend nass am Körper klebend, das Haar in Strähnen, das Wasser in die Augen tropfend.

Es regnete über eine Stunde lang. Ein heißer, schwerer Regen, der den Dschungel zum Dampfen brachte. Als es endlich aufhörte, standen sie knöcheltief im klebrigen Schlamm, während um sie herum der feuchte Dunst aufstieg. Jake schaute Allie an, die zu ihm aufschloss und dabei aussah wie ein ersäufter Cockerspaniel. Ihr entnervter Gesichtsausdruck brachte ihn zum Grinsen. Er bückte sich, tauchte einen Finger in den Schlamm und malte ihr einen Strich mit einem Punkt am Ende auf die Nase.

Eine Sekunde lang stand sie einfach nur so da, dann fasste sie hinunter, ganz langsam, und griff sich eine Hand voll Schlamm. Sie zog eine Linie auf seine Stirn, setzte ein paar Tupfer auf seine Nase und zog auf beide Wangen Striche, die ihn wie einen Indianerhäuptling aussehen ließen.

Sein Grinsen wurde breiter. Mit einer Hand hob er einen weiteren Lehmklumpen auf, mit der anderen packte er sie vorn an ihrem Tank-Top, zog sie an sich und malte ihr ein Muster auf die Wangen und eine Zickzacklinie übers Kinn. Anschließend zog er ihr Tank-Top nach vorne auf. Beim Anblick der hübschen kleinen Brüste mit den harten rosaroten Brustwarzen hielt er inne.

»Wage es ja nicht«, drohte Allie. »Oder ich räche mich – und glaub mir, ich höre nicht auf, bevor du nicht eine einzige große Schlammkugel bist. Und falls wir nicht wieder einen Wasserfall finden oder es wieder zu regnen anfängt, müssen wir unsere Sachen womöglich tagelang so anbehalten.«

Jake fing an zu lachen. Ihm war heiß, er war durchnässt und ausgepumpt. Seit Tagen hatte er nicht richtig gegessen; sein Rücken schmerzte vom stundenlangen Schwingen dieser verdammten Machete und trotz allem lachte er. Langsam ließ er den

Schlamm durch die Finger triefen, zog Allie an sich und eroberte mit einem innigen Kuss ihren Mund. Ganz und gar die nasse, heiße Frau! Sein Körper wurde steinhart.

Allie musste das Ausmaß seiner Erektion mitbekommen haben. Stöhnend stellte sie sich auf Zehenspitzen und schlang die Arme um seinen Hals. Er umfasste ihre Hinterbacken, hob sie an sein hartes Glied und ließ sie fühlen, wie verzweifelt er sie begehrte. Ihre Küsse wurden wilder und heißer. Ihr Atem mischte sich, ihre Zungen tanzten. Die Lust brannte so heiß in ihm, dass der Schweiß ihm in Strömen über die Stirn lief. Er wollte sie in den Schlamm zerren, ihr diese weiten Hosen vom Leib reißen und sich in sie vergraben. Wollte sie lieben, bis beide zu keiner Bewegung mehr fähig waren.

Er blickte sich um. Wohin er auch schaute, nasses Grün und schlammige Erde. Ein Donner grollte, und der Himmel öffnete erneut die Schleusen. *Verdammter Mist!* Er biss die Zähne zusammen, versuchte, sich zusammenzureißen, und sagte sich, dass sie um nichts auf der Welt ausgerechnet jetzt Sex haben konnten. Da bemerkte er, dass Allie dabei war, ihm das Hemd aufzuknöpfen, und verspürte ebenso schmerzliche wie freudvolle Stiche, wo Allies Zähne an seinen Brustwarzen knabberten.

»Wir brauchen ein Bett«, flüsterte sie, zerrte ihm das Hemd über Schultern und Arme und schleuderte es über einen Busch. »Jake, Jake, was machen wir hier eigentlich?«

»Jesus …« Er küsste sie heftig und sah sich verzweifelt nach einem passenden Platz um. Ein Granitblock, der nur ein Stück weit entfernt durchs Blattwerk brach, musste genügen. Er drehte sie um. »Halt dich an dem Felsen da fest.«

Sie blinzelte über die Schulter zu ihm auf.

»Mach es einfach, Baby. Ich verspreche dir, es wird gut.« Während er ihre Gürtelschnalle öffnete, beugte Allie sich vor und stützte sich auf dem Felsen ab. Jake machte die durchgeweichte Drillichhose auf und zog sie ihr bis zu den Knöcheln herab; dann folgte das kleine weiße Bikinihöschen. Völlig nackt stand sie nun vornübergebeugt zwischen den nassen grünen Blättern. Der Anblick war so erotisch, dass seine Erektion zu pochen begann.

Er legte seine Pistole neben ihr auf dem Felsbrocken ab, befreite sich aus der triefenden Jeans und stellte sich hinter sie. Dann umfasste er eine kleine, weiche Brust, knetete sie sacht durch, zupfte an der Spitze und sah sie Gänsehaut bekommen. Seine Hand glitt über ihren Hintern, dessen Backen rund und fest waren. Die Vorstellung, in ihr zu sein, machte ihn fast wahnsinnig. Zwischen ihre Beine greifend, berührte er ihre feuchte Spalte und spürte, wie sie zitterte.

»Ist dir kalt, Baby?«, flüsterte er ihr ins Ohr, während er ihre Beine weiter auseinander spreizte.

»Heiß ist mir«, erwiderte Allie, feuchtete die Lippen an und legte den Kopf zurück, um ihn leichter an ihren Hals gelangen zu lassen. »So heiß.«

Sein Körper straffte sich. Er holte einen Gummi aus der Tasche seiner Jeans, streifte ihn hastig über und war dankbar, ihn griffbereit gehabt zu haben. Gierig knabberte er an ihrem Ohrläppchen, küsste ihren Hals und dann war er – mit einem einzigen tiefen Stoß – plötzlich in ihr.

Ein heftiger Schauder durchzuckte ihn. Einen Moment lang stand er einfach nur da, genoss dieses unbeschreibliche Gefühl, von ihrem schlanken Körper umschlossen zu sein, als sei sie nur für ihn geschaffen. Sie fühlte sich so verflucht gut an, so warm und eng. Eine Hitzeflut durchströmte ihn, und er musste sich beherrschen, nicht den Boden unter den Füßen zu verlieren.

Allie bewegte die Hüften ein wenig, nahm ihn noch tiefer in sich auf, und Jake unterdrückte ein Stöhnen.

»O Gott, was machst du mit mir«, murmelte er.

»Du … fühlst dich … so gut an«, erwiderte sie.

»Lady, du hast ja keine Vorstellung …« Er würde es ihr schon zeigen. Ihre Hüften packend, drang er tief in sie ein, hinein und wieder heraus, stieß hart und tief zu. Er spielte partout nicht den Zimperlichen. Sie beide hier draußen, das war roh und primitiv. Und so nahm er sie auch, forderte mehr von ihr als je zuvor. Allie gab es ihm willig und forderte ihrerseits ihren Teil.

Gemeinsam erreichten sie den Höhepunkt, und nur der heiße Regen und das raschelnde Laub dämpfte ihre Schreie. Lange Zeit hielt er sie an sich gepresst, die Körper immer noch vereint, der schwere Regen auf sie herniederprasselnd, den Schweiß und den Schlamm fortspülend und auch den süßlich-stickigen Duft der Liebe.

Ein Donnern hallte wider, und der Wind peitschte durch die Zweige. Allie bewegte sich ein wenig, und Jake umfasste sie noch fester. Daraufhin legte sie den Kopf in den Nacken, sah ihm in die Augen, stellte sich auf die Zehenspitzen und küsste ihn sanft aufs Kinn.

Es gibt Momente im Leben, dachte er, die behält man für immer in der Erinnerung. Halb nackt im Dschungel von Belize zu stehen, Allie Parker in den Armen – dies war ein solcher Moment.

Er schaute in ihre großen blauen Augen und spürte einen dicken Kloß im Hals. Seine Brust zog sich zusammen, und er wusste nicht, warum. Diese Gefühle waren ihm unangenehm.

Immerhin ließ der Regen langsam nach. Das Kreischen eines Brüllaffen gellte durch die feuchte Luft, zerriss die Lethargie, die sie umfangen hatte, und holte sie in die Realität zurück. Sie schaute nach unten, sah ihn ihr Höschen hochziehen, und Röte stieg ihr in die Wangen. Sie schien sich an ihre eigene Sexualität noch nicht recht gewöhnt zu haben, was Jake irgendwie bezaubernd fand.

Er zog ihr die Arbeitshosen hoch und wollte ihr auch den Gürtel zuziehen. »Ich mach das schon«, sagte sie, immer noch rot im Gesicht, während er sich schon das T-Shirt anzog.

Die Pistole wie gehabt hinten im Bund der Jeans, machte er sich abermals auf den Weg; Allie schloss zu ihm auf, und hielt mit ihm Schritt. Sie kämpften sich durch das nasse grüne Blattwerk, wobei Jake häufig Halt machen musste, um mit der Machete den Weg freizuhacken. Wofür er in gewisser Weise dankbar war, weil es die Gedanken an die Frau hinter ihm verdrängte und auch die Gefühle, die er sich einfach nicht leisten konnte.

Glücklicherweise stießen sie eine halbe Meile später auf einen gepflasterten Pfad, die erste richtige Straße, seit ihr Flugzeug im Dschungel abgestürzt war.

»Was in aller Welt macht die hier?«, fragte Allie.

Jake musterte den breiten Weg, der sich vor ihnen erstreckte. »Maya, würde ich sagen. Tikal ist nicht mehr weit entfernt. Dann sind da noch Chan Chich, La Milpa, El Posito sowie die Ruinen von zwei noch älteren Städten, die sie erst kürzlich entdeckt haben. Und zweifelsohne sind da noch mehr.«

»Die Straße sieht ziemlich befahren aus. Denkst du, der General ...«

»Die Nachfahren der alten Maya-Stämme versammeln sich an Festtagen immer noch in den Ruinen. Sie kommen auf den alten Steinpfaden her. Und natürlich benützen Valisimos Männer sie zweifelsohne auch.«

Sie machten sich wieder auf den Weg, beide dankbar für die offene, leicht passierbare Route, die erste seit Anbeginn ihrer Odyssee. Es würde jetzt nicht mehr lange dauern, bis ihre Anwesenheit Valisimos Männern auffiel, Jake wusste das, und es waren gerade einmal drei Minuten vergangen, da tauchten vor ihnen drei bewaffnete Männer in Tarnkleidung auf. Er hörte Allie keuchen, als die Männer mit ihren Waffen auf sie zielten und von hinten vier weitere erschienen.

»*Buenos días*«, sagte Jake und lachte die Männer freundlich an. »*Me llamo* Jake Dawson«, fuhr er auf Spanisch fort. »Wir sind auf der Suche nach General Valisimo.« Er legte Allie den

Arm um die Taille, wies sie somit als sein Eigentum aus. »Das Flugzeug, das uns der General nach Teacapan geschickt hat, ist abgestürzt, und wir sind die beiden einzigen Überlebenden.«

Die Läufe der AK-47er senkten sich, und die grimmigen Mienen hellten sich auf. »*Sí*, Major Dawson«, sagte der kleine, dunkelhäutige Mann in der Mitte der Gruppe. »General Valisimo sucht bereits nach Ihnen. Er wird erfreut sein zu hören, dass sie noch am Leben sind. Kommen Sie. Wir bringen Sie und die Frau ins Camp.«

Jake nahm Allie bei der Hand und drückte sie aufmunternd. »So weit, so gut.«

Sie erwiderte sein Lächeln ein wenig nervös. »Lass uns einfach hoffen, dass unsere Glückssträhne noch ein wenig anhält.«

Jake nickte, und sie marschierten, von Valisimos Männern umgeben, weiter.

16

Die Hazienda Corazón de la Selva lag versteckt im so genannten Orange Walk District von Belize. Das jedenfalls erläuterte ihnen der kleine mexikanische Soldat, ein Sergeant namens Rodriguez.

Rodriguez brachte sie zu einem großen weißen zweistöckigen Haus im Kolonialstil, das genau genommen eher karibisch denn spanisch anmutete. Es war aus Holz, hatte eine umlaufende Veranda, Fensterläden und ein leicht angerostetes Wellblechdach. Das Farmgelände selbst, besser gesagt, die *finca*, war geradezu aus dem Dschungel gehackt worden. Die Farm schien schon vor einiger Zeit verlassen worden zu sein, denn die Felder, auf denen einst Zuckerrohr angebaut worden war, lagen ungenutzt und von dichtem Gestrüpp überwuchert brach.

Auf einem Areal links vom Haus, ein Stück weit entfernt, waren Ausrüstungsgegenstände, Zelte und Vorräte zu sehen. Dort campierten auch die etwa dreißig Soldaten, die Elitegarde des Generals, wie der Sergeant stolz verkündete.

»Ich dachte, es wären mehr«, sagte Allie.

»Es ist sicherer für die Männer, wenn sie sich nicht alle am selben Platz aufhalten. Die PRA unterhält im Dschungel eine ganze Reihe geheimer Standorte.«

Sie hatten das Holzhaus erreicht und schritten die breite Verandatreppe hinauf. Allie hätte darauf gewettet, dass das Haus innen ebenso bescheiden war, wie es von außen wirkte, doch als Sergeant Rodriguez die mit Fliegengitter bespannte Tür öffnete und sie hineineskortierte, entblickte Allie verblüfft cremeweiße Seidensofas, einen polierten Hartholzboden mit orientalischen Teppichen und teure europäische Antiquitäten.

Aus dem holzvertäfelten Studierzimmer, das sich auf die geräumige Eingangshalle mit der hohen Decke hin öffnete, kam ihnen Valisimo entgegen. Der General war von mittlerer Statur, er trug eine maßgeschneiderte olivgrüne Uniform mit roten und goldenen Tressen sowie glänzenden goldenen Epauletten, sein dunkelbraunes Haar war an den Schläfen von Silber durchzogen und sein Teint dunkel.

Abgesehen von der Uniform und einer sehr großen, scharf gebogenenen Nase, war der General wenig beeindruckend. Doch als er sie mit seinen annähernd schwarzen Augen musterte, sah Allie darin einen Funken aufblitzen, der förmlich zu brennen schien.

Als er Jake die Hand hinstreckte, lächelte er, aber der Blick, mit dem er Allie bedachte, zeugte von offenkundigem Missfallen. »Major Dawson, das Schicksal meint es gut mit uns, wie es scheint.«

»Ja. Die Lady und ich sind unverletzt entkommen. Unglücklicherweise hatten die anderen nicht so viel Glück.«

»Sind sie alle ums Leben gekommen?«

»Ich fürchte, ja, Sir.«

»Und die Ladung?«

»Intakt. Falls Sie über einen Helikopter verfügen, können wir die Ladung bergen, wann immer Sie es wünschen.«

Die ganze Haltung des Generals entspannte sich. »Zumindest das erleichtert mich.«

»Es gibt da allerdings noch etwas, das Sie wissen sollten, General.«

»Ja?«

»Der Flugzeugabsturz … es handelte sich nicht um ein technisches Versagen, einen Pilotenfehler oder Ähnliches. Einer der Männer, die Sie angeheuert haben, Roberto Santos, hat versucht, die Maschine vom geplanten Kurs abzubringen. Im darauf folgenden Kampf haben sich mehrere Schüsse aus seiner Pistole gelöst, ich wurde verwundet und der Pilot erschossen«, erzählte Jake die Geschichte, die sie beide sich ausgedacht hatten, um Jakes Schusswunde zu erklären und weshalb man den Piloten mit einem Loch im Kopf auffinden würde.

»*Por Dios*. Welche Absichten hat der Mann verfolgt?«

»Ich fürchte, das weiß ich nicht. Ich nehme an, er wollte die Marschflugkörper. Sechzig Stinger in greifbarer Nähe. Pro Stück an die zweihundertzwanzigtausend Dollar wert. Eine Versuchung, der er vielleicht nicht widerstehen konnte.«

Der General schüttelte den Kopf. »Die Männer sind mir von einem Kontakt in Los Angeles wärmstens empfohlen worden. Aber heutzutage ist es schwierig, Männer von Ehre zu finden.«

Schweigend betrachtete er einen Moment lang Jake, dann richtete er seine Aufmerksamkeit auf Allie. »Man hat mir nicht gesagt, dass Sie in Begleitung einer Frau unterwegs sind.«

Jake warf ihr einen vertraulichen Blick zu. »Dies ist meine … Reisebegleitung … Miss Parker. Allie, unser Gastgeber, General Alejandro Valisimo.«

Das Lächeln des Generals war wie aus Pappmaché. »Und welche Funktion hat Miss Parker bei alledem genau?«

Jake verzog die Mundwinkel zu einem Lächeln von Mann zu Mann. »Ich habe gern eine Frau im Bett. Und hier draußen, dachte ich mir, lässt sich das anders wohl schwer einrichten.«

Valisimo würdigte Allie keines weiteren Blickes mehr. »Solange Sie das, weswegen Sie hergekommen sind, erfolgreich zu Ende bringen, sehe ich kein Problem.«

»Danke, General.«

»Sie sind gewiss beide erschöpft. Meine Haushälterin bringt Sie in Ihre Zimmer.«

»Eines reicht«, sagte Jake, und Allie kämpfte gegen einen Anflug von Verlegenheit. Jakes Brauen zogen sich ein wenig zusammen; ein Hinweis darauf, dass sie besser ihre Rolle spielte, wollten sie nicht beide in Schwierigkeiten geraten.

»Wie Sie wünschen«, erwiderte der General kurz angebunden. »Ich werde sehen, ob wir für Miss Parker etwas Passenderes anzuziehen finden.«

»Danke, General«, antwortete Allie ein wenig linkisch. »Sehr freundlich von Ihnen, General.«

Er nickte nur. »Wir haben hier einen Militärarzt. Er kann sich, sobald Sie bereit sind, Ihre Wunde ansehen.«

»Danke«, sagte Jake.

»Wenn Sie mich jetzt entschuldigen würden, Major. Ich muss vor dem Essen noch einige Anrufe tätigen. Das Dinner wird pünktlich um achtzehn Uhr serviert.« Er drehte sich um und ging in sein Studierzimmer zurück.

Die Haushälterin erschien. Eine Schwarze, sehr rund und breithüftig, mit großen dunklen Augen und abschätzigem Blick.

»Ich bin Mrs. Wilkerson. Wenn Sie mir bitte folgen würden.«

Sie liefen hinter der Frau, die einen leicht karibischen Akzent hatte, die Stufen hinauf und einen langen Korridor entlang, bis zu einem großen, luftigen Raum am äußersten Ende des Ostflügels.

»Ich werde mich bemühen, Ihnen frische Kleider zu besorgen«, sagte die schwarze Frau.

»Danke.« Jake machte die Tür hinter ihr zu, und Allie sah sich um. Das Doppelbett in der Mitte des Zimmers ließ ihr ein wehmütiges Seufzen über die Lippen kommen. Es war in ein Moskitonetz gehüllt, mit dicken Federkissen, weißen Laken und einer leichten weißen Decke. Überall in dem sonnigen Zimmer mit seinen weißen Korbmöbeln gab es mintgrüne Farbtupfer. Eine Frisierkommode, Nachttischchen und ein altmodischer Schaukelstuhl trugen zum besonderen Charme des Raumes bei.

»Der General hat einen sehr guten Geschmack«, stellte Jake fest.

»Ja, den hat er«, pflichtete Allie ihm bei und machte sich auf den Weg ins Badezimmer. Es war nicht gerade modern, aber es gab große flauschig-weiße Handtücher, einen Korb mit feiner, nach Zitronen duftender französischer Seife neben der Toilette, deren Spülung mit einem Kettenzug zu betätigen war, und eine alte, auf Klauenfüßen stehende Badewanne, in die Allie am liebsten sofort geklettert wäre.

Jake lächelte milde. »Mach schon. Du hast es dir, weiß Gott, verdient.«

Sie grinste. »Und ob ich das habe.« Allie wollte ihn eigentlich fragen, was er als Nächstes zu tun gedachte, doch der Ausdruck in seinem Gesicht machte jeden ernsthaften Konversationsversuch zunichte. Ihr kam in den Sinn, dass das Zimmer möglicherweise verwanzt war und irgendwer sie belauschte. Solange sie nicht sicher wussten, dass dem nicht so war, schien es das Einfachste, sie blieben bei ihren Rollen.

»Bist du sicher, dass du mir nicht Gesellschaft leisten willst«, fragte sie über die Schulter, während sie sich auszog.

Jakes Stimme hörte sich mürrisch an. »Nein, bin ich nicht, aber ich lege für den Moment eine Pause ein.«

Sich das Tank-Top vor den Busen haltend, drehte sie sich um, um die Tür zu schließen, und sah den hungrigen Ausdruck in seinem Gesicht, was ihre Zuversicht wachsen ließ. Seine sexbesessene Bettgefährtin zu spielen war vielleicht leichter als gedacht. Und vielleicht gar nicht so abwegig. Sie musste zugeben, dass sie ihn begehrte, wann immer sie ihn ansah, sogar dann noch, wenn sie einander gerade erst geliebt hatten.

Der Gedanke gefiel ihr allerdings nicht so recht. Sie gewöhnte sich allzu sehr an ihn, fühlte sich ihm zu verbunden. Sie sorgte sich um ihn, sprach gerne mit ihm und begehrte ihn in einem Besorgnis erregenden Maße. In Anbetracht dessen, dass sie mit etwas Glück in weniger als einer Woche wieder zu Hause waren und sie ihn vermutlich nie wiedersehen würde, war ihre wachsende Abhängigkeit von Jake Angst einflößend.

Jetzt, da sie ihn kannte, lange unter den schwierigsten Bedingungen mit ihm zusammen gewesen war, konnte sie sich nicht mehr vorstellen, wie ihr Leben ohne ihn werden sollte.

Leer, dachte sie, *trübsinnig und langweilig. Und unerträglich, elendig einsam.*

Allie biss sich auf die Unterlippe und spürte ihre Brust sich schmerzlich zusammenziehen. Die Schlussfolgerung aus alledem traf sie wie ein Schlag.

Lieber Gott, ich habe mich in ihn verliebt! Sie wartete, betete um die praktische Seite ihrer Natur, die sie davon überzeugen würde, dass dies nicht wahr sein könne, doch aus den sachlichen Regionen ihres Verstandes kam auch nicht ein einziges Flüstern.

Sie hatte sich in ihn verliebt. Hals über Kopf, rettungslos verliebt, und dieses Wissen schlug ihr auf den Magen.

Lieber Gott, sie hatte sich in einen Mann verliebt – zum ersten Mal in ihrem Leben –, und in weniger als einer Woche würde sie ihn verlieren.

Sie lehnte sich rückwärts ans Waschbecken und spürte kühl das glatte weiße Porzellan unter den Fingern. Es war jetzt leider nicht die Zeit, sich selbst zu bemitleiden, nicht, solange sie noch hier waren, nicht, solange eine falsche Bewegung sie beide das Leben kosten konnte.

Entschlossen, nicht weiter an Jake zu denken, drehte sie den Wasserhahn auf, stellte fest, dass das Wasser tatsächlich heiß war, stieg in die Wanne und lehnte sich nach hinten an den Rand. Als sie eine Weile später auf dem Sims neben der Wanne ein Tütchen Schaumbad entdeckte, schrie sie so laut auf, dass Jake augenblicklich durch die Tür gestürzt kam.

Beim Anblick der Pistole in seiner Hand stieg ihr eine schuldbewusste Röte in die Wangen, und sie rutschte tiefer in die Wanne. »Entschuldigung. Ich bin nur irgendwie ausgerutscht.«

Ein Mundwinkel zuckte. »Du bist wieder in der Zivilisation, Süße. Dürfte ich um ein klein wenig Zurückhaltung bitten?«

Allie grinste. »Ich werde mein Bestes tun.«

Jake sagte nichts, sondern starrte nur in die Wanne. Allie bemerkte, dass sich der Schaum weit genug geteilt hatte, um ihre Brustspitzen freizugeben, doch anstatt tiefer in die Wanne zu gleiten, ließ das kleine Teufelchen in ihr sie nur noch gerader sitzen und ihm freie Sicht auf ihre Nippel gewähren. Sein Gesichtsausdruck veränderte sich. Sein Blick wurde so heiß, dass er alsbald unweigerlich den Schaum fortschmelzen würde.

»Lady, du handelst dir Probleme ein.«

Seinem Gesichtsausdruck nach konnte daran kein Zweifel bestehen. Ihre Nippel fingen an zu prickeln, als die heißen blauen Augen sich an ihnen erfreuten, und sie wand sich unter der Wasseroberfläche. Sie hätte sich durchaus jede Menge Probleme eingehandelt, hätte es nicht an der Tür geklopft.

Leise murrend durchquerte Jake das Schlafzimmer. Allie hörte den karibischen Akzent der Haushälterin, hörte seine Segeltuchschuhe zur Halle hinunterlaufen.

Sie wünschte sich, sie hätte im Wasser bleiben und sich entspannen können, stattdessen kletterte sie heraus und trocknete sich ab, während ihre Besorgnis wieder die Oberhand gewann.

Was, wenn Roberto es doch ins Camp geschafft hatte? Was, wenn irgendetwas anderes schief gelaufen war?

Nicht einmal der hübsche rot und gelb gestreifte Rock und die bestickte weiße Bauernbluse, die sie auf das Bett gebreitet vorfand, konnten sie beruhigen. Neben dem Rock lagen ein Paar Sandalen, daneben zwei Garnituren Kleidung für Jake. Freizeithosen, ein sauberes weißes Hemd und Schuhe; Armeehosen und Hemd, sowie ein Paar knöchelhoher Schnürstiefel.

Auf dem Tisch stand ein Tablett mit Essen: kaltes Fleisch und Käse; ein Stapel Tortillas und eine Karaffe Rotwein. Ihr Magen knurrte, deshalb bediente sie sich an Fleisch und Käse, bis sie angenehm satt war.

Irgendwann schaute sie zur Tür und wünschte sich, sie hätte gewusst, was unten vor sich ging. Aber sich zu diesem Zeitpunkt des Spiels bereits einzumischen – nein, das schien ihr nicht klug. Also kehrte sie ins Bad zurück, trocknete sich die Haare mit dem Föhn, den sie unter dem Waschbecken entdeckt hatte, und holte das Schminktäschchen aus ihrer Segeltuchtasche. Sie zog die Kleider an, die die Haushälterin ihr gebracht hatte, kämmte ihr frisch gewaschenes Haar und knetete es mit den Fingern durch, bis es sich lockte. Dann zog sie die Sandalen an.

Ein kurzer Blick in den Spiegel ließ sie lächeln. Seit sie San Diego verlassen hatte, hatte sie nicht mehr so gut ausgesehen. Sie kaute auf der Unterlippe und wünschte nur, Jake würde zurückkehren. Wieder fragte sie sich, was unten wohl im Gange war. Aber sie würde es nicht wagen hinunterzugehen. Oder doch?

Genau genommen hatte er nicht gesagt, dass sie oben im Zimmer bleiben sollte, und falls etwas schief gelaufen war, wollte sie lieber nachsehen.

Sie machte sich mit einem Atemzug Mut, dann öffnete sie die Tür und ging langsam nach unten.

Es hatte wieder zu regnen begonnen. Die Tropfen klopften auf das Blechdach, der Wind peitschte die Zweige eines Baumes ans Fenster. Im Studierzimmer, hinter seinem polierten Mahagoni-Schreibtisch stehend, reichte der General Jake das Satellitentelefon.

»Ihr Auftraggeber, Señor Baranoff, wünscht Sie zu sprechen, Major.« Offensichtlich hatte Valisimo den russischen Importeur kontaktiert, um ihn davon in Kenntnis zu setzen, dass die Marschflugkörper angekommen waren, sein Mann noch am Leben war und das Geschäft wie ursprünglich geplant abgewickelt werden konnte.

»Ich warte draußen, damit Sie etwas Ruhe haben.«

Jake griff nach dem kleinen schwarzen Handy, wartete, bis Valisimo die Tür geschlossen hatte und drückte sich das Telefon ans Ohr.

»Dawson.«

»Sie haben es also geschafft, in einem Stück zu überleben. Da hatten wir wohl beide Glück.«

»Ja, und es wird Sie freuen zu hören, dass auch die Marschflugkörper intakt sind.«

»Hat mir der General bereits mitgeteilt. Wann holen Sie sie?«

»Sobald Valisimo einen Hubschrauber fertig hat. Morgen, würde ich sagen.«

»Gut. Der General hat mich gleichfalls darüber informiert, dass sie mit einer blonden Frau namens Allie Parker unterwegs sind.«

»Stimmt.«

Am anderen Ende der Leitung knackte irgendetwas. »Ich halte das für einen interessanten Zufall. Sie müssen wissen, hier im Jachthafen von San Diego ist eine Frau namens Mary Alice Parker verschwunden. Und zwar an dem Tag, an dem die *Dynasty II* den Hafen in Richtung Mexiko verlassen hat.«

Jakes Magen wurde eiskalt. Es war ihm nie in den Sinn gekommen, dass Baranoff zwischen einer vermissten Frau und der *Dynasty II* eine Verbindung herstellen würde. Er hatte damit gerechnet, aus der Sache heraus zu sein, nachdem während der ersten beiden Tage niemand die Jacht gestoppt hatte. Keiner wusste, dass Allie an Bord war. Es gab keine Anhaltspunkte, die ihr Verschwinden mit dem Auslaufen der Jacht in Verbindung gebracht hätten. Aber vielleicht hatte er sich geirrt.

»Macht die Polizei irgendwelche Probleme?«, fragte er, weil er wusste, dass Leugnen sinnlos und es strategisch wohl am besten war, so nah wie möglich bei der Wahrheit zu bleiben.

»Bis jetzt noch nicht. Es gibt keine Anhaltspunkte, dass das Verschwinden des Mädchens etwas mit der Jacht zu tun hat.«

Warum, zur Hölle, wusste Baranoff es dann?, fragte Jake sich im Stillen. Aber Baranoff war ein brillanter Kopf. Sein Verstand und seine Entschlossenheit hatten ihn vom ärmlichen ukrainischen Kind zum Eigentümer eines Unternehmens aufsteigen lassen, das das *Fortune Magazine* zu den Top 500 des Landes zählte, einem Mann, der zur Crème de la crème der amerikanischen Gesellschaft gehörte.

»Was ist mit dem Mädchen?«, fragte Baranoff. »Ich weiß nicht, wie sie an Bord der Jacht kommen konnte, und ich will es auch gar nicht wissen. Was ich wissen will, ist: Warum haben Sie sich ihrer nicht entledigt?«

Jake gab seiner Stimme eine überhebliche Note. »Das Mädchen stellt doch keine Gefahr dar – zumindest hier nicht. Sie tut, was ich sage, soll heißen, sie hält mich im Bett bei Laune. Seit sie es mit Santos und Lopez zu tun bekommen hat, hält sie mich für ihren Retter. Sie hat eine gewisse Anhänglichkeit entwickelt, wenn Sie verstehen, was ich meine.«

»Sie wissen, dass Sie sie nicht in die Staaten zurückbringen können. Sie weiß zu viel.«

»Das sollte kein Problem sein. Sobald ich genug von ihr habe, lasse ich sie verschwinden.«

Die folgende Pause war kürzer als ein Herzschlag. »General Valisimo hat vielleicht etwas dagegen.«

»Valisimo wird kein Wort sagen. Er will genauso wenig wie Sie, dass seine Geheimnisse ans Tageslicht kommen.«

Wieder eine kurze Pause. »Die *Dynasty II* wird gleichfalls nicht zurückkommen. Die Fingerabdrücke dieser jungen Frau sind überall, und wir müssen uns auch um DNA-Spuren sorgen. Ich will nicht, dass man dieses Mädchen mit mir in Verbindung bringt. Deshalb sorge ich dafür, dass ein anderes Boot Sie am Treffpunkt abholt. Lassen Sie mich einfach nur wissen, wann die Transaktion abgeschlossen ist.«

»Ja, Sir.«

»Und Sie sind sicher, dass es keine Probleme mehr gibt?«

»Sobald die Marschflugkörper hier sind und ich meine Einweisung erteilt habe, nehme ich die Gegenleistung in der von Ihnen spezifizierten Form entgegen und kehre damit an den Treffpunkt zurück, um sie nach Hause zu transportieren.«

Einen Moment lang sagte Baranoff gar nichts. »Dieser Handel täte gut daran, wie geplant über die Bühne zu gehen – verstehen Sie, was ich Ihnen damit sagen möchte?«

Jake verstand. Ein falscher Schachzug, ein falsches Wort zu Valisimo – und er und Allie waren tot.

»Ich werde Sie nicht im Stich lassen, Mr. Baranoff.«

»Gut. Dann erwarte ich Ihre Ankunft am Treffpunkt in weniger als einer Woche.«

Jake legte auf und bemerkte, dass er schwitzte. Er hätte wissen müssen, dass die Polizei früher oder später am Jachthafen herumschnüffeln und sich nach Allie erkundigen würde. Vermutlich hatte sie irgendwo in der Nähe ihren Wagen geparkt, oder jemand hatte sie gesehen. Dennoch war es weit hergeholt, ihr Verschwinden mit der *Dynasty II* in Verbindung zu bringen – auch wenn es Baranoff gelungen war.

Dankbar, dass der Russe ihm die Geschichte abgenommen

hatte, holte Jake tief Luft und ging zur Tür. Die Wahrheit war einfach, dass Baranoff dieses Geschäft unbedingt durchziehen wollte. Er wollte den Preis, der ihm für die Marschflugkörper winkte, haben.

Etwas, das er nirgendwo sonst auf der Welt bekam.

Einen antiken Schatz der Maya, die Maske des Itzamna.

Jake wusste alles darüber. Itzamna, der Himmelsdrachen, wurde von den Maya als Gott der Schöpfung verehrt. Er war der Gott des Ackerbaus, der Schrift und des Kalenders. Falls das Stück wirklich existierte – und Baranoff war sich dessen sicher –, dann war die elfhundert Jahre alte Maske aus purem Gold und mit Jade besetzt. Ein Schatz von unermesslichem Wert.

Und Felix Baranoff war entschlossen, ihn zu besitzen. Jake hielt, während er nach dem Türknauf griff, inne und dachte über den Russen und dessen Besessenheit nach, was die Maske anging. Das ATF war nicht die einzige Behörde, die ein Auge auf Baranoff hatte. Auch das FBI war hinter ihm her. Mit Hilfe eines Landsat-Satelliten und entsprechender Flugzeugsensoren hatte die mexikanische Regierung zwei weitere Maya-Städte entdeckt. Der Satellit war in der Lage, zwischen natürlichen und von Menschenhand geschaffenen Formationen zu unterscheiden und hatte Beweise geliefert, dass die annähernd verschütteten Städte geplündert wurden.

Gewisse Quellen brachten Valisimo mit den gestohlenen Artefakten in Verbindung, genau wie Hector Chavoyas, den Hehler, der die Kunstgegenstände für die PRA, Valisimos People's Revolutionary Army, verkaufte, und mit Felix Baranoff, der seine Geschäfte direkt und ohne Mittelsmann abwickelte.

In einer ungewohnt effizienten Kooperation zwischen den beiden US-Behörden untereinander sowie den mexikanischen *Federales* arbeitete Jake daran, die Zielsetzungen aller drei Behörden zu realisieren.

Das ATF hoffte, dem anhaltenden Waffenschmuggel Einhalt

zu gebieten. Und das FBI sowie die Mexikaner wollten dem illegalen Handel mit Artefakten zumindest einen Dämpfer versetzen.

Jake dachte an den nächsten Tagesordnungspunkt, einen gewissen Ramon Perez, den V-Mann der mexikanischen Regierung hier im Camp, seine Kontaktperson. Dann öffnete er die Tür, und jeder klare Gedanke flog direkt zum Fenster hinaus.

In ihrem rotgelben Rock und der schlichten Bauernbluse, hübscher, als er sie je gesehen hatte, stand Allie draußen vor der Tür und sprach mit einem Mann, den Jake von Fotos kannte, die man ihm gezeigt hatte. Enrico »Rico« Valisimo war der älteste Sohn des Generals, der Mann, der für die illegalen Geschäfte mit den Artefakten zuständig war, mit denen der General seinen Krieg finanzierte.

Wobei Kunstgegenstände wohl ungefähr das Letzte waren, das dem Mann jetzt im Kopf umging, so glühend, wie er Allie ansah.

»Ich hoffe, ich störe nicht.« Jake hatte die Worte nicht so drohend klingen lassen wollen, aber irgendwie verweigerte seine Stimme die Mitarbeit.

Allie schaute zu ihm auf, doch er vermochte es nicht, in ihrem Gesicht zu lesen. Er fragte sich, ob sie wohl zu verbergen suchte, wie anziehend sie den gut aussehenden, dunklen Rico mit seinem markant geschnittenen Gesicht fand. Untadelig in weiße Hosen, ein kurzärmeliges Seidenhemd mit Blumenmuster und teure Schuhe aus Krokodilleder gekleidet, musste er zweifelsohne vielen Frauen attraktiv erscheinen.

Dass Allie eine von diesen Frauen sein sollte, irritierte Jake unglaublich. Um dem Ganzen die Krone aufzusetzen, steckte er selbst noch in seinen regenfeuchten Sachen, den dreckigen Jeans und dem besudelten blauen Hemd.

»Señor Dawson, welch ein Vergnügen, Sie kennen zu lernen.«

Jakes schmuddeligen Aufzug ignorierend, streckte Rico die

Hand aus, auch wenn er dabei nicht sonderlich glücklich zu sein schien. Jake bemerkte Ricos gepflegte und saubere Fingernägel, dachte an den Schlamm unter seinen eigenen und drückte dem Mann ein wenig fester als nötig die Hand.

»Das Vergnügen ist ganz meinerseits«, sagte er mit falschem Lächeln. »Señorita Parker und ich haben uns gerade miteinander bekannt gemacht.« Er warf ihr einen Blick zu, der ein wenig zu hitzig war. »Welch Unglück, dass ihr eine solch schreckliche Tragödie die Reise verdorben hat, aber jetzt, wo sie hier ist, werde ich persönlich dafür Sorge tragen, dass sie in den Genuss aller erdenklichen Annehmlichkeiten kommt.«

»Danke, Señor Valisimo«, sagte Allie. »Das ist wirklich sehr freundlich von Ihnen.«

»Bitte ... Sie müssen mich Rico nennen, wie alle meine Freunde es tun.«

Allie schenkte ihm ein sonniges Lächeln. »Nur wenn Sie Allie zu mir sagen.«

»Allie«, wiederholte er und sprach das *A* wie im Spanischen aus, als lang gezogenes *Ah*, das schon fast poetisch anmutete. »Ein ganz bezaubernder Name.«

»Wo wir herkommen«, sagte Jake barsch, »ist das einfach bloß die Abkürzung für Alice.«

Allie lachte ihn fassungslos an. Ihr Lachen wirkte ein wenig verunsichert. »Ich fürchte, Jake hat meinen Namen nie sonderlich gemocht.«

Was nicht der Wahrheit entsprach. Er fand den Namen niedlich; er schien ihm weit passender als Mary oder Alice. Wie auch immer, im Moment war ihm das ziemlich egal.

Rico richtete seine Aufmerksamkeit auf Jake. Die schwarzen Augen wanderten über die schmuddeligen Jeans, das regennasse Hemd, das teilweise schon wieder getrocknet war und unter dem sich der Verband um seine Brust abzeichnete.

»Vergeben Sie mir, Señor Dawson, ich hätte Sie nicht so lange aufhalten sollen. Anders als die Lady hatten Sie noch keine Gelegenheit, ein Bad zu nehmen und sich umzuziehen.«

»Hatte ich nicht, nein. Und meine Laune wird sich, glaube ich, um einiges bessern, sobald ich saubere Sachen am Leib habe.«

Er sah Allie durchdringend an. »Kommst du?«

Allie reckte das Kinn. »Señor Valis– … Rico hat sich erboten, mir die Orchideensammlung seines Vaters zu zeigen.«

Jakes Mundwinkel hoben sich nur unwesentlich. »Dann solltest du sie dir unter allen Umständen ansehen.«

»Das Dinner wird um sechs serviert«, wiederholte Rico, was der General ihnen bereits mitgeteilt hatte, während er sich umwandte, um Allie hinauszugeleiten.

Jake stampfte wütend die Treppe hinauf.

17

Allie sah Jake bis zum Dinner nicht mehr.

Sie hatte eine passende Gelegenheit abgewartet, sich höflich zu entschuldigen, um in ihr Zimmer zurückzukehren und Jakes Wunde frisch zu verbinden, doch er war nicht da. Der ganze Badezimmerboden war voller Wasser. Hose, Hemd und Schuhe lagen nicht mehr auf dem Bett. Vielleicht war er zu diesem Militärarzt gegangen. Allie hoffte es jedenfalls.

Um zehn vor sechs verließ Allie das Schlafzimmer und ging hinunter. Rico, der jetzt eine dunkelbraune Hose und ein kurzärmeliges cremefarbenes Seidenhemd trug, wartete mit einem Glas Wein in der Hand im Wohnzimmer.

»Señorita Parker. Bitte kommen Sie herein. Darf ich Ihnen ein Glas Wein einschenken oder vielleicht eine Sangria?«

»Wein wäre schön. Danke.« Sie nahm das gekühlte Glas entgegen, nippte daran und schloss ob des frischen kühlen Geschmacks die Augen. »Sie können sich nicht vorstellen, wie viel einem die einfachen Dinge des Lebens bedeuten – nach fünf Tagen im Dschungel.«

»Ich bedaure, dass Sie das alles durchmachen mussten«, sagte er und kam näher. Sein Hand fasste die ihre und brachte sie an seine Lippen. »Ich finde hoffentlich einen Weg, es wieder gutzumachen.«

Er sah sie genauso an wie schon den ganzen Nachmittag über, und Allie war nicht so naiv, in seinen Augen, die fast so schwarz wie die seines Vaters waren, nicht den Funken der Begierde zu bemerken.

Allie zog die Hand genau in dem Moment weg, als Jake hereinkam.

»Entschuldigung«, sagte er mit einem Lächeln, das seine Augen nicht erreichte. »Ich scheine immer irgendwie zu stören.«

»Nicht im Geringsten«, antwortete Rico glatt. »Señorita Parker und ich haben uns gerade über die Gnadenlosigkeit des Dschungels unterhalten. Was darf ich Ihnen zu trinken anbieten?«

»Tequila«, sagte er. »Pur.« Frisch rasiert, in den schwarzen Hosen und dem weißen kurzärmeligen Hemd, den Sachen, die Allie auf dem Bett hatte liegen sehen, sah er umwerfend gut aus und so sexy, dass sie augenblicklich wieder dieses Kribbeln im Unterleib verspürte.

Allie sah ihn einen großen Schluck Tequila nehmen, sah seine Lippen schmal werden, wenn er in ihre Richtung schaute und feuchtete sich nervös die Lippen an. Was, in aller Welt, war mit ihm los? Sie hatte ihm doch nichts getan, zumindest nichts, von dem sie wusste.

Sie riskierte einen Blick in Ricos Richtung, sah sein siegessicheres Lächeln und begriff schlagartig, dass Jake nicht etwa durchdrehte – eifersüchtig war er!

Die Vorstellung machte ihr zu schaffen, schmeichelte ihr in gewisser Weise, irritierte sie aber auch. Lieber Gott, glaubte er wirklich, sie sei an einem Süßholz raspelnden Mexikaner interessiert? Der Mann war ein Revolutionär, ein Krimineller, der gestohlene Waffen aufkaufte oder noch Schlimmeres. Dennoch war er mit seinem perfekt getrimmten kurzen schwarzen Haar, den dunklen Augen und der olivfarbenen Haut ein wirklich gut aussehender Mann.

Ein Prickeln durchzuckte sie. Sie war am Sohn des Generals nicht im Geringsten interessiert, doch für Jake schien das eine Rolle zu spielen. Es fiel ihr schwer, ihre Hochstimmung zu zügeln.

Jake schüttete seinen Drink hinunter und reichte das Glas an Rico weiter, der ihm nonchalant nachschenkte. Allie war erleichtert, als Jake das nächste Glas ein wenig langsamer leerte.

»Sie haben unseren Arzt aufgesucht?«, fragte Rico. »Mein Vater hat mir von dem Problem mit Santos berichtet.«

»Nur ein Kratzer. Dr. Hernandez sagt, es heilt sehr gut.«

»Gott sei Dank«, sagte Allie enorm erleichtert.

In der Nähe des Bogengangs zum Wohnzimmer waren Schritte zu hören. »Guten Abend, Gentlemen. Señorita Parker.« General Valisimo kam durch den Gang auf sie zu, diesmal in weißer Uniform, aber wieder mit den roten und goldenen Tressen.

»Guten Abend, General.« Jake schüttelte ihm die Hand. Welchen Ausdruck auch immer er im Gesicht gehabt hatte, als er Rico beobachtet hatte, er war fort und einer rein geschäftlichen Miene gewichen. Er stellte das halb leere Tequilaglas auf den nächstbesten Tisch, während sie alle drei Höflichkeiten austauschten und der General sich nach Jakes Verwundung erkundigte.

»Kein Problem«, wiederholte Jake.

»Ich bin froh, das zu hören«, sagte Valisimo. »Ich wünschte

nur, dieser Santos wäre noch am Leben und ich könnte die Angelegenheit selbst bereinigen.«

Allie ignorierte den leichten Schauer, der ihr bei der Vorstellung über den Rücken lief, Bobby Santos könne hier auf der Hazienda auftauchen.

»Das Abendessen ist serviert«, sagte der General. »Ich bin sicher, dass Sie und Ihre … Ihre Lady … nach all den Strapazen ein ordentliches Essen vertragen können.«

»Alles, was nicht gerade Schlange-am-Stiel ist«, sagte Jake, und Valisimo lachte.

Das Speisezimmer war genauso kostbar eingerichtet wie der Rest des Hauses. Eine lange, prächtig geschnitzte Tafel stand in der Mitte des Raums. Sie war groß genug für zwölf Personen und mit langhalsigen Kristallgläsern sowie Porzellangeschirr mit silbernem Rand gedeckt. Es gab Hühnchen in scharfer roter Soße, frisches Gemüse, Bohnen, Reis und Tortillas. Allie aß mit Appetit und genoss jeden Bissen. Was Jake, wie sie feststellte, gleichfalls tat.

Als das Mahl beendet war, legte der General die Leinenserviette neben den Teller und richtete seine Aufmerksamkeit auf Jake.

»Ich habe den Helikopter für sechs Uhr morgen früh herbeordert«, sagte er. »Ich gehe davon aus, dass Sie die Stelle, wo die Maschine abgestürzt ist, ohne Probleme finden.«

»Ja, Sir. Ich habe unsere Route kartiert. Es gibt einige durchaus markante Orientierungspunkte, wenn man weiß, wonach man zu suchen hat. Ich rechne mit keinerlei Schwierigkeiten.«

»Gut. Wenn Sie mich nun in mein Studierzimmer begleiten würden, es gibt ein paar letzte Details, die ich mit Ihnen durchsprechen möchte.«

Jake warf Allie einen Blick zu, der sie wortlos in ihr Zimmer hinaufbefahl.

»Falls Sie sich Ihrer Begleiterin wegen Gedanken machen«,

setzte der General hinzu, »ich bin sicher, mein Sohn wird ihr gerne Gesellschaft leisten.«

Rico lächelte. »Es wäre mir ein Vergnügen.«

An Jakes Kinn zuckte ein Muskel. Allie fing einen düsteren Blick auf, als Jake sich umdrehte und Valisimo aus dem Zimmer folgte.

Verdammte Frau!

Eine halbe Stunde später war die Unterredung beendet und Jake verließ, abwechselnd fluchend, dann wieder besorgt, das Studierzimmer und suchte nach Allie. Valisimo mochte sie ja durchaus faszinieren, aber verdammt, sie spielte mit dem Feuer.

Hast du den von der Blondine schon gehört, die sich mit geschlossenen Augen vor den Spiegel gestellt hat?

Sie wollte sehen, wie sie im Schlaf aussieht.

Zu einem anderen Zeitpunkt hätte er vielleicht gelacht, jetzt jedoch hielt ihm die Besorgnis das Stirnrunzeln fest im Gesicht. Sobald es um Männer ging, war Allie naiv. Sie hatte nicht die leiseste Ahnung, wozu der Sohn des Generals fähig war, Jake dagegen hatte das Dossier dieses Mannes gelesen. Von einem Vater großgezogen, der selten da war, ihn aber in jeder Hinsicht verwöhnte, war Enrico Valisimo bei weitem ruchloser als sein eher idealistisch veranlagter Vater oder seine beiden jüngeren Geschwister.

Und um vieles gefährlicher, wenn es um Frauen ging.

Jake entdeckte die beiden auf der Terrasse, Rico ein wenig zu nahe bei Allie stehend, die zur riesigen Silberscheibe des Mondes aufblickte, der am Rand des verlassenen Farmlands auf das Blätterdach des Dschungels schien.

Rico nahm sie am Kinn, drehte ihr Gesicht zu sich. Allies Augen weiteten sich vor Verwunderung, als er sich vorbeugte, um sie zu küssen.

»Ein wunderbarer Abend«, sagte Jake mit zusammengebissenen Zähnen. Er hätte Rico am liebsten die Faust ins hübsche Gesicht gerammt. Und Allie hätte er am liebsten übers Knie gelegt und versohlt, bis sie wieder bei Sinnen war.

Sie lächelte verunsichert, entfernte sich ein Stück von Rico und ging auf Jake zu.

»Habe ich dir gefehlt?«, fragte er nicht ohne eine gewisse Schärfe in der Stimme.

Allie lächelte nur. »Ein bisschen.« Sie hakte sich bei ihm unter. »Señor Valisimo hat mir die Hazienda gezeigt.«

»Das habe ich gesehen.«

Sie lächelte unbeirrt weiter, ignorierte den sarkastischen Unterton. »Es war ein langer Tag«, sagte sie. »Warum gehen wir nicht einfach zu Bett?«

Seine Augen streiften sie mit brennendem Blick und ließen keinen Zweifel, was er dort mit ihr zu tun gedachte. »Yeah«, sagte er. »Warum, eigentlich nicht?«

Allies Gesicht glühte, doch zu ihrer Ehrenrettung ließ sich sagen, dass sie bei ihrer Rolle blieb und das freundliche Lächeln beibehielt. Sie wandte sich an Rico. »*Buenas noches*, Señor Valisimo. Danke, dass Sie mir Gesellschaft geleistet haben.«

»Gute Nacht, Allie.«

Jakes Finger schlossen sich um ihre Hand, die auf seinem Arm lag und hielten sie fest an ihrem Platz, während er mit ihr zur Tür ging.

»Der Helikopter kommt um sechs Uhr früh«, rief Rico ihm hinterher.

»Ich werde da sein.« Er grinste und winkte. »Egal wie unterhaltsam die Nacht wird.« Seine Hand glitt über ihren Hintern und drückte ihn besitzergreifend. Er wusste, er ging zu weit. Als sie das Schlafzimmer erreichten, spürte er förmlich, wie eine Welle des Zorns sie überflutete.

Was gut war.

Sein eigener Zorn war doppelt so groß.

Er machte die Tür zu und riss Allie zu sich herum. »Was, zur Hölle, soll das?« Er machte sich keine Sorgen, dass irgendwer sie belauschte, denn er hatte das Zimmer nach Wanzen abgesucht, und in den Zimmern in diesem Flügel des Hauses wohnte sonst niemand.

Ihre Augenbrauen schossen hoch. »Was das soll? Ich tue exakt das, was ich tun soll. Ich tue so, als wäre ich deine Gespielin und bin nett zu unserem Gastgeber. Was tust *du* denn eigentlich?«

»Ich versuche, dich aus sämtlichen Schwierigkeiten rauszuhalten. Genau das, was ich tue, seit Bobby Santos dich an Bord dieser verdammten Jacht gefunden hat.«

»Meinst du das ernst?«

»Ja.«

»Was genau soll ich denn machen? Unfreundlich sein zum Sohn des Generals?«

»Das wirst du, zur Hölle, ganz bestimmt nicht. Oder Rico Valisimo fällt keuchend über dich her. Hast du überhaupt irgendeine Idee, was für eine Sorte Mann das ist?«

»Bis jetzt der perfekte Gentleman. Im Gegensatz zu dir, der du dich wie ein eifersüchtiger Trottel aufführst.«

»Eifersüchtig? Glaubst du, dass ich mich deshalb so aufrege? Weil ich eifersüchtig bin?« Es stimmte – was ihn nur noch wahnsinniger machte. Er steckte mitten in einer mehr als heiklen Undercover-Operation, eine, in der nun auch Allie steckte – und zwar bis zu ihrem hübschen kleinen Hals. Es war sein Job, für ihre Sicherheit zu sorgen. Er musste ruhig bleiben und die Kontrolle behalten – um ihrer beider willen.

Doch mit Rico Valisimo hatte er nicht gerechnet – beziehungsweise damit, dass Allie sich zu diesem Mann hingezogen fühlen könnte.

»Das ist es doch, oder?«, bohrte sie nach. »Du bist eifersüchtig auf Rico.«

Er biss die Zähne so fest zusammen, dass er kaum noch sprechen konnte. Er starrte in ihre wütenden blauen Augen, die eigenen vor Wut blitzend. »Du hast verdammt Recht, das bin ich.« Jake packte sie ungestüm bei den Armen.

Und die Kontrolle, die zu behalten er so hart gekämpft hatte, war gänzlich dahin. Allie keuchte, als Jake sie an die Wand drückte und seinen Mund auf ihren presste. In jedem Muskel, jeder Sehne seines harten Körpers spürte sie seine Wut. Seine Brust hob und senkte sich, als wäre er ein Rennen gelaufen, seine Augenbrauen stießen fast zusammen. Sie hatte ihn nie so zornig gesehen, so gänzlich unkontrolliert. Und in einem entlegenen Winkel ihres Hirns fragte sie sich, weshalb sie keine Angst hatte.

Sein harter Kuss wurde tiefer und eine Hitzewelle überrollte sie. Er zog am Band der Bluse, schob sie ihr von den Schultern, entblößte ihre Brüste; und überall, wo er sie berührte, brannte ihr die Haut. Sie stöhnte, als er ihre Brüste umfasste, den Kopf senkte und eine Brustwarze in den Mund nahm. Sie zitterte, als seine Hand unter ihren Rock glitt, ihn bis zur Taille hochschob. Als er begriff, dass sie kein Höschen trug, hielt er inne und schaute sie vorwurfsvoll an.

»Ich ... ich hatte doch nur eins«, stammelte sie. »Ich hab es gewaschen und im Bad zum Trocknen aufgehängt.«

Einen Moment lang schien die Spannung seiner Schultern nachzulassen, dann küsste er sie wieder barbarisch.

Hitze durchtoste sie, verursachte ihr Gänsehaut. Seine Hand glitt über die flache Ebene unterhalb ihres Nabels, fand ihre weichste Stelle, blieb liegen dort, und ein Finger glitt in sie hinein. Allie wand sich, bog sich ihm entgegen, der Körper schmerzend und heiß. Nie zuvor war er so wütend und so besitzergreifend gewesen, entschlossen, sie zu nehmen und in Flammen aufgehen zu lassen.

»Glaubst du, Rico könnte dich so empfinden lassen?«, tadelte er sie, während diese kunstfertigen Finger sie tief im Inneren streichelten.

Sie zitterte, als er sie hochhob und sich ihre Beine um die Hüften legte. Er fand ihre nasse Spalte, streichelte sie und drang hart in sie ein. Ein leises Stöhnen entschlüpfte ihr, und sie umklammerte seinen Hals, doch er hörte nicht auf, schob seinen Harten tief in sie und ließ ihren Puls rasen. Sie fühlte die heftigen Stöße seines Schafts, und ihre Nerven wollten zereißen.

»Glaubst du, er ließe dich kommen, wie ich es vermag?«

Allie verbiss sich ein Wimmern, die Lust war so enorm, dass das Herz ihr leicht wurde. Sie sah den Zorn in seinen Augen und noch etwas anderes, eine Sehnsucht, von der sie kaum zu hoffen wagte, sie könnte echt sein.

»Rico interessiert mich nicht«, sagte sie. »Mich interessierst nur du allein.«

Er schnaubte, als glaubte er ihr nicht. Von irgendwoher tauchte die Erinnerung an Jake und seine Frau auf, die ihn erst mit einem Kollegen betrogen und ihm dann seinen Sohn gestohlen hatte. Zum ersten Mal begriff sie, wo seine Wut herkam und dass er den alten Schmerz nie verwunden hatte. Sie verstand, was er fühlte, und in ihr wuchs die Liebe zu ihm.

»Rico interessiert mich nicht«, wiederholte sie, als er sie erneut zutiefst erfüllte. »Ich bin nicht Marla. Ich werde dich niemals betrügen, Jake.«

Sein ganzer Körper zuckte zusammen. Etwas flackerte in seinen Augen. Und verschwand wieder. Jake küsste sie rau, doch der heiße Mund, der sich über ihren bewegte, hatte etwas Zärtliches an sich. Wieder stieß er in sie und Allie hatte einen Orgasmus, der, so schien es ihr, niemals enden würde. Für Jake war es ganz ähnlich. Doch endlich ebbten die Zuckungen ab und erstarben schließlich ganz.

Die Stille im Raum überflutete sie förmlich. Allie legte die Hand an seine frisch rasierte Wange. »Ich hab es ernst gemeint,

Jake. Ich gebe keinen Pfifferling auf Rico Valisimo oder sonst irgendeinen Mann.« *Du bist der Mann, den ich liebe.* »Du bist der Einzige, der mich interessiert. Du allein.«

Sein Kopf sank herab, bis seine Stirn die ihre berührte. »Es tut mir Leid. Ich weiß nicht, was über mich gekommen ist.« Und er schien darüber alles andere als glücklich zu sein.

»Ich habe doch nur meine Rolle gespielt«, sagte Allie. »Ich wollte dir irgendwie helfen. Ich dachte, vielleicht finde ich irgendwas heraus, und das habe ich auch.«

Er hob den Kopf. »Und was?«

»Rico hat mit einem Geschäft angegeben, das er gerade gemacht hat. Er sagte, er hätte die Hälfte der Marschflugkörper weiterverkauft und zwar für fast so viel, wie sie für die ganze Ladung bezahlt hätten.«

Jake ließ ihre Beine los, und Allie glitt zu Boden. Er zog das Kondom ab, das er irgendwann während des Liebesaktes übergezogen hatte. »Hat er gesagt, an wen er sie verkauft hat?«

»An Eduardo Ruiz, einen Kolumbianer. Er ist der Anführer einer Gruppierung, die sich Nationale Revolutionsarmee nennt.«

»Ich weiß, wer Ruiz ist. Seine Leute sind kommunistische Guerilleros, die da unten die Drogenfahnder bekämpfen.« Er beugte sich vor und küsste sie zärtlich. »Das hast du gut gemacht. Und was das mit Rico angeht ... wie gesagt, ich weiß nicht, was da über mich gekommen ist.«

»Ich werde dein Vertrauen nicht enttäuschen. Du musst mir vertrauen, Jake. So wie ich dir vertraue.«

Er berührte ihre Wange. »Komisch, so wie du das sagst, glaube ich, ich tue es längst.« Allie lächelte, als er ihr die Bluse wieder über den Busen zog und sorgsam das Band zuknüpfte. »Ich vertraue dir mehr als jeder anderen Frau, die ich je getroffen habe.«

»Es tut mir Leid, dass du das missverstanden hast. Rico ist –«

»Rico ist gefährlich.« Seine Miene verhärtete sich. »Der Mann ist ein Killer, Allie. Den Abzug seiner Pistole zu betätigen, ist für ihn so, als würde er eine Fliege erschlagen. Man schreibt ihm den Tod von mindestens sechs seiner eigenen Männer zu, Männer, die ihm nicht länger nützlich erschienen oder ihm sonst irgendwie missfallen haben. Der Kerl hat kein Gewissen. Um sein Ziel zu erreichen, tut er einfach alles.«

»Als da wäre?«

»Schmutziges Geld anhäufen, zum Beispiel. An normalen Standards gemessen ist Rico ohnehin schon reich, aber es reicht ihm immer noch nicht. Wenn er seinen Kopf durchsetzen will, ist er gnadenlos. Ermutige ihn ein kleines bisschen, und er wird sich, ohne mit der Wimper zu zucken, nehmen, was er will. Vielleicht hat er das ohnehin vor.«

Allie erschauderte. So rücksichtslos war er ihr nicht erschienen, aber sie wusste, dass Jake in einer so wichtigen Angelegenheit nicht gelogen hätte. »Ich verspreche, ich werde vorsichtig sein.«

Jake nickte nur. Mit jeder Sekunde schien er sich mehr von ihr zu entfernen, und Allie fürchtete zu wissen, warum. Jedes Mal, wenn sie einander liebten, gab Jake wieder ein Stück mehr von sich selbst. Er hatte sich weit mehr auf sie eingelassen, als es je seine Absicht gewesen war.

Und das war ungefähr das Letzte, was Jake gewollt hatte.

Eine Weile später legte sich Allie zu Jake ins Bett und kuschelte sich an ihn. Er spürte die Wärme ihres Körpers, ihr Haar fiel weich wie Seide an seine Schulter und tief in seinem Unterleib packte ihn schon wieder die Lust.

Jake ignorierte es.

Etwas hatte sich verändert seit ihrer Ankunft auf der Hacienda Córazón de la Selva. Allie mit einem anderen Mann zu sehen hatte ihn in einer Weise berührt, wie er es nicht erwartet hatte.

Er war nicht der Typ Mann, der sich eine Frau mit einem anderen teilte, doch er hatte sich nie zuvor wie ein rasender Irrer aufgeführt, nicht einmal bei Marla. Nie hatte er einer Frau gestattet, sich in seine Arbeit einzumischen, und nie hatte er einer Frau wegen die heiß geliebte Kontrolle verloren.

Aber Allie hatte all das bewirkt, ohne es überhaupt je darauf angelegt zu haben.

Er hörte ihre Atemzüge tiefer werden und wusste, dass sie schlief. Seit wann bedeutete sie ihm so viel? Wie hatte er das zulassen können? Er steckte mitten in einer kritischen Mission. Die Umstände hatten Allie da mit hineingezogen. Er musste locker bleiben und über alles die Kontrolle behalten.

Gelang ihm das nicht, dann brachte sie das möglicherweise beide um.

Nun lag er hier unter den weichen Falten des Moskitonetzes, das das Bett umgab, knuffte sein Kissen zusammen und wünschte sich, schlafen zu können. Heute Nachmittag, nach seinem Besuch beim Arzt, hatte Ramon Perez ihn angesprochen, der mexikanische V-Mann, der hier im Camp sein Kontaktmann war. Perez hatte ein Satellitentelefon bei sich, über das sich eine Geheimnummer des Verteidigungsministeriums erreichen ließ. Mit der richtigen Nummer und dem Codewort – das in diesem Fall *Ixchel* lautete, der Name der Regenbogengöttin und Gefährtin Itzamnas – erreichte man eine geheime, abhörsichere Frequenz des Verteidigungsministeriums.

Perez hatte die Einsatzkräfte bereits kontaktiert, in dieser Hinsicht war alles in Ordnung. Sobald die Marschflugkörper geborgen waren und Jake die Soldaten Valisimos instruiert hatte, würde der Tauschhandel über die Bühne gehen.

Hightech-Stinger-Marschflugkörper gegen einen altertümlichen Schatz der Maya. Die Maske allein wurde von Sammlern auf über sieben Millionen Dollar geschätzt.

Jake starrte das weiße Gazenetz über dem Bett an. Sobald die

Artefakte übergeben waren, würden sich Spezialagenten der drei beteiligten Behörden auf die Hazienda stürzen wie die Kojoten auf die Hühnerfarm. Alejandro Valisimo und sein Sohn würden gefangen genommen werden, und der Handel mit dem Kolumbianer Ruiz würde ihnen den Rest geben.

Um ein mildes Urteil zu bekommen, würden sie dann hoffentlich gegen Felix Baranoff aussagen, den man gleichfalls verhaften würde.

Wenn alles planmäßig lief, würde Jake in weniger als einer Woche zurück in L.A. sein. Allie Parker würde nach San Diego zurückkehren, und er würde diese wachsende, jedoch so fatale Zuneigung zu ihr loswerden. Bis dahin hielt er sich besser von ihr fern, was nicht so schwierig sein sollte, da er nur noch ein paar Tage durchhalten musste.

Jake betrachtete Allie, ihr zerwühltes glänzendes Haar und die vom Schlaf weich gezeichneten Lippen, und sein Körper spannte sich, bis er steinhart war.

Wem wollte er noch etwas vormachen? Die nächsten Tage würden die reinste Hölle werden.

Barb nahm die Bestellung auf und brachte dem Paar am Ende der Bar ein Heineken und ein Glas Weißwein. Nicht dass sie den Job im Raucous Raven nicht gemocht hätte, aber sobald sie ihre Computerkurse abgeschlossen hatte, würde sie sich eine besser bezahlte Arbeit suchen und den Jungs eine bessere Zukunft bieten können.

Sie dachte gerade an das zusätzliche Geld, das sie verdienen würde, als sie Dan Reynolds durch die Glastür kommen sah. Er bewegte sich mit einer Selbstsicherheit, die den meisten Männern abging, und ihn anzusehen ließ ihr Herz förmlich einen Sprung machen.

Verdammt, verdammt, verdammt! Jedes Mal, wenn sie ihn sah, wurde die Anziehung größer. Er blieb an der Theke stehen, setzte sich ihr gegenüber auf einen Barhocker, und Barb nahm erst jetzt seine Miene zur Kenntnis.

Grimmig war ein bei weitem zu blasses Wort.

»O Gott – geht es um Allie?«

Er schaute auf, als hätte er sie jetzt erst bemerkt, sah die Angst in ihren Augen und schüttelte schnell den Kopf. »Nein, nein, nichts dergleichen.«

Barb atmete vor Erleichterung auf.

Dan fuhr sich mit der Hand übers Gesicht und rieb sich die Augen, als hätte er nicht genug Schlaf abbekommen. »Ich brauche jetzt ein Bier.«

Dan verstohlen von der Seite betrachtend, klappte Barb die Kühlbox auf und holte einen geeisten Krug heraus. »Ist Budweiser in Ordnung?«

»Ja.«

Sie hielt den Krug unter den Zapfhahn und füllte ihn bis zum Rand. »Also, was ist los? Du siehst aus, als hättest du deinen besten Freund verloren.«

Er seufzte. »In gewisser Weise habe ich das.«

»Was soll das heißen?« Sie stellte ihm das Bier hin, und Dan nahm sogleich einen kräftigen Schluck.

»Ich war dabei, an der Spur zu arbeiten, die wir in Allies Fall haben – der alte Mann vom Hafen, erinnerst du dich?«

»Ich habe mich schon gefragt, was da los ist.«

»Captain Caruthers hält das Ganze für eine Sackgasse. Er sagt, wir sollen es bleiben lassen, es sei nur Zeitverschwendung. Aber ich konnte einfach nicht. Ich bin zu dem Alten gegangen. Er wohnt in einem schäbigen kleinen Apartment nicht weit vom Jachthafen. Ich hatte die Aussage gelesen, die er an dem Tag gemacht hat, als er zu uns gekommen ist. Was er mir dann erzählt hat, als ich ihn persönlich gesprochen habe, war so ziemlich dasselbe, aber …«

»Also, was hat er gesagt?«

»Dass er ein paar Schreinerarbeiten auf Baranoffs schicker neuer Jacht erledigt hat, der *Imperial Dynasty*. Er sagte, Allie hätte ihm ein paar Fragen über das Boot gestellt und auch über die *Dynasty I*.«

»Das ist doch die Jacht, auf der Chrissy ums Leben gekommen ist.«

Er nickte. »Aber dann hat er etwas erwähnt, das nicht in seiner Aussage stand. Dass nämlich noch ein anderes Boot der Dynasty Corporation am Steg gelegen habe, die *Dynasty II*. Er habe Allie diese Jacht gezeigt. Und dass sie darauf zugegangen sei, als er sich wieder an die Arbeit gemacht hat. Das war das Letzte, was er von ihr gesehen hat.«

»Verstehe ich nicht. Du glaubst, dass ihr Verschwinden etwas mit Baranoffs anderem Boot zu tun hat?«

»Möglich wäre es. Der alte Mann hat auch gesagt, dass die *Dynasty II* zwanzig Minuten später Richtung Mexiko ausgelaufen ist.«

Barb hörte damit auf, die Theke zu wischen. »Zwanzig Minuten? Du denkst doch nicht …?«

»Ich weiß es nicht, aber ich wollte es herausfinden. Also bin ich wieder zu Caruthers und habe ihm mitgeteilt, was ich erfahren hatte, aber er wollte nicht nachgeben. Er hat gesagt, Baranoff wolle mit den Jachten nur seine reichen Kunden beeindrucken, und die Tatsache, dass Allie da herumgelaufen ist, habe überhaupt nichts zu sagen. Er hat auch gesagt, er würde mich von dem Fall abziehen, wenn ich Baranoff nicht in Ruhe ließe. Ich hätte nie gedacht, dass Tom Caruthers vor irgendjemandem kuscht. Sieht aus, als hätte ich mich geirrt.«

»Ich kann das nicht glauben.«

»Solltest du aber.«

»Das ist doch verrückt. Wie kann es sein, dass es solche Probleme macht, diesem Mann ein paar Fragen zu stellen?«

»Ich weiß es nicht.«

»Wir können da doch sicher irgendetwas unternehmen?«

»Vielleicht, aber wenn ich meinen Job behalten will, kann ich nicht selbst mit Baranoff reden.«

Barb knüpfte die schwarzrote Schürze auf, die sie über dem kurzen schwarzen Rock trug, und warf sie auf die Theke. »Ich arbeite jedenfalls nicht für die Polizei von San Diego oder deinen Captain Caruthers. Ich habe jetzt sowieso Mittagspause und kann reden, mit wem ich will.«

Dan fluchte heftig, während Barb in die Küche lief, um sich eine Vertretung zu suchen. Als sie zurückkam, packte Dan sie am Arm.

»Du kannst nicht mit Baranoff reden. Falls du es wirklich schaffst, zu ihm vorzudringen – was ich bezweifle –, was willst du ihm denn sagen? Dass irgendwer Allie Parker auf der *Dynasty II* entführt und nach Mexiko verschleppt hat?«

»Ich weiß nicht. Ist das Boot inzwischen zurück in San Diego?«

»Nein.«

»Dann ist sie vielleicht wirklich an Bord. Wir wissen dass sie zu der Zeit am Jachthafen war. Vielleicht hat sie in der Nähe der Jacht herumgeschnüffelt, hat nach Informationen gesucht, und jemand hat sie erwischt. Vielleicht haben sie sie mitgenommen. Vielleicht wollten sie sie loswerden. Vielleicht haben sie sie … haben sie sie …«

Vielleicht haben sie sie umgebracht und die Leiche ins Meer geworfen. Sie brachte die Worte nicht über die Lippen. Wie ein Klumpen Erdnussbutter klebten sie hinten am Gaumen fest.

Dan packte sie bei den Schultern. »Ich weiß, woran du jetzt denkst, aber wir wissen nicht, ob etwas Derartiges geschehen ist. Wir können noch nichts unterstellen. Und was Baranoff angeht, gibt es nichts, was du tun könntest. Ich werde noch einmal mit Caruthers reden. Vielleicht bringe ich ihn wenigstens dazu, die derzeitige Position der *Dynasty II* feststellen zu lassen.«

Barb nickte nur. Der Klumpen in ihrem Hals fing an wehzutun. Sie hatte erst heute Morgen wieder mit Allies Mutter telefoniert. Mr. und Mrs. Parker klammerten sich immer noch an die Hoffnung, dass man Allie gesund und munter auffinden würde, aber diese Hoffnung schwand mit jedem Tag ein Stück. Barb schaute Dan Reynolds an, der so stark, so selbstsicher war, der Typ Mann, der einen glauben ließ, man könne auf ihn zählen. Sie wünschte sich, sie hätte einfach die Arme um seinen Hals legen und sich an ihm festhalten können.

Sie fragte sich, ob man ihr ihre Überlegungen ansehen konnte, denn er kam näher und legte die Arme um sie. »Nicht aufgeben«, sagte er leise. »Jetzt noch nicht.«

Barb hielt sich an ihm fest, wohl wissend, dass sie das besser nicht getan hätte und die Leute im Restaurant schon gafften. »Danke«, flüsterte sie und zwang sich, ihn loszulassen. »Für alles.«

Dan fasste sie am Kinn. Wäre das Lokal leer gewesen, hätte er sie vermutlich geküsst, dachte sie. »Ich verfolge diesen Fall weiter, ich verspreche es.«

Sie nickte und brachte ein Lächeln zu Stande. »Warum trinkst du nicht endlich dein Bier?«

»Du hast gesagt, du hättest Mittagspause. Warum setzen wir uns nicht irgendwo an einen Tisch und essen etwas?«

Barb nickte, obwohl sie eigentlich gar keinen Hunger hatte. Sie war entschlossen, mit Felix Baranoff zu sprechen. Vielleicht war dem Mann ja gar nicht bewusst, dass Allie sich möglicherweise auf der Jacht befand. Vielleicht würde er der Polizei behilflich sein, wenn ihm klar wurde, wie wichtig es war. Sie konnte immer noch Suzi Johnson von nebenan anrufen und sie bitten, die Jungs von der Schule abzuholen. Sie brauchte nur in ihr Apartment zu fahren, ihre Kleider zu wechseln, zum Gebäude der Dynasty Corporation weiterzufahren und nachzufragen, ob Felix Baranoff zu sprechen war.

Und sie würde nicht wieder gehen, bevor er nicht jede ihrer Fragen beantwortet hatte.

18

Das Wetter klarte auf, und allmählich trocknete der Urwald unter der unerbittlichen Sonne. Der Schlamm erstarrte, und es dauerte nicht lange, bis eine harte schwarze Kruste den öden Grund bedeckte, auf dem die Soldaten campierten.

Allie erwachte kurz vor dem Morgengrauen wegen Jakes anhaltendem Geraschel, als dieser in die Tarnkleidung schlüpfte, die man ihm am Tag zuvor hingelegt hatte. Sie rieb sich den Schlaf aus den Augen, setzte sich auf und sah ihm zu, wie er die schweren Schnürstiefel anzog.

»Sieht ganz so aus, als passten dir die Sachen«, sagte sie. Gut sah er darin aus, zäh und maskulin, ganz der Exmajor einer Spezialeinheit; zäh und maskulin, auch was seine Miene anging.

Er zog den zweiten Stiefel über und die Schnürsenkel stramm. »Die Treter sind ein bisschen zu klein, aber damit kann ich leben.«

»Du weißt, was man sich von Männern mit großen Händen und Füßen erzählt.«

Seine Lippen bogen sich ein wenig, dann verschwand das Lächeln wieder. »Ich werde fast den ganzen Tag über fort sein. Valisimo hat hier draußen einen alten Hubschrauber aus dem Vietnamkrieg im Einsatz, eine Huey 500. Der kann nicht mehr als sieben Zentner transportieren. Wir werden drei Mal fliegen müssen, um die Marschflugkörper herzubringen.« Er ging an die Seite des Betts und setzte sich auf einen der weißen Korbstühle. Das fein gearbeitete Möbelstück ließ ihn nur noch größer und zäher erscheinen.

Jake nahm sie bei der Hand. »Es gibt hier einen Mann namens Perez«, sagte er leise. »Er weiß, wer ich bin. Falls irgendetwas geschehen sollte, während ich fort bin, suchst du diesen Captain Perez auf. Ich habe ihn gebeten, dich im Auge zu behalten, er wird also nicht weit weg sein. Wenn irgendwer es schafft, dich in einem Stück von hier wegzubringen, dann ist es Perez.«

»Glaubst du, dass Roberto vielleicht doch noch auftaucht?«

»Möglich wäre es. Wenn er es tut, bleib bei unserer Geschichte. Dann steht sein Wort gegen unseres.«

Er stand auf, griff nach einem ledernen Pistolenhalfter, das er irgendwo im Camp aufgetrieben haben musste, und schnallte es um die Hüften. Nun sah er wie der Soldat aus, der er einst gewesen war, und Allie begriff erst jetzt, dass er ihr Anweisung für den Fall gegeben hatte, dass ihm selbst etwas zustoßen würde.

Das Laken über die Brust haltend, schwang sie die Beine auf den Boden. »Du ... du rechnest da draußen doch nicht mit Problemen?«

»Nein, aber diese Männer kämpfen in einem Krieg. Und bei einem Krieg weiß man nie genau, was passiert.«

Allie stand auf und zog dabei das Laken hinter sich her. »Versprich mir, dass du vorsichtig bist.«

Er lächelte sie flüchtig an. »Bin ich doch immer.«

»Aber dieses Mal ganz besonders.«

Er schwieg, sah sie ein paar lange Sekunden nur an und nickte schließlich. Dann drehte er sich um und ging.

»Jake?«

Er blieb stehen, wandte sich um.

»Gib mir einen Abschiedskuss.«

Die Muskeln an seinem Hals hüpften auf und ab. Er ging langsam auf sie zu, zog sie an seine Brust und küsste sie so heftig, dass ihr beinahe die Knie nachgaben. Als er kehrtmachte und den Raum verließ, sackte Allie zurück aufs Bett.

Es bedurfte ein paar langer Minuten, bis ihr Herzschlag sich beruhigte, und einiger Stunden, bis sie geduscht war und ihre inzwischen wieder sauberen Sachen anhatte, die Khaki-Shorts und das orangefarbene Tank-Top; fertig, nach unten zu gehen. Sie wünschte, sie hätte einen Büstenhalter gehabt oder die Windjacke anziehen können, doch es war heiß draußen, und die Rolle der Söldnerbraut gestattete keine Schamgefühle.

Also nahm sie das Frühstück zu sich, das auf dem Tablett stand – die mit Schokolade gefüllten Tortillas, die Mango- und Bananenscheiben, den starken schwarzen Kaffee – und machte sich auf den Weg nach unten. Sie hoffte, nicht Rico in die Arme zu laufen und hatte Glück: Er war nirgendwo zu sehen. Keiner hielt sie auf, als sie das Haus verließ und zum Lagerplatz der Soldaten marschierte, zu den Zelten, die unter Tarnnetzen versteckt waren und die sich bis zum Rand des Urwalds über die überwucherten Felder erstreckten.

Männer in Rebellenuniform liefen durch die Gegend oder beugten sich über die Feuerstellen, auf denen das Essen kochte. Am Rand des Feldes waren ein paar Männer mit Schießübungen befasst, und sie fragte sich, wie eine kleine private Armee es sich leisten konnte, Munition zu verschwenden.

»*Hola*, Señorita!« Allie drehte sich um, als sie den kleinen Jungen rufen hörte. »Ich bin Miguel«, sagte er fröhlich und in erstaunlich gutem Englisch. »Sie sind die Frau vom Major, oder?«

Sie lachte. »Ja, ich bin die Frau vom Major.« Komisch, aber ihr wurde jetzt erst klar, dass dem so war. Die ganze Zeit über hatte sie sich eingeredet, eine Rolle zu spielen. Aber Tatsache war, sie gehörte zu Jake Dawson, ob ihm das nun gefiel oder nicht.

»Sie sind sehr hübsch«, sagte der Junge.

»Danke.« Miguel war bestimmt nicht älter als sechs Jahre, so dünn, dass er fast schon abgemagert wirkte, und schmutzbedeckt. Er trug eine zerschlissene Hose, die ihm eine Handbreit zu kurz war und auf knochigen Hüften hing, keine Schuhe und kein Hemd. Das struppige schwarze Haar sah aus, als hätte es jemand mit der Machete abgehackt, und unter der schokoladenbraunen Haut standen die Rippen vor.

Hinter einem seiner Ohren steckte widersinnigerweise eine kleine weiße Orchidee.

»Der Major ist mit dem Hubschrauber weg«, sagte er. »Ich hab gesehen, wie sie heute früh abgeflogen sind.«

»Er holt die Ladung aus dem Flugzeug, das über dem Dschungel abgestürzt ist.«

»*Sí*. Zweimal ist er schon wieder da gewesen.«

»Er muss noch ein paarmal fliegen, denke ich.«

Miguel schaute sie mit großen Samtaugen an. »Wollen Sie meinen Hund sehen?«, fragte er mit dem kindlichen Hang zum Themawechsel.

»Ich liebe Hunde. Ja, ich würde ihn sehr gerne sehen.«

Miguel nahm sie bei der Hand. »Kommen Sie, Poco ist im Schuppen. Seine Mama und seine Brüder sind auch da.«

Allie folgte dem Kind in eine alte Holzbaracke, in der es heiß und stickig war und in der sich bis hoch hinauf Strohballen stapelten. Zwischen zerborstenen Brettern fiel Sonnenlicht herein, und in einer Ecke entdeckte Allie eine schwarzweiße Promenadenmischung. Die Hündin schniefte mit hängender Zunge, während sechs schwarzweiß gefleckte Welpen an ihren Zitzen saugten.

»Da ist Poco. Er ist der Kleinste. Deshalb hab ich ihn mir ausgesucht. Es ist schwer, wenn man der Kleinste ist.«

Allie drückte seine Hand und malte sich aus, wie schwer es für einen kleinen Jungen wie ihn sein musste, hier draußen am Rande des Dschungels zu überleben. Sie fragte sich, wo seine Eltern sein mochten und ob sein Vater vielleicht einer der Soldaten aus dem Camp war.

»Wo hast du so gut Englisch gelernt?«, fragte sie.

Er straffte die dünne Brust. »Mein Vater war ein *Zapatista*, ein ganz wichtiger Mann. Er und meine Mutter haben mir Englisch beigebracht.«

Zapatistas, das hatte sie von Rico gehört, waren Maya, die gegen die Diskriminierung von Seiten der Regierung protestierten. Anscheinend waren General Valisimos Vorfahren zumindest teilweise Maya.

»Und wo sind deine Eltern jetzt?«

Miguel starrte auf seine dreckigen Füße hinab und schüttelte einfach nur den Kopf. Als er wieder aufsah, war sein Blick so trüb, dass Allie ihn nicht weiter drängte. Er war doch wohl kaum allein hier draußen? Doch er sah so gar nicht wie das gut umsorgte Kind liebender Eltern aus, und Allie fragte sich wieder, was wohl mit seinen Eltern geschehen sein mochte.

Für eine Weile ließ er sie seinen Hund halten, dessen große braune Augen auffallend seinen eigenen ähnelten, dann brachte er Poco vorsichtig zu seiner Mutter zurück. Allie verliebte sich ein wenig in das Kind, als sie die liebevolle Fürsorge sah. Sie hatte Kinder immer geliebt, und dieses da schien ihr etwas ganz Besonderes zu sein.

Sie verbrachten die nächsten Stunden damit, durch das Lager zu wandern, und Miguel zeigte ihr stolz ein paar von seinen Lieblingsplätzen: einen Flecken am Rand des Regenwaldes, wo dicke Büschel farbenprächtiger Orchideen blühten; Bäume, in deren Schutz bunte Papageien hausten, und einen Hain, wo in den Zweigen über ihren Köpfen die Affen schnatterten.

Allie entdeckte, dass es im Camp auch Frauen gab – Mütter und Ehefrauen der Soldaten, aber auch Prostituierte, die den Männern ihre Liebesdienste verkauften.

Es war eine dieser Frauen, der Miguel sie jetzt vorstellte. »*Hola*, Conchita. Ich habe dir jemanden mitgebracht.«

»Wo warst du«, schimpfte die Frau. »Es gibt genug Arbeit zu tun.« Sie war, wie die meisten im Camp, klein und dunkel, vielleicht Mitte zwanzig, von kräftiger Statur mit schweren, hängenden Brüsten.

»Ich mach die Arbeit ja«, versprach Miguel. »Aber ich habe mich um die Frau vom Major gekümmert.«

Conchita schnaubte nur, und Allie begriff, dass alle im Camp auf Jake gewartet hatten.

Sie lächelte und streckte die Hand aus. »*Buenos días*, Conchita. Sind Sie Miguels Mutter?«

Conchita wischte sich an ihrer Schürze die Hand ab. »Miguel arbeitet für mich, und dafür sorge ich für ihn.«

»Ich verstehe.« Was sie aber nicht wirklich tat. In den dunklen Augen der Frau lag keine Zuneigung, wenn sie Miguel ansah, obwohl offensichtlich war, dass der Junge sich nach der kleinsten Freundlichkeit sehnte.

Allie verließ Miguel spät am Nachmittag, gerade rechtzeitig, um über den Bäumen den Hubschrauber auftauchen zu sehen. In der Hoffnung, Jake zu entdecken, starrte sie auf die Stelle, wo der Helikopter, eine Wolke aus Laub und Staub aufwirbelnd, aufsetzte.

In dem Moment, als Jake, der fast einen Kopf größer war als die meisten der Männer, aus der Maschine sprang, geschah etwas mit ihrem Herzen. Es dröhnte wie eine Kesselpauke, und Allie bekam kaum Luft. Ein Mann in Uniform hat etwas, pflegten die Leute zu sagen. Allie hatte sich nie Gedanken darüber gemacht, aber sie musste zugeben, dass Jake nie besser oder gebieterischer ausgesehen hatte als in den staubigen Armeesachen. Er war in seinem Element, wurde ihr klar, und ihr rasendes Herz schmerzte.

In ein paar Tagen würde sie nach San Diego zurückkehren. Sie würde ihr altes Leben zurückbekommen, und Jake spielte darin keine Rolle. Ihr wildes Abenteuer würde vorüber sein und Jake fort, aber es gab keine Alternative. Für keinen von ihnen.

Sie sah den Männern zu, die Kiste für Kiste ausluden. Jake wusste offensichtlich, was er tat, und die Soldaten gehorchten ohne Murren. Das Leben, das er sich ausgesucht hatte, war mit Sicherheit das Richtige für ihn. Allie wusste, wie schwer es war herauszufinden, wozu man im Leben berufen war. Jake hatte es herausgefunden, und auch wenn er sie liebte, war in seinem Leben kein Platz für Frau und Familie.

Allie erblasste bei dem Gedanken. War es das, was sie wollte? Mit Jake verheiratet sein? Mit ihm zusammen die Kinder aufziehen? Wie auch immer, es sollte nicht sein. Jake hatte zwei gescheiterte Ehen hinter sich – auch wenn die mit dieser doofen High-School-Flamme nicht richtig zählte. Er würde es nicht noch einmal darauf ankommen lassen.

Ihre Kehle fühlte sich mit einem Mal eng an. Allie drehte sich um und ging, wollte ihn nicht mehr sehen. Vielleicht wäre es nicht so kompliziert gewesen, hätte sie nicht mit ihm geschlafen. Vielleicht hätte es dann nicht so schrecklich wehgetan.

Hätte sie sich nur nicht in ihn verliebt.

Aber sie glaubte nicht, dass sie irgendetwas dagegen hätte unternehmen können. Und jetzt gab es sowieso nichts mehr, das sich dagegen tun ließ.

Als Jake zum letzten Mal zur Absturzstelle flog und mit der letzten Ladung Marschflugkörper zurückkehrte, neigte sich der Tag bereits. Nachdem er mit den Offizieren vereinbart hatte, dass die Einweisung am nächsten Morgen um sechs Uhr beginnen würde, ging er nach oben, um zu duschen und sich umzuziehen.

Allie war nicht im Schlafzimmer. Er wusste zwar nicht, wo sie sich aufhielt, aber wenigstens war sie nicht bei Rico, denn den hatte er das Camp schon nach dem ersten Hubschrauber-Turn verlassen sehen. Laut Captain Perez fuhr Rico mehrmals die Woche zu den Ruinen im Dschungel, die sein eigenes Vermögen so exorbitant vermehrten und den Feldzug seines Vaters finanzierten.

Jake lief eine Weile lang rastlos im Zimmer auf und ab, obwohl er etwas Schlaf hätte gebrauchen können. Doch ein Nickerchen zu machen war ihm nicht möglich, also gab er auf und ging nach unten. Er fand Allie im Wohnzimmer. Sie hatte zum Abendessen den hübschen gelbroten Rock angezogen sowie die weiße Bluse und unterhielt sich mit General Valisimo, der sie heute lächelnd anstatt tadelnd ansah. Was Jake nicht wirklich überraschte. Allie hatte ein gewinnendes Wesen.

Das Essen war gut und landestypisch: frittiertes Huhn, *calabazas*, eine Art Mus, Bohnen und Tortillas. Der General schien über das sichere Eintreffen der Marschflugkörper erfreut und war erpicht darauf, dass das Training begann. Ein paar der Offiziere waren bereits hier, der Rest würde spätabends eintreffen.

Rico versäumte das Dinner, traf aber noch rechtzeitig genug ein, um auf der Terrasse einen Brandy zu nehmen und eine dicke kubanische Zigarre zu rauchen. An einem Sherry nippend, den der General ihr gebracht hatte, gesellte Allie sich dazu.

»Diese Marschflugkörper«, sagte Valisimo und lehnte sich im Stuhl zurück, »können die auch wirklich all das, was Baranoff versprochen hat?«

Der General kannte sich mit den Dingern vermutlich fast ebenso gut aus wie Jake, aber er wollte augenscheinlich sichergehen, dass der Mann, den Baranoff ihm geschickt hatte, auch fähig war, seine Männer auszubilden.

Jake legte die Zigarre in den Kristallaschenbecher auf der Glasplatte des runden Tisches, um den herum sie alle saßen, und machte sich für seinen Auftritt bereit. »Alles und noch viel mehr! Die Hornet ist der modernste schultergefeuerte Marschflugkörper der Welt. Sie wurde dazu entwickelt, Hochgeschwindigkeits-Attacken durch Tiefflieger abzuwehren, was mittels ihres einzigartigen Rosetten-Scanners möglich wird, der ihr erlaubt, zwischen einzelnen Zielobjekten zu unterscheiden –

Signalfeuer und Chaos im Hintergrund eingeschlossen. Zudem verfügt sie über ein ausgefeiltes TAG-System, mit dessen Hilfe sie die verletzlichen Partien eines Flugzeugs ermittelt und so die Trefferwirkung maximiert.«

Der General zog genüsslich an seiner Zigarre und wartete darauf, dass Jake die Krönung des Ganzen erläuterte – den Grund, weswegen er die Marschflugkörper unbedingt hatte haben müssen.

»Ich bin sicher, Sie wissen darüber Bescheid, General, aber die Hornet geht noch einen Schritt weiter. Sie funktioniert – wie ja bereits die Vorgängermodelle – wärmegesteuert, aber sie verfügt zusätzlich über ein computergesteuertes SET-System, das ihr ermöglicht, ihre Flugbahn dem Landschaftsprofil anzupassen, was es praktisch unmöglich macht, den Abschussort zu lokalisieren. Es ist diese letzte, neueste Entwicklung, die die Hornet derart topsecret macht.«

Und dreizehn Millionen Dollar in Maya-Artefakten wert.

Es war nicht nur der Entwicklungsstand des Marschflugkörpers, sondern auch die enorme Stückzahl der aufgekauften Waffen, die sowohl dem ATF als auch der mexikanischen Regierung Sorgen machten. Man glaubte, dass die PRA in Wahrheit die Absicht verfolgte, neben mexikanischen Militärmaschinen auch zivile Flugzeuge abzuschießen, um so die Regierung zu zwingen, ihren Forderungen nachzukommen.

Der General beugte sich vor. »*Muy bien*, Major Dawson. Ich glaube, meine Männer sind bei Ihnen in guten Händen.«

»Danke, Sir.«

»Wie lange wird es dauern, bis das Training abgeschlossen ist?«, fragte Rico und rollte seine Zigarre zwischen den manikürten Fingern.

»Nicht lange. Der General sagte, die Männer hätten bereits Grundlagenwissen. Wir müssen uns also nur mit den spezifischen Unterschieden zwischen der Hornet und dem Standard-

MANPADS-System befassen. Zwei Tage höchstens, würde ich sagen.«

Rico legte die Zigarre in den Kristallaschenbecher. »Wenn dem so ist, können Sie am Freitag mit der Bezahlung rechnen. Dann wird auch das Flugzeug bereitstehen, mit dem Sie und Miss Parker – zusammen mit der betreffenden Ladung – nach Teacapan zum Treffpunkt zurückkehren können.«

Jake nickte. »Dann am Freitag.«

Der General lehnte sich zurück. »Für die meisten von uns kommt die Dämmerung morgen schon recht früh. Es ist an der Zeit, sich zurückzuziehen.«

»Passt mir gut«, sagte Jake und stand auf.

Auch Rico erhob sich. »Ich fürchte, ich bin noch nicht müde. Deshalb denke ich, ich bleibe noch ein Weilchen auf.« Jake sah, welchen Blick er Allie zuwarf. »Da Sie nicht zu den Offizieren gehört, leistet Miss Parker mir ja vielleicht noch Gesellschaft.«

Allies Blick flog zu Jake, dann zu Rico. »Sehr freundlich von Ihnen, aber ich bin, fürchte ich, gleichfalls müde.« Sie bedachte den Mexikaner mit einem dankbaren Lächeln. »Ein anderes Mal vielleicht.«

Rico sah nicht gerade erfreut aus. »Also gut, dann ein anderes Mal«, pflichtete er bei.

Sie verschwanden in verschiedene Richtungen in die jeweiligen Flügel des Hauses. Jake ging Allie voran. Seltsam, Ricos aufdringliche Offerte hatte ihn kalt gelassen. Allie hatte klar bekundet, wie sie fühlte, und er wusste, sie meinte es ernst. Es war, wie er es ihr gesagt hatte. Er vertraute ihr mehr als je einer Frau zuvor.

Dennoch war er schon viel zu tief in all das verstrickt.

Als sie das Zimmer erreichten, machte er keinerlei Anstalten, sie zu berühren, sondern zog nur seine Kleider aus, ging zu Bett und tat so, als sei er bereits eingeschlafen. Glücklicherweise war er so erschöpft, dass es ihm tatsächlich bald gelang. Als er früh am Morgen erwachte, ignorierte er das schmerzhafte Zelt, das das Laken über seiner Erektion gebildet hatte.

Zwei Nächte noch, sagte er sich. Zwei höllische Nächte noch, und diese ganze verdammte Sache war vorbei. Zum ersten Mal seit Wochen freute er sich wirklich auf sein Zuhause.

19

Da Jake draußen die Soldaten instruierte, verließ auch Allie das Haus und suchte nach dem kleinen Miguel. Sie brauchte nicht lange zu suchen. Ihr kam der Gedanke, dass er vielleicht nur darauf gewartet hatte, dass sie herauskam.

»Señorita Allie!«, schrie er. Die formellere Phase ihrer Bekanntschaft hatten sie beide längst hinter sich.

»Guten Morgen, Miguel. Ich habe gehofft, dich zu treffen.«

»*Sí.* Ich hab auf Sie gewartet. Ich würd Ihnen gern das wilde Schwein zeigen, das ich gefangen hab.«

Sie machte große Augen. »Du hast ein wildes Schwein gefangen? Wie, in aller Welt, hast du das gemacht?«

Der Junge zuckte die knochigen Schultern. »Es hat die Frauen geärgert, die Gärten zertrampelt und Essen gestohlen. Conchita sagt, dass sie es zum Abendessen kocht, aber ich mag das Schwein. Es hat so kleine Augen, die ganz traurig aussehen.«

Also nahm sie ihn bei der Hand, und er führte sie zu einem selbst gebauten Pferch aus Gestrüpp. Das Tier war größer, als Allie es sich vorgestellt hatte, zumal, wenn sie sich an das kleine Pekari erinnerte, das Jake mit Hilfe der Schlinge zum Abendessen gefangen hatte.

Dieses Schwein hier sah richtig wild aus, vielleicht zweimal so groß wie das Pekari und mit Hauern, die sich um die Nase bogen.

»Ich habe ihn Arturo getauft, weil er genau wie Señora Lupes Mann aussieht.«

Allie unterdrückte ein Lachen. Miguel war ein so lieber Junge. Er würde ihr fehlen, wenn sie wieder aus dem Dschungel zu Hause war.

Vom Schweinepferch gingen sie zum Schuppen, um nach Poco zu sehen. Der Welpe schlief zufrieden, als sie kamen, und als sie gingen, schlief er schon wieder. Sie wollten den Schuppen gerade verlassen, als ein Schatten unter der Tür erschien und ihnen das Licht nahm.

»Conchita braucht dich, *muchacho*«, sagte Rico. »*Andele. Pronto!*«

Miguel zögerte, sah Allie verunsichert an und wollte offenkundig nicht gehen.

Auch Allie selbst war nicht recht glücklich, allein mit Rico zurückzubleiben. Sie zwang sich zu lächeln. »Ist schon in Ordnung, Miguel. Du siehst besser nach, was sie will.«

Widerstrebend drückte er sich an der dunklen Gestalt vorbei und bekam von der Seite einen Klaps auf den Kopf. »Nächstes Mal tust du gleich, was ich dir sage. *Comprende*?«

»*Sí*, Señor.« Der Junge verließ sein Ohr reibend den Schuppen, und Allie mühte sich, ruhig zu bleiben. Rico zu verärgern wäre wohl keine gute Idee gewesen, also wartete sie erst einmal ab, bis der Junge fort war, und folgte ihm dann. Sie war erleichtert, als Rico nicht versuchte, sie aufzuhalten.

»Ich würde Ihnen gerne etwas zeigen«, sagte er und nahm sie fest am Arm.

Allie schaute sich um und suchte nach einer Möglichkeit, sich höflich zu entschuldigen, aber er war bereits dabei, sie fortzuziehen. Als sie ein Stück vom Camp entfernt waren, entdeckte Allie in der Ferne ein blechgedecktes Haus, eine kleinere Ausgabe des Hauses, das Valisimo bewohnte.

»Wo gehen wir hin?«

»Ich habe es Ihnen doch gesagt ... ich möchte Ihnen etwas zeigen.«

Sie ließ sich, zunehmend nervös, von ihm zu diesem Haus geleiten. Jake hatte sie vor dem Mann gewarnt. Und jetzt entfernte sie sich immer weiter und weiter vom großen Haus, konnte nicht mehr auf Schutz zählen und suchte vergeblich nach einer Fluchtmöglichkeit.

Unten an der Treppe, die zur Veranda hinaufführte, blieb sie stehen. »Was ist das für ein Haus?«

Sein kaltes Lächeln schlug ihr auf den Magen. »Mein Haus. Haben Sie etwa gedacht, ich würde mit meinem Vater unter einem Dach leben – unter der Fuchtel eines Generals?«

»Nein, ich ...« Seine Hand umfasste ihren Arm fester. Er ging die Stufen hinauf und zwang sie, ihm zu folgen. Als er die Tür aufsperrte, blieb sie zurück. »Das ist, glaube ich, keine gute Idee. Es würde Major Dawson nicht gefallen ... und Sie haben ja keine Ahnung, wie gemein er sein kann, wenn er wütend ist. Er ... er schlägt mich vielleicht ... oder ...«

Er riss die Tür auf. »Gehen Sie rein! Ich habe diese Spielchen satt.«

Der wohlerzogene Rico war fort. An seine Stelle war der ruchlose Mann getreten, den Jake ihr beschrieben hatte. Allie richtete sich kerzengerade auf. »Ich muss zum Haus zurück«, sagte sie und riss sich von ihm los.

Rico stieß sie so heftig durch die Tür, dass sie stolperte und bäuchlings auf dem Holzboden landete. Sie ächzte, als ihr ein scharfer Schmerz durchs Knie schoss, und drehte sich gerade noch rechtzeitig um, um einen kleinen braunen Wirbelwind die Verandatreppe heraufstürmen zu sehen.

»Lassen Sie sie gehen!« Miguel krachte so heftig in Rico hinein, dass der das Gleichgewicht verlor und gegen den Türstock prallte.

»Miguel!«, schrie Allie, als das Kind den Sohn des Generals

mit wirbelnden kleinen Fäusten traktierte und der ihm darauf einen so heftigen Schlag versetzte, dass der Kleine nach hinten über die Veranda flog und die Holztreppe hinunterrollte. Das schmerzende Knie ignorierend, kam Allie stolpernd hoch und rannte zur Tür, während Miguel schon wieder auf den Beinen war und Rico erneut attackierte. Allie schrie laut auf, als Rico dem kleinen Jungen einen Faustschlag versetzte und ihn wiederholt die Stufen hinabstieß. Dann packte er Allie an den Haaren und zog sie brutal an sich. Allie dachte an jenen Tag, als Bobby Santos sie auf dem Boot überfallen hatte und versuchte verzweifelt, sich an die Tricks zu erinnern, die sie in ihrem Selbstverteidigungskurs gelernt hatte. Sie trat Rico kräftig ans Schienbein, riss sich los und rammte ihm das Knie in die Weichteile.

Im Gegensatz zu Bobby wehrte Rico die Attacke ab, doch Allie hatte genug Zeit gewonnen, an ihm vorbeizukommen und die Treppe hinunterzulaufen. Miguels kleiner Körper lag ein Stück weit entfernt gekrümmt auf dem Boden. Lieber Gott, sie konnte ihn doch nicht hier lassen! Angsterfüllt und mit zitternden Händen ging sie neben dem Jungen in die Knie und strich ihm das Haar aus der Stirn. Er jammerte und machte langsam die Augen auf.

»Alles in Ordnung?« Sie rechnete damit, dass Rico sich jeden Moment wieder auf sie stürzen würde, doch die Schritte kamen aus der anderen Richtung. Als sie sich umdrehte, entdeckte sie direkt hinter sich ein paar riesige Schnürstiefel samt Camouflage-Hosen.

»Was ist mit dem Jungen?«, hörte sie Jakes tiefe Stimme dröhnen und fiel vor Erleichterung fast in Ohnmacht.

»Ich weiß nicht …«

»Und du?« Er rührte sich nicht von der Stelle, und Allie begriff, dass er Rico anstarrte, der immer noch auf der Veranda stand.

»Mir geht's gut ... dank Miguel.« Sie half dem Kleinen auf, und er schien, wenn auch schwankend, allein stehen zu können.

»Lass uns gehen.« Mit einem letzten kalten Blick in Ricos Richtung hob Jake das Kind hoch, und sie entfernten sich vom Haus. Jake trug den Jungen direkt ins Zelt von Dr. Hernandez.

»Es scheint nichts gebrochen, und ich glaube auch nicht, dass er eine Gehirnerschütterung hat«, stellte dieser nach kurzer Untersuchung fest.

»Danke«, sagte Allie erleichtert. »Trotzdem wäre es das Beste, wenn der Junge sich den Rest des Tages hinlegen würde«, fügte der Arzt hinzu.

»Ich werde mich darum kümmern.« Jake hatte kein Wort darüber verloren, wie es zu dem »Unfall« gekommen war, und der Doktor fragte auch nicht. Dann brachte Jake den Jungen zu Conchita zurück, die sich, auf Jakes Überredungskünste und eine Hand voll *pesos* hin, bereit erklärte, Miguel für diesen Nachmittag die häuslichen Arbeiten zu erlassen.

Am Abend bleib Rico dem Dinner fern. Sein Vater verlor kein Wort darüber, wo er abgeblieben war, und Allie fragte auch nicht.

Wie schon am Abend zuvor legte sich Jake, als sie wieder in ihrem Zimmer waren, sofort schlafen. Allie wusste, dass er sie mied, aber sie wusste auch, warum. Ihre gemeinsame Zeit war fast vorüber. Distanz zu wahren war für sie beide jetzt das Beste.

Dennoch schlief sie nicht gut und Jake, wie sie vermutete, auch nicht. Am nächsten Morgen begab er sich wieder zum Camp und brachte die Einweisung der Offiziere zu Ende, was bedeutete, dass sie am nächsten Tag abreisen würden.

In ein paar Tagen würde ihr Leben wieder ihr gehören.

Bei dem Gedanken war Allie zum Heulen zu Mute.

Barb hatte es immer noch nicht geschafft, Baranoff zu treffen. Erst heute Morgen hatte sie es arrangieren können, dass Suzi sich nach der Schule um die Jungs kümmerte und sie der Dynasty Corporation den selbst verordneten Besuch abstatten konnte.

In ihrem einzig angemessenen Kleidungsstück, einem hellrosa Leinenanzug, zu dem sie eine falsche Perlenkette trug, hatte sie es am Sicherheitspersonal am Eingang vorbeigeschafft, da ihr Erscheinen wohl eher nach einem privaten Besuch aussah als nach einem Geschäftstermin. Sie fuhr zur obersten Etage, wo sich, wie sie festgestellt hatte, das private Büro des Importeurs befand. Dort traf sie dann allerdings auf ein bei weitem ernster zu nehmendes Hindernis, eine Dame namens Eve Holloway. So stand es zumindest auf dem Schild zu lesen, das auf dem exklusiven Teakholzschreibtisch stand.

»Entschuldigen Sie bitte, Miss Holloway«, sagte Barb. »Mrs. Barbara Wallace, ich hätte gern mit Mr. Baranoff gesprochen.«

Die Frau sah sie über eine schmale schwarze, mit Glitzersteinchen besetzte Halbbrille an. »Und Sie sind …?«

»Eine Bekannte. Mr. Baranoff und ich haben einander letzten Monat auf einer Wohltätigkeitsveranstaltung der Krebshilfe kennen gelernt.« Barb wusste, dass er dort gewesen war. Sie hatte in der *San Diego Union Tribune* einen entsprechenden Artikel mit dem Foto Baranoffs gesehen.

»Haben Sie einen Termin, Mrs. Wallace?«

»Nicht direkt. Ich lebe in Los Angeles, müssen Sie wissen. Felix meinte, ich solle einfach vorbeischauen, wenn ich das nächste Mal in der Stadt sei.«

Eve Holloway begutachtete den rosa Leinenanzug mit geschultem Blick, und Barb war froh, dass es sich um ein drastisch heruntergesetztes, aber einigermaßen gutes Designerstück handelte. Und um falsche Perlen zu erkennen, brauchte es dieser Tage schon ein sehr scharfes Auge.

»Es tut mir Leid, Mrs. Wallace. Mr. Baranoff ist nicht da. Und genauer gesagt erst morgen wieder in der Stadt. Wenn Sie eine

Nachricht hinterlassen möchten, sorge ich selbstverständlich dafür, dass er sie erhält.«

Barb biss sich auf die Unterlippe und fragte sich, ob die Frau ihr die Wahrheit sagte. Ein Blick auf den Terminkalender, der aufgeschlagen auf dem Schreibtisch lag, zeigte ihr, dass der heutige Tag rot durchgestrichen war.

»Danke, das wird nicht nötig sein. Ich bin für mehrere Tage in der Stadt und werde ihn am Freitag anrufen.« Das wohl nicht, aber vorbeischauen würde sie ganz bestimmt noch einmal.

Barb fuhr wieder in die Lobby hinunter. In dem Moment, als sie die elektronisch gesicherte Glastür passiert hatte, packte eine Hand sie am Arm, und jemand zerrte sie um die Straßenecke.

»Ich glaube einfach nicht, dass du das wirklich getan hast.« Dan Reynolds war wütend, und seine Hand lag wie ein Schraubstock um ihren Arm.

»Habe ich genau genommen auch nicht. Baranoff ist erst morgen wieder hier.«

Sein Griff lockerte sich, aber er ließ sie nicht los. »Was zum Teufel wolltest du damit erreichen? Du bist nicht bei der Kriminalpolizei, Barb. Du hast keine Ahnung von Ermittlungsarbeit. Das ist mein Job, erinnerst du dich?«

»Tue ich. Und du?«

Er biss die Zähne zusammen. »Wir tun unser Bestes.« Er schaute die Straße entlang. »Wo ist dein Wagen?«

»Einen Block weiter.«

»Gut. Lass uns gehen.«

Sie kam mit, allerdings recht missmutig. Das hier war schließlich immer noch ein freies Land. Sie hatte jedes Recht, mit Felix Baranoff oder wem auch immer zu reden.

»Ich verstehe nicht, weshalb du so wütend bist. Auch wenn ich ihn getroffen hätte, wäre daran doch nichts verkehrt gewesen.«

»Nein, nichts – nur dass du ihm Fragen gestellt hättest, die vertrauliche Informationen beinhaltet hätten, wie du sie nur von der Polizei haben konntest.« Er blieb stehen und drehte sie zu sich herum. »Vertrauliche Informationen, und zwar von mir!«

Barb blinzelte etwas verwirrt. So hatte sie das Ganze noch nicht gesehen. »Oh.«

»Oh? Mehr hast du nicht zu sagen?«

Sie hatte ihn nie zuvor so wütend erlebt. Verrückt, aber sogar vor Zorn bebend, sah er dermaßen sexy aus, dass sie sich am liebsten auf Zehenspitzen gestellt und ihn geküsst hätte, bis ihm der Atem stockte. Der Gedanke faszinierte sie so sehr, dass sie nervös die Lippen anfeuchtete und ihn nur noch anstarrte. Was immer sie dachte, es musste ihr ins Gesicht geschrieben stehen. Dan drückte sie mit seinem ganzen Körper an die Wand. Sein Kuss war so sengend heiß, sie musste sich an seine Schultern klammern, um auf den Beinen zu bleiben.

Als es vorbei war, sagte er kein einziges Wort, sondern zerrte sie einfach auf den alten blauen Toyota zu. Er nahm ihr die Schlüssel aus der zitternden Hand und schob sie förmlich hinters Steuer.

»Ich komme heute Abend um neun zu dir. Bitte, sorg dafür, dass die Kinder dann schon im Bett sind.«

»Wa-warum?«

Er nahm sie am Kinn. »Das weißt du verdammt genau.« Er drehte sich um und ging.

Es dauerte gut fünf Minuten, bis Barb sich in der Lage sah, den Wagen anzulassen. Sie würde einfach nicht da sein, wenn er kam, sagte sie sich. Sie konnte es nicht riskieren, sich auf Dan Reynolds einzulassen oder sonst irgendeinen Mann. Sie musste an die Kinder denken. Sie hatte ihre Lektion gelernt, was Männer betraf. Sie würde nicht noch einmal den gleichen Fehler machen.

Sie hatte noch acht Stunden, sich selbst davon zu überzeugen. Sie würde jede einzelne brauchen.

Es war Dienstagnachmittag, und die Sonne fing bereits an zu sinken, als Jake den Kursus beendete und die Männer entließ. Er stand in dem extra für die Schulung aufgebauten Zelt, sah auf die Uhr und wartete auf Captain Perez.

Ramon Perez war ein kleiner, drahtiger Mann mit ledriger Haut und schlauen schwarzen Augen, ein Söldner, der unter strengster Geheimhaltung für die mexikanische Regierung arbeitete.

Perez selbst war kein Maya, aber viele der anderen Soldaten waren es, einige davon ehemalige *Zapatistas*, die die Revolte von '94 überlebt und den Kampf niemals aufgegeben hatten. Sie kämpften für Verbesserungen im Gesundheitswesen, für bessere Schulen und eine Landreform. Nach einem halben Jahrtausend der Verfolgung stand Jake ihrer Sache durchaus wohlwollend gegenüber, aber nicht um den Preis hunderter, vielleicht sogar tausender militärischer und ziviler Opfer.

Als der Captain die Zeltklappe lüpfte und hereinkam, ging Jake ihm entgegen.

»Steht der Zeitplan?«, fragte Perez.

»Morgen früh trifft sie hier ein. Sind die Teams in Position?«

»Sobald Sie den Befehl geben, geht es los.«

»Wenn Sie mich in den Jeep steigen sehen, der uns zum Flugzeug bringen soll, geben *Sie* das Startsignal.«

Perez nickte. »Sie werden dann innerhalb von zehn Minuten hier sein.«

Erschöpft von einer unruhigen Nacht, rieb Jake sich mit der Hand das Gesicht. »Hoffen wir, dass alles so reibungslos abläuft wie geplant.«

»*Sí*, zu unser aller Bestem.« Perez schob seinen Schlapphut gerade und verließ das Zelt. Jake folgte ein paar Minuten später.

Es sah zumindest bis jetzt ganz so aus, als liefe alles wie geplant. Sobald er morgen die Gegenleistung für die Marschflugkörper erhalten hätte, würden ganze Hubschrauberladungen aus FBI- und ATF-Spezialkräften sowie mexikanische *Federales* das Hauptquartier des Generals stürmen. Rico und der General würden so schnell wie möglich verhaftet und fortgebracht werden, während eine zweite Gruppe von Männern die Wachen entwaffnen und das Zelt einnehmen würde, in dem die Marschflugkörper lagerten.

Sie hatten Order, den Rest des Geländes außen vor zu lassen und damit hoffentlich das zu vermeiden, was leicht zu einem kleineren Krieg ausarten konnte. Die Marschflugkörper würden erst entschärft und später in die Staaten zurückgebracht werden.

Und was Valisimos Armee betraf: Ohne ihren Anführer und die entsprechenden Finanzmittel würde die PRA bald nur noch ein unorganisierter Haufen aus Bauern und Söldnern sein. Sie würden sich zerstreuen wie Ameisen, die aus einem zertretenen Ameisenhaufen flohen.

Zumindest für den Moment würde die Gefahr, die die PRA darstellte, gebannt – und Jake auf dem Nachhauseweg sein.

Die Vorstellung war nicht so angenehm, wie sie es hätte sein sollen. Und Jake wusste auch, warum. In seinem Leben war weder für Mary Alice Parker ein Platz noch für irgendeine andere Frau, wie verführerisch sie auch sein mochte. Wenn es um Ehe und Familie ging, war er ein Versager. Seine Arbeit ließ es einfach nicht zu, sich zu binden; er war schlicht und einfach kein guter Ehemann. Nach Marla wusste er das nur zu gut. Allie würde bald aus seinem Leben verschwunden sein, was für sie beide das Beste war.

Dennoch war er, während er zum Haus zurückmarschierte, versessener darauf, sie zu sehen, als gut für ihn war. Als er sich der Treppe näherte, musste er unwillkürlich an gestern denken und welches verdammte Glück sie gehabt hatte, dass er nach ihr hatte sehen wollen.

Doch er hatte Rico nie getraut, und als er Allie nirgends hatte finden können und auch Rico nicht da war, hatte sein sechster Sinn sich eingeschaltet. Dann hatte er sie die Verandatreppe herunterlaufen sehen, während der kleine Junge regungslos am Boden lag, und er wusste, was geschehen sein musste. Es hatte all seiner Willenskraft bedurft, Rico nicht zusammenzuschlagen, aber in Anbetracht ihrer nebulösen Lage wäre dies kein besonders kluger Schachzug gewesen.

Jake schob die Tür auf und betrat die hohe Eingangshalle. Als er ins Wohnzimmer kam, stellte er erleichtert fest, dass Allie dort war, wohin er sie mittels deutlicher Worte verdonnert hatte, im Haus des Generals, das vor Bediensteten wimmelte. Allerdings war er überrascht, den kleinen Jungen, der sie so tapfer verteidigt hatte, auf dem Sofa neben ihr vorzufinden.

Miguel sprang auf, als Jake hereinkam, und salutierte zackig. »*Buenas tardes*, Señor Major Jake.«

Jake erwiderte den Salut. »*Buenas tardes*, Private Miguel.« Der kleine Junge grinste, und Jake musste an seinen eigenen Sohn denken, der fast in Miguels Alter war. Sie hatten Ball gespielt damals. Michael hatte den Ball ordentlich zwischen den Beinen gefangen, und das Lachen auf dem Gesicht seines kleinen Sohnes hatte ihn zum stolzesten Vater der Welt gemacht.

Er dachte an seinen Sohn, und wie immer überkam ihn die Sorge, dass Michael etwas passieren könnte und er nicht da war. Doch er schob den schrecklichen Gedanken fort.

»Danke, dass du dich um Allie gekümmert hast, während ich weg war«, sagte er zu dem Jungen.

»Sie ist meine Freundin«, sagte der Junge schlicht. »Aber jetzt, wo Sie da sind, muss ich gehen. Conchita wird böse, wenn ich ihr nicht mit der Wäsche helfe.«

Er grinste. »*Adios*, Señorita Allie.«

»*Adios*, Miguel.«

Als die Gittertür zuflog, drehte Allie sich zu Jake um. Er kannte diesen Ausdruck in ihren babyblauen Augen und dachte sich schon, dass ihm nicht gefallen würde, was sie gleich sagen würde.

Langsam ging er zu dem prächtigen antiken Sideboard und schenkte sich einen Drink ein. »Na los, nun spuck es schon aus. Was ist es denn, das du mir unbedingt sagen musst?«

»Ich will ihn nach Hause mitnehmen.«

Ihm sprang fast das Glas aus der Hand. »Was?«

»Ich sagte ...«

»Ich habe gehört, was du gesagt hast. Die Antwort lautet ›Nein‹.«

»Er hat keine Eltern. Die Haushälterin sagt, sein Vater habe mit den *Zapatistas* sympathisiert und sei von jemandem umgebracht worden, der einer Gruppe namens ›Die Rote Maske‹ angehörte. Ein paar Jahre später ist dann auch seine Mutter gestorben.«

Jake nahm seinen Drink, Cola mit Rum, zum Sofa mit und setzte sich neben sie. »Hör mir zu, Allie. Auch wenn wir ihn irgendwie über die Grenze brächten, es wäre nicht legal.«

»Wenn wir erst da sind, kann ich ihn adoptieren. Ich kann ...«

»Du bist eine allein stehende Frau, Allie. Auch wenn dir die Behörden ein Sorgerecht einräumen – was aber nicht der Fall sein muss – kostet es immer noch eine Menge Geld, eine Auslandsadoption durchzubekommen.«

Allie zwinkerte, und er wusste, dass sie sich abmühte, nicht zu weinen. »Ich darf gar nicht daran denken, ihn einfach so hier zu lassen.«

Jake legte ihr den Arm um die Schultern. »Hör zu, Süße. In Mexiko gibt es tausende solcher Kinder wie Miguel. Du kannst sie nicht alle mit nach Hause nehmen.«

Sie wischte sich eine Träne ab. »Ich will sie ja nicht alle mit nach Hause nehmen. Ich will nur Miguel.«

Jake küsste sie auf die Stirn. »Du bist vielleicht eine Nummer, Mary Alice Parker. Weißt du das?«

Allie legte ihm die Arme um den Hals, und er hielt sie eine Minute lang einfach nur fest und musste sich zwingen, sie wieder loszulassen.

»Ich muss rauf und mich fürs Abendessen umziehen«, sagte er. »Ich komme zurück, sobald ich fertig bin.«

Allie nickte und schaute mit traurig resignierter Miene weg.

Jake ging seufzend zur Treppe und verstand ihren Schmerz nur allzu gut. Er hatte einen Sohn, den er liebte und um den er sich Sorgen machte. Er wollte bei ihm sein. Allie hatte sich ein wenig in Miguel verliebt und wollte ihn schützen.

Morgen würden sie das Camp verlassen, und es würde für sie alle heftig werden. Für Allie, für Miguel …

Er warf einen Blick zurück ins Wohnzimmer, wo Allie immer noch auf dem Sofa saß, und begriff, vielleicht zum ersten Mal, wie schwer es für ihn selbst werden würde.

20

»Der Captain möchte dich in seinem Büro sehen.«

Dan Reynolds nickte Elaine Swayer zu, der blonden Streifenpolizistin, die ihm die Nachricht überbrachte. »Ich muss noch ein paar Telefongespräche führen. Sag ihm, ich komme, sobald ich damit fertig bin.«

»Captain Caruthers sagt, jetzt sofort.«

Dan blickte vom Stapel der Unterlagen auf seinem Schreibtisch auf. »Also gut«, grummelte er. »Ich komme.«

Elaine zog eine fein geschwungene Augenbraue hoch, ging davon und ließ ihn mit schlechtem Gewissen zurück. Es war nicht ihre Schuld, dass er so schlecht gelaunt war, aber er hatte letzte Nacht nicht gut geschlafen und war immer noch sauer auf Barb Wallace.

Verdammte Weiber! Als er letzte Nacht vor Barbs Apartment angekommen war, waren die Lichter aus gewesen. Er war trotzdem hinaufgegangen und hatte geklopft, obwohl er hatte sehen können, dass sie und die Jungs nicht zu Hause waren. Da der Grund seines Besuchs mehr als klar gewesen sein musste, war offensichtlich, dass sie die Flucht ergriffen hatte. Er hätte sie vielleicht nicht so drängen sollen, aber verflucht, er wusste doch, dass sie ihn genauso wollte wie er sie, und er hatte genug davon, dass sie ihre Gefühle vor ihm verbarg.

Andererseits, vielleicht war es ja gut so. Das Letzte, was er brauchen konnte, war, sich auf eine harte Nuss wie Barb einzulassen. Der liebe Gott selber hatte ihn gestern Nacht vielleicht vor verschlossenen Türen stehen lassen.

Müde und immer noch sauer, riss Jake die Tür zum Büro des Captains auf, ohne die zwei Männer zu bemerken, die auf der anderen Seite der großen Glasfenster standen.

»Schön, dass du es geschafft hast, Reynolds«, sagte Caruthers sarkastisch.

Dan warf seinem Partner Archie Hollis, der auf einem Stuhl vor dem abgenutzten Schreibtisch des Captains saß, einen entnervten Blick zu. Dann richtete er seine Aufmerksamkeit auf die beiden Männer in den dunklen Anzügen, die mit leicht gespreizten Beinen und vor der Brust verschränkten Armen dastanden und genauso aussahen wie die Bundesagenten, die sie zweifelsohne auch waren.

»Was ist denn hier los?«

»Detectives Reynolds und Hollis«, sagte der Captain formell. »Die Spezialagenten des FBI, Morris und Duchefski.«

Dan fragte sich, was diese FBI-Agenten wohl auf seinem Spielfeld zu schaffen hatten, schaute seinen Captain an und zuckte zusammen, als er den harten Zug um Tom Caruthers Kinn sah.

»Detective Reynolds, habe ich Ihnen nicht Order gegeben, Felix Baranoff in Ruhe zu lassen?«

Dan zuckte innerlich zusammen, und sein Zorn auf Barb Wallace heizte sich wieder auf. »Ja, Sir, Sie haben.«

»Weswegen wurden Sie dann gestern Nachmittag dabei beobachtet, wie sie sich vor seinem Bürogebäude aufhielten?«

Dan schaute Archie an, der ihn fast genauso böse anstarrte wie der Captain. »Beobachtet von wem?«

»Sowohl das FBI als auch das ATF observieren das Gebäude. Die Frage ist nur, was haben *Sie* dort gemacht?«

Dan richtete sich beunruhigt in seinem Stuhl auf. »Ich hatte herausgefunden, dass eine Bekannte dabei war, Baranoff einen Besuch abzustatten. Sie wollte ihm bezüglich des Verschwindens ihrer Freundin Mary Alice Parker einige Fragen stellen. Ich habe versucht, sie abzufangen, bevor sie irgendwelche Probleme verursacht.«

»Dann hatten Sie mit dem Erscheinen der Frau nichts zu tun?«

»Nicht direkt, nein.«

»Und was ist mit ›indirekt‹?«

Dan holte, um sich zu beruhigen, Luft und wünschte nur, er könne Barb den hübschen kleinen Hals umdrehen. »Ich hätte vielleicht nicht erwähnen sollen, dass Miss Parker am Tag ihres Verschwindens in der Nähe einer der Jachten Baranoffs gesehen worden ist. Meine Bekannte war wohl der Ansicht, dass da ein Zusammenhang bestehen könnte.«

»Sie wollte das also auf eigene Faust herausfinden? Bedenkt man, welch herausragende Persönlichkeit Baranoff ist, bedarf es dazu einiger Unverfrorenheit.«

»Wenn es etwas gibt, woran es der betreffenden Dame nicht mangelt, dann ist das ohne Zweifel Unverfrorenheit, Sir.« Zumindest, was Dan selbst anging.

»Es gibt da tatsächlich eine Verbindung«, sagte der Captain verblüffenderweise. »Am Tag ihres Verschwindens befand sich Mary Alice Parker an Bord der *Dynasty II*. Die Jacht hat San

Diego Richtung Mexiko verlassen. Sie werden sich freuen zu hören, dass Miss Parker gesund und munter ist und sich als Gast eines gewissen Alejandro Valisimo in Belize aufhält.«

Die Erleichterung, die Dan überkam, war so enorm, dass er einen Kloß im Hals hatte. »Das ... ist wirklich eine gute Nachricht, Sir.«

»Unglücklicherweise keine, die wir herausgeben können. Noch nicht. Über einen V-Mann in Belize hat das ATF in Erfahrung gebracht, dass Miss Parker integraler Bestandteil einer hochgeheimen Operation ist, die irgendwann am heutigen Tag zum Abschluss kommt. Sobald dies der Fall ist, wird Miss Parker ihre Eltern anrufen und sie darüber in Kenntnis setzen können, dass es ihr gut geht. Bis dahin muss die Information topsecret bleiben.«

Archie Hollis kratzte sich das dünne rote Haar. »Ihr Jungs wollt damit sagen, diese Operation hat etwas mit Baranoff zu tun, oder?«

Caruthers nickte. »ATF und FBI beziehen in diesem Moment ihre Positionen. Die gute Nachricht ist, es wird nicht mehr lange dauern, dann haben wir dieses ganze Chaos hinter uns.«

Dan verspürte die nächste Welle der Erleichterung. »Deshalb also haben Sie mir untersagt, mit Baranoff zu sprechen, Sir.«

»Ich habe Sie in mehr als deutlichen Worten vor dem Fall gewarnt. Aber jetzt, da ich weiß, dass Miss Parker in Sicherheit ist, geht es auch mir um einiges besser.«

Genau wie Dan. Er konnte es nicht erwarten, Barb die gute Nachricht zu überbringen. Als er zur Tür ging, lächelte er. Vielleicht würde sie sich dankbar zeigen und ihn zum Abendessen zu sich bitten. Vielleicht würde sie ihn, nachdem die Kinder im Bett waren, bitten, noch zu bleiben.

Verdammt, musste er das unbedingt hoffen?

Allie betete, dass man ihr ihre Nervosität nicht ansah, während sie die Treppe hinunterging. Sie trug wieder die Khaki-Shorts und das Tank-Top, war für die Abreise zum Treffpunkt bereit, auch wenn sie dort – falls Jakes Plan funktionierte – nicht in der Maschine Valisimos eintreffen würde. Jake hatte die Armeehosen an und die Automatik locker um die Hüften gegürtet. Unten an der Treppe warteten Rico und der General.

»Ich habe mit Colonel Fernandez gesprochen«, sagte Valisimo. »Er ist mit der Einweisung, die Sie unseren Offizieren haben zukommen lassen, mehr als zufrieden. Wie es scheint, Major Dawson, haben Sie diesen Teil Ihres Auftrags erfolgreich erledigt.«

Er wandte sich an Rico. »Weswegen ich es jetzt in die fähigen Hände meines Sohnes lege, für die Gegenleistung zu sorgen, auf die wir uns geeinigt hatten.«

Valisimo streckte die Hand aus, und Jake schüttelte sie. »Vielleicht kreuzen sich unsere Wege irgendwann in der Zukunft noch einmal«, sagte Valisimo. »Kommen Sie sicher nach Hause, Major Dawson.« Er nickte knapp in Allies Richtung: »Señorita Parker.«

Während der General die Eingangshalle durchquerte und in seinem Studierzimmer verschwand, trat Rico vor. »Ich denke, Sie werden die Ware prüfen wollen.«

»Mr. Baranoff hat mich entsprechend instruiert, ja.« Bis jetzt war die schreckliche Szene, die sich gestern vor Ricos Haus abgespielt hatte, nicht zur Sprache gekommen. Obwohl er sie kühler behandelte als zuvor, benahm sich der Sohn des Generals, als hätte es den Zwischenfall nie gegeben. Er schien es vorzuziehen, jede Art von Versagen zu ignorieren, insbesondere sein eigenes.

»Die Stücke liegen bereit«, sagte er. »Wenn Sie mir bitte folgen wollen ...« Rico geleitete sie zu einem sonnigen Raum an der Rückseite des Hauses, wo mehrere Holzkisten, aus denen strohartiges Verpackungsmaterial quoll, offen auf dem Boden standen. Allie fragte sich, wozu die Kisten wohl gut sein sollten, und schnappte nach Luft, als sie den langen antiken Holztisch in der Ecke des Raumes entdeckte, auf dem eine unglaubliche Ansammlung präkolumbianischer Artefakte schimmerte.

Sie warf Jake einen fassungslosen Blick zu, doch ihm war nicht die geringste Überraschung anzumerken. Allie hatte gedacht, dass die Zahlung in mexikanischen oder US-amerikanischen Banknoten erfolgen würde, möglicherweise auch in Gold, aber gewiss nicht in Kunstschätzen. Jake hatte es offenkundig von Anfang an gewusst. Er marschierte einfach auf den Tisch zu und sah die Sachen durch. Schließlich griff er die Statuette eines kleinen Mannes heraus, an die zwanzig Zentimeter hoch und in weichen grauen Stein geschnitzt, und hielt sie ins Licht, um sie genauer zu begutachten.

Es gab eine ganze Menge vergleichbarer Figuren, einige davon sitzend, andere stehend, alle erkennbar Maya und vermutlich hier aus der Gegend stammend. Eine war anders als die anderen, eine Art Steinwürfel mit etwa fünfundzwanzig Zentimetern Kantenlänge, rötlich in der Farbe und ein wenig an einen Hundekopf erinnernd. Sie fletschte die Zähne, und die Augen quollen hervor. Jake studierte das Stück und stellte es wieder ab, um nach einer entzückenden Jadefigur zu greifen, einer von einem halben Dutzend.

Am anderen Ende des Tisches standen wunderschöne Töpferarbeiten und eine rechteckige Granittafel, in die eine Art Kalender eingeritzt war. Doch es waren die goldenen Objekte, die am beeindruckendsten waren, die Halsbänder, die Ohrstecker und etwas, das wie eine Krone aussah.

»Ich bin kein Experte«, sagte Jake. »Aber für mich sehen die Sachen echt aus.« Überflüssig zu erwähnen, dass sich der General mit Baranoff würde herumschlagen müssen, falls sie es nicht waren.

»Sie dürfen sicher sein, sie sind genau das, wonach sie aussehen.«

»Und die Maske?«

Rico ging zu einer der Kisten, hockte sich hin und hob etwas heraus. Im Gegensatz zu den exzeptionellen Stücken auf dem Tisch, die aus dünnem, gehämmerten Gold waren, war die Maske aus massivem, dickem Gold gefertigt und reich mit grüner Jade besetzt. Als Rico das Stück vor Jake auf dem Tisch abstellte, erkannte Allie, dass es sich um einen Drachenkopf handelte.

»Die Maske des Itzamna«, sagte Rico. »Des Himmelsdrachen, über tausend Jahre alt. Viele glauben, sie existiere überhaupt nicht. Die, die es dennoch glauben, würden ein Vermögen bezahlen, um sie zu besitzen.«

Jake hob die Maske vorsichtig ins Licht, und das Sonnenlicht glitzerte über das strahlende, schwere Gold. Wohin auch immer er die Maske drehte, die Augen schienen ihn anzustarren. Genau wie die Zähne, so waren auch die Ohren innen aus Jade. Ein exquisites Stück. Das hinreißendste Kunstwerk, das Allie je gesehen hatte. Kein Wunder, dass Baranoff willens war, seine Seele dafür zu verkaufen.

Jake reichte die Maske an Rico zurück. »Wie es scheint, ist alles in Ordnung. Sobald die Sachen verpackt und verladefertig sind, ist das Geschäft abgeschlossen.«

Rico antwortete nicht, sondern lief auf den Gang hinaus und schnippte mit den Fingern. Ein paar Bedienstete kamen angelaufen. Rico bedeutete ihnen, die Sachen auf dem Tisch zu verpacken. Allie und Jake sahen zu, wie die Aufgabe sorgsam erledigt wurde.

Ein paar Minuten später wurden die Kisten vor das Haus hinausgetragen, wo ein Jeep auf Passagiere und Kunstgegenstände wartete. Aus dem Augenwinkel konnte Allie sehen, wie Rico Jake beiseite nahm, als sie die Veranda betraten. Anstatt zum Jeep weiterzugehen, schlich sie sich neben die Tür außer Sichtweite, um zu hören, was die beiden sich zu sagen hatten.

»Diese Frau«, sagte Rico. »Sie weiß mehr, als meinem Vater recht sein kann.«

»Die Frau gehört in meinen Verantwortungsbereich. Falls sie Probleme macht, werde ich mich darum kümmern.«

Sie konnte fast hören, wie Rico einen harten Zug ums Kinn bekam, so wie gestern auf der Veranda. »Sehen Sie zu, dass Sie es dann auch richtig machen.«

Als sie Jakes schwere Stiefel hörte, drehte Allie sich um, lief zum Jeep voraus und fragte sich, wie viele Leute ihren Kopf wollten. Baranoff sowieso. Und jetzt auch Rico und sein Vater.

Als sie auf die Rückbank des Jeeps kletterte, zitterte sie.

In der Telefonzelle des Coffee Shops gegenüber vom Polizeirevier wählte Archie Hollis die Geheimnummer, von der er wusste, dass er sie nur im äußersten Notfall benutzen durfte.

Am anderen Ende der Leitung meldete sich eine tiefe Männerstimme. »Ja?«

»Das Geschäft ist schief gelaufen. ATF und FBI auf dem ganzen Gelände. Sehen Sie zu, dass Sie wegkommen.«

Das Telefon klickte, ohne dass noch eine Antwort kam. Hollis bezweifelte, dass der Kerl unbehelligt aus dem Gebäude kam, aber Baranoff war die Sorte Mann, der für Notfälle vorgesorgt hatte, und Archie bekam in regelmäßigen Abständen jede Menge Geld, zumindest für seine Verhältnisse, damit er irgendwann einen Tipp wie diesen hier lieferte. Falls der Kerl es schaffte, das wusste Archie, dann würde er reich belohnt werden.

Er legte auf und ging zur Theke. »Einen Hot Dog und zwei Coke zum Mitnehmen.« Er bezahlte mit zwei Scheinen aus einem ganzen Bündel von Dollarnoten, das er in seiner Manteltasche gefunden hatte, nahm die Tüte mit ins Büro hinüber und stellte Dan Reynolds im Vorbeigehen eine Cola auf den Schreibtisch.

Archie fragte sich, ob Baranoff wohl die Flucht gelang. Er dachte an das mögliche, abrupte Versiegen seines monatlichen Zusatzeinkommens und hoffte, dass Baranoff Glück hatte.

Jake setzte sich auf den Beifahrersitz des Jeeps, dessen Fahrer, ein junger Corporal namens Nuñez, den Motor anließ. Sie fuhren gerade die Auffahrt entlang, als Jake geradeaus eine Gruppe von Soldaten bemerkte, die auf dem Weg zum Haus waren. Sie transportierten, soweit er es sehen konnte, eine Krankenbahre, und Jake spürte, wie ihm die kalte Angst den Rücken heraufkroch.

»Roberto ...«, sagte Allie leise von hinten, das Wort mit Schrecken versetzt.

»Fahren Sie weiter«, sagte Jake zum Fahrer. »Wir müssen ein Flugzeug kriegen.« Captain Nuñez trat aufs Gas und reckte den Hals in Richtung der Männer. Sie waren schon fast vorbei, als einer der Soldaten Nuñez zum Halten aufforderte.

Er sprach ein so schnelles Spanisch, dass Jake ein Teil des Gesprächs entging, aber er hatte etwas von *policia* gehört und es schien, als behauptete Bobby Santos, Jake sei von der Polizei.

»Es tut mir Leid, Major«, sagte der Fahrer. »Aber Lieutenant Ortega ist mein Vorgesetzter, und ich habe Befehl anzuhalten.«

Jake schaute schnell nach Allie. »Zehn Minuten«, sagte er auf Englisch. »Mehr brauchen wir nicht.« Er kletterte aus dem Jeep und ging zu den Männern hinüber.

»Wir haben ihn zehn Kilometer vom Camp entfernt gefunden«, sagte der junge Lieutenant. »Er wurde angeschossen.«

»Stimmt«, sagte Jake gelassen. »Und ich bin derjenige, der auf ihn geschossen hat. Roberto Santos ist der Mann, der das Flugzeug des Generals zum Absturz gebracht hat. Er hat versucht, die Maschine umzudirigieren und die Ladung zu entwenden. Der General weiß genauestes darüber Bescheid, was dieser Mann angerichtet hat.«

»Er ... er lügt«, keuchte Bobby. »Er ... er ist ... von der Polizei.« Bobby war blutbefleckt, sein Hemd an so vielen Stellen zerrissen, dass es nur noch an ein paar dünnen Fäden an den Schultern hing. Die Wunde in seiner Brust roch nach Eiter und wimmelte vor Maden, sein Arm war purpurrot vom Wundbrand.

Jake richtete sich kerzengerade auf und verströmte jene kalte Autorität, wie sie nur der jahrelange Militärdienst mit sich brachte. »Wie gesagt, der General weiß über die Aktivitäten dieses Mannes Bescheid. Wir haben ihn beide für tot gehalten. Ein Wunder, dass er es nicht ist, auch wenn er es vermutlich bald sein wird. Aber es ist Ihre Angelegenheit, was Sie mit ihm machen. Wir hingegen haben einen Termin in Mexiko, den es einzuhalten gilt. Wollen Sie derjenige sein, der dem General zu erklären hat, warum wir nicht rechtzeitig dort eingetroffen sind?«

Der Lieutenant wirkte verunsichert. Seine Augen schossen von Jake zu Roberto und wieder zurück. Er schaute zur Rollbahn, die hinter einer Reihe von Bäumen auf einem offenen Feld lag, und auf der eine zweimotorige Cessna wartete.

»Es tut mir Leid, Sie aufgehalten zu haben«, sagte der Lieutenant. »Bitte fahren Sie weiter, Major Dawson.«

Jake drehte sich um und ging eiligst zum Jeep zurück. Er wollte Allie so weit wie möglich vom Haus weghaben, wenn die Hubschrauber eintrafen, was jede Minute der Fall sein konnte. Der Jeep hatte die Rollbahn schon fast erreicht, als sich plärrend das Funkgerät meldete und sie den Befehl erhielten, zum Haus zurückzukehren.

Der Fahrer sah Jake just in dem Moment an, als der die Pistole zog. »Tut mir Leid.« Er entsicherte die Waffe. »Sie können zum Haus zurück, wenn Sie wollen, doch der Jeep bleibt hier.«

»Aber mein Befehl lautet ...«

»Anhalten. Sofort.«

Jake presste ihm die Waffe an die Schläfe, und der Fahrer tat wie befohlen. Als der Wagen stand, griff Jake an das Halfter des Corporals und nahm ihm die Pistole ab. Es war die gleiche Heckler-Koch 45, wie Jake sie schon bei einigen anderen Offizieren gesehen hatte, das allerneueste Modell, wie es auch die amerikanischen Spezial-Einsatzkommandos trugen. Jake fragte sich, wo der General die Waffen wohl herbekommen hatte und wie viele Artefakte nötig gewesen sein mochten, sie zu bezahlen.

In der Ferne hörte Jake das *Whop-whop-whop* der Rotoren. »Sie können gehen, aber ich befehle Ihnen, sich dabei ruhig zu verhalten.« Er hob wortlos drohend die Waffe. Der Corporal kletterte aus dem Jeep und entfernte sich rückwärts und mit erhobenen Händen. »*Pronto*!«, kommandierte Jake.

Der Soldat rannte zum Haus, während Jake hinter das Steuer rutschte.

»Wohin fahren wir?«, fragte Allie.

»Da hinter die Bäume. Wir müssen uns Deckung suchen.« Als sie die Baumreihe erreicht hatten, erfüllte das schwere Schlagen der Rotorblätter bereits die Luft. Jake umrundete den Jeep und half Allie heraus. »Bleib einfach nur unten. Hier sind wir sicher.«

Innerhalb von Sekunden trafen fünf waffenstrotzende Helikopter ein. Als Allie begriff, dass sich einige auf das Camp zubewegten, schoss sie hoch.

»O mein Gott! Ich hätte nie gedacht, dass sie das Camp angreifen. Was soll aus Miguel werden?«

Jake schaute in Richtung des Camps und dachte an den Jungen. »Die Zelte der Frauen stehen am Rand. Dahin wollen sie nicht. Miguel müsste dort sicher sein.« Dann hörte er die Salven. Natürlich konnte das Kind getroffen werden! Ein Blick in Allies entsetztes Gesicht, und seine Entscheidung stand fest.

»Gib mir dein Wort, dass du hier bleibst, und ich hole ihn.«

Sie nickte mit verwirrtem Blick. »Ich verspreche es. Ich rühre keinen Muskel.« Ihre Finger zitterten, als er ihr die Heckler-Koch in die Hand drückte.

»Hast du irgendeine Vorstellung, wie das Ding funktioniert?«

»Ich hab noch nie mit einer Pistole geschossen. Aber ich hab's im Fernsehen gesehen und bei dir. Ich glaube, ich weiß, wie es geht.«

Er entsicherte die Waffe. »Wenn du schießen musst, streck beide Arme gerade nach vorn. Zielen und den Abzug drücken.« Er zeigte es ihr kurz. »Und schieß, um Gottes willen, nicht auf mich!«

Er hoffte, dass sie die Pistole nicht brauchen würde, und machte sich auf den Weg. Auf der anderen Seite einer nahe gelegenen Lichtung entdeckte er eine Gruppe von Männern, die sich lautlos in den Dschungel bewegten, wo sich das Zelt mit den Marschflugkörpern befand. Die Stinger zurückzuholen hatte oberste Priorität, und die Männer, die mit der Aufgabe betraut waren, gehörten einer gut ausgebildeten Eliteeinheit an. Während er auf die Rollbahn zulief, um so das Camp zu umgehen und den Teil zu erreichen, wo die Zelte der Frauen standen, sah Jake die Männer mit routinierten Bewegungen das Zelt einkreisen.

Klar in der Unterzahl, warfen die Soldaten des Generals die Waffen fort, ohne einen einzigen Schuss abgefeuert zu haben.

Jake bewegte sich weiter am Rand des Regenwalds entlang, hielt sich achtsam unten und außer Sicht. Hinter ihm landeten zwei Helikopter auf einem freien Feld hinter dem Haus des Generals, und innerhalb von Minuten war das Gebäude umstellt. Uniformierte Männer stürzten durch Vorder- und Hintereingang. Jake hörte, wie im Inneren des Hauses Schüsse fielen. Wieder eine Salve und dann Stille.

Er wartete lange genug, um den General mit erhobenen Händen und einer Pistole im Rücken zur Vordertür herauskommen zu sehen, gefolgt von einem Dutzend schwer bewaffneter Männer, die meisten von ihnen *Federales*, aber auch welche von FBI und ATF.

Rico war nirgendwo zu sehen.

Jake marschierte weiter zum Lager. Die Offiziere, die für das

Marschflugkörper-Training angereist waren, waren wieder zu ihren Heimatbasen zurückgekehrt, und nur ein kleiner Teil der PRA hielt sich noch hier im Camp auf. Beim Anblick der Kampfhubschrauber hatten die Soldaten ein paar Salven abgefeuert und waren dann in den Urwald verschwunden, zumal auch klar war, dass die Marschflugkörper verloren waren.

Ohne innezuhalten bewegte Jake sich weiter auf die Zelte am Rande der Lichtung zu. Die meisten Frauen hatten sich in den Regenwald geflüchtet. Die, die dageblieben waren, kauerten hinter umgestürzten Bäumen oder umgekippten Holztischen. In der Hoffnung, den Jungen irgendwo zu sehen, schaute Jake sich um. Sporadisch hallten in der Ferne Schüsse wider, und er betete, dass das Kind nicht in diese Richtung gelaufen war. Leise schlich er zwischen zwei Zelten hindurch, die Pistole fest im Griff. Eine der Frauen fing an zu schreien, lief davon und verschwand im Blattwerk. Dann entdeckte er den Jungen.

»Señor Major Jake!« Das Kind kam auf ihn zugelaufen, die dünnen Beine wie ein Kolbenwerk über den hartgetretenen Boden wirbelnd. Jake ging in die Knie und breitete die Arme aus. Der kleine Junge umklammerte seinen Hals. Er spürte den mageren Körper zittern, und die schmalen Schultern vibrierten von der Anstrengung, die Tränen zurückzuhalten. Jake strich dem Jungen das Haar aus dem schmutzigen Gesicht.

»Ist schon gut, mein Junge. Keiner wird dir etwas tun. Das hier ist bald vorbei.«

Immer noch hing der Junge an ihm wie ein Äffchen an einem Baum, und Jake fing an, die Vorstellung, den Jungen zurückzulassen, genauso zu hassen, wie Allie es tat. Aber sie konnten ihn nicht in die Staaten mitnehmen, und Miguel würde Allie den Abschied von Jake nur noch schwerer machen.

Auf dem gleichen Weg, auf dem er hergekommen war, erreichte Jake die Rollbahn und schließlich den Jeep.

»Miguel!« Allie ließ die Pistole auf den Sitz fallen und rannte auf sie zu. Als sie die beiden erreicht hatte, drückte Jake ihr das Kind in die ausgestreckten Arme.

»Es ist alles in Ordnung mit ihm. Er hat nur einen kleinen Schock, das ist alles.«

Allie strahlte, hielt das Kind fest an sich gedrückt und streichelte ihm über das dunkle Haar. »Das alles hier ist fast vorbei.«

Miguel antwortete nicht, was Antwort genug war. Jake wusste, wie sehr er sich bemühte, nicht zu weinen.

»Was passiert jetzt mit Valisimos Männern?«, fragte Allie. »Werden die Mexikaner sie weiter verfolgen?«

»Das glaube ich nicht. Vielleicht formieren sich die Reste der Armee noch einmal, aber ohne Anführer und Finanzmittel halten sie nicht lange durch.«

»Traurig ist es schon«, sagte Allie und umarmte Miguel ein wenig fester. »Sie wollten nur ein etwas besseres Leben haben.«

»Leute, die ein besseres Leben haben wollen, gibt es bei uns auch. Aber sie arbeiten mit friedlichen Mitteln daran. Und das ist etwas, das auch hier geschehen muss.«

»Ich weiß, aber ...«

Jake nahm sie bei der Hand. »Komm, lass uns das hier zu Ende bringen und verschwinden.« Er half ihr in den Jeep, setzte ihr Miguel auf den Schoß und sich selbst auf den Fahrersitz.

Es dauerte nicht lange, dann waren er, seine Fahrgäste und die Ladung unbezahlbarer Kunstschätze zurück beim Haus des Generals, das von *Federales*, FBI- und ATF-Agenten nur so wimmelte.

Einer von ihnen, ein schlaksiger Mann mit dickem grauem Haar kam auf ihn zu. »Jake Dawson?«

»Der bin ich.«

Der Mann streckte ihm die Hand hin. »Inspector Carmine.«

»Freut mich, Sie kennen zu lernen, Inspector Carmine.« Er wies auf die Frau neben sich. »Das ist Allie Parker.«

Carmine lächelte. »Wir wissen alles über Miss Parker. Man hat uns mitgeteilt, dass sie diejenige war, die die Verbindung zu Ruiz und seiner kolumbianischen Guerilla-Truppe aufgedeckt hat. Das Geschäft mit den Marschflugkörpern ist zwar mausetot, aber wir werden die Typen von jetzt an im Auge behalten, was wir Ihnen zu verdanken haben. Schön, Sie kennen zu lernen, Miss Parker.«

Er schüttelte Allie die Hand. »Sieht so aus, als hätten Sie beide hier verdammt gute Arbeit geleistet.«

Jake besah sich die Aktivitäten um ihn herum. »Irgendwelche Verluste?«

»Keiner von unseren Männern. Von den Leuten des Generals sind ein paar verletzt worden. Wir kümmern uns um sie. Und Rico Valisimo ist tot.«

Allies Kopf schoss hoch. Sie stellte das Kind auf die Füße und nahm es an der kleinen braunen Hand.

»Hat er versucht, sich den Weg freizuschießen?«

»Sieht ganz so aus. Er hat sich mit drei unserer besten Agenten angelegt. Ich schätze, er hat auf die harte Tour herausfinden müssen, dass er nicht unbesiegbar ist.«

Jake dachte daran, wie Rico ein wehrloses Kind bewusstlos geschlagen hatte, und dass er vorgehabt hatte, sich Allie aufzuzwingen. »Kein großer Verlust. Was ist mit Roberto Santos?«

»Sie fliegen ihn mit den anderen Verwundeten zusammen aus, aber der Kerl ist in ziemlich schlechtem Zustand. Schwer zu sagen, ob er es schaffen wird.«

»Und der General?«

»Wird zurzeit befragt. Sieht ganz so aus, als würde er mit Ihnen und Miss Parker zusammen gegen Baranoff aussagen, wenn wir ihm ansonsten entgegenkommen.«

Jake nickte. »Valisimo ist ein Patriot. Rico und der Russe sind in diesem Spiel die bösen Jungs.«

»Ja, so sehen wir das auch.« Er wandte sich an Allie. »Ich nehme an, Sie wollen unbedingt mit Ihren Leuten telefonieren und ihnen sagen, das Sie in Ordnung sind.«

»Ja, denn ich weiß, welche Sorgen sie sich machen.«

»Sobald wir Nachricht haben, dass unsere Operation in San Diego abgeschlossen ist, können Sie mein Satellitentelefon benutzen.«

»Danke, das wäre wundervoll.«

Die nächste halbe Stunde verging mit Aufräumarbeiten. Jake hätte zudem einen langen Bericht zu schreiben gehabt, aber daran schien niemand sonderlich interessiert zu sein. Er sprach mit Carmine über Miguel, und der Inspector versprach, mit den Behörden zu reden.

Allie stand immer noch dicht bei dem Jungen, als Carmine mit einem der mexikanischen Offiziere zurückkehrte. »Das ist Colonel Fuentes. Er ist wegen des Jungen hier. Er sagt, er wird sich persönlich darum kümmern, dass das Kind ein Zuhause bekommt, wo man sich gut um ihn kümmert.«

Allies Finger krampften sich um Miguels kleine Hand. »Ich … ich würde ihn gerne aufnehmen, falls Sie das arrangieren könnten. Mir ist klar, dass es da ein Reihe von Problemen gibt, aber …«

»Es tut mir Leid, Señorita Parker.« Die Miene des Colonels war aufrichtig bedauernd. »Für so etwas gibt es bestimmte Verfahren. Wenn Sie erst in Ihr Land zurückgekehrt sind und dann immer noch Interesse an dem Jungen haben, bin ich sicher, dass Agent Dawson Ihnen bei dem Prozedere behilflich sein wird.«

Allies Augen füllten sich mit Tränen. »Sind Sie sicher, dass Sie dieses eine Mal keine Ausnahme machen können?«

»Ich fürchte, das steht nicht zur Debatte. Wie gesagt, es tut mir wirklich Leid.«

Jake legte den Arm um ihre Taille. »Es gibt nichts, was du dagegen tun könntest, Allie. Mach es dem Jungen doch nicht noch schwerer.«

Sie biss sich auf die Lippe, sah weg und strengte sich an, nicht zu weinen. »Du hast ja Recht. Entschuldigen Sie, bitte.« Sie zwang sich zu einem Lächeln und ging neben Miguel in die Hocke. »Du bist heute wirklich sehr tapfer gewesen. Habe ich dir das schon gesagt?«

Er schüttelte langsam den Kopf.

»Ich war so stolz auf dich, Miguel.«

Das Kind blickte scheu zu ihr auf und lächelte sie an.

»Du warst heute ein ganz tapferer Junge und musst jetzt noch eine kleine Weile lang so tapfer bleiben.« Sie wandte sich an den Colonel, einen großen, imposanten, dunkelhäutigen Mann mit freundlichen Augen. »Das ist Colonel Fuentes, Miguel. Er wird dir ein neues Zuhause suchen, damit du nicht länger im Dschungel leben musst.«

»Ich lebe aber gern im Dschungel.«

»Ich weiß, aber du brauchst eine Familie, Miguel und jemanden, der sich um dich kümmert.«

»Sie können doch meine Familie sein.«

Ihre Kehle schmerzte, als sie den dicken Kloß hinunterwürgte. »Es tut mir so Leid, mein Schatz. Ich würde dich gerne mit nach Hause nehmen, aber ich kann nicht. Du musst hier bleiben.«

»Aber ich will mit Ihnen mitkommen, Señorita Allie.«

Sie zwinkerte heftig und schluckte. »Der Colonel wird sich gut um dich kümmern.« Sie zog den Jungen an sich und umarmte ihn. »Ich verspreche dir, ich werde dich nie vergessen.« Sie nahm die Segeltuchtasche von der Schulter, wühlte darin herum und zog ihre Brieftasche heraus. Ihre Hände zitterten, als sie ihren Führerschein herauszog. »Hier. Das ist für dich.« Miguel nahm ihn mit kleinen, schmutzigen Händen entgegen. »Jetzt hast du ein Bild von mir, damit auch du mich nicht vergisst.«

Der Junge drückte sich den Führerschein an die Brust, als wäre er aus Maya-Gold. »Ich vergesse Sie niemals, Señorita Allie, ich verspreche es.«

Allie umarmte ihn heftig, und der Junge klammerte sich an ihren Hals. Beide weinten sie, als sie einander wieder losließen.

Miguel blickte zu Jake auf, wischte sich mit der Faust die Tränen ab und zog dabei schmutzige Streifen auf seine Wangen.

»Goodbye, Señor Major Dawson.«

Jake legte dem Jungen die Hand auf den dunklen Kopf. »*Vaya con Dios, Miguelito.*«

Der Colonel hob den Jungen hoch und ging mit ihm davon. Miguel schaute über die Schulter des Colonels zurück. Er sagte nichts, sondern winkte nur, die schwarzen Augen voller Tränen, bis die Bäume ihm die Sicht versperrten.

Jake sah Allie an, die immer noch winkte, obwohl Miguel nicht mehr zu sehen war. Jake nahm sie in die Arme und hielt sie fest, während sie weinte.

»Entschuldige«, sagte sie. »Es ist nur … er ist ein so süßer kleiner Junge.«

»Schon in Ordnung. Wenn mehr Menschen fühlten wie du, gäbe es auf dieser Welt viel weniger Leid.«

Sie klammerte sich noch einen Moment lang an ihn, dann wich sie ein wenig zurück und wischte sich die Tränen von den Wangen.

»Ich wünschte, die Dinge wären anders.«

»Ich weiß.« Jake wusste nur allzu gut, wovon sie sprach, hatte er selbst doch einen Sohn verloren, der in Miguels Alter war. Und es gab nichts, das er hätte sagen können, um ihr zu helfen. Das konnte nur die Zeit.

Er war froh, als Inspector Carmine wieder erschien und er sich gezwungen sah, in eine andere Richtung zu denken.

»Wir sind hier gleich fertig«, sagte Carmine. »Sie haben vor ungefähr zehn Minuten in Mexiko City Hector Chavoyas erwischt, Ricos Hehler.«

»Gute Arbeit«, sagte Jake. Er sah die letzten Männer das Haus verlassen. »Was passiert mit den Maya-Schätzen?«

»Die werden in Belize der Regierung übergeben. Das ist der Deal, mit dem wir sie dazu gebracht haben, uns ins Land zu lassen.« Jake nickte, froh, dass diese unglaublichen Kunstschätze damit den Nachfahren jener Menschen zugänglich waren, die einst diese Kunstwerke geschaffen hatten.

»Der Helikopter ist bereit, Sie auszufliegen«, sagte Carmine und warf Allie einen fragenden Blick zu. »Die Frage ist nur, möchten Sie nach Belmopan und von dort aus direkt in die Staaten, oder würden Sie das Wochenende lieber am Strand von Belize City verbringen? Sie haben sich ohne Zweifel ein paar Urlaubstage verdient, und die Regierung käme für die Kosten auf. Aber es liegt natürlich an Ihnen, das zu entscheiden.«

Jake sah Allie an und realisierte erst jetzt, dass es endgültig vorbei war. Wenn sie erst in Kalifornien zurück waren, würde die kleine, wohlgeformte Blondine, die er mittlerweile so bewunderte, nicht mehr Teil seines Lebens sein. Er hatte die letzten Tage sein Bestes getan, sich von ihr zu distanzieren und sie beide auf diesen Augenblick vorzubereiten. Jetzt, wo der Augenblick da war, war er nicht annähernd darauf vorbereitet, Allie aufzugeben.

Seine Brust schmerzte. Gott, er würde sie vermissen! Verdammt, warum musste sein Leben so voller schwieriger Wendungen sein?

Er betrachtete ihr glänzendes blondes Haar. Wäre es seine Entscheidung gewesen, er hätte sich jede Sekunde genommen, die er mit ihr verbringen konnte. Aber das wäre ihr gegenüber nicht fair gewesen. Früher oder später würde ihre Beziehung in eine Sackgasse geraten. Es war für sie beide weniger schmerzlich, wenn sie jetzt endete.

Allie schaute ihm geradewegs in die Augen. In ihnen lag ein Anflug von Verunsicherung. »Ich kann nicht für Jake sprechen, aber ich … ich könnte ein paar Tage am Strand gut gebrauchen.«

Der Druck auf seiner Brust legte sich langsam, und er nahm ihre Hand. Er wollte diese letzten paar Tage mehr, als er jemals zuvor etwas gewollt hatte. »Genau wie ich«, sagte er.

»Dann wäre das also geklärt.« Carmine drehte sich um und marschierte los. »Nehmen Sie bitte Ihre Sachen und folgen Sie mir.«

21

Nach einem tränenreichen Telefongespräch, in dem sie ihren Eltern mitteilte, dass sie in Sicherheit war und in ein paar Tagen nach Hause kommen würde, sich nach Whiskers erkundigte, dem es prächtig ging, und versprach, ihre besorgten Freunde anzurufen, machten sich Allie und Jake in den wohlverdienten Urlaub auf.

Das versprochene Wochenende in Belize erwies sich als dreitägig und führte sie nach Ambergris Caye, das eine einstündige Bootsfahrt von Belize City entfernt lag.

Die Insel war nur ein schmaler Streifen Land, fünfundzwanzig Meilen lang und vier Meilen breit, mit unglaublich weißen Sandstränden und einem derart strahlend blauen Wasser, dass einem beim Hinsehen die Augen schmerzten.

Sie wohnten in einem schindelgedeckten, von Palmen umgebenen Bungalow am Strand. Allie schleuderte die Segeltuchtasche auf den Bambusstuhl im Gang und warf sich mit breitem Grinsen bäuchlings auf das Doppelbett.

»Ich glaube das nicht. So etwas Schönes habe ich noch nie gesehen.«

Jake warf sich auf sie und stützte sich auf den Ellbogen ab. »Ich auch nicht … außer dir, natürlich.«

Allie legte ihm die Arme um den Hals. »Was wollen wir als Erstes machen? Die Stadt erkunden, schnorcheln gehen oder einen Strandspaziergang?«

Jake schaute sie an, als hätte sie den Verstand verloren.

»Nichts von alledem«, sagte er, beugte sich über sie und nahm sich ihren Mund in einem tiefen Kuss, der sie hilflos mit den Füßen strampeln ließ.

Allie erwiderte den Kuss und stimmte ihm bedingungslos zu. Das hier hatte sie die letzten Tage über sehr vermisst. Seit jenem ersten Liebesakt unter dem orchideenumwucherten Wasserfall sehnte sie sich nach seinen Berührungen, seinen Küssen und danach, ihn in sich zu spüren. Wenn die Tage hier am Strand schon ihre letzten sein sollten, dann wollte sie einen jeden in vollen Zügen genießen.

Sie hatte sich in Jake Dawson verliebt. Vielleicht war er der einzige Mann, den sie je lieben würde. Aber sie war nicht so naiv zu glauben, dass jemanden zu lieben einen jede Hürde nehmen ließ. In dem Leben, das Jake sich gewählt hatte, war kein Platz für sie, und Allie war entschlossen, das zu akzeptieren. Aber jetzt hatten sie drei ganze Tage, und die wollte sie sich durch nichts verderben lassen.

Und dieser unglaubliche Nachmittag heute war ganz bestimmt einer der besten ihres Lebens. Der Sex war großartig wie immer, vielleicht sogar noch großartiger, weil sie beide wussten, dass sie nie wieder so zusammen sein würden. Es dauerte ein paar Stunden, bis sie sich – faul und befriedigt, wie sie waren – aufraffen konnten, das kleine Dorf San Pedro zu erkunden.

Bevor sie Belize City verlassen hatten, hatten sie ein paar der nötigsten Sachen gekauft: Shorts und T-Shirts, Tennisschuhe für Jake, silberne Sandalen zu einem rückenfreien blauen Sommerkleid für Allie, das aus einer niedlichen kleinen Open-Air-Boutique stammte. Und Badesachen: kaum mehr als einen gelben Stoffstreifen für Jake und einen rotgeblümten Baumwollbikini, der auch kaum größer war, für Allie.

Allie trug ein T-Shirt mit einem aufgedruckten Fisch, während sie barfuß zwischen farbenprächtigen Bretterbuden die Sandstraßen entlangliefen und den Kopf gelegentlich in einen der Touristenläden steckten. San Pedro hatte dreitausend Einwohner, stand auf dem Schild am Ortsrand zu lesen, die meisten davon Mestizen. Da Spanisch gesprochen wurde, hatten sie keine Schwierigkeiten, sich verständlich zu machen, und die Menschen auf der Insel schienen fröhlich und freundlich.

Der Nachmittag verging, und sie machten in einer Cantina namens El Serape Halt, um sich riesenhafte tropische Rum-Drinks mit Ananasstücken und kleinen Papierschirmen darauf zu genehmigen. Die Straße herauf waren die Klänge einer Steelband zu hören. Sie machten sich in diese Richtung auf, landeten dann aber zum Abendessen in einem kleinen Fischrestaurant. Schließlich kehrten sie in den Bungalow zurück, wo sie einander noch zweimal liebten und dann in einen tiefen, erholsamen Schlaf sanken.

Allie erwachte am nächsten Morgen energiegeladener als all die Tage zuvor und weckte Jake mit einem Kuss auf, der weitere interessante Aktivitäten zur Folge hatte. Nach einem typischen Frühstück mit gebratenem Fisch, Eiern und Speck sowie einem großen Glas Saft und starkem karibischem Kaffee entschieden sie sich dafür, einen Strandspaziergang zu machen.

Später am Tag mieteten sie sich ein Segelboot, wobei Jake behauptete, Allie sei die geborene Matrosin. Allie konnte sich nur vorstellen, dass damit jener Teil des Segeltörns gemeint sein musste, wo sie das Boot hatte driften lassen, um ihn mitten auf dem Deck unter der warmen durchdringenden Sonne zu lieben.

Am Abend zog Allie das Strandkleid an, und nach einem Mahl aus saftigem Snapper, Muscheln und Shrimps tanzten sie auf dem Strand langsam zu den aus der Ferne kommenden Klängen einer Reggaeband. Allie war sich bewusst, wie schnell das Wochenende zerrann, weigerte sich aber, darüber nachzudenken. *Morgen noch*, sagte sie sich. *Sei einfach glücklich, du hast noch einen ganzen Tag.*

Doch dieser Tag kam viel zu schnell. An ihrem letzten Morgen auf Ambergris Caye gingen sie tauchen, was Allie damals an Bord des Kreuzfahrtschiffs gelernt hatte.

»Sie haben in einem der Pools Tauchkurse abgehalten«, sagte sie achselzuckend. »Ich dachte, es macht vielleicht Spaß. Aber seither habe ich es nur ein paarmal versucht, denn das Wasser vor San Diego ist ziemlich trüb und um einiges kälter als hier.«

Jake schüttelte grinsend den Kopf. »Ich glaube langsam, dass es nichts gibt, was du nicht kannst.«

»Also, ich bin bestimmt keine Expertin, was das Tauchen angeht, aber ich hatte doch Recht, oder? Es macht Spaß.«

Genau genommen, machte es mehr als nur Spaß. Es war unglaublich. Im kristallklaren Wasser eines nahe gelegenen Riffs waren tropische Fische in allen Farben, Formen und Größen zu sehen, Teufels- und Glattrochen, eine besonders große Art von Sonnenfischen und Fische, von denen Jake behauptete, es handle sich dabei um harmlose Katzenhaie, wobei es durchaus möglich schien, dass er nicht ganz die Wahrheit sagte.

Als sie das frühe Abendessen beendet hatten und zum Bungalow zurückkehrten, war es bereits dunkel. Sie hatten sich wortlos darauf geeinigt, den Abend hier in ihrem gemütlichen Haus am Strand zu verbringen. Ein Sturm kam auf.

Und es war ihre letzte Nacht in Belize.

Frisch geduscht, schaute Allie Jake an, der, ein Handtuch um die Hüften, am Fenster stand und die Wolken und Blitze betrachtete. Sein Haar war noch feucht, das Licht der Lampe neben dem Bett brach sich in den Wassertropfen auf seinen Schultern. Die Muskeln sahen straff aus, eine leichte Anspannung, die gerade eben noch nicht da gewesen war.

Allies Blick wanderte über seinen prachtvollen Körper und die herbe Schönheit seines Profils. Sie dachte daran, wie sehr sie es inzwischen liebte, ihn einfach nur anzuschauen, ihn lachen oder durchs Zimmer laufen zu sehen. Sie dachte auch daran, wie leer ihr Leben ohne ihn sein würde, und es schnürte ihr den Hals zu.

Morgen früh würden sie abreisen. Es war aus. Sie konnte die Realität nicht länger ignorieren.

»Jake …?«

Beim Klang ihrer Stimme drehte er sich um. Obwohl er ein Lächeln zu Stande brachte, lag in seinem Blick doch eine Dunkelheit, wie sie sie nie zuvor gesehen hatte. »Drei fabelhafte Tage, nicht wahr?«, sagte er.

Sie schaffte es, sein Lächeln zu erwidern. »Absolut. Das Beste vom Besten.«

»Ich werde diesen Ort nie vergessen.« Er kam auf sie zu. »Und dich auch nicht, Allie.«

Sie warf sich in seine Arme. »L.A. ist nicht weit von San Diego entfernt. Vielleicht könnten wir einander treffen … so hin und wieder«, sagte sie.

»Yeah, das könnten wir.« Aber sein bedauernder Tonfall sagte ihr, dass sie es niemals tun würden. Er würde irgendwo undercover arbeiten. Sie würde ihn vielleicht monatelang nicht zu Gesicht bekommen, und sich um ihn sorgen zu müssen würde eine Qual sein. Sie schaute ihn an, blinzelte gegen die Tränen an. »Es ist vorbei, oder?«

Sein Blick wanderte zum Fenster über dem Bett. In der Ferne zuckten die Blitze am aufgewühlten Himmel, und der Donner grollte, während sich der Sturm auf die Insel zubewegte. »Du wusstest, dass das passieren würde … früher oder später.«

Sie legte den Kopf an seine Brust und spürte, wie sein Kinn einer Bürste gleich über ihr Haar strich. »Ja … ich wusste es.«

»Sobald ich zurück bin, werden Sie mir einen neuen Auftrag geben. Dann verschwinde ich wieder. Und Gott allein weiß, wie lange ich dann fort sein werde. So ein Leben ist nichts für dich, Allie. Du hast etwas Besseres verdient.«

Sie blickte auf. »Und was ist mit dir, Jake? Verdienst du nicht auch etwas Besseres? Willst du vom Leben nicht mehr als nur deine Arbeit?«

Er seufzte. »Ich gebe einen lausigen Ehemann ab, Allie. Immerhin habe ich es versucht, erinnerst du dich? Ich kann und darf es nicht riskieren, noch einmal so zu scheitern – vor allem nicht bei jemandem, an dem mir etwas liegt.«

Ihr tat es in der Seele weh. Sie wollte nicht weinen, kam aber nicht dagegen an. »Ich werde dich vermissen, Jake.«

Er umfasste sie fester und drückte ihren Kopf an seine Brust. »Gott, Süße, ich werde dich auch vermissen. Mehr als du es dir jemals vorstellen kannst.«

Ja, sie hatte gewusst, wie schwer es sein würde, ihn zu verlieren, aber sie hatte nicht gedacht, dass der Schmerz so schnell kommen würde. »Lieb mich noch einmal, Jake. Ich will nicht an morgen denken. Ich will an überhaupt nichts denken. Das ist unsere letzte Nacht. Und heute Nacht will ich nur fühlen.«

Seine blauen Augen schienen sich zu verdunkeln. In seinem Gesichtsausdruck lag ein Aufruhr, der irgendwie zu dem Sturm draußen passte. Ihr Gesicht in seine großen, sonnengebräunten Hände nehmend, neigte er den Kopf und küsste sie ganz sacht. Allie erwiderte seinen Kuss mit der ganzen Liebe ihres Herzens.

»Jake …«, flüsterte sie und hoffte, dass er den ängstlichen Unterton nicht hörte. Doch möglicherweise hatte er ihn gehört, denn sein Mund stürzte sich auf ihren. Es war ein wilder, ein sengender, seelenbetäubender, herzanhaltender Kuss, und dennoch lag so viel Zärtlichkeit darin und so viel Sehnsucht, dass der Kloß in ihrem Hals immer größer wurde. Sie legte die Arme um seinen Hals, fühlte die heiße, nasse Zunge und die Finger an der Unterseite ihrer Brüste.

Sein Mund wanderte ihren Hals entlang und über ihre Schultern. Er zog ihr das Handtuch vom Leib und ließ es auf seines gleiten, das längst als weißer, weicher Haufen auf dem Boden lag. Sie wollte ihn berühren, ihn küssen. Ihre Hände bewegten sich über seine Haut, berührten die Muskeln, das Rückgrat, den Nabel und prägten sich alles ein.

Jake küsste sich ihren Hals und ihre Schultern entlang. Sacht umfasste er ihre Brust, seine Finger streichelten langsam über die Brustwarzen und ließen sie anschwellen. Feuchtes schwarzes Haar streifte ihre Haut, als er den Kopf neigte, eine Brust in den Mund nahm und daran zu saugen begann. Allie drückte sich zitternd und mit weichen Knien an ihn und konnte sich kaum noch auf den Beinen halten. Draußen vor dem Fenster hörte sie die See den Strand überspülen.

Jakes Hände glitten über ihren Körper, zur Taille hinab, über die Hüften, an ihr Hinterteil, spreizten es, um jede Backe zu umfangen, während er sie wieder küsste, hochzog und an sein hartes Glied presste. Er war riesig und unglaublich heiß, und sie wollte diese Hitze in sich fühlen.

Ein leiser Seufzer entrang sich ihrer Brust, doch wurde er von einem Donnerschlag erstickt und von Jakes Mund, der sich wieder auf ihren senkte.

Ihre Hand lag zitternd auf seiner Brust, und sie spürte sein Herz wie die Flügel einer Möwe schlagen, die in einem Sturm gefangen war. Er verteilte zarte Küsse auf ihren Hals und ihre Brüste, während sich seine Finger durch die feuchten Löckchen in ihrem Schritt wühlten und tief in ihre nasse Spalte glitten. Das Seufzen des Windes, der durch die Palmen strich, schien ihr Stöhnen nachzuahmen.

»Jake …«, flüsterte sie und verlangte nach ihm, wie die Insel im Meer den Regen brauchte. Als er sie hochhob und zum Bett trug, schlossen sich langsam ihre Augen. Er legte sie sanft in die Mitte der Matratze. Dann löschte er das Licht, ließ den Raum in den Schatten sinken und folgte ihr aufs Bett.

Ein zärtlicher, erotischer Kuss folgte. Der Donner grollte, die Fenster ratterten, und alles mischte sich in die dröhnenden Kadenzen ihres Herzschlags. Sie öffnete sich dem heißen, fordernden Druck seiner Zunge und fühlte, wie sie eine Liebe zu ihm überkam, die rau und kraftvoll wie der Sturm war. Warme, feuchte Küsse liebkosten ihre Schultern, ihre Brüste, ihren Bauch, ihren Nabel. Jake bewegte sich weiter nach unten, küsste die Innenseite ihrer Oberschenkel, was ihren Magen sich verkrampfen und das Herz wie wild pochen ließ.

Vorsichtig spreizte er ihre Beine, drückte Küsse auf die weichen blonden Löckchen, fand die harte Knospe an ihrer Pforte und nahm das sensible Fleisch in den Mund. Blitze zuckten auf, ein leuchtend goldener Zacken illuminierte ihr Gesicht und ließ ihn ihre Lust sehen. Jake merkte, wie sie kam, sah das heiße Begehren in ihrem Blick. Allie schrie seinen Namen, als ein zweiter Höhepunkt sie erzittern ließ. Sie grub die Finger in sein Haar, und ihr ganzer Körper bebte unter ihm.

Dann lag sie für eine Weile einfach nur da, vor verschwenderischer Lust keuchend, während der Regen auf das Schindeldach prasselte.

Ich liebe dich, dachte sie. *Ich liebe dich so sehr.* Aber das waren Worte, die sie nicht sagen konnte.

Sie sagte es ihm stattdessen mit dem Körper, öffnete sich ihm, nahm ihn sogar noch tiefer in sich auf, gab ihm alles, was sie hatte. Jake nahm ihren Mund in Besitz, küsste sie heftig und zeigte ihr die gleiche Leidenschaft, die sie ihm zuvor gezeigt hatte. Mit jedem treibenden Stoß liefen ihr Schauer über die Haut, und aus jeder Pore drang die Sehnsucht nach ihm. Gemeinsam erreichten sie den Höhepunkt und nur höchst ungern ließen sie beide atemlos, bebend und schweißbedeckt irgendwann später voneinander ab. Ein Blitz erhellte die Dunkelheit, warf Schatten über die Muskeln auf seiner Brust und die sehnigen Beine.

Er ist so schön, dachte sie, *und für eine kurze, süße Zeit hat er mir gehört.*

Die zärtlichen Erinnerungen an ihn waren alles, was ihr bleiben würde. Sie kuschelte sich an ihn und kämpfte gegen die Tränen.

Am nächsten Morgen verließen sie per Boot die Insel und nahmen sich in Belize City ein Taxi zum Flughafen. Jake schwieg die ganze Zeit über, und Allie war noch weniger zum Reden zu Mute. Sie waren Fremde auf dem Weg zurück in ihre verschiedenen Welten. Ihr gemeinsames Abenteuer war vorbei.

Jake hatte es hinbekommen, ihnen im Flugzeug die Sitzreihe am Ausgang zu ergattern, wo ein wenig mehr Platz für seine langen Beine war. Allie saß neben ihm, lehnte sich in ihrem Sitz zurück und versuchte, nicht daran zu denken, dass sie ihn wahrscheinlich nie wiedersehen würde.

American Airlines Flug 1724 brachte sie sicher nach Dallas, von wo aus sie nach Los Angeles weiterflogen. Dort war Allie auf den Flug um sechs Uhr gebucht, der sie nach San Diego bringen würde.

»Wir müssen uns eine Stunde lang die Zeit vertreiben«, sagte Jake mit einem Blick auf seine Armbanduhr. »Möchtest du etwas essen?«

Allie schüttelte den Kopf. »Hör zu, Jake. Ich weiß doch, dass du unbedingt nach Hause willst. Du hast vermutlich eine Million Sachen zu erledigen. Mein Flugzeug geht in einer Stunde. Es macht keinen Sinn, hier zu warten …«

Seine Augen blitzten auf. Er ließ die Segeltuchtasche mit ihren Inselkleidern fallen und packte sie bei den Schultern. »Was, zur Hölle, redest du da? Ich habe dich tausende Meilen von zu Hause weggezerrt. Meinetwegen wärst du ein halbes Dutzend Mal fast umgekommen. Glaubst du wirklich, ich lasse dich mitten in L.A. auf einem verdammten Flughafen stehen?«

Sie hatte ihn nie so mitgenommen erlebt. »Entschuldige, bitte. Es ist einfach nur so …« Sie schluckte an dem Kloß in ihrem Hals vorbei und wünschte sich nur, das Atmen würde ihr nicht so schwer fallen. »Das hier ist wirklich hart für mich, Jake. Ich wollte … ich wollte mich nur nicht zur Idiotin machen.«

Er zog sie heftig an sich, nahm sie fest in die Arme. »Das

kannst du gar nicht, Süße.« Er küsste ihren Scheitel. »Wenn sich hier irgendwer zum Idioten macht, dann bin das ich.«

Sie drängte ihn nicht, ihr zu sagen, warum. Sie wollte es nicht wissen. Sie wollte nur, dass der Schmerz in ihrer Brust aufhörte. Aber danach sah es nicht aus.

Händchen haltend liefen sie die ganze Halle entlang und setzten sich schließlich auf eine Sitzreihe am Fenster. Jake, der wieder seine verwaschenen, abgeschnittenen Jeans trug, griff in die vordere Hosentasche und fischte einen kleinen Zettel heraus.

»Ich hab dir meine Telefonnummer und meine Adresse aufgeschrieben, nur für den Fall, dass du sie brauchen solltest. Meine Büronummer steht hier unten. Wenn du ein Problem hast und mich nicht erreichst, frag einfach nach Inspector Biggs. Er weiß, wer du bist, und wird alles tun, dir behilflich zu sein.«

Allie nahm den Papierfetzen entgegen. »Ich werde bestimmt nichts brauchen, aber danke, dass du daran gedacht hast.«

Sie zögerte einen Moment, dann holte sie eine Papierserviette aus der Tasche, die sie sicherheitshalber aus dem Flugzeug mitgenommen hatte. Darauf notierte sie ihre Adresse und Telefonnummer und setzte noch die Nummer des Raucous Raven hinzu.

»Ich will, dass du sie hast. Aber bitte ruf mich nicht an, Jake. Nur im Notfall.« Sie händigte ihm die Serviette aus und hoffte, dass ihre Hand nicht zitterte.

Jake schluckte und nickte dann. Ein klarer Bruch war für sie beide das Beste. Er faltete die Serviette ordentlich zusammen und steckte sie in die Tasche seiner Jeans.

Der Lautsprecher rief Flug 440 auf, die Maschine nach San Diego. Allie hob die neue Segeltuchtasche auf, die Jake ihr in Belize gekauft hatte, die gleiche wie seine, nur nicht schwarz, sondern hellblau.

»Zeit zu gehen.« Sie zwang sich zu lächeln, aber ihre Lippen bewegten sich kaum. »Ich wünsche dir ein gutes Leben, Jake.«

Er schaute weg, die Muskeln an seinem Hals hüpften auf und ab. Dann sah er ihr ins Gesicht. »Alles Gute, Allie. Ich hoffe, du findest, wonach du suchst.«

Das hab ich schon, dachte sie.

Sie hoffte, er werde sie küssen. Als er es nicht tat, stellte Allie sich auf die Zehenspitzen und drückte ihm einen Kuss auf die Wange. Sie spürte die rauen, spätnachmittäglichen Bartstoppeln und berührte sie unwillkürlich mit der Hand, und ihre Finger zitterten über seine dunkle Haut.

Jake bewegte sich so geschmeidig, dass sie gar nicht begriff, wie ihr geschah, bis sein Mund sich auf ihren legte, um sie heiß und leidenschaftlich zu küssen. Allie klammerte sich an ihn, presste den Körper an ihn und sehnte sich verzweifelt liebend nach ihm.

So abrupt, wie er begonnen hatte, endete der Kuss. Jake drehte sich um und ging mit langen Schritten schnell davon. Allie lief in die entgegengesetzte Richtung, die Beine zitternd und die Augen so voller Tränen, dass sie kaum etwas sehen konnte. Dass sie tatsächlich weinte, begriff sie erst, als die Flugbegleiterin am Gate sie fragte, ob sie ein Kleenex wolle. Allie nahm das Tuch, lief die Rampe hinunter und versuchte, nicht an Jake zu denken und daran, wie sehr sie ihn vermissen würde.

Sie hätte glücklich sein müssen, sagte sie sich. Sie war auf dem Nachhauseweg, und diese schreckliche Nervenprobe hatte ein Ende. Sie würde ihre Familie und ihre Freunde wiedersehen und Whiskers. Ihr Leben würde endlich wieder normal sein.

Allie hatte sich nie zuvor elender gefühlt.

22

Es war Montagabend. Barb Wallace stellte ihren verbeulten blauen Toyota auf dem Parkplatz eines kleinen Restaurants namens The Hamlet ab, das nicht weit vom Raucous Raven entfernt im Vergnügungsviertel lag. Ihre Nachbarin Suzi Johnson passte auf die Kinder auf. Sobald Barb wieder zurück war, würden sie Barbs selbst gemachte Pizza essen, Suzi wollte für das Dessert sorgen, ihre berühmten Chocolate Chip Cookies.

Der Parkplatz war halb voll, aber Dans dunkelbrauner makelloser Chevy war nirgendwo zu sehen. Sie ging zur Front des alten Backsteingebäudes und blieb im Eingangsbereich einen Augenblick stehen, um sich zu sammeln. Sie war nie zuvor im Hamlet gewesen, einem kleinen, einfach eingerichteten Lokal mit runden Tischen und Stühlen aus Ahornholz, aber sauber war es und ganz in der Nähe. Und Dan hatte gesagt, dass er sie unbedingt sehen musste. Es hätte etwas mit Allie zu tun.

Dan hatte am Freitag mit der guten Nachricht angerufen. In recht geschäftsmäßigem Tonfall hatte er mitgeteilt, dass Allie gesund und munter war und bald in San Diego zurück sein würde. Zwar hatte zuvor schon Mrs. Parker angerufen, aber Barb wusste Dans Umsicht zu schätzen, obwohl sie ihm anhören konnte, dass er immer noch verärgert war, weil sie ihn gestern Nacht vor verschlossenen Türen hatte stehen lassen.

Sie fühlte sich ziemlich schlecht deswegen. Sie hätte kein solcher Feigling sein dürfen. Aber sie war wie eine Diebin in der Nacht aus ihrer eigenen Wohnung geflüchtet, anstatt ihm einfach zu sagen, dass sie nicht interessiert war. Unglücklicherweise konnte sie sich aber selbst nicht vertrauen, sobald es um Dan ging.

Eines war sicher – nachdem sie ihn so behandelt hatte, würde er nicht mehr mit ihr ausgehen wollen. Barb seufzte. Zumindest war sie ihm noch wichtig genug, dass er sie wegen Allie anrief.

Nach all den Wochen war Allie Parker am Leben und – wie es schien – unversehrt. Es kam ihr vor, als seien ihrer aller Gebete erhört worden. Die Geschichte, die Mrs. Parker ihr erzählt hatte, war schon erstaunlich. Dass Allie sich an Bord der *Dynasty II* versteckt gehabt hätte, als diese nach Mexiko ausgelaufen sei, dass das Boot in eine Art Waffenschmuggel verwickelt war, sich aber einer der Männer an Bord als Undercover-Agent entpuppt hatte ...

»Sie sind in Mexiko von Bord, und dann war da dieser Flugzeugabsturz«, hatte Mrs. Parker gesagt. »Und dann war Allie im Dschungel verloren, aber dann – du weißt ja, wie Allie ist, Barb – hat sie entschieden, dass sie jetzt diesem netten Mann helfen muss. Also haben sie sich entschlossen, die Männer, die die Waffen geschmuggelt hatten, zu fangen, und genau das haben sie dann auch getan.«

Barb musste unwillkürlich grinsen. Auf Allie war Verlass, wenn es um verrückte Geschichten ging, wobei Barb allerdings zweifelte, dass das Ganze ein solcher Spaziergang gewesen war, wie Allie ihre Mutter hatte glauben lassen. Wenn mit Allie alles in Ordnung war, weshalb hatte Dan dann dieses Treffen hier gewollt? Bestimmt nicht, weil er sie sehen wollte. Seit jenem Abend, an dem sie ihn versetzt hatte, hatte er sie nur dieses eine Mal angerufen, und abgesehen von der Erleichterung in seiner Stimme war er nicht sonderlich freundlich gewesen.

Typisch Mann. Wenn sich die Frau nicht gleich ins Zeug legte, erlahmte das Interesse. Nun, eigentlich wusste sie ja, dass sie nichts anderes hatte erwarten dürfen, aber weh tat es doch.

Sie stählte sich gegen ihre Gefühle für Dan und sah sich im Restaurant um. Die Wände drinnen waren aus dem gleichen rohen Backstein wie die Außenwände. Runde grüne Glaslampen hingen von einer dunkelbraunen Decke. Sie wagte sich weiter hinein, sah aus dem Augenwinkel eine Bewegung und stellte verblüfft fest, dass Dan nur ein kleines Stück von ihr entfernt stand und die Augen auf sie gerichtet hatte. Hätte sie es nicht besser gewusst, sie hätte glauben müssen, er freue sich, sie zu sehen.

Er kam auf sie zu. Barb versuchte, seine Miene zu ergründen, aber das Licht war zu matt.

»Ich bin froh, dass du da bist«, sagte er und hörte sich an, als meinte er es tatsächlich ernst. »Immerhin war ich mir keineswegs sicher, ob du kommen würdest.«

Barb fingerte an ihrer Handtasche herum, während er sie am Arm nahm und zu dem Tisch in der Ecke geleitete. »Du hast gesagt, du wolltest über Allie sprechen.« Sie blieb neben dem Stuhl stehen, den er ihr sogleich zurechtrückte, und versuchte, nicht besorgt auszusehen. »Es hieß doch, es sei alles in Ordnung. Ihre Mutter sagte mir, Allie sei auf dem Nachhauseweg. Sie meinte, Allie wäre irgendwann heute Nacht in San Diego zurück.«

»Soweit ich weiß, geht es Allie gut.« Er wartete, bis sie saß, und ging erst dann an seinen Platz auf der anderen Seite des Tischs.

Barb stellte die Handtasche auf dem Resopaltisch ab und war entschlossen, gar nicht zur Kenntnis zu nehmen, wie gut er in den Jeans und dem kurzärmeligen Poloshirt aussah. »Wenn mit Allie alles in Ordnung ist, weshalb wolltest du mich dann sehen?«

Dan holte tief Luft. Er rieb sich mit der Hand über das Gesicht und sah so nervös aus wie nie zuvor. »Zum einen, weil ich mich bei dir entschuldigen muss.«

Ihre Augenbrauen schossen hoch. »Tatsächlich?«

»Es war mir anfangs vielleicht nicht klar, aber es ist so. Normalerweise pflege ich einer Frau nicht so zuzusetzen, dass sie sich gezwungen sieht, die Kinder zusammenzupacken und sich in die Nacht hinauszustehlen. Es ist nur … offen gesagt … ich wollte dich haben. Und zwar so sehr, dass ich anstatt mit dem Kopf mit dem Schwanz gedacht habe. Ich dachte … ich hatte mir eingebildet, du wolltest dasselbe wie ich, aber ich habe mich wohl geirrt und wie gesagt, es tut mir Leid.«

Sie widersprach ihm nicht. Sie wagte nicht, ihn wissen zu lassen, wie Recht er hatte und dass er – Detective Dan Reynolds – sie antörnte. Sie war geschieden, eine allein stehende Frau mit zwei Kindern. Das Letzte, was sie brauchen konnte, war eine heiße Affäre mit einem gut aussehenden Cop.

»Vielleicht habe ich überreagiert«, gestand sie ein, weil sie sich zumindest zum Teil schuldig fühlte. »Ich bin schon ein großes Mädchen und habe eigentlich keine Angst vor dir.« *Ich habe Angst vor mir.* »Aber ich weiß, wie diese Typen ticken. Ich bin geschieden und arbeite in einer Bar. Sie denken, ich sei leicht zu haben.«

Dan zuckte zusammen. »Das habe ich nie gedacht.«

»Vielleicht nicht, aber die Wahrheit ist: Obwohl ich dich attraktiv finde, bin ich für eine rein körperliche Affäre noch nicht bereit.«

Dan setzte zu einer Antwort an, doch genau in diesem Moment erschien die Bedienung, eine vorlaute, kleine Blondine in Jeans mit abgeschnittenem Bund und einem gelben Tank-Top, das eine perfekte Bauchpartie freigab.

»Kann ich Ihnen was zu trinken holen?«, fragte sie und blies eine große rosa Kaugummiblase. Sie hätte ein süßes High-School-Girl abgegeben, aber bei einem Chef wie dem von Barb im Raucous Raven hätte sie keine fünf Minuten überlebt.

»Ein Glas Weißwein für die Lady«, sagte Dan, der sich an Barbs Präferenzen erinnerte. »Und für mich ein Bud Light.«

Sie ging, den Kaugummi schnalzend, davon und wackelte dabei mit einem basketballrunden Hintern, den Dan verblüffenderweise gar nicht zu bemerken schien.

»Es gibt noch einen anderen Grund, warum ich dich hergebeten habe«, sagte er. »Aber was ich dir zu sagen habe, ist strikt vertraulich.«

»Barkeeper lernen schnell, dass den Mund zu halten die beste Methode ist, seinen Job zu behalten.«

»Es geht um Felix Baranoff. Du weißt vielleicht, dass Baranoff seiner Verhaftung entgangen ist und jetzt wegen Schmuggels gesucht wird.«

»Machst du Scherze? Blind und taub müsste ich sein, davon nichts zu wissen. Es war die letzten drei Tage jede halbe Stunde auf CNN. Allie war auf der richtigen Fährte. Nur waren es keine Drogen, die er geschmuggelt hat.«

»An dem Tag, an dem du zu ihm gegangen bist, hat das FBI ihn bereits überwacht. Ich wusste das damals nicht, aber es war der Grund, weshalb Caruthers mich nicht mit ihm über Allies Verschwinden sprechen lassen wollte.«

»Er ist Baranoff also nicht in dessen einflussreichen Hintern gekrochen.«

»Er wollte den Kerl dingfest machen wie alle anderen auch. Am Tag darauf wollte das FBI die Falle zuschnappen lassen, und sie dachten, sie hätten jedes Detail unter Kontrolle. Die Verhaftung hätte völlig reibungslos über die Bühne gehen müssen.«

»Ist sie aber nicht.«

»Nein, ist sie nicht. Und jetzt wollen wir alle wissen, warum.«

Die Kellnerin tauchte wieder auf. Sie stellte ihnen den Wein und das Bier hin, blies ihren Kaugummi auf und ließ ihn direkt vor Dan wieder platzen. »Noch was, das ich für Sie tun kann?«

»Nein, danke.«

Sie tänzelte davon, und Barb richtete ihre Aufmerksamkeit wieder auf den Mann, der ihr gegenübersaß. »Und was hat das alles mit mir zu tun?«

Dan nahm einen Schluck Bier und stellte den Krug wieder ab. »Vermutlich nichts, aber das FBI ermittelt in alle Richtungen. Du wolltest am Tag, bevor die Falle zuschnappen sollte, zu Baranoff. Wäre es möglich, dass du irgendetwas gesagt, etwas getan hast, das seinen Argwohn geweckt hat?

»Ich habe dir doch gesagt, Baranoff war an dem Tag gar nicht in seinem Büro.« Sie nippte an ihrem eiskalten Wein. »Der einzige Mensch, mit dem ich gesprochen habe, war seine Sekretärin, und der habe ich nur gesagt, dass Felix und ich einander auf einer Wohltätigkeitsveranstaltung der Krebshilfe kennen gelernt hätten. Soweit ich das beurteilen kann, hat sie es mir abgekauft.«

»Nun, jemand muss ihm einen Tipp gegeben haben, oder er hat gemerkt, dass er überwacht wurde.« Dan griff über den Tisch und nahm ihre Hand. »Das FBI wird dich vernehmen, Barb. Aber ich will nicht, dass du dir Sorgen machst. Sag ihnen einfach die Wahrheit, und du solltest keine Probleme bekommen.«

Sie zog die Hand weg, obwohl sie das eigentlich gar nicht wollte. »Ich wünschte, sie hätten den Bastard erwischt.«

»Früher oder später kriegen wir ihn.«

Noch ein Schluck Wein, dann schob sie den Stuhl zurück. »Wenn das alles war, dann gehe ich jetzt lieber heim. Die Jungs fragen sich bestimmt schon, wo ich bleibe. Danke für die Vorwarnung, Dan.«

Er stand auf, umrundete den Tisch und wartete, bis sie aufgestanden war und ihre Tasche genommen hatte. »Was kochst du heute Abend?«

»Selbst gemachte Pizza. Na gut, das meiste kommt aus der Schachtel, aber ich tue noch etwas Käse und Peperoni dazu oder was ich sonst im Kühlschrank finde.«

»Klingt gut. Ich nehme nicht an, dass ich eingeladen bin?«

Ihr wurde ein wenig warm, aber sie schüttelte den Kopf. Sie wusste, was er wollte, welche *eine* Sache er wollte. »Ich glaube, das wäre keine gute Idee.«

»Nicht einmal, wenn ich vor neun wieder gehe?«

Ihre Augen suchten in seinem Gesicht. »Du willst, dass ich zeitig ins Bett komme, was?«

»Ich will einfach mit dir zusammen sein. Ist dir nie in den Sinn gekommen, dass das der Grund sein könnte?«

»Ist es nicht, nein.« Sie studierte sein Gesicht und sah die Ernsthaftigkeit. »Du machst mir Angst, Dan. Ich fürchte mich vor dem, was vielleicht passiert, wenn ich anfange, dir zu glauben.«

»Das ist, schätze ich, nur fair. Denn du, Lady, machst mir eine Höllenangst.«

Sie lachte unwillkürlich. Sie konnte sich nicht vorstellen, dass es vieles gab, wovor Dan Reynolds sich fürchtete. »Die Milch ist alle. Fahr doch noch an einem Laden vorbei und besorge einen Liter. Ich mache uns inzwischen das Essen.«

Dan lächelte und wirkte seltsam erleichtert. »Für ein Stück Pizza besorg ich dir ein ganzes Fass.«

Barb setzte sich in Bewegung, und Dan ging neben ihr her. Sie spürte seine Hand an ihrer Taille, während sie Tische und Stühle umrundeten; eine altmodische, beschützerische Geste, von der man in Liebesromanen las, die die Männer aber längst vergessen hatten.

Oder vielleicht doch nicht. War es einem Mann überhaupt möglich, genau so zu sein, wie er zu sein schien?

Denk nicht einmal darüber nach, warnte sie eine leise Stimme, und Barb hörte sehr angestrengt zu.

»Was, zur Hölle, war da los?« Die hinter ihm zufliegende Tür unterstrich Jakes Frage nur noch.

Seit er die Neuigkeiten gehört hatte – auf dem Rücksitz des Taxis, das ihn vom Flughafen nach Hause bringen sollte –, schäumte er vor Wut. Anstatt in sein Apartment zu fahren und sich den dringend erforderlichen Schlaf zu holen, war er direkt zum Hauptgebäude des ATF an der South Figueroa gefahren. Es erstaunte ihn nicht, dass sein Boss noch im Büro war.

»Warum hat mir keiner mitgeteilt, dass die Aktion schief gelaufen ist? Ich kann einfach nicht glauben, was ich da gerade in den gottverdammten Nachrichten gehört habe!«

»Beruhigen Sie sich, Dawson.« Sein Vorgesetzter, Martin Biggs, ein Mittfünfziger mit knochigem Gesicht, dünner werdendem braunem Haar und einer birnenförmigen Figur, beäugte das zerknitterte Khaki-T-Shirt und die verwaschenen Jeans, die Jake seit dem Morgen, an dem sie Belize verlassen hatten, am Leib trug. »Falls es Ihnen noch keiner gesagt hat, Sie sehen grauenhaft aus.« Er wies auf den Stuhl vor seinem Schreibtisch. »Setzen Sie sich lieber, bevor Sie noch umfallen.«

Jake plumpste in den Stuhl, und die Erschöpfung überkam ihn in großen Wellen. »Ich komme gerade vom Flughafen, es war ein verdammt langer Tag.« Nach der Szene mit Allie fühlte er sich ausgelaugt und leer. Sie an Bord dieses Flugzeugs gehen zu lassen gehörte zu den härtesten Dingen, die er je hatte tun müssen.

Und um dem Ganzen die Krone aufzusetzen, erfuhr er jetzt, dass seine monatelangen Anstrengungen im Fall Baranoff für die Katz gewesen waren. »Warum haben Sie mir nicht schon in Belize mitgeteilt, dass Baranoff entwischt ist?«

»Weil es nichts gab, das Sie dagegen hätten unternehmen können, und weil Sie eine Erholung brauchten. Sieht allerdings nicht so aus, als hätten Sie viel bekommen – oder doch?«

Die Frage schlang ihm einen Knoten in den Magen. »Doch, schon.« Mehr als nur Erholung. Drei Tage im Paradies. Die Zeit, die er mit Allie auf Ambergris Caye verbracht hatte, war die beste seines Lebens gewesen. Er fuhr sich mit der Hand durchs Haar und versuchte, die Erschöpfung fortzuschieben. »Also, was, zur Hölle, ist schief gegangen?«

»Die Wahrheit ist, wir haben nicht die leiseste Ahnung. Wir nehmen an, dass Baranoff entweder unsere Leute bemerkt oder einen Insider-Tipp bekommen hat.«

Jake setzte sich auf. »Jemand von unseren Leuten?«

»Möglich. Aber ein Captain vom San Diego Police Department und ein paar Typen aus dem Morddezernat wussten ebenfalls Bescheid. Einer davon, ein gewisser Dan Reynolds, ist am Dienstag vor dem Dynasty-Gebäude aufgetaucht. Die Frau, für die er sich interessierte, eine Barkeeperin namens Barbara Wallace, hat am gleichen Tag versucht, mit Baranoff zu sprechen.«

»Und warum?«

»Wie es scheint, sind beide mit Mary Alice Parker befreundet. An die erinnern Sie sich doch? Hübsche kleine Blondine. Hat ein Faible für ausgedehnte Bootsfahrten.«

Er erinnerte sich an sie, ja. Die Frage war eher, wie er sie vergessen sollte. »Ja, tue ich. Was hatten die beiden bei der Dynasty Corporation zu schaffen?«

»Die Frau sagt, ihr sei der Verdacht gekommen, dass Parkers Verschwinden etwas mit der *Dynasty II* zu tun hätte.«

»Kluge Lady.« Und jetzt, wo er Zeit hatte, die wirren Gedanken zu ordnen, erkannte er auch den Namen wieder. Allie hatte erwähnt, dass Barb Wallace mit ihr zusammen in einem Lokal namens Raucous Raven arbeitete und dass Barb sich hoffentlich um ihre Katze kümmerte.

»Augenscheinlich wollte Mrs. Wallace mit Baranoff über Allie Parkers Verschwinden reden. Reynolds sagt, er sei dort gewesen, um genau das zu verhindern, weil sein Boss jeglichen Kontakt mit Baranoff untersagt hätte.«

»Hat er gewusst, dass wir Baranoff überwachen?«

»Damals noch nicht. Laut Captain Caruthers, seinem Vorgesetzten, hat Reynolds erst von der Überwachung erfahren, als schon die letzte Phase lief.«

»Glauben Sie, Reynolds und Wallace sagen die Wahrheit?«

Biggs zuckte die runden, etwas zu dicklichen Schultern. »Bis jetzt haben wir keine Anhaltspunkte, dass die beiden mit Baranoff zusammenarbeiten.«

Jake kratze sich die Bartstoppeln. »Wenn man den Nachrichten Glauben schenkt, dann hatten wir draußen vor dem Dynasty-Gebäude eine kleine Armee stehen. Wie, zur Hölle, konnte der Bastard dann entkommen?«

»Soweit wir wissen, ist er durch einen Lagerraum in der Tiefgarage entwischt. Wir haben da eine Tunnelröhre gefunden, die zum benachbarten Gebäude führt. Sieht so aus, als hätte sich Baranoff für alle Fälle einen Fluchtweg gebaut.«

»Klingt ganz nach ihm. Glauben Sie, er ist noch in den Staaten?«

»Wenn er eine Flucht schon eingeplant hat, dann weiß er vermutlich auch, wie er außer Landes kommt.«

»Vermutlich.«

»Wenn er noch hier ist, dann im Untergrund. Die Medien haben jedenfalls viel Spaß an der Sache.«

Biggs händigte Jake eine zwei Tage alte *San Diego Union Tribune* aus. Die Überschrift lautete: REICHER UNTERNEHMER RÜSTET GUERILLA-KRIEG AUS. »Zeug wie das da finden Sie in allen Nachrichten. Im Moment ist Baranoffs Kopf bekannter als der des Präsidenten.«

»Ich nehme an, Sie haben sämtliche Flughäfen kontrolliert.«

Er nickte. »Wir haben sämtliche wichtigen Häfen und Flughäfen innerhalb von fünf Minuten nach der Aktion geschlossen. Der Kerl hätte ein Höllenproblem gehabt, irgendwo hinzukommen. Falls er nicht schon weg war, dann wird er sich wohl eine Weile bedeckt halten, bis sich die Sache abgekühlt hat.«

»Baranoff hat alle Geduld der Welt. Ich werde das Gefühl nicht los, dass er es genau so machen wird. Er wird erst versuchen abzuhauen, wenn er es für sicher genug hält.«

»Ich hoffe, Sie haben Recht. Ich hoffe, wir kriegen ihn.«

»Also, was soll ich tun?«

»Für den Anfang erst mal schlafen. Danach dürfen Sie sich ein wenig umhören. Finden Sie heraus, ob der Tipp von jemandem aus unserer Abteilung stammt. Ich will wissen, wie der Hundesohn herausgefunden hat, dass wir hinter ihm her sind. Und wenn es jemand von unseren Leuten war, dann hänge ich ihn raus, bis er vertrocknet.«

Jake bekam einen harten Zug ums Kinn. Er dachte an all die Monate, die er undercover daran gearbeitet hatte, Felix Baranoff dranzukriegen und seinen Schmuggelgeschäften ein Ende zu machen. Wenn sie ihn nicht erwischten, würde Baranoff früher oder später das Land verlassen. Und sobald er in Sicherheit war, würde er wieder seinen Geschäften nachgehen, und alles würde laufen wie gewohnt.

Jake verließ das Büro und dachte an die heißen feuchten Dschungeltage mit Allie, daran, wie nah sie dem Tod gewesen waren, als Valisimos Flugzeug abgestürzt war – und an Chrissy Chambers, die durch Baranoffs Hand gestorben war.

Er wollte Baranoff drankriegen, und er hätte fast alles dafür getan. Aber das FBI wollte ihn auch.

Und Jake fragte sich, was diese Typen dafür wohl alles tun würden.

Ihre erste Nacht in San Diego verbrachte Allie im Haus ihrer Eltern. Mom und Dad hatten sie am Flughafen abgeholt und darauf bestanden, dass sie nach Escondido mitkam. Allie widersprach nicht. Jetzt, da ihr wildes Abenteuer vorüber war, war sie emotional viel zu ausgelaugt.

»Ich habe die Hoffnung nie aufgegeben«, sagte ihre Mutter, während sie zum Auto gingen, einem fünf Jahre alten Buick Skylark, den ihr Vater so tadellos pflegte, dass er aussah, als würde er gerade aus dem Showroom gerollt. »Ich wusste, dass alles gut wird.« Sie lächelte und tätschelte Allie die Hand. »Du hast es immer geschafft, wieder auf den Füßen zu landen.«

Miriam Parker hatte dasselbe blonde Haar wie Allie, doch jetzt, mit fünfundfünfzig Jahren, war es grau geworden und musste gefärbt werden. Sie war die ultimative Hausfrau, pummelig und nicht mehr schlank wie einst, aber ihrem Ehemann und ihrer einzigen Tochter immer noch aufopfernd ergeben.

»Deine Mutter und ich ... wir haben uns schreckliche Sorgen gemacht.« Henry Parker, ein pensionierter Buchhalter, war ein grauhaariger Mann von durchschnittlicher Größe und Figur und weit überdurchschnittlicher Intelligenz. »Wir sind so dankbar, dass es dir gut geht.« Er hatte geweint, als er sie in die Arme geschlossen hatte. Allie hatte ihn nie zuvor weinen sehen und war selbst in Tränen ausgebrochen. Sie hatte sich ausgemalt, wie besorgt ihre Eltern gewesen sein mussten, doch sie hatte sich nie wirklich vorgestellt, dass sie in gewisser Weise größere Qualen gelitten hatten als sie selbst.

Als sie das Haus betrat, kam ihr der Duft selbst gebackener Cookies, in Ahornsirup gebeizten Schinkens und grüner Bohnen entgegen, Mutters Spezialität und Allies Lieblingsessen.

»Das Abendessen ist gleich fertig«, sagte ihre Mutter und rauschte in die Küche. »Nur noch eine Minute.« Für die Familie zu kochen war immer schon Mutters Art gewesen, ihnen zu zeigen, wie sehr sie sie liebte. Sie hatte außerdem Allies Lieblingsdessert gemacht, einen Schokoladenkuchen in drei Schichten mit Walnüssen oben drauf.

Obwohl Allie keinen großen Hunger verspürte, hatte sie doch nichts dagegen, verwöhnt zu werden. Sie war bis ins Mark erschöpft, und der Gedanke an Jake raubte ihr die letzte Kraft.

Sie hatte sich gerade mit brennenden Augen und schweren Lidern auf dem Sofa niedergelassen, als sie ein vertrautes Miau vernahm.

»Whiskers!« Allie lachte, als ihr die Katze auf den Schoß sprang und den Kopf an ihrer Wange rieb. Allie drückte das Tier an sich und grub das Gesicht in das weiche, orange Fell. »Ich hab mir solche Sorgen um dich gemacht. Und ich hab dich so vermisst.«

»Wir dachten, du würdest ihn vielleicht sehen wollen«, übertönte ihr Vater Whiskers' lautes Schnurren. »Ich habe ihn bei Barb Wallace abgeholt.«

Allie wusste, dass die Katze bei Barb gewesen war. Ihre Mutter hatte es ihr gesagt, als sie sich am Telefon besorgt nach Whiskers erkundigt hatte.

»Barb war uns eine gute Freundin, Allie.« Vater setzte sich auf seinen geliebten, mit braunem Kunstleder bezogenen Sessel. »Ohne sie hätten deine Mutter und ich das, glaube ich, nicht überstanden.«

Er berichtete, dass Barb diejenige gewesen war, die Allies Verschwinden entdeckte hatte; dass sie auf der Suche nach einer Spur mit einem jungen Detective zusammengearbeitet und Geld für Plakate gesammelt hätte, die sie dann überall in der Stadt aufgehängt hätten. »Deine Freundin ist ein guter Mensch. Sie hat deine Mutter fast täglich angerufen.«

Allie spürte, wie ihr die Tränen kamen. Sie hatte ihre liebe Chrissy verloren, die ihr keiner ersetzen konnte, aber sie hatte Glück gehabt und eine andere wunderbare Freundin gefunden. »Ich muss mich bei ihr bedanken. Gleich als Erstes morgen früh rufe ich sie an. Falls sie Zeit hat, kann ich vielleicht bei ihr vorbeifahren, wenn sie von der Arbeit zurück ist.«

Ihre Mutter eilte herein. »Ich kann es nicht fassen, dass dieser schreckliche Mann entkommen konnte«, sagte sie. »Nach all dem, was du und dieser nette Agent Dawson durchgemacht habt.«

Allie hörte auf, Whiskers zu kraulen. »Was soll das heißen, *entkommen*? Du meinst doch nicht Felix Baranoff?«

»Ach, du meine Güte, natürlich! Du hast vermutlich noch gar keine Nachrichten gesehen.«

»Seit ich aus Belize abgereist bin, nicht. Soll das heißen, Baranoff konnte entkommen?«

»Ich fürchte, ja.«

Ihr Vater räusperte sich barsch. »Der Kerl ist wie vom Erdboden verschwunden, sie haben nicht die kleinste Spur von ihm.«

Allie lehnte sich wie vom Donner gerührt zurück. »Ich glaube das nicht. Nach allem, was wir durchgemacht haben. Das kann doch nicht möglich sein.«

»Ich fürchte, es ist mehr als nur möglich«, sagte ihr Vater.

»Ich frage mich, warum sie uns das nicht gesagt haben. Wir dachten, alles sei planmäßig gelaufen.«

Ihre Mutter tätschelte ihr den Arm. »Mach dir keine Sorgen. Ich bin sicher, dass sie ihn bald erwischen.« Sie drehte sich um und ging voran in die Küche. »Los, ihr zwei. Das Essen steht auf dem Tisch.«

Völlig entmutigt, hatte Allie noch weniger Hunger als zuvor. Obwohl das Essen köstlich war, schob sie es zum Großteil nur auf dem Teller herum. Als sie fertig waren und das Geschirr gespült war, kehrte sie sofort zum Wohnzimmersofa zurück und bat ihren Vater, CNN einzuschalten.

Endlich kam der Bericht über die Razzia bei der Dynasty Corporation, Baranoffs Flucht und die derzeitigen Bemühungen, ihn zu finden. Allie fragte sich, welche Rolle Jake dabei spielte, aber so wie es aussah, würde sie das wohl nie herausfinden.

Am nächsten Tag schaute sie ständig Nachrichten, um sich auf dem Laufenden zu halten und vielleicht Jake irgendwo zu entdecken, was allerdings unwahrscheinlich war, da er undercover arbeitete und seine Identität nicht einfach preisgeben durfte. Dann tauchte in den Mittagsnachrichten auf einmal ein Foto von ihm auf. Man hatte ihn als den ATF-Agenten identifiziert, der Baranoffs Waffen- und Kunstschmuggel-Ring hatte auffliegen lassen und dafür gesorgt hatte, dass die USA mehr als fünfzig hochmoderne, gestohlene Marschflugkörper zurückbekommen hatten.

Offenkundig hatte irgendein schlauer Reporter die Sache aufgedeckt. Jakes Tarnung war dahin, und Allie fragte sich, wie es ihm damit ergehen mochte. Weil sie immer noch erschöpft von der Reise und den Geschehnissen war, rollte sie sich auf dem Sofa zusammen und döste eine Weile. Um drei Uhr nachmittags griff sie zur Fernbedienung und zappte sich in eine Nachrichtensendung. Augenblicklich war Jakes Gesicht im Bild, und ihr Herz fing auf der Stelle an zu schmerzen.

Er sah so unglaublich gut aus. Ein wenig erschöpft, mit leichten Schatten unter den Augen, aber dennoch gut. Er erläuterte kurz, was sich in Belize zugetragen hatte, weigerte sich aber, Fragen zur gescheiterten Verhaftung Baranoffs zu beantworten, weil er zu diesem Zeitpunkt noch außer Landes gewesen war.

Als ein ABC-Reporter ihn fragte, ob etwas dran sei an den Gerüchten, dass in die Operation in Belize auch eine Frau verwickelt gewesen sei, antwortete er, ja, das sei der Fall, aber den Namen der Frau könne er aus personenschutzrechtlichen Gründen nicht nennen. Er erklärte allerdings, dass sie außerordentliche Tapferkeit gezeigt hätte und die Operation ohne sie möglicherweise gescheitert wäre.

Allie wischte sich verstohlen ein paar Tränen ab und schaltete den Fernseher, als das Interview vorüber war, sofort wieder aus. Resigniert seufzend ging sie ins Gästezimmer hinauf, packte die Sachen, die sie aus Belize mitgebracht hatte, in die hellblaue Segeltuchtasche zurück und bat ihren Vater, sie und Whiskers nach Hause zu fahren.

»Bist du sicher, dass du dazu schon bereit bist, Schatz?«, fragte ihr Vater. Ihre Mutter räumte derweil herum und machte ein besorgtes Gesicht.

»Ich war so lange weg, Dad, ich … ich muss einfach heim.«

Ihre Mutter umarmte sie. »Ich verstehe das, Liebling. Falls du irgendetwas brauchst …«

»Ist schon gut. Ich rufe dich gleich morgen früh an.«

Sie ging hinaus, und ihr Vater fuhr sie in die Stadt. Allie starrte aus dem Auto das weiße, zweistöckige Haus an, in dem sich ihr Apartment befand. »Ich war so lange weg, dass ich ganz vergessen habe, euch zu fragen, was eigentlich mit meinem Wagen passiert ist.«

»Er steht auf deinem Parkplatz an der Straße.«

Ihr Vater steuerte den Buick an den Randstein. »Dieser junge Detective, mit dem Barb befreundet ist, hat ihn am Wochenende zurückgebracht. Er sagte, er legt dir die Schlüssel in den Briefkasten.«

Allie beugte sich hinüber und küsste ihn auf die Wange. »Danke, Dad.«

Sich Whiskers an die Brust drückend, ging sie die Treppe zu ihrem Apartment hinauf und winkte ihrem Vater zum Abschied. Dann holte sie den Schlüssel aus der Tasche, ging hinein, machte die Tür hinter sich zu und lehnte sich seufzend dagegen. Ihr Blick schweifte langsam durch den nur schwach erhellten Raum. Die Jalousien waren zu, und in der Luft lag ein modriger Geruch, der vorher nicht da gewesen war.

Früher war die Wohnung so heiter und warm gewesen; viele schöne Grünpflanzen, ihre Katze und ihre beste Freundin. Jetzt waren die Pflanzen allesamt vertrocknet, eine Staubschicht bedeckte Sofa und Stühle sowie den überladenen Tisch davor. Das Apartment erschien ihr kalt und leer, nur noch von hohlen Erinnerungen erfüllt.

Sie setzte Whiskers auf den dunkelbraunen Teppichboden, machte Jalousien und Fenster auf und ließ die Meerbrise herein. Man hätte putzen müssen, aber irgendwie fehlte ihr dazu die Energie. Eine Depression vermutlich, der Absturz, der solchen hoch emotionalen Erfahrungen folgte.

Der Geschäftsführer des Raucous Raven hatte ihr ihre Stelle freigehalten, wie ihre Mutter berichtet hatte. Sie konnte zur Arbeit, wann immer sie wieder dazu in der Lage wäre, aber die Aussicht gefiel ihr nicht besonders. Den Kellnerinnenjob hatte sie ja nur angenommen, um die Zeit bis zum Ende der Computerkurse zu überbrücken. Jetzt hatte sie fast einen ganzen Monat versäumt, und es reizte sie nicht gerade, von vorne anzufangen.

Morgen, sagte sie sich, morgen würde sie sich besser fühlen und wieder die Alte sein.

Sie ignorierte die blaue Segeltuchtasche, die auszupacken sie sich nicht aufraffen konnte, sank aufs Sofa und versuchte, nicht an Jake zu denken.

23

Allie schaffte es erst Mittwochabend, zu Barbs Apartment zu fahren. Eine Stunde, nachdem sie in ihre eigene Wohnung zurückgekehrt war, wimmelte es auf dem Rasen vor dem Haus von Kameras, Fernsehteams und Zeitungsreportern.

Offenkundig hatte irgendwer herausgefunden, wo sie sich all die Wochen, die sie als vermisst gegolten hatte, aufgehalten hatte, dass sie letzten Abend zurückgekommen war und wie ihre Verbindung zu Felix Baranoff aussah. Die Nachrichtenleute waren in ganzen Horden angerückt, und Allie hatte ihnen nur entkommen können, indem sie, nachdem sie eine Tasche gepackt hatte, aus dem Fenster der Waschküche geklettert war, die sich auf der Hinterseite des Gebäudes befand, und mit ihrem kleinen grünen Beetle zum nahe gelegenen Easy 8 Motel geflitzt war.

Zumindest hatte sie die Nacht über halbwegs schlafen können. Nachdem sie aus ihrem Apartment entkommen war, hatte sie kaum noch an Chrissy gedacht oder daran, dass Chrissys Mörder entwischt war. Unglücklicherweise dachte sie jedoch irgendwann an Jake. Es schien nichts zu geben, das sie dagegen hätte tun können.

Am nächsten Morgen rief sie Barb an, dankte ihr für ihre Hilfe und die Freundlichkeit, mit der sie sich ihrer Eltern angenommen hatte und fragte, ob sie vorbeikommen könne, sobald Barb von der Arbeit zu Hause war.

»Soll das ein Witz sein?«, fragte Barb. »Ich bin ganz versessen darauf, dich zu sehen. Auf allen Kanälen zeigen sie dein Foto. Ich hab die Kamerateams gesehen, die vor deinem Haus stehen. Was hältst du davon, bei mir zu wohnen?«

»Danke, Barb, ich weiß das Angebot zu schätzen, aber im Moment brauche ich ein bisschen Zeit für mich allein.«

»Also, wie gesagt, ich will dich unbedingt sehen. Ich will jedes blutrünstige Detail wissen.«

Allie glaubte zwar nicht, dazu schon bereit zu sein, aber sie freute sich darauf, die Freundin zu sehen, und vielleicht war es gut, mit jemandem zu sprechen. Sie erbot sich, Essen vom Chinesen mitzubringen, auch für die Jungs, und klopfte um drei Minuten vor sechs an Barbs Tür.

Kaum hatte sie die Wohnung betreten, überfiel Barb sie schon mit einer überschwänglichen Umarmung; gleich darauf kämpften beide mit den Tränen.

»Ich kann das alles immer noch nicht glauben«, sagte Barb. »Und dir geht es wirklich gut?« Sie trat einen Schritt zurück und begutachtete Allies inzwischen etwas längeres blondes Haar und ihre sonnengebräunte Haut, die um vieles dunkler war als zuvor.

Allie lächelte, was ihr nicht so leicht fiel, wie es hätte der Fall sein müssen. »Es geht mir gut. Manchmal kann ich selber kaum glauben, was passiert ist.«

In diesem Augenblick kamen die Jungs herein.

»Mom hat sich große Sorgen gemacht«, sagte Pete.

»Ich weiß. Deine Mutter ist eine wunderbare Freundin.«

»Mom hat gesagt, du bringst was vom Chinesen mit«, sagte Ricky mit einem Blick auf die Tüte in Allies Hand. »Ich liebe chinesisches Essen.«

Allie lachte. Die Jungs waren prima. »Ich habe etwas für

euch.« Sie griff in die Tasche ihrer Jeans und holte eine kreisrunde Muschel, einen so genannten Sanddollar, und eine Schneckenmuschel heraus, die sie am Strand von Ambergris Caye gefunden hatte. »Macht die Augen zu.«

Sie vertauschte die Muscheln und nahm eine in jede Hand. »Okay, jetzt sucht sich jeder eine Hand aus.« Die beiden trafen ihre Entscheidung, und jeder bekam seine Muschel.

»Danke«, sagte Pete mit einem Grinsen, das Allie so sehr an Miguel erinnerte, dass sie augenblicklich einen Kloß im Hals hatte.

Sie dachte an den kleinen mexikanischen Jungen und an all das, was sie in den letzten Wochen erlebt hatte. Alles an ihr schien sich verändert zu haben, seit sie San Diego verlassen hatte. Sie versuchte, an die guten Dinge zu denken, die wunderbaren Menschen, die sie getroffen hatte, und auch daran, dass sie einen Teil der Welt zu sehen bekommen hatte, der den meisten Menschen verborgen blieb. Es war das Abenteuer ihres Lebens gewesen, aber Jake und Miguel verloren zu haben schien alles zu überwiegen.

Dann riss Barb sie aus ihren Gedanken. »Los, ihr zwei. Lasst Allie in Ruhe, und geht euch die Hände waschen. Dann bekommt ihr euer chinesisches Essen.«

Die Jungs liefen davon, und Barb sah Allie an. »Etwas an dir hat sich verändert. Ich bin aber noch nicht ganz sicher, was.« Sie nahm Allie die Tüte mit dem chinesischen Essen aus der Hand und ging zur Küche. »Komm, wir lassen die Kinder vorm Fernseher essen und setzen uns in die Küche, wo wir ungestört reden können.«

Barb steckte Löffel in die Papierbehälter mit Chop-Suey, gebratenem Reis und einer Extraportion Schweinefleisch süßsauer, dann verteilte sie Gabeln und Pappteller, und alle nahmen sich zu essen.

»Also, erzähl, was passiert ist«, sagte Barb, als sie zehn Minuten später allein am Küchentisch saßen. »Deine Mom hat gesagt, du seist auf Baranoffs Boot gewesen, als es gerade nach Mexiko ausgelaufen ist, und so hätte alles angefangen.«

Allie seufzte bei dem Gedanken an den Tag, an dem sie sich an Bord der *Dynasty II* geschlichen hatte; er schien einem anderen Leben zu entstammen. »Ich wollte mich nur schnell auf der Jacht umsehen, ob ich vielleicht irgendetwas finde, das mit Chrissys Tod zu tun haben konnte. Das Nächste, was ich mitbekommen habe, war, dass wir aus dem Hafen ausgelaufen sind.« Allie erzählte ihrer Freundin die nächste halbe Stunde lang, was in den Wochen danach so alles passiert war.

»Es war unglaublich«, kam sie zum Ende. »Das Unglaublichste, was mir in meinem ganzen Leben passiert ist.«

Barb schluckte einen ganzen Mund voll Chop-Suey. »Kann ich mir vorstellen. Das heißt, wenn ich genau darüber nachdenke, kann ich es mir eigentlich nicht vorstellen.« Sie nahm sich noch etwas vom gebratenen Reis. »Ich habe den Typen von der ATF, diesen Dawson, im Fernsehen gesehen. Ziemlich großer Kerl. Sieht er in natura auch so gut aus?«

Allie schüttelte den Kopf. »Besser.«

»Wow.«

»Ja, wow.«

Barbs blaue Augen weiteten sich mit einem Mal. »O mein Gott – das ist es! Das ist es, was dich so verändert hat. Du hast mit ihm geschlafen, oder?«

Allie antwortete nicht. Es fiel ihr schwer, den Bissen süßsaures Schweinfleisch zu schlucken.

»Du brauchst nichts zu sagen. Es steht dir ins Gesicht geschrieben.« Barb betrachtete sie mit geschultem Blick und lehnte sich in ihrem Stuhl zurück. »Du hast dich doch nicht etwa in ihn verliebt?«

Der Bissen Fleisch drohte, ihr im Hals stecken zu bleiben. Allie dachte an Jake und blinzelte gegen die aufsteigenden Tränen an.

»O mein Gott, du *hast* dich verliebt!« Barb nahm sie bei der Hand. »Ist schon okay. Man hat dich entführt und misshandelt, und irgendein Verbrecher aus L.A. hätte dich fast vergewaltigt. Du hast einen Flugzeugabsturz überlebt und eine elende Woche im Dschungel. Jake Dawson war deine einzige Verbindung zur Außenwelt. Wenn der Kerl nur ein kleines bisschen nett zu dir war, konntest du gar nicht anders, als dich in ihn zu verlieben.«

»Du meinst das Stockholm-Syndrom«, sagte Allie grimmig.

»Ja, genau!«

»Das ist es aber nicht.«

»Willst du etwa sagen, du hast dich *wirklich* in ihn verliebt?«

Allie seufzte. »Ich hab versucht, es nicht zu tun – wirklich. Aber Jake ist einfach so … er ist so …« Sie schüttelte den Kopf. Wie sollte man einen Mann wie Jake beschreiben? Vielleicht genau so. Er war so sehr ein Mann.

»Denk dir nichts. Ich glaube, ich weiß, was du meinst.« Etwas in Barbs Stimme stachelte Allies Neugier an. »Tust du das?«

Barb nickte. Sie war nicht die Sorte Frau, die gleich rot wurde, aber auf ihren Wangen war definitiv ein Anflug von Farbe zu sehen.

»Du auch?«, fragte Allie.

»Nicht ganz, aber ich bewege mich auf einem schmalen Grat. Wenn ich nicht aufpasse, bin ich verloren.«

»Wer ist es?«

Barb fing an, die halb leeren Kartons mit dem chinesischen Essen zuzufalten, genug für eine weitere Mahlzeit für sie und die Kinder. »Dan Reynolds.«

»*O mein Gott!*«

»Ja, das habe ich mir auch gedacht.«

»Aber, das ist doch wunderbar. Dan ist ein toller Typ. Als Chrissy und er etwas miteinander hatten, da habe ich gehofft, es könnte klappen mit den beiden. Aber Chrissys Geschmack ging halt doch eher in die Donnie-Markham-Richtung. Wenn Dan an dir interessiert ist ...«

»Außer, dass er mit mir ins Bett gehen möchte, bin ich mir da nicht so sicher.«

»Dummerweise weiß ich, woran Jake Dawson *nicht* interessiert ist. Er hat eine Vergangenheit, und außerdem ist er ein Undercover-Agent. Er hat klargestellt, dass wir keine Zukunft haben, und ich vermute mal, er hat Recht. Aber ich vermisse ihn so, es bringt mich fast um. Jedes Mal, wenn ich ihn im Fernsehen sehe, will ich nur noch den Kopf unters Kissen stecken und heulen.«

»So schlimm?«

»Schlimmer. Mit ihm zusammen zu sein, das war ... war ... der Himmel.«

»Aber du kannst nicht ewig weinen.«

Allie seufzte und lehnte sich zurück. »Glaub mir, das weiß ich. Wenn ich einen Weg gefunden habe, mich in ihn zu verlieben, dann finde ich auch einen, mich zu entlieben. Und das ist genau das, was ich tun werde.«

»Schön für dich.« Barb wischte sich an einem Küchenhandtuch die Hände ab. »Lass uns einen Pakt schließen. Männer machen doch immer nur Probleme. Wir finden einen Weg, wie wir über sie hinwegkommen.«

»Warte einen Augenblick. Bist du sicher, dass du über Dan hinwegkommen willst? Wenn ich du wäre ...«

»Ich bin ein viel zu großer Feigling. Außerdem muss ich an die Kinder denken. Ich habe es schon einmal verpatzt. So etwas kann ich mir nicht noch mal leisten.«

»Du hörst dich an wie Jake.«

Das gab Barb zu denken. Sie sammelte die schmutzigen Messer und Gabeln ein, legte sie ins Spülbecken und drehte das Wasser auf. »Dan hat ein kleines Segelboot. Er will mich und die Kinder diesen Sonntag mit hinausnehmen.«

»Was hast du ihm geantwortet?«

»Ich habe gar nichts geantwortet.

»Mach es, Barb, gib ihm eine Chance.«

»Ich nehme an, das ist das, was du tun würdest.«

»Verdammt richtig. Wenn ich glauben würde, dass es vielleicht klappen könnte, dann würde ich genau das machen.«

Aber in Allies Fall war dem nicht so. Das hatte Jake klargestellt.

»Was willst du gegen diese Armee aus Reportern unternehmen, die bei dir vor der Tür steht?«, fragte Barb. »Sie werden nicht einfach so verschwinden.«

»Richtig. Ich wünschte, ich könnte ihnen etwas Brauchbares mitteilen, etwas, das der Polizei hilft, Baranoff zu fangen, aber leider kann ich das nicht.«

»Sie wollen deine Geschichte, Allie. Und sie werden nicht verschwinden, bis du sie ihnen erzählt hast.«

»Ich weiß. Das Beste wird sein, ich bringe es hinter mich. Morgen früh rufe ich die lokalen Fernsehstationen an. Sobald sie haben, was sie wollen, werden sie mich in Ruhe lassen.«

Zumindest hoffte sie das.

Das Letzte, was sie wollte, war der Vergangenheit nachhängen. Sie wollte die letzten drei Wochen vergessen und ihr Leben weiterleben. Sie wollte Jake Dawson vergessen, und genau das würde sie auch tun.

Martin Biggs legte den Hörer auf und murmelte ein Schimpfwort. Fast drei Wochen waren seit dem fehlgeschlagenen Versuch vergangen, Felix Baranoff zu verhaften, und es gab immer noch keine Spur. Das FBI wurde langsam nervös und er auch. Der Unterschied war, dass das FBI, um Baranoff zu kriegen, weiter zu gehen bereit war als das ATF.

Biggs nahm einen Schluck von dem lauwarmen Kaffee auf seinem Schreibtisch und dachte an den Anruf, den er gerade erhalten hatte. Er musste Jake davon erzählen. Es war noch früh am Tag. Jake war um diese Zeit üblicherweise auf, aber gut geschlafen hatte er vermutlich nicht. Es war dieses Mädchen, Biggs wusste es. Dawson hatte sich in die Lady verliebt, auch wenn es ihm selbst vielleicht nicht bewusst war oder er es einfach nicht zugeben wollte.

Er hatte Jakes Akte gelesen. Jake hatte zwei gescheiterte Ehen hinter sich, auch wenn die erste nicht wirklich zählte. Aber die zweite hatte ihn seinen Sohn gekostet.

Über die Jahre hatte die Behörde inoffiziell nach dem Jungen Ausschau gehalten, und er war im NCIC gelistet, aber sie hatten keine Spur von ihm gefunden, was nicht unüblich war in Fällen, in denen sich der eine Elternteil dazu entschlossen hatte, von der Bildfläche zu verschwinden.

Sein eigener Sohn war erwachsen, einundzwanzig Jahre alt. Nächste Woche kehrte er nach zweijährigem Armeedienst nach Hause zurück. Allein der Gedanke, ihn zu verlieren, machte Biggs krank. Jake hatte schwer darunter gelitten, seinen Sohn verloren zu haben, und der Schmerz hatte sein Herz hart werden lassen.

Ehe und Familie standen auf Jakes Prioritätenliste nicht gerade weit oben – jedenfalls nicht mehr so weit, wie zuvor – und mit dem Job hier war es fast unmöglich, eine glückliche Ehe zu führen.

Dann dachte Biggs an Mary Alice Parker beziehungsweise Allie, wie sie sich selbst nannte. Er hatte sie vor ein paar Wochen im Fernsehen gesehen, ruhig und gefasst, professionell im Umgang mit den Reportern und sicher nicht Jakes üblicher Frauentyp. Abgesehen davon, dass sie verdammt gut anzusehen war, schien sie charmant und intelligent zu sein, eine Frau, die auf eigenen Füßen stand. Das hatte sie in den vergangenen Wochen mehr als einmal bewiesen, erst auf Baranoffs Jacht, dann in diesem gottverdammten Dschungel und schließlich sogar in Valisimos Camp. Unter anderen Umständen hätten die beiden ein perfektes Paar abgegeben, was jetzt aber höchst unwahrscheinlich schien. Doch welche Absichten Jake auch immer verfolgen mochte, was Allie anging, das, was das FBI jetzt vorhatte, würde ihm nicht gefallen. Nein, es würde Jake nicht gefallen – kein verfluchtes bisschen.

Allie ging die Treppe zu ihrem Apartment hinauf. Nach diesem furchtbaren Abend erschien ihr die Wohnungstür wie das perlenbesetzte Himmelstor. »Ich hoffe, es hat dir gefallen heute Abend«, sagte Richard Blake.

Allie zwang sich zu lächeln. »Es war …« *Langweilig und öde. Der schrecklichste Abend seit Jahren.* »Erhellend.«

»Ja, gewiss. Vom Rohstoffmarkt sollte wirklich jeder etwas verstehen. Ich hoffe, ich war in dieser Hinsicht eine Hilfe.«

Allie nickte. »Du würdest bestimmt niemals Sojabohnen mit Schweinebäuchen verwechseln.« Sie blieb vor der Tür stehen und streckte ihm die Hand hin. »Gute Nacht, Richard.«

Richard ignorierte die Hand, beugte sich vor und klemmte sie mit seinem Körper an die Tür. Er klammerte seine Lippen um ihren Mund und saugte irgendwie. *Als ob einen ein Staubsauger küsst, ein Waschstaubsauger*, dachte Allie. Als er ihr die Zunge den Hals hinunterschob, löste das bei ihr einen Würgereflex aus, und Allie war sicher, sich auf Richard übergeben zu müssen.

Irgendwann beendete Richard den Kuss. *Es gab also doch noch einen Gott.*

Allie fummelte mit dem Schlüssel herum und sperrte hastig die Tür auf.

»Ich bin ein bisschen müde«, sagte Richard. »Deshalb könnte ich durchaus eine Tasse Kaffee vertragen, bevor ich nach Hause fahre.«

»Vielleicht ein anderes Mal, Richard.« *Bestimmt nicht*, dachte sie und knallte ihm die Tür praktisch vor der Nase zu. Dann legte sie mit zitternder Hand die Kette vor und lehnte sich an. *O mein Gott, o mein Gott, o mein Gott!*

Wie hatte sie nur vergessen können, dass es so schrecklich sein konnte, sich zu verabreden? Sie war so erpicht, über Jake hinwegzukommen, dass sie eingewilligt hatte, mit Richard auszugehen, obwohl sie ihm zuvor schon ein halbes Dutzend Körbe gegeben hatte.

Aber Richard war Anwalt bei Ford, Wilkins and Blake, einer der erfolgreichsten Kanzleien in San Diego. Er sah auf eine linkische Art nett aus, hatte braune Haare und war Mitte dreißig. Sie hatte ihn immer als ganz annehmbar empfunden, wenn auch nicht besonders aufregend, ein gesetzter Bursche – der Grund dafür, dass sie nach dem Liebeskummer mit Jake zugestimmt hatte, mit ihm auszugehen.

Sie musste von Sinnen gewesen sein.

Allies Augen füllten sich mit Tränen. Sie war so erschöpft davon, sich ständig nach Jake zu sehnen, ihn zu vermissen, ihn zu wollen. Aber sie würde keinen Ersatz für ihn finden. Es gab niemand, der war wie er – nicht für sie. Und ihn mit einem Typen wie Richard vergleichen zu müssen – nun, das ließ sie sich nur noch schlechter fühlen.

Allie rutschte an der Tür hinunter, grub den Kopf zwischen die Knie und ergab sich den Tränen, gegen die sie wochenlang angekämpft hatte. Gott, sie vermisste ihn so. Verflucht, warum musste er auch so … so Jake sein? Doch in Wahrheit liebte sie ihn genau so, wie er war, und hätte ihn kein bisschen ändern wollen.

Wenn sie über ihn hinwegkommen wollte, würde sie einen anderen Weg finden müssen.

Jake schob sich durch Martin Biggs' Bürotür, drehte sich um und machte sie hinter sich zu. Biggs grunzte in seine Richtung und überflog weiter seine Unterlagen. Offensichtlich zufrieden, unterzeichnete er schwungvoll und blickte schließlich auf.

»Zeit, dass Sie auftauchen. Verflucht, Dawson, wo zur Hölle sind Sie gewesen? Seit gestern versuche ich, Sie zu erreichen.«

»Tut mir Leid. Mein Handy ist hinüber. Ich war unten in Del Mar … und hab mich einen Tag lang beim Pferderennen amüsiert.«

»Ich hoffe, das ist irgendeine Art Code dafür, dass sie etwas über Reynolds oder seine Freundin Wallace herausgefunden haben.«

Jake lachte fast. Was fast ein Novum gewesen wäre, weil er in letzter Zeit nicht viel gelacht hatte. »Über diese beiden habe ich nichts herausgefunden, aber über Reynolds' Partner Archie Hollis.«

Biggs bedeutete Jake, sich zu setzen. »Zum Beispiel?«

»Zum Beispiel hat Archibald Hollis ein kostspieliges Hobby. Er liebt es, auf Pferdchen zu wetten, und hat dabei nicht allzu viel Glück.«

»Interessant. Hat er Schulden?«

»Nicht dass ich wüsste. Es heißt, dass Archie seine Schulden immer bezahlt.«

Biggs legte den Füller auf den Schreibtisch. »Was bedeutet, dass er eine zusätzliche Geldquelle hat.«

»Sieht ganz danach aus. Archie ist ziemlich berechenbar. Er gibt pro Monat circa zweitausend auf der Rennbahn aus, aber sein Gehalt geht direkt auf sein Konto bei Wells Fargo und deckt gerade so eben seine monatlichen Kosten. Das Geld muss also anderswo herkommen.«

»Von Felix Baranoff, zum Beispiel?«

»Würde ich mal annehmen«, sagte Jake. »Werden Sie das SDPD anrufen und Hollis zu einer Befragung einbestellen?«

»Noch nicht. Ich würde lieber warten, bis wir Baranoff haben«, sagte Biggs.

»Haben Sie etwa eine Spur?«

»Nicht direkt. Die gute Nachricht ist, dass das FBI eine Idee hat, wie wir ihn kriegen. Die schlechte Nachricht ist, dass der Plan auch ihre Freundin Mary Alice Parker beinhaltet.«

Der Name überrollte ihn wie eine frische Brise, und sein ganzer Körper straffte sich. Sie fehlte ihm jeden Tag. Nachts träumte er von ihr. Heiße, peinlich nasse Träume, die erotischer waren als alles, was er als Teenager geträumt hatte. Morgens wachte er auf und dachte an sie, ihre Zähigkeit, ihre Courage, wie schön sie ausgesehen hatte, als sie nackt unter diesem Wasserfall gestanden hatte.

»Was hat Allie mit der Verhaftung Baranoffs zu tun?«, fragte Jake und fürchtete die Antwort.

»Das FBI will ihm einen Köder auslegen. Sie denken, er kommt vielleicht aus seinem Versteck, wenn der Anreiz nur groß genug ist.«

Jake schüttelte den Kopf. »Für so was ist Baranoff zu clever. Er wird bei seinem ursprünglichen Plan bleiben und sich verborgen halten, bis er sicher genug ist, das Land verlassen zu können, immer vorausgesetzt, dass er nicht schon weg ist.«

»Da stimme ich Ihnen zu – mit einer Ausnahme.«

Jake runzelte die Stirn, als ihm klar wurde, was Biggs meinte. »Die Maske des Itzamna.«

»Genau. Das FBI weiß, wie versessen Baranoff darauf ist. Die Idee ist, ihn glauben zu machen, dass Allie die Maske während der Erstürmung des Camps entwendet und in die Staaten geschmuggelt hat. Es wäre leicht für sie gewesen, das Ding durch den Zoll zu bekommen, da Sie mit Ihnen unterwegs war. Die Typen vom Zoll legen sich nicht mit einem Bundesagenten an, und Baranoff weiß das. Allie könnte herausgefunden haben, wie viel ihm an der Maske liegt. Sie hätte sie stehlen können, um sie ihm später zu verkaufen.«

Jake schüttelte den Kopf. »Nein.«

»Nein?«

»Genau. Sie werden Allie da nicht hineinziehen – unter keinen Umständen. Sie ist beim ersten Mal schon fast ums Leben gekommen. Sie können nicht von ihr erwarten, dass sie wiederholt ein derartiges Risiko eingeht.«

»Das FBI sagt, sie würde nicht in Gefahr geraten. Sie wollen nur, dass sie Kontakt zu Baranoff aufnimmt und ein Treffen vereinbart. Von da an übernimmt das FBI.«

»Und wie genau soll sie den Kerl ausfindig machen, wenn keiner weiß, wo er ist?«

Biggs griff zum Füller und kritzelte auf einem Notizblock herum. »Über Eve Holloway möglicherweise.«

Jake verspürte einen bitteren Geschmack im Mund. Dass sie über Baranoffs ehemalige Sekretärin und Geliebte gehen wollten, sagte ihm, dass das FBI auf dem richtigen Weg war und wirklich kurz davor, Allie in den Plan einzubauen.

Biggs lehnte sich über den Schreibtisch nach vorn. »Sie waren derjenige, der gesagt hat, wenn es jemanden gäbe, den wir überwachen sollten, dann Eve Holloway.«

»Ja. Baranoff ist ein Geschäftsmann. Er verfügt über Grundbesitz, Handelsgüter, Bank- und Finanzbeteiligungen und Gott weiß was sonst noch. Er muss mit jemandem in Kontakt bleiben, und Eve Holloway ist die wahrscheinlichste Kandidatin für diesen Job.«

»Wir hören ihr Telefon ab, zu Hause und im Büro, aber damit rechnet Baranoff natürlich. Wo immer er ist, er muss über eine sichere Möglichkeit verfügen, sie zu kontaktieren.«

»Oder sie ruft *ihn* an. Zur Hölle, sie könnte ihn von der Damentoilette bei Nordstrom anrufen, wir würden es nie herausbekommen. Hat schon jemand mit ihr gesprochen?«

»Das FBI. Sie schweigt eisern, ist Baranoff völlig ergeben und wird uns nicht helfen, ihn zu kriegen. Diese Holloway ist klug und absolut loyal, was Baranoff betrifft. Vor ein paar Jahren hatte sie eine Affäre mit ihm. Baranoff hat sie beendet, aber irgendwie hat er es geschafft, die enge Beziehung, die er immer schon zu ihr hatte, nicht zu ruinieren.«

Biggs schrieb etwas auf den Notizblock. »Allie Parker geht also zu Eve Holloway, sagt ihr, Sie hätten sie als enge Freundin Baranoffs bezeichnet und lässt Baranoff die Maske quasi vor der Nase baumeln – mit einem saftigen Millionen-Dollar-Preisschild dran.«

»Er wird Belize kontaktieren und jemanden feststellen lassen, ob bei den Sachen, die der Regierung nach der Razzia übergeben worden sind, auch die Maske dabei war.«

»Darum hat sich schon jemand gekümmert. Die Behörden da unten sind genauso erpicht darauf wie wir, ihn zu erwischen. Sie haben uns die Maske für den Fall, dass wir sie brauchen, geliehen. Das FBI hat sie bereits in San Diego.«

Jake wusste nicht, ob das, was er empfand, Besorgnis oder Vorfreude war. »Ich gebe es ungern zu, aber das könnte funktionieren.«

»Ja, könnte es.«

»Aber Allie nimmt auf keinen Fall Kontakt zu Holloway auf. Eine FBI- Agentin kann sich als Allie ausgeben.«

»Tut mir Leid, dazu ist es zu spät. Sie haben bereits mit ihr gesprochen, und sie hat eingewilligt. Sagte, sie täte alles, um den Mann zu erwischen, der ihre Freundin auf dem Gewissen hat.«

»Verdammter Mist.«

»Nehmen Sie es locker. Der Personenschutz ist schon vor Ort. Niemand weiß, wie weit Baranoff gehen würde, um die Maske zu bekommen, also wird sie rund um die Uhr bewacht.«

»Aber nicht gut genug.« Jake erhob sich aus seinem Stuhl. »Falls Sie mich sprechen wollen, ich bin in San Diego.«

Biggs lächelte nur. »Dachte mir, dass Sie das sagen würden. Wird dem FBI nicht gefallen, aber was soll's?«

»Danke«, sagte Jake.

»Ich führe die erforderlichen Gespräche. Halten Sie mich einfach nur auf dem Laufenden«, sagte Biggs.

Jake wandte sich zum Gehen.

»Und passen Sie gut auf das Mädchen auf.«

Jake antwortete nicht. Seit dem Tag, an dem sie den Fuß auf die *Dynasty II* gesetzt hatte, war er für Allie Parker verantwortlich. Es war verrückt, aber es fehlte ihm, auf sie aufpassen zu müssen. Und bei der Aussicht, sie wieder zu sehen, pochte sein Herz wie ein Presslufthammer.

Jake verbiss sich einen Fluch. Er fragte sich, ob Allie auch nur im Geringsten erfreut sein würde, ihn zu sehen.

24

Es regnete. Mai in San Diego bedeutete üblicherweise blauen Himmel und fünfundzwanzig Grad, aber heute deckten flache graue Wolken die Stadt zu, und der Regen fiel in trüben Strömen. Die Rinnsteine liefen voll und flossen über, große braune Pfützen standen auf dem sonst trockenen Erdboden.

Allie stand am runden Küchentisch und atmete den Duft des frisch gebrühten Kaffees ein, der zweiten Kanne heute Morgen. Eine halb leere Schachtel Doughnuts stand auf dem Tisch, aber es war die gepolsterte, mit Samt ausgeschlagene offene Schatulle neben den Doughnuts, die ihre ganze Aufmerksamkeit beanspruchte.

Sie starrte die glitzernde goldene Maske an, die in den dicken schwarzen Samt eingebettet vor ihr lag. Stechende Jadeaugen starrten aus einem beklemmenden Gesicht zurück, das über tausend Jahre alt war. Der Himmelsdrachen, der Sonnengott: Itzamna.

In einer Mischung aus Ehrfurcht und Scheu streckte Allie die

Hand aus und berührte die schimmernde Goldmaske. Sie erinnerte sich daran, als sie die Maske zum ersten Mal gesehen hatte – im Haus des Generals am Morgen der Razzia –, und sie erinnerte sich auch an Ricos selbstgefälliges Gesicht, als er die Maske vor ihnen auf den Tisch gestellt hatte. Und sie fragte sich, wie viele unbezahlbare Artefakte er wohl gestohlen hatte, bevor er den ultimativen Preis für seine Taten hatte zahlen müssen.

Allie dachte an Belize, und die Erinnerung an die Tage, die sie dort verbracht hatte, traf sie mit verstörender Wucht. Jakes Gesicht tauchte auf, was sie ihm seit Wochen nicht gestattet hatte, und ihr Herz zog sich vor Schmerz zusammen. Sie verfluchte ihn lautlos. Warum hatte sie sich je auf einen Mann wie Jake eingelassen? Sie hatte doch von Anfang an gewusst, dass diese Affäre in einem Desaster enden würde. Dennoch fragte sie sich, wo er war und was er wohl gesagt hätte, hätte er gewusst, dass sie dem FBI den Gefallen tat, bei der Ergreifung Baranoffs zu helfen. Ob es ihm recht gewesen wäre?

»Miss Parker?« Sie blickte auf und sah einen der FBI-Agenten, die sie am gestrigen Morgen aufgesucht hatten, um mit ihr zu sprechen, in der Küchentür stehen. Special Agent Duchefski war circa dreißig Jahre alt, braunhaarig und dunkeläugig. Er trug immer noch denselben übereifrigen Gesichtsausdruck zur Schau wie bei ihrer ersten Begegnung. »Sind Sie bereit?«

Sie seufzte, nickte und ging ins Wohnzimmer, wo ein anderer FBI-Agent namens Eddie Morris wartete. Morris war etwa fünf Jahre älter und hatte unglaublich kurzes rotblondes Haar. Er trug, obwohl sie drinnen waren, eine Sonnenbrille.

Agent Morris wartete auf sie, während sie sich den Regenmantel aus dem Schlafzimmer holte. Sie hatten entschieden, dass es das Beste war, wenn Allie sich gleich mit dieser Eve Holloway traf, weil die Frau ihr dann vermutlich eher glaubte, und Eves Tagesablauf war vorhersehbar genug, dass ein Treffen sich arrangieren ließ.

»Was zur …?« Agent Morris drehte sich um, weil jemand an die Tür hämmerte. Duchefski durchquerte den Raum, um nachzusehen, wer da einen solchen Wirbel veranstaltete. Er drehte den Türknauf, öffnete und trat zurück, um eine nur allzu vertraute Gestalt in die Wohnung stürmen zu lassen.

Allie schluckte. »Jake …«

Er trug einen langen Regenmantel aus Segeltuch, der beim Gehen aufflog, Jeans, ein hellgelbes Button-down-Hemd und ein Tweedsakko.

Was für ein Anblick! Sie hatte vergessen, wie selbstbewusst er sich bewegte, wie sehnig und braun gebrannt er war, wie unglaublich männlich er wirkte.

»Was … was machst du denn hier?« Sie mochte das eine oder andere vergessen haben, aber nicht den wütenden Gesichtsausdruck und die fesselnden blauen Augen, die sie wie Laserstrahlen durchdrangen.

»Machst du Witze? Hast du dir nicht denken können, dass ich herkomme, sobald ich herausfinde, wer hier dumm genug ist, freiwillig den Köder für Baranoff zu spielen?«

Dieses hier war bei all den Szenarien, die sie sich für ein Wiedersehen mit Jake ausgemalt hatte, nicht dabei gewesen. Ein Adrenalinschub durchzuckte sie. »Was redest du da? Ich habe mich erboten, bei seiner Ergreifung zu helfen. Ich bin doch kein Köder!«

»Beruhigen Sie sich, Miss Parker«, schaltete Agent Morris sich ein. »Dawson, Sie sind hier fehl am Platz. Sie haben hier nichts zu sagen. Ihr Auftrag ist erledigt.«

Ein hartes Lächeln spielte um seinen Mund. »Falsch. Mein Auftrag ist erledigt, wenn ihr Baranoff habt. Bis dahin bin ich beauftragt, für Miss Parkers Sicherheit zu sorgen.«

»Quatsch«, sagte Duchefski.

»Rufen Sie Ihren Boss an. Er wird Ihnen sagen, dass Sie, was Miss Parker betrifft, an mich zu berichten haben.«

»So geht das nicht.« Morris marschierte auf ihn zu. »Sie können hier nicht einfach so hereinplatzen und …« Als Jake ihn mit stählernem Blick ansah, hielt er inne.

»Kann ich schon. Wie gesagt, rufen Sie Ihren Boss an. Ich nehme an, Sie sind gerade auf dem Weg zu Eve Holloway?«

Allie reckte das Kinn. »Wir wollten gerade gehen, als du wie ein Wahnsinniger gegen die Tür gehämmert hast.« Sie ignorierte seine finstere Miene und zog den Regenmantel über den Jogginganzug.

»Und wo soll dieses illustre Treffen stattfinden?«

»Im Fitness-Center«, antwortete Agent Morris. »Eve Holloway macht in der Mittagspause Aerobic und zwar montags, mittwochs und freitags,«

»In Ordnung, das geht.« Er wandte sich an Allie. »Du bist verkabelt, oder?«

»Verkabelt?«

Morris schien ein wenig nervös. »Wir halten das in dieser Phase des Spiels für noch nicht erforderlich.«

»Ich aber schon. Ich will ganz genau wissen, was sie zu Allie sagt. Holt das Zeug her, oder sie geht nicht.«

»Verflucht«, knurrte Duchefski.

»Tu, was er sagt«, sagte Morris zu ihm. Er richtete seine Aufmerksamkeit wieder auf Jake, während sein Partner davonstolperte. »Wir haben draußen einen Überwachungswagen stehen, da ist alles drin, was wir brauchen.«

»Gut, ich glaube zwar, dass wir keine Probleme bekommen, aber ich will auf Nummer sicher gehen.«

Allie, der seine anmaßende Art von Minute zu Minute weniger gefiel, warf ihm einen finsteren Blick zu. »Ich weiß nicht, warum …«

»Es interessiert mich nicht, ob du etwas weißt oder nicht. Wie gesagt, ich bin für deine Sicherheit verantwortlich. Von jetzt an tust du genau, was ich sage, oder die Sache ist vorbei.«

Allie verbiss sich eine garstige Antwort, sank auf das Sofa und war dankbar, dass die Verärgerung ihren inneren Aufruhr überdeckte. Sie hatte geglaubt, Jake nie wiederzusehen, und ein Teil von ihr hatte das auch so haben wollen. Schließlich wusste sie, wie weh es tat, Jake zu lieben, und sie wollte nicht wieder leiden.

Jetzt, wo er hier war und sich wie der ultimative Macho aufführte, war ihr das auch recht. Hätte er ihr ein einziges nettes Wort gesagt, sie hätte sich ihm vermutlich in die Arme geworfen, und genau das wollte sie nicht. In den Wochen, seit er fort war, hatte sie versucht, ihn zu vergessen. Ihre Beziehung zu beenden war der richtige Weg gewesen, damit hatte sie sich mittlerweile abgefunden.

Es ist vorbei, wiederholte sie in Gedanken immer wieder, als er seinen Regenmantel an den Garderobenständer neben der Tür hängte. Das Pistolenhalfter unter seinem Arm erinnerte sie an den Job, der sie voneinander getrennt hatte, neben dem auch nicht gerade kleinen Problem, dass er eine Aversion gegen das Heiraten hatte.

Eines war klar: Jake Dawson war nicht der richtige Mann für sie, und solange er sich so aufführte wie jetzt gerade, glaubte sie fast schon selber daran.

Fünfzehn Minuten später war Allie verkabelt und bereit aufzubrechen, wobei die Maske in der Obhut des FBI verblieb, bis sie gebraucht wurde. Zusammen mit ihren drei männlichen Begleitern kletterte sie in den Überwachungswagen und lehnte sich in ihrem Sitz zurück, während der Wagen zum Vim and Vigor Fitness Center an der A Street fuhr, das vom Dynasty-Gebäude nur ein kleines Stück entfernt war.

»Sobald du drin bist«, sagte Jake, der neben Allie auf der Rückbank saß, »denk dran, wir haben keine Eile. Lass dir Zeit, such dir einen guten Platz, um sie anzusprechen. Du bist eine Diebin. Du willst Baranoff erreichen, aber du willst Eve nichts mitteilen, das deine Verhaftung zur Folge haben könnte.«

Allie nickte. Sie hatte die Aktion bereits mit zwei FBI-Agenten durchgesprochen und heute früh ein paar Probedurchläufe gemacht. Nervös fingerte sie an dem blassblauen T-Shirt herum, das sie unter dem Jogginganzug trug. MAN KANN NIE ZU REICH ODER ZU DÜNN SEIN, stand darauf zu lesen.

Es war fast schon Mittag, als der Wagen ein paar Blocks vom Studio entfernt am Randstein hielt. Allie sprang hinaus und setzte sich in Bewegung. Vim and Vigor befand sich in einem einfachen zweistöckigen Gebäude mit blau getönten Fenstern. Allie kaufte am Empfang einen Ein-Tages-Pass, stellte ihre Sporttasche in ein Schließfach und ging hinauf.

Sie hatte Eves Foto studiert und erkannte die Frau auf der Stelle, als sie zur gewohnten Zeit, um fünf nach zwölf, heraufkam. Eve war Mitte vierzig, sie hatte kinnlanges dunkelbraunes Haar, hohe Wangenknochen und schön konturierte, aristokratische Gesichtszüge. In den marineblauen Laufshorts und dem weiß paspelierten marineblauen Tank-Top sah sie fit und durchtrainiert aus.

Während Eve sich mit Dehnübungen aufwärmte, arbeitete Allie an den Kraftmaschinen und hatte sogar Spaß daran. Eve machte ein ganzes Dutzend Sit-ups und stieg schließlich aufs Laufband. Das Band neben ihr war frei, und Allie verschwendete keine Zeit. Sie stellte sich auf das Band, wählte ein Fünf-Minuten-Programm und die gleiche Geschwindigkeit wie Eve. Auf dem Bildschirm über ihren Köpfen lief auf CNN die Wiederholung der World News und übertönte sämtliche Gespräche.

Allie warf der Frau neben sich einen verstohlenen Blick zu. »Sie sind Eve Holloway«, sagte sie geradeheraus. Die Frau drehte sich mit erstauntem Gesicht zu ihr um. »Ganz richtig«, sagte sie. Ihr Tonfall war hochgestochen, Oberklasse. Nach allem, was Allie über Baranoff wusste, genau die Sorte Frau, die er bevorzugte.

»Ein ehemaliger Geschäftspartner Ihres Arbeitgebers hat mir gesagt, dass Sie dessen persönliche Sekretärin sind.«

Eve marschierte weiter, gut an das Tempo des Bandes angepasst. »Ich bin seine persönliche Assistentin, ja.«

»Ich würde Mr. Baranoff gerne eine Nachricht zukommen lassen.«

»Sie haben bestimmt die Nachrichten gesehen. Ich habe keine Ahnung, wo Felix Baranoff ist. Wie kommen Sie auf diese Idee?«

Allie hielt neben ihr Schritt. »Wie gesagt, einer seiner Geschäftspartner hat Ihren Namen erwähnt. Er sagte, Sie und Mr. Baranoff seien eng befreundet. Ich dachte mir, wenn irgendwer ihn erreichen kann, dann Sie. Falls dem so ist, dann schlage ich dringend vor, dass Sie es tun. Ihr Arbeitgeber hat, denke ich, das allergrößte Interesse an einer gewissen Sache, die kürzlich in meinen Besitz gelangt ist.«

Eine feine Linie spannte sich um Eves Mund. »Wie haben Sie herausbekommen, wo ich zu finden bin?«

»Sie agieren ziemlich vorhersagbar, Miss Holloway. Und effizient, nach allem, was man hört. Sagen Sie Mr. Baranoff, ich sei an präkolumbianischer Kunst interessiert, insbesondere an einer Gottheit namens Itzamna.«

Eve Holloway geriet ins Stolpern und wäre beinahe gestürzt. »Ich weiß, wer Sie sind. Sie sind diese Frau ... Mary Alice Parker. Sie waren an Bord der *Dynasty II*. Ich habe Ihr Foto in den Zeitungen gesehen.«

»Stimmt. Und ich denke, Mr. Baranoff ist sehr interessiert daran, mit mir zu sprechen.«

Eve machte ein paar Schritte und nahm sich Zeit, eine Antwort zu formulieren. »Ich hatte Ihnen bereits gesagt, ich weiß nicht, wo sich Mr. Baranoff derzeit aufhält. Aber ... sollten die Umstände sich ändern, werde ich ihm mitteilen, dass Sie Kontakt zu ihm aufnehmen wollten. Wo kann ich Sie erreichen?«

Allie reichte ihr ein Stück Papier, auf dem ihre Telefonnummer geschrieben stand. Dann stieg sie vom Laufband. »Sagen Sie Mr. Baranoff, er sollte lieber nicht zu lange warten.« Sie lächelte Eve ungezwungen an. »Viel Spaß noch beim Training, Miss Holloway.«

Allie verließ den Raum und kehrte nach unten zurück. Sie holte ihre Sporttasche und verließ das Gebäude. Der Überwachungswagen stand um die Ecke geparkt, aber sie ging daran vorbei. Zwei Blocks vom Vim and Vigor entfernt bog der Wagen an den Straßenrand, und Allie stieg ein.

Duchefski lachte doch tatsächlich. »Tolle Arbeit, Miss Parker.«

»Yeah«, grummelte Jake. »Verdammt zu gut.«

»Ob er wirklich glauben wird, dass ich die Maske habe, was meinen Sie?«

»Falls Eve Holloway weiß, wo er ist«, antwortete Jake, obwohl sie Duchefski gefragt hatte, »und ich wette, sie weiß es, dann wird er auch glauben, dass du sie hast. Er weiß, dass du in Belize warst. Du könntest herausgefunden haben, wie viel die Maske wert ist, und dass er sie unbedingt haben will. Du hattest ein Motiv – Geld. Und eine Gelegenheit – das Chaos während der Erstürmung des Camps. Außerdem konntest du unbehelligt durch den Zoll. Er wird prüfen, ob die Maske abgängig ist. Dann kann er sich schon denken, dass du sie gestohlen hast.

»Wann, denkst du, wird er anrufen?«

Jake starrte zum Fenster hinaus. In der Ferne grollte der Donner. Der Regen hatte einen Moment lang nachgelassen, aber schon öffneten sich wieder die Wolken und die Tropfen prasselten auf die Windschutzscheibe. Es war offensichtlich, das Jake nicht erfreut war, sie zu sehen. Sie redete sich ein, dass die Abneigung beiderseitig war, und versuchte, es zu glauben.

Er drehte sich zu ihr um. »Der Anruf könnte jederzeit kommen. Heute, morgen. Aber lange wird es nicht dauern, denke ich. Wenn er wirklich glaubt, dass du sie hast, dann wird er nicht riskieren, sie an jemand anderen zu verlieren.« Jake wandte sich den beiden FBI-Männern zu. »Wir sind nicht sicher, was er tut, wenn er die Nachricht erhält. Miss Parker muss permanent bewacht werden, aber ich werde irgendwann etwas Schlaf brauchen. Ich will, dass einer von Ihnen mich zwischen Mitternacht und sechs Uhr früh ablöst, und vor dem Apartment will ich vierundzwanzig Stunden am Tag jemanden haben.«

Duchefski murmelte irgendetwas.

»Der Wagen wird gegenüber auf der Straße stehen«, sagte Morris. »Jemand von uns wird drin sein. Agent Duchefski und ich werden Sie die Nacht über ablösen.«

»Gut. Dann übernehme ich ab jetzt.«

Nicht gerade glücklich, mussten die Männer zusehen, wie der Wagen Halt machte und Jake und Allie ausstiegen, um zum Apartment zu gehen.

»Halten Sie uns auf dem Laufenden«, sagte Morris.

»Halten Sie zwei lieber Augen und Ohren offen«, konterte Jake. »Ich will keine Pleite erleben.«

Die Männer schlugen murrend die Tür des Wagens zu. Allie und Jake gingen nebeneinander die Treppe zur Wohnung hinauf. Kaum war hinter ihnen die Tür ins Schloss gefallen, schaute Jake verärgert in Allies Richtung.

»Mexiko war dir wohl noch nicht genug? Du musst schon wieder deinen Hals riskieren.«

Sie schenkte ihm ein süßliches Lächeln. »Schön, dich wiederzusehen.«

»Der Plan war, einander nicht wiederzusehen, erinnerst du dich?«

Ihre Lippen wurden dünn. »Verdammt sollst du sein, Jake Dawson. Keiner hat dich gebeten, herzukommen und in alles deine dicke fette Nase zu stecken.«

Er machte ein verärgertes Gesicht, dann zogen sich seine

Mundwinkel hoch. Was für ein schöner Mund, dachte sie, und ein kleiner Schauer der Erinnerung lief ihr über den Rücken.

»Dicke fette Nase?«, sagte er.

Ihr Kinn hob sich. »Du weißt genau, was ich meine. Du brauchtest nicht herzukommen. Wir sind gut zurechtgekommen ohne dich.«

Das Amüsement wich aus seinem Gesicht. »Seid ihr?« Der leicht provozierende Tonfall sagte ihr, dass seine Frage nichts mit Baranoff zu tun hatte und alles mit ihren gemeinsamen Tagen auf Ambergris Caye.

Allie feuchtete die Lippen an. »Ja ...«

Jake drehte sich zum Fenster und starrte in den Sturm hinaus. »Freut mich, das zu hören«, sagte er kühl. »Aber von jetzt an leite ich diese Show und du wirst tun, was *ich* sage, nicht Morris und Duchefski.«

Allie knirschte mit den Zähnen und hätte ihn am liebsten geschlagen. Sie fragte sich, wie sie sich je in diesen arroganten, nervenzerfetzenden Mann hatte verlieben können. Entschlossen, ihn zu ignorieren, ging sie in die Küche, um eine frische Kanne Kaffee aufzubrühen. Das fehlte ihr gerade noch – der nächste Schuss Koffein, um ihre flatternden Nerven zu beruhigen. Aber egal. Sie brauchte eine Entschuldigung, um von ihm wegzukommen, und Kaffee war so gut wie jede andere auch.

Den ganzen Weg zur Küche spürte sie Jakes Augen auf sich – aber vielleicht war das nur Wunschdenken.

Im Kamin knisterte ein warmes Feuer. Draußen vor dem Fenster wirbelte ein später Frühlingsschneesturm die Flocken über die zerklüftete Landschaft. Sie schmolzen, sobald sie die Erde berührten, aber Felix Baranoff hatte seine Freude daran, ihnen zuzusehen, genau wie den wogenden Pinien und den rauschenden Zweigen der Bäume.

Er lümmelte in einem tiefen braunen Ledersessel, nippte an

dem Glas Cognac in seiner Hand und studierte die hügelige Landschaft vor dem Fenster. Er hatte das riesige Blockhaus vor vier Jahren erworben, auch wenn er nicht der offizielle Eigentümer war. Es war sein Zufluchtsort, der Platz, den er sich für Notfälle wie diesen auserkoren hatte.

Hier, in den mit Immergrün und Salbei bedeckten Hügeln New Mexicos in der Nähe des malerischen Santa Fe, konnte er sich wochenlang verborgen halten, ohne je entdeckt zu werden. Er konnte hier in relativem Luxus leben, bis sein Bild wieder von den Fernsehschirmen verschwand, das Interesse an seinen Aktivitäten erlahmte und er sicher das Land verlassen konnte.

Wie zumeist, so hatte er auch diesmal vorausgeplant und längst seine Route und sein Ziel gewählt. Die Schweiz kam seinen geschäftlichen Interessen entgegen; vielleicht hätte er längst dorthin ziehen sollen.

Baranoff nahm wieder einen Schluck von seinem fünfzig Jahre alten Lieblingscognac der Marke Napoleon, dann stellte er den kristallenen Schwenker auf dem Silbertablett neben seinem Stuhl ab. Er wollte gerade nach der Fernbedienung für den Fernseher greifen, als es leise an die Tür klopfte.

»Entschuldigen Sie die Störung.« Viktor Ivanov hatte früher dem KGB angehört. Er und seine Frau Irina, beides russische Emigranten, lebten illegal in den USA und zwar in einem kleineren Haus am anderen Ende des Grundstücks. Sie kümmerten sich um das wirklich sehr private Haupthaus mit seinen gut acht Quadratkilometern Land, und Viktor erledigte, wenn es nötig war, auch andere, anspruchsvollere Aufgaben.

Das Paar war tief verschuldet und ganz von Baranoff abhängig. Was einer der Gründe war, weshalb er ihnen vertraute.

»Ich fahre in die Stadt«, sagte Viktor. »Brauchen Sie etwas?«

»Nicht dass ich wüsste. Danke, Viktor.« Viktor war ein großer, blonder Mann, kräftig, mit breiter Brust und sehr intelligent, der sehr zu schätzen wusste, was Baranoff für ihn getan hatte. Er machte die Tür hinter sich zu, und ein paar Sekunden später klingelte Baranoffs Handy.

Wie schon das Haus, so war auch das Telefon auf einen anderen Namen registriert, Douglas Preston, dem das Haus auch gehört hatte – der aber bereits seit zehn Jahren tot war. Diese Dinge ließen sich arrangieren, wenn man genug Geld zur Verfügung hatte, und Baranoff hatte mehr als genug.

Er klappte das Handy auf und wusste schon jetzt, wer ihn da anrief. Er hatte Eve die Nummer vor vielen Jahren gegeben, denn er hatte eine Kontaktperson gebraucht, egal wie die Lage war, und er wusste, er konnte ihr vertrauen, genau wie Viktor und Irina. Eve war jahrelang in ihn verliebt gewesen, eine Art von Liebe, die die rein körperliche Ebene durchaus verließ. In gewisser Weise liebte er sie wohl ebenfalls.

»Ja?«

»Diese Miss Parker hat mich heute früh kontaktiert. Sie sagt, sie besäße etwas, woran Sie interessiert sein könnten. Sie erwähnte den Namen ›Itzamna‹.«

Sein ganzer Körper war plötzlich in Alarmbereitschaft. »Sprechen Sie weiter.«

»Sie war überaus vorsichtig. Sie hat nichts gesagt, was man gegen sie verwenden könnte, aber ihre Telefonnummer hat sie mir gegeben.«

Die Fragen schossen ihm förmlich durch den Kopf. »Ich kümmere mich darum. Danke, Eve.« Er wollte schon auflegen.

»Felix?«

»Ja?«

»Geht es Ihnen gut?«

»Natürlich, meine Liebe, mir geht es gut. Danke der Nachfrage.« Er klappte das Handy zu. Der nächste Anruf, den er tätigte, erreichte eine Kontaktperson in Belize. Der Mann rief ihn drei Stunden später zurück. Die Maske des Itzamna war *nicht* unter den Artefakten, die den Behörden übergeben worden waren. Jemand schien sie während der Razzia auf dem PRA-Gelände gestohlen zu haben.

Baranoff lächelte, als er das Handy zuklappte, denn er wusste genau, wer dafür verantwortlich war. Diese Mary Alice Parker hatte sich schon viel zu lange in seine Angelegenheiten eingemischt. Diesmal würde sie es bereuen.

Zum richtigen Zeitpunkt würde er dafür sorgen, dass sich jemand des Mädchens annahm, selbstverständlich nicht, bevor er hatte, was er wollte.

Nicht, bevor die Maske des Itzamna ihm gehörte.

25

Allie ignorierte Jake den restlichen Nachmittag über und hielt sich so weit wie möglich von ihm fern. Aber in einer so kleinen Wohnung ließ sich ein zweihundert Pfund schwerer Zwei-Meter-Mann nicht so ohne weiteres ignorieren. Schließlich ging sie in ihr Schlafzimmer und ließ Jake im Wohnzimmer allein. Das gemütliche Zimmer, ganz in Weiß- und Rosatönen, mit gerüschten Gardinen in Lochstickerei, einem rosengemusterten Quilt und einem Dutzend Kissen auf dem Bett, dieses Zimmer war normalerweise ein heiterer Zufluchtsort, aber heute war es beengend.

Durch die offene Tür sah sie Jake herumlaufen. Er sah gar nicht fern, wie sie angenommen hatte.

»Ich muss hören können, ob irgendwer die Treppe heraufkommt«, sagte er, und griff stattdessen zu einem Magazin, einem *National Geographic* mit einem Artikel über die Tiere des Regenwalds. Eins der Mädchen aus dem Raucous Raven hatte es ihr an dem Tag, als sie wieder zur Arbeit gekommen war, geschenkt.

Allie hatte den Bericht nicht gelesen. Er erinnerte sie zu sehr an Jake. Sie beobachtete ihn, wie er das Magazin durchblätterte, und in ihrem Kopf hörte sie plötzlich eine ungewöhnlich gehässig klingende Stimme: *Ich hoffe, er kriegt Schmerzen in seinem* – Sie brachte die boshafte Stimme zum Schweigen, indem sie die Tür ihres Schlafzimmers schloss.

Sie arbeitete seit zwei Wochen wieder im Raucous Raven, und in ihrer Freizeit bemühte sie sich, während ihres Website-Administrations-Kursus bei Total Training Solutions Anschluss zu finden. Sie setzte sich an den Schreibtisch, schaltete den Computer an, ging auf die TTS-Website, nahm sich die nächste Aufgabe vor und fing an zu lesen. Am Ende jedes Abschnitts waren Fragen zu beantworten, doch ihr Hirn verweigerte die Mitarbeit. Nachdem sie zehn Minuten lang die immer gleichen Worte gelesen hatte, klickte sie auf Exit, verließ die Website, schaltete den Computer aus und lehnte sich in ihrem Stuhl zurück.

Sie seufzte in der Stille des Schlafzimmers, wusste sie doch nur zu gut, was nicht stimmte. Nach all den atemberaubenden Abenteuern erschien ein Computer-Job ihr dröge und langweilig. Sie hatte sich einzureden versucht, dass ihr Enthusiasmus mit der Zeit schon zurückkehren würde, aber ihr Herz war einfach nicht bei der Sache. Nicht mehr.

Was soll ich tun?

Seit dem College hatte sie sich unablässig gefragt, was sie mit ihrem Leben anfangen sollte. Nun, sechs Jahre später, schien sie der Antwort um kein Stück näher. Sie wünschte, sie hätte den neuesten Fehlgriff Jake in die Schuhe schieben können, aber schließlich war sie es gewesen, die sich an Bord der *Dynasty II* versteckt und in ein Abenteuer gestürzt hatte, das ihr Leben komplett verändern sollte.

Missmutig und des Eingesperrtseins leid, kehrte sie ins Wohnzimmer zurück. Jake stand neben dem Fenster und beobachtete die Straße vor dem Apartment. Als sie hereinkam, drehte er sich um.

»Es wird langsam spät«, sagte sie. »Ich habe jedenfalls Hunger. Und was ist mit dir?«

Seine Schultermuskulatur spannte sich. Er schien sie zum ersten Mal richtig anzusehen. In dem Moment, als ihre Augen sich trafen, schien zwischen ihnen die Luft zu knistern. Jake riss seinen Blick fort, genau wie Allie.

»Wir werden uns etwas bringen lassen müssen«, sagte er leicht betreten. »Wie wär's mit Chinesisch?«

Allie feuchtete die Lippen an, die sich plötzlich trocken anfühlten, und wünschte, das Atmen fiele ihr nicht so schwer. »Gern.« Aber Jake anzusehen, der sich des Hemds entledigt hatte und nur noch sein Khaki-T-Shirt trug, ließ sie ihren Appetit vergessen. Die weiche Baumwolle schmiegte sich an eine Brustpartie, um die ihn jeder Muskelprotz beneidet hätte, und verschwand dann in einer butterweichen Jeans, die sich um lange muskulöse Beine legte. Ihr Blick wanderte diese Beine entlang und kehrte schließlich zu der dezidierten männlichen Beule zurück, an die sie sich nur allzu gut erinnerte.

Ihr Magen krampfte sich zusammen. O Gott, sie wollte ihn so! Schon der bloße Gedanke ließ sie feucht werden. Die Verlegenheit brannte sich zu ihren Wangen empor, und sie drehte sich eiligst weg.

»Ni-nicht weit von hier ist das China Palace. Das Essen ist ziemlich gut. Ich hol dir die Telefonnummer.« Sie rauschte hinaus und in die Küche, zog mit zittrigen Händen eine Schublade auf und hob das schwere Telefonbuch von San Diego heraus.

»Da ist es«, rief sie hinter sich. »The China Palace, fünf-fünf-fünf, sechs-zwei-eins-drei.«

Sie hörte Jake wählen und ihn eine Essensmenge ordern, die ausgereicht hätte, Valisimos gesamte Armee zu verköstigen.

Als ihre Wangen zu glühen aufgehört hatten und sie ins

Wohnzimmer zurückkehren konnte, waren die Vorhänge zu, und Jake hatte sich hingesetzt. Sie griff zur Fernbedienung des Fernsehers. »Stell die Lautstärke herunter«, warnte Jake, doch genau in jenem Moment klopfte es an der Tür, und Allie kam gar nicht mehr dazu, die Kiste einzuschalten.

Im Bruchteil einer Sekunde war Jake auf den Beinen. Der Auslieferer konnte so schnell noch gar nicht hier sein, und er wusste, dass Allie niemanden erwartete. Er griff sich sein Tweedsakko vom Garderobenständer und zog es über das Schulterhalfter. »Geh ins Schlafzimmer.«

Allie stritt sich nicht mit ihm herum. Sie hatte nicht die leiseste Ahnung, was Felix Baranoff unternehmen würde, falls er wirklich glaubte, dass sie die Maske hatte. Ihre Adresse stand im Telefonbuch, und falls er sich tatsächlich irgendwo hier in der Stadt versteckt hielt ...

Sie hastete ins Schlafzimmer, zog die oberste Schublade ihres Nachtkästchens auf und holte die stupsnasige .38er heraus, die sie sich an dem Tag ausgeliehen hatte, als Agent Duchefski sie angegangen und sie sich bereit erklärt hatte, beim Vorhaben des FBI mitzumachen. Da es eine vorgeschriebene Wartezeit gab, war keine Zeit gewesen, eine Waffe zu kaufen. Einer der Gäste aus dem Raucous Raven hatte ihr das Ding geliehen, weil sie schließlich eine allein lebende Frau war und »Schutz« brauchte.

Harley Adams war ein Stammgast, ein älterer Mann, der das *Soldier of Fortune*-Magazin las, zu allen Schießvorführungen ging und offenkundig einen Schrank voller Waffen besaß, nur für den Fall, dass er einmal eine brauchen sollte.

Den Revolver mit beiden Händen haltend, so wie Jake es ihr gezeigt hatte, drückte sie die Schlafzimmertür gerade rechtzeitig wieder auf, um Richard Blake in den Taschen seines teuren italienischen Sportmantels wühlen zu sehen. »Hier, nehmen Sie meine Brieftasche – da sind mindestens vierhundert Dollar drin!«

»Wer, zur Hölle, sind Sie?«, fragte Jake und zog Richard am Revers hoch.

»Ist schon in Ordnung, Jake.« Allie ließ die Waffe ungesehen im Bücherregal verschwinden und eilte durchs Wohnzimmer. »Das ist Richard Blake, ein Rechtsanwalt. Richard ist ein Freund von mir.« Na ja, nicht wirklich ein Freund. Eher ein Ärgernis. Wie ein Pickel am Hintern.

»Ich wollte Allie besuchen«, sagte Richard, um seine Würde ringend, als Jake endlich seinen Mantel losließ. »Ich hätte vielleicht erst anrufen sollen. Es war so ein Impuls. Ein Stück weiter die Straße hinunter gibt es ein fabelhaftes chinesisches Restaurant. Ich dachte, wir beide könnten vielleicht essen gehen.«

Allie ächzte. Die Vorstellung, noch so einen drögen Abend mit Richard zu verbringen, reichte aus, sie auf immer vom Essen abzuhalten.

Jake sah aus, als hätte er dem Typen am liebsten den Hals umgedreht. Richards Blick schoss herum, als suche er einen Fluchtweg.

»Tut mir Leid, Richard«, sagte Allie. »Aber wie du siehst, haben wir schon etwas anderes vor.«

Es läutete an der Tür, und Jake fluchte leise. »Wo sind wir denn hier gelandet – an der Grand Central Station?«

»Vermutlich das China Palace. Unsere Bestellung müsste jetzt irgendwann kommen.«

»Ich denke, ich gehe jetzt lieber«, sagte Richard hastig.

»Gute Idee«, erwiderte Jake. Er linste durch den Türspion, schien zufrieden zu sein und öffnete. Richard stürzte hinaus, als habe das Apartment Feuer gefangen.

Jake stellte die zwei großen Tüten mit chinesischem Essen neben die Lampe am Ende des Tischs, bezahlte den Lieferjungen und schloss mit Nachdruck die Tür. »Wer, zur Hölle, ist Richard Blake?«

»Sagte ich doch – ein Freund.«

Harte blaue Augen durchbohrten sie förmlich. »Hat ja nicht lange gedauert, einen Ersatz zu finden.«

Sie zuckte die Achseln, als sei sein Interesse an der Angelegenheit ohne Belang.

»Was kümmert dich das? Wenn das FBI nicht meine Hilfe bräuchte, hättest du mich ohnehin nie wiedergesehen.«

»Sieht so aus, als sei dir daran auch nicht gelegen gewesen.«

Ein paar Herzschläge vergingen. Allie hatte nicht vor, unter seinen bohrenden Blicken zu vergehen, also nahm sie eine der Tüten und ging damit in die Küche. Jake folgte ihr mit der anderen.

Nachdem sie die Tüten auf dem runden Eichentisch abgestellt hatte, drehte Allie sich nach ihm um. »Wie gesagt, Richard ist ein Freund. Um die Wahrheit zu sagen, ich finde ihn nicht im Mindesten attraktiv.«

Jake betrachtete sie einen Augenblick lang, dann streckte er die Hand aus und fuhr ihr mit dem Finger übers Kinn. »Und was ist mit mir? Findest du mich noch attraktiv?«

Ein kleiner Schauder lief über ihre Haut. Allie bemühte sich, es zu ignorieren, aber ihr Herz hämmerte wie wild. Allein der Anblick dieser harten Männermuskeln reichte aus, ihr das Wasser im Mund zusammenlaufen zu lassen, und es war nicht das chinesische Essen, worauf sie Lust hatte.

»Das Essen wird kalt«, sagte sie und drehte sich weg. »Wir sollten langsam anfangen.«

Jakes hungriger Blick bedeutete ihr, dass er genau das im Sinn hatte. Doch dann kehrte die sorgsam kultivierte Selbstbeherrschung an ihren Platz zurück. »Gute Idee, ich hole die Teller.«

In dem Raum, der einst Chrissy Chambers' Schlafzimmer gewesen war, aufs schmale Doppelbett gestreckt, faltete Jake das dünne Schaumstoffkissen zusammen, stopfte es sich unter den Kopf und hoffte, etwas von dem dringend nötigen Schlaf zu bekommen.

Draußen im Wohnzimmer löste Duchefski ihn für die nächsten sechs Stunden ab, obwohl niemand ernsthaft mit Problemen rechnete, dazu war es noch zu früh. Dennoch konnte Jake nicht einschlafen. Jedes Mal, wenn er die Augen schloss, fiel ihm wieder dieser Schlag ein, der ihn wie ein Felsen auf die Brust getroffen hatte, als er die Wohnung betreten und Allie im Wohnzimmer hatte stehen sehen.

Jesus, was war nur los mit ihm? Er hatte hundert Frauen gehabt und zwei davon geheiratet, aber keine hatte ihm so zugesetzt wie diese da.

Er dachte konzentriert über sie nach. Am liebsten hätte er ihre Schlafzimmertür eingetreten und ihr die Kleider vom knackigen süßen Körper gerissen. Er wollte diese langen schönen Beine spreizen und sich so hart und tief er konnte in sie vergraben.

Und er stellte sich keinen Augenblick lang vor, dass es ihr nicht gefallen hätte. Alles, was er tun musste, war, in dieses Zimmer zu gehen und sie in seine Arme zu reißen.

Jake fluchte in der Dunkelheit. Allie mochte ihn vielleicht begehren, aber sie war entschlossen, ihn zu vergessen. In den Wochen, seit sie sich voneinander getrennt hatten, hatte sie schon ein Rendezvous gehabt, während er keine Frau auch nur ansehen konnte, ohne sich schuldig zu fühlen. Ohne sich zu fühlen, als habe er die eine Frau betrogen, die ihm alles bedeutete. Jake dachte an Richard Blake, diesen eleganten, offensichtlich erfolgreichen Rechtsanwalt, mit dem Allie sich getroffen hatte. Er war genau der aufrechte Typ Mann, den sie verdiente, schwächlicher kleiner Bastard, der er war.

Nun, sobald er wieder in L.A. zurück war, würde auch Jake sich wieder ins pralle Leben werfen. Er würde sich ein Blondchen mit großen Titten suchen und sie so lange vögeln, bis ihr das Zappeln verging. Es würde nicht lange dauern, dann hätte er Allie Parker vergessen.

Beinahe hätte Jake bei dem Gedanken laut aufgelacht. Wem

wollte er etwas vormachen? Seit dem Tag, an dem er sich am Flughafen von ihr verabschiedet hatte, versuchte er, Allie zu vergessen. Bis dato war er kläglich gescheitert, und jetzt, wo er hier war, nahe genug, die Hand nach ihr auszustrecken und sie zu berühren, würde es sogar noch schlimmer werden.

Verdammter Mist.

Der nächste Tag fing genauso lausig an, wie der vorherige geendet hatte. Allie konnte Jakes Anwesenheit förmlich spüren. Wann immer er im Raum war, knisterte die Energie zwischen ihnen wie ein unsichtbarer Blitzschlag. *Ignoriere ihn*, sagte eine leise Stimme. In ein paar Tagen ist er fort, und so wie er sich benimmt, wirst du es diesmal schaffen, über ihn hinwegzukommen.

Sie sah eine Weile lang fern, mit heruntergedrehter Lautstärke – dank Jake – und hörte kaum etwas. Dann machte sie es sich mit einem erotischen Liebesroman bequem, aber der Held erinnerte sie an Jake – zumindest an den Jake, wie sie ihn in Belize kennen gelernt hatte – und das drückte ihr aufs Gemüt. Kurz nach zwölf machte sie Tunfisch-Sandwiches zum Mittagessen, was er ihr mit kaum mehr als einem Grunzen dankte.

Seine Bärbeißigkeit machte sie noch verrückt. Sie fing schon an zu glauben, der Mann, in den sie sich verliebt hatte, sei ein Produkt ihrer Fantasie gewesen.

Der Nachmittag ging in den Abend über. Hier festzusitzen verschlechterte Jakes ohnehin schon üble Laune nur zusätzlich. Wie eine Wildkatze durchstreifte er den Raum, und als es dunkel geworden war, sprach er kaum noch ein Wort. Die Unterhaltung hatte sich auf Sätze reduziert, die aus nur einem Wort bestanden und von dunklen, brütenden Blicken unterstrichen wurden. Allie ignorierte die zunehmende Verärgerung, kehrte in ihr Schlafzimmer zurück und schaltete den Computer an.

Sie startete den Internet Explorer, tippte aber nicht www.

TTS.com ein, um eine weitere Lektion durchzuarbeiten, sondern ging stattdessen zur Suchfunktion, gab »Stellenangebote« ein und drückte die Return-Taste.

Eine endlose Liste von Angeboten erschien, von denen aber keines interessant zu sein schien.

Allie dachte an die mit Jake verbrachten aufregenden Zeiten und verfluchte ihn dafür, dass er sie nach mehr gieren ließ. So schrecklich diese Nervenprobe auch gewesen sein mochte, die Tage, an denen sie gemeinsam daran gearbeitet hatten, Felix Baranoff zu erwischen, waren die aufregendsten ihres ganzen achtundzwanzigjährigen Lebens gewesen. Sie hatte sich nie so lebendig gefühlt, so leidenschaftlich engagiert.

So gebunden.

Jeder Entschluss, den sie getroffen hatte, jeder Schachzug, den sie getan hatte, war für den Erfolg der Mission von entscheidender Bedeutung gewesen. Allie schaute auf die Tastatur, und ihre Finger bewegten sich fast unwillkürlich. Sie gab »Strafverfolgung« in die Yahoo-Suchmaschine ein und drückte auf Return.

Ein lange Liste erschien.

www.copnet.org schien interessant zu sein. Es gab officer.net und lawenforcementonline.com. Sie klickte auf www.copcareer.com, fing an zu studieren, was sich auf strahlend blauem Hintergrund vor ihr auftat, und mit jedem Wort, das sie las, schlug ihr Herz ein wenig schneller. Ihr Blick fiel auf die Schublade, in der wieder der von Harley Adams geborgte Revolver lag. Sie erinnerte sich daran, wie Rico Valisimo den kleinen Miguel zusammengeschlagen hatte, und wusste, dass sie unter entsprechenden Umständen keine Angst haben würde, den Abzug zu betätigen.

Vermutlich wieder nur ein Hirngespinst, dachte sie. *Wie viele Millionen Jobs habe ich nicht schon ausprobiert?* Aber es fühlte sich nicht wie ein Hirngespinst an. Es fühlte sich an, als hätte sie zum ersten Mal im Leben den Pfad entdeckt, der zu ihrer wahren Berufung führte. Sie klickte auf *Haben Sie die nötigen Voraussetzungen?* und las eine Liste mit Qualifikationen, von denen keine sie verzagen ließ.

Clever genug war sie. Zwar hatte sie das College abgebrochen, aber immerhin hatte sie einen Abschluss in Philosophie. Sie war athletisch und, wenn es darauf ankam, ganz schön zäh. Das hatte sie im Dschungel festgestellt. Zwar konnte sie sich nicht vorstellen, als Streifenpolizistin zu arbeiten, aber es gab ein Dutzend anderer Berufsmöglichkeiten, und ein paar davon erschienen ihr reizvoll.

Über etwas nachzudenken, das ihr mehr als alles andere zusagte, was sie je erwogen hatte, war etwas ganz Besonderes. Sie überlegte, was Jake wohl dazu gesagt hätte, und irgendein perverser kleiner Dämon stachelte sie dazu an, ihn zu fragen.

Sie verließ die Website, machte den Internet Explorer zu und fuhr den Computer herunter.

Jake war in der Küche, wo er gerade eine frische Kanne Kaffee machte.

»Ich sehe, du bist beschäftigt«, sagte sie mit einem Anflug von Sarkasmus und einem offensichtlich falschen Lächeln. »Ich dachte, ich könnte in einer bestimmten Angelegenheit deine Meinung hören.«

»Und in welcher?«

»Eine Idee, die mir schon eine Zeit lang im Kopf umgeht. Ich habe dir in Belize, glaube ich, erzählt, dass ich seit Anfang des Jahres Computer-Kurse mache.«

»Du sagtest, du wolltest Websites bauen, das würde gut bezahlt.«

»Was auch stimmt. Aber jetzt, wo ich wieder zu Hause bin und mich damit befasse, glaube ich nicht mehr, dass es das ist, was ich mit meinem Leben anfangen möchte.

»Warum nicht?«

»Zu langweilig.«

Er schnaubte. »Wirklich.« Er drehte sich um, drehte den Wasserhahn auf und füllte die Kanne bis zum Rand. »Und worüber wolltest du meine Meinung hören?«

Sie schaute ihm zu, wie er das Wasser in die Maschine leerte, und dachte bei sich, wie riesig er in der kleinen Küche wirkte. »Seit ich aus Mexiko zurück bin, habe ich einiges an Seelenforschung betrieben, und ich glaube …«

»Oh, oh … davor habe ich dich schon einmal gewarnt.«

Allie zügelte ihr Temperament. »Ich denke über einen Beruf im Bereich der Strafverfolgung nach. Was hältst du davon?«

Einen Moment lang hing die leere Glaskanne wie verloren an seiner Hand. Dann brach sich ein breites Grinsen Bahn. »Du willst zu den Cops?«

»Streifenpolizistin will ich nicht werden, aber ja, irgendetwas, das in die Richtung geht.«

Er brach in Gelächter aus, wobei die Glaskanne bedenklich schwankte. Allie nahm sie ihm aus der großen, ungelenken Hand, bevor er sie an der Tischplatte kaputtschlagen konnte.

»Ich weiß nicht, was daran so lustig sein soll. Ich habe mich in Belize doch gar nicht so schlecht angestellt.«

Er wischte sich die Tränen aus den Augen. »Polizeiarbeit ist gefährlich.« Er grinste wieder. »Weißt du, in welchem Fall es erlaubt ist, einer Blondine in den Kopf zu schießen?«

»Nein, sagst du es mir?«

»Wenn man eine Luftpumpe dabei hat, um den Kopf wieder aufzupumpen.«

Er lachte wieder, während Allie mit den Zähnen knirschte und ihrer ganzen Selbstbeherrschung bedurfte, nicht auf ihn einzuschlagen. »Du denkst also, ich sei zu dumm dafür?«

»Habe ich nie behauptet. War nur ein Witz.«

»Gut, und hier ist einer für dich, du Witzbold. Was macht ein großer doofer Undercover-Agent, damit ihm keiner eine Kaffeekanne auf dem Kopf zerschlägt?«

Er schaute die Glaskanne an, von Allie umfasst wie eine Waffe, und das Grinsen verging ihm. »Denk nicht einmal darüber nach.« Er nahm ihr die Kanne weg, stellte sie auf ihren Platz unter dem Brühventil und drückte den Schalter.

»Weiß du, was du bist, Jake Dawson?«

»Ich nehme an, du wirst es mir gleich sagen.«

»Ein Schwindler. Alles, was ich über dich zu wissen glaubte, war eine Lüge. Du bist nicht anders als all die anderen Männer. Du bist der gleiche abscheuliche Blödmann wie Richard Blake.«

Allie wollte gehen, aber Jake packte sie am Handgelenk und riss sie so heftig herum, dass sie fast stolperte. »Du denkst, ich bin der gleiche kleine Vollidiot wie Richard Blake?«

Allie starrte ihn durch einen roten Schleier aus Wut an. »Ja!«, fauchte sie ihm ins Gesicht.

»Bei Gott, das wird nie passieren!«

Allie schnappte nach Luft, als er den Kopf senkte und ihre Lippen mit einem glühenden Kuss versengte. Sie war zu weit gegangen, begriff sie, und mühte sich erfolglos, wieder von ihm loszukommen. Dann spürte sie seine Zunge in ihren Mund dringen, und ihr war alles egal.

O mein Gott! O mein Gott! Sie sank an ihn und hielt sich an seinem T-Shirt fest, um auf den Füßen zu bleiben, spürte seinen Kuss bis in die Zehenspitzen, und ihr Körper schwirrte vor Vergnügen, wurde weich und feucht. Sie stöhnte, schlang die Arme um seinen Hals, und ihre Nippel drückten sich hart wie Diamant an seine Brust.

Jake ächzte, als Allie seinen Kuss heiß erwiderte, ihm die Hüften entgegenschob, an seiner Zunge saugte und die Finger in sein welliges schwarzes Haar grub.

Sie versuchte, sich einzureden, das hier nicht zu wollen, doch es wäre der Welt größte Lüge gewesen. Jake hielt sie in den Armen und küsste sie – und das war es, was sie wollte. Sie liebte ihn. Sie hatte ihn seit dem Tag, an dem er fortgegangen war, mit jedem Herzschlag vermisst.

Sein Kuss wurde tiefer. Seine Hände fanden ihre Brüste, hielten sie umfasst; dann presst er ihre Hüften an den Küchentisch. Sie konnte seine Erektion spüren, dick und hart an der Vorderseite seiner Jeans, wie sie sich an dem V zwischen ihren Beinen rieb. Allie wand sich, drückte sich noch enger an ihn. Ihr Körper stand in Flammen!

»Jake«, flüsterte sie, zerrte sein T-Shirt hoch und berührte mit zitternden Fingern das gekräuselte Brusthaar. Er packte sie vorne an der Bluse und fingerte an den Knöpfen herum, bekam sie aber nicht schnell genug auf, und die letzten beiden rissen ab und flogen über den Küchenboden.

Er zog die Bluse über ihre Schultern herunter, öffnete den BH und schloss seine Finger um ihre Brust. »Gott, ich hab dich so vermisst«, sagte er und küsste ihr seitlich den Hals. »Jeder Tag, an dem du nicht da bist, ist die Hölle auf Erden.«

»Schlimmer als die Hölle«, flüsterte sie und griff nach seinem Reißverschluss. Sie zog ihn herunter, fasste nach ihm und legte die Finger um seinen Schaft. Er war groß und hart – hart wie Stahl –, und sie sehnte sich danach, ihn in sich zu spüren. Und Jake erging es genauso. Er hob sie auf den runden Eichentisch, knöpfte ihre Jeans auf, zerrte sie bis über die Knöchel und warf sie weg. Danach folgte das weiße Spitzenunterhöschen.

»Ich muss einfach in dir sein. Ich hab schon viel zu lang gewartet.«

»Ja … oh, Gott, ja, bitte.« Er war zwischen ihren Beinen, spreizte sie weiter auseinander, streichelte sie, und jagte ihr kleine Hitzeschauer durch den Unterleib. Lustvoll drang er in sie ein.

»Davon habe ich geträumt«, sagte er sanft. »Jede verdammte Nacht.« Allie küsste ihn, und ein Schauer durchlief seinen ganzen Körper hinab.

Allie stöhnte vor Vergnügen. Sie konnte ihn tief in sich spüren, wie er sie ausfüllte, als wäre er ein Stück von ihr. Seine großen Hände umfassten ihren Hintern, hoben sie zu sich, während er einen Rhythmus für sie beide fand, herausglitt und sein Glied wieder tief hineinstieß, sie hart nahm, genau so, wie sie es wollte. Mit jedem machtvollen Stoß erbebte ihr Körper, und ihr Unterleib umfasste ihn wie eine Faust.

Auch als ihr Höhepunkt kam, wurde er nicht langsamer, sondern stieß immer weiter zu, bis sie noch einmal kam, der Körper bebend unter der Macht seiner Stöße. Ein paar Sekunden später erreichte er selbst seinen Höhepunkt. Seine Muskeln verhärteten sich, die Sehnen an seinem Hals traten hervor, und der Schweiß stand ihm auf der Stirn.

Allie klammerte sich an ihn, als die Spirale ihrer Erregung sich nach unten zu drehen begann und sie fürchten musste, er werde sich zurückziehen – und wieder zu dem distanzierten, herben Mann werden, der er gerade noch gewesen war. Doch nachdem er sich sacht aus der Wärme ihres Körpers gelöst hatte, nahm er sie liebevoll in die Arme.

»O Gott, meine Süße, es tut mir so Leid. Was für ein Schuft ich gewesen bin! Ich habe so sehr versucht, mich von dir fern zu halten, und dachte wohl, solange wir miteinander streiten, würde ich der Versuchung nicht nachgeben. Dabei hätte ich doch wissen müssen, dass das nicht funktionieren kann.«

Allie überkam eine Woge der Erleichterung, und sie streichelte zärtlich seine Wange. »Ich bin so froh, das du wieder da bist – dein wahres Selbst, meine ich. Ich hab dich so vermisst, Jake.«

Er seufzte, schüttelte den Kopf und umfasste sie fester. »Was ich da vorhin gesagt habe, ich habe es nicht so gemeint. Wenn du so etwas wie ein Cop werden willst und zwar ernsthaft, dann machst du deine Sache sicher gut.«

»Glaubst du?«

Liebevoll strich er ihr eine Strähne aus dem Gesicht und

steckte sie ihr hinters Ohr. »Yeah. Und eins noch – ich mag deinen Namen wirklich sehr. Das wollte ich dir die ganze Zeit schon sagen.«

Allie lachte und erinnerte sich wieder daran, weswegen sie sich in ihn verliebt hatte. Und auch etwas anderes fiel ihr wieder ein.

»Jake?«

Er war gerade dabei, den Reißverschluss seiner Jeans zu schließen, und hob den Kopf.

»Ich glaube, du hast vergessen, ein Kondom zu benutzen.«

Die Farbe wich aus seinem Gesicht.

»Ist schon gut. Dein Timing ist wirklich nicht schlecht. Ich glaube nicht, dass es eine Rolle spielen wird.«

»Verdammt, ich war so verdammt heiß auf dich. Ich habe keinen Moment lang daran gedacht.«

»Um die Wahrheit zu sagen, auch wenn ich schwanger wäre, es würde mir nichts ausmachen. Ich hätte gern ein Baby von dir, Jake.«

Die verschiedensten Gefühlsregungen spielten um seine Züge. Eine erschien ihr wie Schmerz. Er räusperte sich. »Hoffen wir, dass es keine Probleme gibt.« Dann beugte er sich vor, hob sie in seine Arme und ließ seinen Blick über ihre nackten Brüste wandern. »Ich glaube, wir sollten ins Bett gehen. Dieser Tisch ist für das, was ich vorhabe, bei weitem zu hart.«

»Aber falls jemand …«

»Wir lassen die Tür auf, dann hören wir, ob irgendwer die Treppe heraufkommt.« Er war gut in diesen Dingen, das wusste sie seit ihren Tagen im Dschungel.

»Klingt gut, würde ich sagen.« Allie hielt sich an ihm fest, als er sie ins Schlafzimmer trug. Er legte sie mitten aufs Bett, und die nächsten zwei Stunden lang liebten sie einander wild und unersättlich.

Es war elf Uhr, als er in die Küche zurückkehrte, um die verstreuten Kleider einzusammeln, bevor der FBI-Mann eintraf, der ihn ablösen sollte.

Warm und befriedigt rollte Allie sich unter ihrer Decke zusammen und schlief so gut, wie sie es seit der Abreise aus Belize nicht mehr getan hatte.

26

Das Klingeln des Telefons im Wohnzimmer riss sie aus dem Schlaf. Mit flatternden Nerven und einem flauen Gefühl im Magen, weil es vielleicht Baranoff war, zog Allie den blauen Frotteebademantel über. Sie eilte zur Tür und sah Jake warm lächeln, als sie das Wohnzimmer betrat.

»Denk dran«, ermahnte er sie. »Falls es Baranoff ist, versuchst du, ihn so lange in der Leitung zu halten, bis wir den Anruf zurückverfolgt haben, aber nicht zu offensichtlich. Und pass auf, dass du nichts sagst, das ihn Verdacht schöpfen lässt.«

Sie nickte, und Jake drehte sich um, um an den Nebenanschluss zu gehen, den das FBI installiert hatte. Sein Arm streifte ihre Schulter und versetzte ihr förmlich einen elektrischen Schlag. Wie machte er das?, fragte sie sich. Doch ihre Augen liebten seinen Anblick, und ihr Körper wusste genau, warum sie sich so gut fühlte, wenn sie einander liebten.

Neben ihr, am zweiten Telefon, zählte Jake bis drei, und sie hoben gleichzeitig ab.

»Hier spricht Allie Parker. Mit wem spreche ich bitte?«

»Martin Biggs. Ich muss Jake Dawson sprechen.«

Gleichermaßen erleichtert wie enttäuscht, schaute sie Jake an, der vom Nebenanschluss aus mit dem Mann sprach. Als Jake ein paar Sekunden später auflegte, lag ein betroffener Ausdruck auf seinem Gesicht.

»Was ist los?«, fragte sie alarmiert.

Er seufzte matt. »Mein Vater ist gestorben. Er hatte eine Herzattacke, heute Nacht. Kurz nach drei Uhr ist er ins Cedar Sinai Hospital eingeliefert worden, aber da war er bereits tot.«

»Oh, Jake. Es tut mir so Leid.«

»Die Beerdigung ist Sonntagnachmittag. Ich schätze, Biggs hat entschieden, dass ich hingehen will.« Er drehte sich weg und ging ans Fenster. »Wir haben jahrelang nicht mehr miteinander gesprochen«, sagte er leise. »Nicht seit Michael verschwunden ist.«

Allie ging zu ihm. »Was ist denn passiert? Du hast ja mal erwähnt, dass ihr beide nicht so gut miteinander auskommt, aber mir war nicht klar, dass ihr euch so entfremdet habt.«

Jake fuhr sich mit der Hand durchs Haar, das immer noch ein wenig zu lang war, aber kürzer als in Belize. Er hatte seinen Gesichtsausdruck fest unter Kontrolle, trotzdem entging Allie nicht, welcher Kampf unter der ruhigen Oberfläche tobte. Sie wünschte, sie hätte den Arm um ihn legen können, um ihm ein wenig Trost zu spenden, aber der Ausdruck in seinem Gesicht sagte ihr, dass er das nicht gewollt hätte.

»Nachdem Marla mit Michael verschwunden ist, habe ich alles Erdenkliche unternommen, die beiden ausfindig zu machen. Ich habe jeden Cent meiner Ersparnisse für Privatdetektive ausgegeben, aber keiner hat etwas Brauchbares gefunden. Du kannst dir bestimmt vorstellen, wie verzweifelt ich war. Ich dachte, weil Michael ja sein Enkel ist, wird er den Jungen genauso sehr finden wollen wie ich.«

»Was hat er gesagt?«

»Dass ich ohnehin ein Idiot sei, eine Schlampe wie Marla geheiratet zu haben. Er sagte, der Junge sei vermutlich genauso dumm wie Marla und die Mühe gar nicht wert. Ich bin aus dem Haus gestürmt und habe ihn nie wieder gesehen.«

»Oh, Jake.«

»Komisch, ich hätte gedacht, es würde mich gar nicht interessieren, ob er am Leben ist oder nicht. Ich denke manchmal daran, wie es war, als ich noch klein war, bevor meine Mutter gestorben ist. Damals sind wir uns nah gewesen. Wir haben viel zusammen unternommen. Dad hat mir das Radfahren beigebracht und mir meine ersten Schlittschuhe gekauft. Im Sommer sind wir immer zum Campen nach Arrowhead gefahren. Wir haben uns das ganze Jahr über darauf gefreut.«

»Vielleicht hat der Tod deiner Mutter ihn irgendwie verändert.«

»Ja, vermutlich. Er war nicht mehr derselbe danach. Hat die ganze Zeit gearbeitet, und wenn er einmal nicht gearbeitet hat, war er ein richtiger Schweinehund.«

Der Schmerz in Jakes Gesicht verursachte Allie einen Kloß im Hals. »Die Beerdigung ist in vier Tagen. Wenn wir Glück haben, ist das hier bis dahin vorbei.«

»Auch wenn es das ist. Ich gehe nicht hin. Ich habe meinen Vater seit Jahren nicht mehr gesehen. Und dass er tot ist, ändert nichts an dem, was zwischen uns vorgefallen ist.«

Allie nahm seine Hand. »Du musst hingehen, Jake. Tief drinnen liebst du ihn. Er ist dein Vater. Du wirst ihn immer lieben.«

»Ich weiß nicht ...«

»Hör mir zu, Jake. Du musst um deiner Erinnerung willen gehen. Um der glücklichen Zeiten willen, die ihr erlebt habt. Wenn du es nicht tust, wirst du es dein Leben lang bereuen.«

Jake schien darüber nachzudenken. »Wenn wir Baranoff bis dahin haben, überlege ich es mir noch einmal. Aber ich werde dich nicht allein lassen, bevor das hier vorbei ist. Für meinen Vater nicht und auch für niemanden sonst.«

Ihr wurde warm ums Herz. Jake war immer der große Beschützer gewesen, das war eine der Eigenschaften, die sie an ihm liebte. Allie beugte sich vor und gab ihm einen Kuss, keinen von den brennend heißen Küssen, wie sie sie sonst tauschten, sondern einen süßen, sachten, zarten Kuss, der ihm sagte, wie viel er ihr bedeutete.

»Du ziehst dir besser etwas an«, sagte er mürrisch. »Wenn wir Glück haben, kommt der nächste Anruf von Baranoff.«

Allie nickte und ging ins Schlafzimmer. Sie wusste, dass er litt, aber es gab nichts, das sie dagegen hätte tun können. Sie selbst wäre am Boden zerstört gewesen, wären ihre Eltern gestorben. Aber Jake hatte hier einen Job zu erledigen, und er würde ihn auch erledigen, das wusste sie, egal welchen Kummer er litt.

Sie machte die Schlafzimmertür hinter sich zu und sehnte sich bereits nach ihm. Hatte sie nicht geschworen, sich nie mehr auf Jake Dawson einzulassen? Sie hatte ja schon einmal den Leidensweg beschritten, Jake zu lieben, wusste deshalb, wie weh es tat, ihn zu verlieren.

Aber Liebe war wie ein schwer beladener Zug, der sich selbstständig gemacht hatte, es war sinnlos, sich ihm in den Weg zu stellen. Während sie duschte und sich anzog – eine Jeans und einen dünnen blassblauen Pullover –, war ihr Körper immer noch köstlich wund von den Stunden, die sie miteinander im Bett verbracht hatten, und sie fragte sich, ob ihr Herz wohl vollends brechen würde, wenn Jake sie ein zweites Mal verließ.

Der Anruf, auf den sie alle warteten, kam kurz nach Mittag. Mitten beim Essen – Tomatensuppe und Mortadella-Sandwiches, die Allie fabriziert hatte – läutete das Telefon. Allie sprang vom Tisch auf und rannte ins Wohnzimmer.

»Locker bleiben«, sagte Jake, der hinter ihr hermarschierte. Er blieb vor dem Nebenanschluss stehen, der sich auf dem Tisch neben der Lampe befand. »Falls er es ist, denk daran: Er ist auf das, was du angeblich hast, genauso versessen wie du auf ihn.«

Allie nickte und holte tief Luft. Bei drei hob sie konzentriert den Hörer ab, genau im selben Moment wie Jake. »Hallo?«

»Mary Alice Parker?« Ihr Herz raste, als sie den schwachen russischen Akzent in der tiefen Männerstimme vernahm.

»Ja?«

»Ich glaube, Sie besitzen etwas, das ich gerne hätte.«

»Ja. Ich glaube, dass Sie sehr interessiert daran wären …«

»An der Ecke Fünfte und Maple befindet sich eine Telefonzelle. Seien Sie in fünf Minuten dort.« Die Leitung war tot und Allies Blick flog hinüber zu Jake.

»Dieser Hurensohn. Hat Angst, zurückverfolgt zu werden. Und an dieser Telefonzelle schaffen wird das in der Kürze der Zeit auch nicht.«

»Das macht doch keinen Unterschied. Ihr habt gewusst, dass ihr es vielleicht nicht schafft, den Anruf zu orten.«

»Es hätte die Dinge aber leichter gemacht.«

Sein Funkgerät knisterte. Es war Morris. Er befand sich im Überwachungswagen auf der anderen Seite der Straße. Sie hatten den Anruf mitgeschnitten und warteten darauf, dass Allie die Wohnung verließ.

»Der Wagen bleibt in deiner Nähe«, sagte Jake, nachdem das Gespräch beendet war. »Ich gehe durchs Küchenfenster. Du wirst mich nicht sehen, aber ich werde nicht weit weg sein.«

Allie nickte nur. »Wenn ich pünktlich da sein will, gehe ich jetzt besser.« Sie warf Jake, der nicht im Mindesten glücklich aussah, einen letzten Blick zu und ging. Die Ecke Fünfte und Maple war rund fünf Gehminuten entfernt. Sie musste sich sputen, um die verlorene Zeit hereinzuholen. Ihr Herz raste, als sie die Treppe zum Gehsteig hinunterlief, und das Adrenalin pumpte wie eine Droge durch ihre Venen. Plötzlich ging ihr auf, dass sie nichts als Betäubung gefühlt hatte, bis vor vier Tagen diese beiden FBI-Agenten durch ihre Tür marschiert waren.

Heute fühlte sie sich lebendig wie seit der Zeit nicht mehr, als Jake und sie in Belize zusammengearbeitet hatten. Sie konnte sich des Gedankens nicht erwehren, dass Männer wie Baranoff zu fangen vielleicht genau das Richtige für sie war.

Jake sah Allie zur Telefonzelle rasen und den Hörer packen, bevor es noch zu klingeln aufhörte. Soweit er es sehen konnte, war ihr niemand gefolgt. Jake stand gut getarnt hinter einer Platane und beobachtete den Überwachungswagen, der weiter unten an der Straße in eine Parklücke fuhr. Allie nickte, nachdem Baranoff irgendetwas gesagt hatte, und gestikulierte, obwohl der Mann am anderen Ende der Leitung es nicht sehen konnte, trotzdem mit der Hand.

Das FBI würde die Telefongesellschaft kontaktieren, um festzustellen, woher der Anruf gekommen war, aber das nahm längere Zeit in Anspruch, und unglücklicherweise würde Baranoff, wo immer er gerade war, bis dahin längst schon wieder fort sein.

Jake fluchte, als Allie auflegte und auf dem gleichen Weg, den sie gekommen war, in ihr Apartment zurückkehrte. Er folgte ihr unsichtbar, bis sie die Treppe hinauf und sicher hinter der Wohnungstür verschwunden war. Dann ging er nach hinten, kletterte die Feuerleiter hinauf und stieg durch das Küchenfenster.

»Baranoff hechelt richtig nach dem Ding«, sagte Allie, als Jake auftauchte. »Ich habe gesagt, dass ich eine Million für die Maske will, und er hat sofort eingewilligt. Das Treffen ist für morgen Abend vereinbart. Acht Uhr in der Altstadt.«

»In der Altstadt? Auf keinen Fall. Du solltest dich gegen Mittag mit ihm treffen. Auf dem Parkplatz hinter dem Zoo.« Der sicherste Platz, den sie hatten finden können. Ein- und Ausfahrten konnten überwacht werden. Nicht allzu viele Leute, aber genug, dass die Agenten sich ohne aufzufallen auf dem Gelände bewegen konnten.

»Darauf hat Baranoff sich nicht eingelassen. Wie gesagt, ich soll ihn in der Altstadt treffen. In einer Boutique namens El Caballito.«

Allie ging ins Schlafzimmer, und Jake folgte ihr. Er ging ans Fenster und dann wieder zu ihr neben das Bett. »Das ist genau der Grund, weshalb ich nicht wollte, dass du hineingerätst.«

»Ich bin aber hineingeraten, also gewöhne dich lieber daran.« Sie zog eine Schublade auf, nahm etwas heraus, das wie eine Waffe Kaliber .38 aussah, und legte es auf die Matratze.

Jake zog die Augenbrauen zusammen. »Wo, zur Hölle, hast du den her?«

»Von einem Bekannten geborgt. Ich werde ihn mitnehmen.«

»Du hast noch nie mit einem Revolver geschossen. Er bringt dich nur in Schwierigkeiten.«

»Ich bin an dem Tag, an dem ich ihn mir geborgt habe, an der Schießanlage vorbeigefahren und habe ein paar Trainerstunden genommen.« Sie grinste. »Hab mich gar nicht so dumm angestellt, wenn ich das mal so sagen darf.«

»Es gefällt mir nicht.«

Allie hauchte ihm einen zarten Kuss auf den Mund, und er verspürte das übliche Ziehen in den Lenden. »Schön, das zu hören«, sagte sie. »Ich mag es, wenn du dich um mich sorgst.«

Als sie an ihm vorbeigehen wollte, packte Jake sie am Arm. »Es ist noch nicht zu spät auszusteigen. Wir können ein Double einsetzen, eine Agentin mit kurzer blonder Perücke. Bis Baranoff herausgefunden hat, dass du es nicht bist, ist es für ihn zu spät.«

Allie schüttelte den Kopf. »Ich bringe das zu Ende, Jake. Er ist der Kerl, der Chrissy umgebracht hat. Ich will, dass er dafür bezahlt. Und ich habe die Chance, dafür zu sorgen, dass er es tut.«

»Du hast auch die Chance, ums Leben zu kommen.«

Sie lächelte und tätschelte seine Wange. »Nicht mit dir an meiner Seite, Geliebter. Ich weiß, du wirst gut auf mich aufpassen.« Sie machte große Augen, als er sie in seine Arme zog und innig küsste. Er hörte nicht auf, bis ihr Körper sich fügsam an seinen schmiegte und ihre Arme sich um seinen Hals schlossen.

»Versprich mir, vorsichtig zu sein«, flüsterte er ihr ins Ohr.

Ihre Antwort hörte sich ein wenig atemlos an. »Ich bin immer ... vorsichtig.« Worte, die er selbst einst zu ihr gesagt hatte.

»Trotzdem, denn manchmal geraten die Dinge außer Kontrolle.« Er sprach nicht mehr über den Job, er sprach über Sex, und wenn er daran dachte, was auf dem Küchentisch geschehen war, wurde er noch härter, als er es ohnehin schon war. Verdammt, diese Frau machte ihn noch verrückt. Letzte Nacht war er so heiß auf sie gewesen, dass er vergessen hatte, ein Kondom zu benutzen! Das war ihm seit der High School nicht mehr passiert, und er hatte ja gesehen, was dabei herausgekommen war.

Was, wenn er Allie wirklich schwängerte? Dann würde er sie natürlich heiraten müssen. Genau wie damals Cindy. Aber Cindy war gar nicht wirklich schwanger gewesen und er fast noch ein Kind. Aber jetzt war er kein Kind mehr, und der Gedanke, Allie zu heiraten, war nicht im Geringsten unangenehm. Wäre die Lage eine andere gewesen, wäre sein Leben ein anderes gewesen, dann hätte die Aussicht ihm genau genommen sogar verdammt gut gefallen.

Jake dachte an seine Eltern, die so viele Jahre lang glücklich verheiratet gewesen waren. Der Tod seines Vaters hatte schmerzliche Gefühle in ihm wach werden lassen an Verlassenheit und Betrogensein, aber es waren alte Schmerzen, die mit den Jahren verblasst waren. Er hatte sich vor langer Zeit schon damit abgefunden, seinen Vater verloren zu haben. Es waren die frühen Jahre, an die er sich jetzt erinnerte, die Jahre, als sie noch eine Familie gewesen waren, wie Jake sich selbst eine gewünscht hatte. Aber stattdessen hatte er Marla gehabt und seinen Sohn verloren.

Allie war anders, das wusste er. Sie war süß und liebevoll, stark und um einiges zäher, als sie aussah. Allie zu lieben bedeutete, wieder sein Leben zu ändern und ein erneutes Scheitern zu riskieren.

Tief im Herzen wusste Jake, dass Allie dieses Risiko wert war. Er war sich nur nicht sicher, ob er Manns genug war, es einzugehen.

Glaubte man dem FBI, dann war alles bereit. Dreißig FBI- und ATF-Agenten in Zivil stromerten durch die Straßen der Altstadt von San Diego. Allie war oft mit ihren Eltern dort gewesen – richtiges mexikanisches Essen liebten sie alle –, aber die Zeit war wie im Flug vergangen, und es war über ein Jahr her, dass sie zum letzten Mal hier gewesen war. Sie hatte ganz vergessen gehabt, welche Freude ihr das farbenprächtige Blumenmeer, das den Marktplatz umgab, immer bereitet hatte. Wohin man auch sah: strahlende Rot-, Gelb- und Rosatöne im Licht juwelengleicher Papierlaternen.

Der historische Bezirk, der aus dem Jahr 1769 datierte, war der älteste Stadtteil San Diegos. Wunderliche Lehmbauten, Plazas und Museen, zeitgenössische Läden, Restaurants und Cantinas bildeten die Kulisse einer ganzjährigen Fiesta. Riesige *piñatas* aus Pappmaché hingen reich verziert von den Decken, und die Musik der Mariachi-Kapellen lockte auch den zögerlichsten Besucher auf einen der vielen Tanzböden.

Ein wunderbarer Ort für einen Ausflug, dachte Allie bei sich, sog den Duft der würzigen Burritos ein und malte sich den Geschmack einer eiskalten Margarita aus, während sie den kleinen Beetle parkte und die Straße betrat.

Aber ganz bestimmt nicht der Ort, den sie sich für ein Treffen mit Felix Baranoff ausgesucht hätte.

Viele der Straßen waren schmal, kaum mehr als enge Gässchen, und schon ein kleines Stück von der Straße entfernt wich das Licht der Laternen der Dunkelheit. Die alten, weiß getünchten Lehmbauten waren so viele Male um- oder ausgebaut worden, dass es Dutzende von Ein- und Ausgängen gab. Das Viertel war von Pflanzen und Gebüsch schier überwuchert, ein farbenprächtiges, lautes Labyrinth mir unzähligen Fluchtmöglichkeiten.

Allie konnte nur hoffen, dass das FBI wirklich gut vorbereitet war.

Sie studierte das Areal um den im Voraus gewählten Parkplatz, den ein Mitarbeiter des Teams gerade für sie frei gemacht hatte. Es ließ sich nichts Verdächtiges entdecken, also beugte sie sich in den Wagen zurück und holte vorsichtig den Aluminiumkoffer hervor, in dem sich die unbezahlbare Maske befand.

»Ich hab sie«, sagte sie in das, im Medaillon um ihren Hals verborgene Mikrofon, »gehe jetzt die festgelegte Route.« Auch wenn Allie sie nicht hören konnte, die Männer hörten sie, und ihre Order lautete, engen Kontakt zu halten. Irgendwo in der Nähe parkte ein Lieferwagen, der die Übertragung aufzeichnete und die Männer im Team trugen Funkempfänger im Ohr. Sie fühlte sich ein bisschen sicherer, weil sie wusste, dass Jake und die Männer vom FBI immer exakt wussten, wo sie war und was vor sich ging. Das FBI hatte sich zwar gegen die Waffe ausgesprochen, die sie in der weißen Schultertasche bei sich trug, aber Allie hatte sich durchgesetzt.

Am Ende hatte erstaunlicherweise sogar Jake zugestimmt. »Ich wette, sie ist jetzt schon eine bessere Schützin als Sie, Dushitski.«

Dem war die Zornesröte ins Gesicht gestiegen. »Duchefski«, hatte er korrigiert. »Und es spielt keine Rolle, ob sie eine gute Schützin ist, sie hat keine Lizenz.«

Jake hatte ihn ignoriert und Allie mit besorgtem Gesichtsausdruck zur Tür gebracht. »Bist du sicher, dass du es machen willst?«

»Seit ich mir zusammengereimt habe, dass Baranoff der Mann hinter Chrissys so genanntem Unfall ist, warte ich darauf, dass jemand ihn zu fassen bekommt. Glaub mir, ich bin mehr als sicher.«

Er hatte sie ein paar Sekunden lang nur angesehen und sie dann einfach in die Arme genommen. Die Männer vom FBI ignorierend, hatte er sie zart auf den Mund geküsst. »Ich will, dass du da draußen gut auf dich aufpasst.«

Allie hatte sich an ihm fest gehalten und Mut aus seiner Kraft geschöpft. »Werde ich.«

Doch anstatt sie gehen zu lassen, war sein Griff noch fester geworden. »Ich bin verrückt nach dir, Allie. Ich weiß nicht, ob es irgendetwas gibt, das ich dagegen tun könnte, also sollst du es wenigstens wissen.«

Ein dicker Kloß hatte ihr im Hals gesessen. »Ich liebe dich, Jake. Du willst das vermutlich gar nicht hören, aber für den Fall, dass etwas schief läuft, wollte ich dir …«

»Es wird nichts schief laufen«, hatte er wild entschlossen gesagt. »Ich werde es nicht zulassen.« Er hatte sie schnell und hart geküsst und war dann zur Seite getreten. Sein Gesichtsausdruck war undurchdringlich geworden, seine Kontrolliertheit zurückgekehrt. »Falls da draußen etwas nicht klappt, sieh zu, dass du wegkommst. Dein Leben ist um so vieles mehr wert als Baranoffs.«

Allie schüttelte den Kopf und folgte weiter dem grasbewachsenen Weg zum El Caballito. Sie durfte jetzt nicht an Jake denken, nicht jetzt. Nicht, wenn so viel auf dem Spiel stand. Ihre Finger schlossen sich um den Griff des glänzenden Aluminiumkoffers.

»Gehe um die erste Ecke«, sagte sie, kaum die Lippen bewegend. Sie wich einer Gruppe lachender Touristen aus, ging ein paar mexikanischen Musikern aus dem Weg, die eng anliegende schwarze Hosen und kurze schwarze, mit silbernen Münzen besetzte Jacken trugen, und setzte ihren Weg planmäßig fort.

»Bin am zweiten Kontrollpunkt und kurz vor der El Matador Cantina.« Entlang der Route waren Agenten stationiert, wie Touristen in Shorts oder Jeans gekleidet, in T-Shirts und blumenbedruckten Hemden. Allie hätte sie nicht erkannt, aber sie wusste, dass sie da waren. Auch Jake war dabei. Er hatte ihr gesagt, dass er die ganze Zeit über bei ihr sein würde, und sie wusste, dass er sie irgendwo in der Dunkelheit auf ihrem Weg begleitete. Es fühlte sich gut an zu wissen, dass er da war.

»Bin am Kontrollpunkt drei«, sagte sie und ging unter einem Bogen hindurch, der zu der engen Gasse vor dem El Caballito führte, das sich auf mexikanische Töpferwaren spezialisiert hatte. Laut Plan sollte sie drinnen darauf warten, bis Baranoff auftauchte, seinen Namen in das Mikrofon sprechen und sich dann auf und davon machen, während von allen Seiten FBI- und ATF-Agenten den Laden stürmten und den Russen, bevor er fliehen konnte, einkreisten.

»El Caballito geradeaus.« Die Hand, die den Griff des Koffers umfasst hielt, fühlte sich klamm an. Sie konnte nur hoffen, dass Jake und die anderen in Position waren. Konnte nur hoffen, dass alles genau wie geplant verlief. Nur hoffen, dass niemand verletzt wurde und dass sie Felix Baranoff erwischten.

Es gibt eine höllische Menge zu hoffen, dachte sie, als sie die Tür des Töpferladens erreichte.

27

Das El Caballito war ein schmaler Laden mit hoher Decke, sein Schaufenster voller geschmackvoller Töpferwaren: eine Gruppe irdener Schüsseln in den verschiedensten Größen, Vasen mit leuchtend bunten Strohblumen, Töpfe und Tassen, alles auf rot befransten Tüchern arrangiert.

»Ich gehe jetzt rein«, flüsterte Allie in das Mikrofon und tat einen zögerlichen Schritt hinein. Blaues, grünes, gelbes und orangerotes Geschirr stand auf roh behauenen Tischen und in

Regalen die Wände hinauf. Dazu Keramikfiguren, Vögel und menschliche Gestalten, einige davon Repliken präkolumbianischer Kunst.

Nur zwei Leute waren im Laden, ein Mann und eine Frau, beide in den Vierzigern und wie es schien damit zufrieden, sich einfach nur umzusehen. Allie nahm an, dass es sich um FBI-Agenten handelte, und war froh, sie zu sehen.

Von Baranoff keine Spur. Sie schaute zum hinteren Ende des Ladens. Hinter dem Ladentisch stand ein Angestellter in weißem Hemd und brauner Hose, der von einem Stapel aus Belegen aufblickte, die er gerade durchgezählt hatte. Er war kein Agent, das wusste sie. Baranoff hatte den Treffpunkt gewählt. Der Ladenbesitzer stand möglicherweise in den Diensten des Russen, den Angestellten auszutauschen wäre möglicherweise ein Alarmsignal gewesen.

Niemand sprach sie an, und Baranoff war immer noch nicht erschienen. Allie ging auf den Angestellten zu.

»Entschuldigen Sie bitte. Ich soll mich hier mit jemandem treffen. Mein Name ist Parker.«

Der braunhaarige kleine Mann, der Schnauzbart und Brille trug, lächelte. »Ja, natürlich. Der Gentleman, den Sie suchen, war bereits früher am Abend hier. Er sagte, Sie würden so gegen acht hierher kommen, und er hat mich gebeten, Ihnen das hier zu geben.«

Allie griff mit einem flauen Gefühl im Magen nach dem zu sammengefalteten weißen Blatt. »Danke.« Sich ein paar Schritte entfernend, faltete sie das Papier auf und fing laut zu lesen an, damit die Agenten es mithören konnten: »Kommen Sie zur Telefonzelle am Ende des Blocks, gleich neben dem La Tostada. Verlassen Sie diesen Laden durch die Hintertür und gehen Sie die Straße hinunter.« Sie faltete den Bogen wieder zusammen und steckte ihn in die Tasche. »Ich gehe da jetzt hin«, flüsterte sie.

Es war ihr unwohl dabei. Jake hatte ihr in deutlichen Worten klar gemacht, dass sie sofort abbrechen sollte, falls Baranoff den Plan änderte. Aber das war nicht das, was das FBI wollte. Und auch nicht das, was Allie im Sinn hatte.

Sie glaubte, es deutlich zu hören, wie Jake einen Fluch ausstieß.

»Verdammter Mist!« Jake justierte den kleinen Funkempfänger in seinem Ohr und wünschte sich, er hätte nicht richtig gehört. Wünschte sich, Allie schlüge nicht einen neuen unbekannten Kurs ein, den Felix Baranoff diktierte.

»Locker bleiben, Dawson.« Agent Duchefski eilte in der Dunkelheit neben Jake zum Hinterausgang des Töpferladens. »Sie ist bewaffnet, was wir Ihnen zu verdanken haben, und Sie sind auch derjenige, der behauptet hat, sie wüsste, wie man das Ding benutzt.«

»Bewaffnet oder nicht, es gefällt mir nicht. Sie braucht nur um eine Ecke zu biegen, schon ist sie in einer der engen Gassen zwischen den Häusern verschwunden, und wir bekommen erst wieder Sichtkontakt, wenn sie am anderen Ende des Blocks herauskommt.« Er wusste Bescheid, denn er hatte den Großteil des Tages damit verbracht, wieder und wieder sowohl die Route zu prüfen, die Allie zum El Caballito gehen sollte, als auch die Sträßchen und Trampelpfade die das angrenzende Gebiet durchzogen.

Gerade noch rechtzeitig, um Allie mit dem Aluminiumkoffer aus dem El Caballito kommen zu sehen, erreichten sie einen düsteren Flecken in der Nähe der Hintertür. In Jeans und einem gut sichtbaren hellorangefarbenen T-Shirt lief sie die Straße entlang, die vor Touristen wimmelte, und bog dann in einen schmalen Pfad zwischen den Lehmhäusern ein, der zu der Telefonzelle in der Nähe des mexikanischen Restaurants führte.

Jake musste sich zwingen, ihr nicht zu folgen. Falls Baranoff ihn entdeckte, würde er verschwinden, bevor sie noch wussten, dass er da gewesen war. So wie es aussah, würde Allie in der Telefonzelle einen Anruf von Baranoff erhalten, der ihr einen neuen Treffpunkt nennen würde. Baranoff ging auf Nummer sicher, was Jake nicht überraschte. Er war vieles, aber nicht dumm. Das Problem mit Überraschungen war nur, dass sie naturgemäß oft von unerwarteter Seite kamen.

Jake schloss zu einer Busladung deutscher Touristen auf, verlangsamte seinen Schritt und schlenderte gemächlich mit der Gruppe mit. Allies Atem war das Einzige, das er über den Funkempfänger hörte.

»Ich sehe vor mir die Lichter des Restaurants«, sagte sie schließlich, und Jake war ein wenig erleichtert. Zumindest bis jetzt ging es ihr gut.

Er umrundete die Ecke des Gebäudes, löste sich aus der Touristengruppe und marschierte zum Ende des Blocks, von wo aus er Allie wieder würde sehen können. Auf der anderen Straßenseite sah er Duchefski das Gleiche tun, wobei er immer näher kam und schließlich wieder bei Jake war.

Duchefski schwitzte, stellte Jake fest, und seine Augen schossen ständig zu der Stelle, wo Allie wieder hätte auftauchen müssen.

»Falls irgendetwas schief läuft«, sagte Duchefski, »kann ich nur hoffen, dass sie klug genug ist, Baranoff den Koffer zu geben und zu sehen, dass sie wegkommt.«

In Jakes Kopf läuteten die Alarmglocken. »Das war doch immer so geplant. Was teilen Sie mir da mit, Duchefski?«

»Nichts. Ich …«

Jake riss ihn am Revers seines geblümten Hemds hoch. »Und was teilen Sie mir nicht mit, Dushitski?«

»Die Maske ist gar nicht in dem Koffer. Ein Ziegelstein ist drin, sonst nichts.«

»Verdammter Mist!« Jake ließ Duchefskis Hemd los, nicht

ohne ein paar Knitter zu hinterlassen. Er wünschte, er hätte Duchefski den Schädel zerknittern können.

»Die Maske ist zu wertvoll, um sie aufs Spiel zu setzen«, sagte der FBI-Mann. »Die Regierung wollte keine diplomatischen Verwicklungen mit Belize riskieren, falls sie verloren geht.«

»Aber Allie zu verlieren geht okay.« Jake studierte mit zusammengebissenen Zähnen die enge Gasse zwischen den Häusern. »Wenn sie nicht innerhalb der nächsten dreißig Sekunden auftaucht, mache ich mich auf die Suche nach ihr, und die Sache ist gelaufen.«

»Das können Sie nicht tun. Dazu haben Sie gar nicht die Befugnis.«

Jake zählte die Sekunden herunter, die über das Zifferblatt seiner Armbanduhr tickten. »Und Sie behalten mich einfach nur im Auge, sonst nichts.«

Er blickte erneut zu der schmalen Öffnung im Mauerwerk und betete, einen Hauch blonden Haares zu entdecken.

Aber Allie kam einfach nicht.

Felix Baranoff stand im Schatten eines Türbogens, der auf die enge Gasse hinausführte, und sah die junge blonde Frau näher kommen. Sie ging mit einem Aluminiumkoffer in der Hand an ihm vorbei, und ihn durchzuckte die Vorfreude. Er gab nickend ein Zeichen, trat zur Seite und ließ den groß gewachsenen Russen vorbei.

Viktor Ivanov war ein effizient arbeitender Mann. Er trat einfach hinter die Frau, presste ihr die Hand auf den Mund, legte den Arm um ihre Taille und zerrte sie nach hinten durch den Türbogen. Baranoff machte hinter den beiden die Tür zu. Mary Alice Parker schlug einen Moment lang um sich – bis sie Baranoff im Schatten stehen sah.

Viktor nahm die Hand von ihrem Mund, ließ aber den dicken Arm um ihre Taille liegen. Ihre Lippen pressten sich zusammen, als er die kleine weiße Tasche von ihrer Schulter riss und fortschleuderte. Dann zog er ihr behutsam den Aluminiumkoffer aus den Fingern.

Miss Parker schaute zu Baranoff auf und überraschte ihn mit einem langsamen, unaufgeregten Lächeln. »So treffen wir einander am Ende doch noch, Mr. Baranoff.« Sie schaute sich in dem fast völlig dunklen Raum um, der mit indianischen Artefakten aus der frühen spanischen Periode Kaliforniens voll gestopft war. »Wo sind wir hier. Sieht wie das Hinterzimmer eines Museums aus.«

Baranoff ignorierte sie, ging in die Knie und machte die Schlösser des Koffers auf. Die Aufregung ließ ihm die Hände zittern. Fast zwei Jahre lang hatte er auf diesen Augenblick gewartet, ihn sich erträumt. Jetzt würde er ihn genießen. Er öffnete langsam den Deckel und starrte in den Koffer, doch anstatt einer golden glitzernden Maske erblickte er einen alten Ziegelstein, ein Anblick, der ihm den Zorn durch die Glieder jagte.

»Du kleine Idiotin! Was glaubst du, mit wem du es zu tun hast?« Er wirbelte den Koffer herum und zeigte ihr den Ziegelstein, der sorgsam zwischen dicke Schichten schwarzen Samts gebettet lag, dann schlug er den Metallkoffer gegen die Wand.

Er wünschte sich nur, er könnte dieser Frau die Hände um den Hals legen, ignorierte ihr bleiches Gesicht und wandte sich an Viktor. »Wir haben keine Zeit mehr. Wir müssen sie mitnehmen.«

»Nein!« Die Frau schoss vor, trat gleichzeitig rückwärts und rammte Viktor die Ferse ihres Reeboks ans Schienbein. Er ächzte, als sie sich drehte, den Ellbogen hart an sein Kinn schlug und ihm die Nägel in die Haut grub. Viktor zischte einen russischen Fluch, ließ sie aber immer noch nicht los, sondern griff in ihr blondes Haar, riss sie nach hinten und schlug ihr so hart ins Gesicht, dass sie ins Stolpern geriet und beinahe stürzte. Bis sie das

Gleichgewicht wiedererlangen konnte, hatte Viktor ihr längst einen Revolver ans Ohr gepresst.

»Das hier ist nicht der passende Ort für eine Unterhaltung«, teilte ihr Baranoff, der sich wieder unter Kontrolle hatte, höflich mit. »Und bis dahin kein Wort, oder Viktor bringt Sie um – haben Sie verstanden?«

Sie warf einen Blick zur Tür, dann nickte sie zittrig. Einen Augenblick später rannten sie die Stufen zum Keller und Baranoffs vorbereitem Fluchtweg hinunter, wobei Viktor ihren Arm umfasst hielt und ihre eine große ACP Kaliber .45 in die Rippen presste.

Es ging an staubigen, altertümlichen Waffen und gewebten Taschen in unterschiedlichen Restaurierungsstadien vorbei. Baranoff umklammerte die Aktentasche mit dem Geld, das er für den Fall mitgebracht hatte, tatsächlich bezahlen zu müssen, und geleitete sie mit Hilfe einer Taschenlampe durch das Kellergeschoss zu einer Tür, die zu einer Außentreppe führte.

Oben angekommen, überquerten sie einen schmalen Grasstreifen und betraten ein anderes Gebäude, das eine Boutique für Übergrößen beherbergte, die mittlerweile aber bankrott war. Auf der anderen Seite des Hauses befand sich eine einhundertvierzig Jahre alte Schmiedewerkstatt nebst Stallungen, die aber, genau wie das De-la-Guerra-Museum, bereits um sechs Uhr schloss. Den Geruch von Leder, verbrannter Kohle und Mist ignorierend, betraten sie den Stall und eilten über den Lehmboden zu einer Tür am anderen Ende.

Nun, da sie das alte Holzhaus bald hinter sich hatten, würde es nicht mehr lange dauern, bis sie den Helikopter erreichten, der drei Blocks entfernt stand. Am Flughafen wartete dann ein Privatjet. Baranoff hatte eigentlich geplant, das Land mit einem Schatz zu verlassen, der das zentrale Stück seiner europäischen Sammlung hätte werden sollen, doch das musste warten.

Aber nicht lange. Baranoff blickte über die Schulter jene Frau an, die Viktor mit vorgehaltener Pistole vor sich her schob. Ein paar Minuten mit dem ehemaligen KGB-Mann, und sie würde ihm sagen, wo die Maske war.

Und es würde ihn keine Million Dollar kosten.

Wie ein Wahnsinniger raste Jake die Straße hinunter, aus allen Richtungen folgten ihm die FBI-Agenten. Sie prüften jeden erdenklichen Ausgang aus der engen, hochwandigen Gasse, traten Türen ein und liefen Stufen hoch.

Jake und drei weitere Agenten liefen auf direktem Weg zum Hintereingang des De-la-Guerra-Museums für indianische Kunst, das Jake bereits bei einem der früheren Rundgänge aufgefallen war. Morris, Duchefski und sechs andere Männer waren zur Vorderseite unterwegs, um eine mögliche Flucht Baranoffs zu verhindern.

Jake hatte das dumpfe Gefühl, dass es bereits zu spät war.

Er hatte Allies letzte Übertragung gehört. Sie hatte sich in einem hinteren Raum des Museums befunden und dort mit einem von Baranoffs Männern gekämpft, aber seither war nichts mehr zu hören außer dem Geräusch rennender Füße.

Durch einen Mauerdurchbruch in dem vorderen Teil des Museums sah Jake, wie Duchefski, Morris und eine kleine Armee die schwere Eichentür an der Frontseite aufbrachen und in das Gebäude stürmten. Der Bretterboden hallte unter dem Donnern ihrer Füße wider. Das Licht ging an, doch von Baranoff oder Allie war auch hier hinten nichts zu sehen, nur der Aluminium-Koffer und der Ziegelstein lagen verlassen auf dem Boden.

Jake unterdrückte einen neuerlichen Wutanfall. Er verschwendete keine Zeit damit, Schränke und Nebenräume abzusuchen. Sein Instinkt hatte ihn die Treppe zum Keller schon halb hinuntergeführt, als er Morris hinter sich hörte. Er drückte sich gegen die Wand, fand einen Lichtschalter, betätigte ihn und raste, die Waffe mit beiden Händen umfasst, in den Keller, doch auch der war leer.

»Keine Spuren bislang«, rief Morris ihm zu. Jake dachte an Allie, an den leeren Koffer und daran, was Baranoff für die Maske zu tun bereit war. Trotzdem verzichtete er darauf, Morris zu verprügeln.

»Baranoff muss hier irgendwo einen Fluchtweg haben.« Folgerichtig konzentrierte er sich auf das unmittelbar anstehende Problem. »Mein Gefühl sagt mir, dass er irgendwo hier im Keller ist.« Er fing an zu suchen und fand den Ausgang schneller als erwartet, eine Tür, die sich hinter einem indianischen Webteppich verbarg.

Sich unter dem Teppich hindurchduckend, entdeckte er eine Treppe, die zu einer Grasfläche südlich des Lehmhauses führte.

»Das Gebäude ist umstellt«, vermeldete Morris. »Wenn er nicht nach nebenan ...«

Aber genau in diese Richtung war Jake bereits unterwegs. Morris gestikulierte in Richtung seines Trupps, und sie machten sich vorne herum zum Nebengebäude auf, um Baranoff vielleicht noch den Weg abzuschneiden. Irgendwer drückte Jake eine Taschenlampe in die Hand. Er betrat, drei ATF-Agenten im Schlepptau, das leere Haus. Jetzt fühlte er sich besser, weil er wusste, dass es seine Leute waren, die er diesmal hinter sich hatte.

Vielleicht verpatzten sie es ja nicht.

Jakes Magen zog sich vor Sorge zusammen.

Um Allies willen betete er, dass auch er es nicht verpatzen würde.

Allie spürte, wie sich der Lauf der schweren Automatik in ihre Rippen bohrte, während sie über den Lehmboden des alten hölzernen Stallgebäudes hasteten. Verzweifelt wartete sie darauf, eine Nachricht an Jake absetzen zu können, doch etwas in Viktors Augen hielt sie davon ab; etwas, das Rache versprach, sollte irgendwer es wagen, ihn im Angesicht seines Chefs schlecht aussehen zu lassen.

Aber ihr lief die Zeit davon. Sie musste Jake wissen lassen, wo sie war.

»Was ist denn los?«, fragte sie, während sie sich umsah. »Das ist doch ein Stall, wo, zur Hölle, bringen Sie mich hin?«

Allie keuchte, als sich der Lauf der Waffe noch brutaler in ihre Rippen bohrte. »Mr. Baranoff hat gesagt, du sollst den Mund halten.« Er riss sie grob an sich und starrte ihr ins Gesicht. Seine Augen waren hart, dunkel und unerbittlich. »Ich kann dich auch gleich hier umbringen.«

Allie vergaß ihre Angst. »Wenn Sie das tun, dann stirbt mit mir auch die Maske.«

»Wir gehen auf eine kleine Reise«, erklärte Baranoff gelassen. »Und Sie erhalten eine letzte Chance, die Maske zu beschaffen. Wie Sie korrekt geschlussfolgert haben, will ich sie wirklich unbedingt. Aber ich musste in meinem Leben schon andere Enttäuschungen hinnehmen. Und falls Sie nicht vorhaben, zu kooperieren, wird es Viktor ein Vergnügen sein, Sie gleich auf der Stelle zu erschießen.«

Allie schluckte. Sie konnte die Vorfreude förmlich riechen, die dem riesigen Russen wie ein süßliches Parfüm aus allen Poren drang. »Also gut, lassen Sie uns reden.«

»Eine sehr weise Entscheidung«, sagte Baranoff.

»Ich wollte einfach sichergehen, dass Sie das Geld dabeihaben.«

Darauf antwortete er nicht. Das Geld mochte zwar in seiner Aktentasche stecken, aber er hatte nicht mehr vor, es Allie auszuhändigen, immer vorausgesetzt, er hatte es überhaupt jemals vorgehabt. *Er* führte jetzt das Kommando. Und wenn sie am Leben bleiben wollte, dann würde sie ihm die Maske geben müssen.

Unglücklicherweise hatte das FBI irgendwie vergessen, sie in den Koffer zu tun.

Hurensöhne!

Kein Wunder, dass Jake ihnen nicht vertraute.

Ein kurzes Stück vor ihr schaltete Baranoff die Taschenlampe aus und öffnete vorsichtig die Tür. Er schaute sich schnell um und trat aus dem Stall hinaus in die Dunkelheit. Der Russe, Viktor, zerrte sie mit nach draußen.

Als sie die Ecke des Gebäudes erreicht hatten, entdeckte Allie im Licht des Mondes, das zwischen den Wolken aufblitzte, einen Helikopter auf der anderen Straßenseite.

Der Helikopter war von FBI-Leuten umstellt. Sie sah es im selben Moment wie Baranoff und spürte, wie Viktors hünenhafter Körper sich spannte und die Waffe sich tiefer zwischen ihre Rippen bohrte. Sie war nicht ganz sicher, ob sie sich freute, die Männer hier anzutreffen.

»Hier spricht das FBI!«, tönte es durch ein Megafon in die Dunkelheit. »Lassen Sie die Waffen fallen, Sie sind verhaftet.«

Allies Herz donnerte. Viktor fluchte. Baranoff ließ die Aktentasche fallen.

Und die Hölle brach los.

Baranoff zerrte sie vor sich und Viktor bildete die Nachhut. Einmal mehr presste sich eine Waffe an ihren Kopf.

»Wenn Sie wollen, das dass Mädchen am Leben bleibt, dann ziehen Sie Ihre Leute von dem Helikopter ab«, rief Baranoff.

Es vergingen ein paar Sekunden. »Keine Chance, Baranoff«, kam die Antwort. »Sie gehen nirgendwohin.« Sie konnte ihn zwar nicht sehen, aber Allie erkannte Jakes markante Stimme, die von vorne links zu hören war. Er hatte für Felix Baranoff gearbeitet und kannte ihn besser als irgendwer sonst. Er war aber auch der richtige Mann, mit ihm zu verhandeln.

»Und was ist mit der Frau?«, konterte Baranoff in klarem, leicht akzentgefärbtem Englisch. »Wollen Sie sie tot sehen?«

»Miss Parker hat die Maske gestohlen«, sagte Jake kalt. »Entweder sie stirbt, oder sie geht ins Gefängnis. Uns ist das relativ egal.«

Allies Puls raste. Jake zockte und hoffte, dass Baranoff anbeißen würde.

»Tut mir Leid, Dawson. Das funktioniert so nicht. Es ist offensichtlich, dass ihr die Frau auf mich angesetzt habt. Ich hätte es mir denken können, nachdem Sie mit ihr dieses kuschelige Wochenende in Belize verbracht haben. Sie ziehen jetzt diese Männer vom Helikopter ab, oder sie stirbt gleich hier.«

Auf den Hausdächern in der Ferne sah Allie die schattenhaften Umrisse der Scharfschützen, die ihre Positionen bezogen, und ein kalter Schauer lief ihr über den Rücken.

»Wenn sie stirbt, dann sterben auch Sie », erinnerte ihn Jake.

»Ich gehe nicht ins Gefängnis. Jetzt nicht und später auch nicht. Sie haben die Wahl. Was soll es denn werden?«, schrie Baranoff.

Die Sekunden vergingen. Niemand rührte sich. Allie fühlte ein Rinnsal aus Schweiß zwischen ihren Brüsten hinunterlaufen. Dann begannen die Männer, sich langsam zurückzuziehen. Doch als sie über die Schulter schaute, sah sie eine weitere Gruppe hinter ihnen in Position gehen, die Gewehre im Anschlag und auf sie drei gezielt, doch sie kamen nicht näher.

»Der Helikopter gehört Ihnen«, sagte Jake und gab Zeichen, den Piloten, den man in Gewahrsam genommen hatte, wieder freizulassen.

»Ich will freie Flugbahn zum Flughafen und eine Starterlaubnis für meinen Jet, der dort auf mich wartet. Sobald ich an meinem Zielort angekommen bin, lasse ich die Frau frei!«

Jake zögerte keinen Augenblick. »Okay.« Sein Stimme klang verbindlich, doch Allie glaubte keine Sekunde lang, dass er Baranoff gestatten würde, in seinem Flugzeug das Land zu verlassen. Hinter Jake, auf dem freien, unkrautüberwucherten Feld, startete der Pilot die Maschine, und die Rotorblätter begannen, sich langsam zu drehen.

Baranoff drehte sich zu ihr um. »Eine falsche Bewegung und Viktor drückt ab.« Er griff in die Tasche seines Anzugs und holte eine kleinkalibrige Waffe heraus. »Oder ich tue es.«

Sie nickte, feuchtete die Lippen an, die sich wie trockene Hölzchen anfühlten. Langsam, Schritt für Schritt, gingen sie durch das Gras auf den Helikopter zu. Die Rotoren wirbelten so viel Staub auf, dass sie fast nichts mehr sehen konnte, und das Dröhnen des Motors machte es schier unmöglich, etwas zu hören.

Allie dachte an Baranoff und daran, was er wohl mit ihr vorhatte. Er hatte die Maske verloren. Sobald sie außer Landes waren, konnte er sie zu nichts mehr gebrauchen. Am Flughafen würden sie Dutzende FBI- und ATF-Agenten erwarten, aber wer konnte schon sagen, was Baranoff wirklich beabsichtigte, sobald er sie erst einmal im Helikopter hatte. Und falls er wirklich ein Flugzeug auf dem Lindbergh Field stehen hatte – in dem Chaos, das sicherlich ausbrechen würde, konnte alles passieren.

Als sie sich dem Helikopter näherten, sah Allie, wie Jake mit der Pistole auf Viktors Kopf zielte. Einen Moment lang sah sie Jakes Augen und die Angst darin. Angst um sie. Ihr Herz klopfte noch schneller, als es das ohnehin schon tat.

Plötzlich überkam sie eine sonderbare Gelassenheit. Jake war hier. Das Team war in Position. Und wenn sie nur die kleinste Chance sah …

Genau in diesem Augenblick trat Viktor in eine Vertiefung im Erdboden, die von Unkraut verdeckt war. Sein Fuß verdrehte sich seitwärts und für einen winzigen Moment rutschte der Lauf seiner Waffe von ihrer Schläfe ab. Allie duckte sich weg, rammte Viktor den Ellbogen in die Lenden und schlug mit der Schulter gegen die Hand, die die Waffe hielt. Viktor feuerte erst, als Allie schon ein Stück weg war und aus der Schussbahn. Jake feuerte zusammen mit einem Dutzend anderer Männer, und der Russe fiel wie ein Stein zu Boden.

Seine Waffe landete in Allies Nähe, sie setzte ihr nach und stöhnte nur noch, als Baranoff sich mit seinem ganzen Gewicht auf sie stürzte und sie in das kalte, feuchte Gras drückte. Sie war sein Ticket in die Freiheit, die einzige Chance, die ihm noch blieb. Jake gab Befehl, das Feuer einzustellen. Baranoffs Hand tauchte in die Anzugtasche, und Allie erinnerte sich einen Moment zu spät an die Waffe, die er bei sich trug. Blitzschnell drehte sie sich herum, versuchte, seine Hand zu packen. Dann drückte er ab.

Jake war genau in dem Moment, als die Waffe losging, bei Baranoff. Er packte den Russen bei den Schultern, zog ihn von Allie herunter und zerriss ihm dabei den teuren Anzug aus Seide und Wolle. Endlich erwischte er die Hand, die die kleine Waffe umfasst hielt, und riss sie, Baranoffs Schmerzensschrei ignorierend, brutal nach oben. Baranoff drückte noch zweimal ab, traf aber nur eine Mauer und mit lautem Knall eins der Rotorblätter.

Dann waren auch schon ein halbes Dutzend Agenten bei ihm, drückten ihn zu Boden und entrissen ihm die Waffe.

Jake kniete im Gras neben Allie. Ein paar FBI-Agenten zerrten Baranoff hoch, und Duchefski fesselte ihm die Hände mit Handschellen auf den Rücken, aber Jake nahm all das kaum wahr.

Seine ganze Aufmerksamkeit galt der blutigen Wunde auf Allies Brust. Ihre Augen waren geschlossen, ihr Atem ging flach, und der blutrote Fleck breitete sich über das T-Shirt aus.

»Wir brauchen hier einen Krankenwagen!«, brüllte Jake, obwohl er wusste, dass bereits einer unterwegs war. Dann holte er tief Luft, zerriss das T-Shirt, legte ihren hübschen weißen Spitzen-BH frei, der jetzt blutgetränkt war – und das Einschussloch über ihrem Herzen.

Eine Schusswunde an einer solchen Stelle konnte immer tödlich sein. Diese hier sah schlimm aus, aber sicher war er sich nicht.

Einer der ATF-Typen kam auf ihn zugelaufen, ein Agent namens Simpson mit einem Erste-Hilfe-Kasten mit großem rotem Kreuz. Er kniete sich neben Allie hin, klappte den Kasten auf, nahm ein dickes Stück Gaze heraus und presste es auf die Wunde.

»Die Ambulanz ist jede Minute hier«, sagte er.

Jake nickte nur und betete, dass sie schnell genug da war. Falls nicht, dann würde er sich diesen gottverdammten Helikopter schnappen und sie selbst ins Krankenhaus fliegen.

Er beugte sich über sie und fühlte ihr seitlich am Hals den Puls, nur um sicherzugehen. »Allie, meine Süße, kannst du mich hören?« Ihm saß ein Kloß im Hals, und das Sprechen tat ihm weh. Er ertrug es nicht, sie hier liegen zu sehen, ertrug den Gedanken nicht, dass sie Schmerzen litt.

Ihre Lider flatterten, öffneten sich aber nicht.

»Ich bin es – Jake. Der Krankenwagen ist unterwegs. Er wird jede Minute hier sein. Bleib einfach bei mir, bis er da ist.« Er nahm ihre Hand, bemerkte, wie kraftlos und kalt sie sich anfühlte, und küsste ihren Handrücken.

»Du wirst wieder gesund, das verspreche ich dir. Sobald wir im Krankenhaus sind, geht es dir besser.«

Er war kein Mann, der betete, aber jetzt sprach er ein Gebet. Er betete, dass Allie leben würde, was auch ein Gebet für sich selbst war. Er liebte sie. Er wusste nicht, wann es geschehen war, wusste nur, dass es geschehen war.

Als er sie im Hinterzimmer des Museums mit Felix Baranoff hatte sprechen hören und begriffen hatte, in welcher Gefahr sie sich befand, hatte er genau gewusst, wie viel sie ihm bedeutete.

»Hör mir zu, Süße. Ich bin bei dir. Ich kann schon die Sirenen hören. Die Ärzte sind jeden Moment hier. Sie bringen dich ins Krankenhaus, und ich bleibe die ganze Zeit über bei dir.«

Jakes Brust schmerzte so sehr, dass er kaum noch Luft bekam, als er sie anschaute. Das hier war seine Schuld. Er hätte nicht zulassen dürfen, dass man sie da hineinzog, hätte es rundweg verbieten müssen. Jake schüttelte den Kopf. Wann hatte ein Verbot Allie je von etwas abgehalten?

Mit zitternder Hand streichelte er ihre Wange. Er hatte seinen Sohn verloren, er konnte nicht auch noch Allie verlieren. »Hol doch jemand eine Decke her!«, rief er. Er hatte Angst, dass sie in einen Schockzustand geriet, aber die blinkenden Lichter der Ambulanz waren ein paar Blocks entfernt bereits zu sehen. Der Notarzt würde gleich hier sein.

Er wünschte sich, er hätte die Uhr zurückdrehen können. Er liebte sie, liebte sie wie verrückt. Es war diese Liebe, die ewig währt, die Art von Liebe, von der er geglaubt hatte, er werde sie niemals empfinden.

Langsam gingen ihre Augen auf. »Jake?«

»Ich bin bei dir, Baby.« Er drückte sich ihre eisigen Finger an den Mund.

»Haben … haben wir ihn gekriegt?«

»Wir haben ihn, Süße. Und du warst fantastisch.« Aber was, wenn Allie starb und Baranoff lebte? Er schluckte und schaffte es nicht, den Gedanken zu Ende zu denken.

»Es tut … es tut furchtbar weh, Jake. Wenn mir … etwas passiert …«

»Dir wird nichts passieren. Du wirst wieder gesund.« Er drückte ihre Hand und redete sich ein, dass es nicht so schlimm war, wie es aussah, aber er hatte verzweifelte Angst, dass dem nicht so war.

»Aber falls doch … dann versprich mir, dass du meinen Eltern sagst, wie sehr ich sie liebe.«

Er schluckte und nickte.

»Würdest du dich … um Whiskers kümmern?«

Er versuchte ein Lächeln, scheiterte jedoch kläglich. »Ich werde dafür sorgen, dass sich jemand um ihn kümmert und er ein gutes Zuhause bekommt.«

»Und was ist mit dir, Jake? Wenn mir etwas zustößt, versprichst du dann ... dass du gut auf dich selber aufpassen wirst?«

Ihre Worte ließen ihm die Augen brennen. »Dafür brauche ich dich, Süße. Ich brauche dich so sehr.«

»Versprich mir, dass du mich nicht vergisst.«

O Gott. »Du wirst nicht sterben, verdammt.« Ihr Gesicht begann zu verschwimmen, und er begriff erst jetzt, dass seine Augen voller Tränen standen. »Wir haben noch ein ganzes Leben vor uns. Ich liebe dich, Allie. Ich glaube, ich weiß es schon seit Wochen, aber erst heute Nacht ...« Er schüttelte den Kopf, und die Worte verloren sich. Sie hatte die Augen geschlossen, und er glaubte nicht, dass sie ihn überhaupt hatte hören können.

Warum hatte er es ihr nicht früher gesagt? Jetzt würde sie vielleicht sterben und nie mehr erfahren, wie sehr er sie liebte.

Lieber Gott, bitte, lass mich sie nicht verlieren.

»Los, los – alles aus dem Weg!

Jake sah aus dem Augenwinkel eine Trage auftauchen, und Erleichterung mischte sich unter die nächste Angstattacke.

Dann schoben die Ärzte ihn zur Seite, entfernten den behelfsmäßigen Verband, den Agent Simpson ihr auf das Einschussloch gepresst hatte, und machten sich an die Arbeit, die sie schließlich in die Lage versetzen würde, Allie ins Mercy Hospital abzutransportieren, das nur wenige Meilen entfernt war. Es dauerte nur ein paar Minuten, dann rollten sie Allie bereits zum Krankenwagen und hoben sie an Bord.

Jake stieg zu ihr in den Wagen. Er betete, dass sie das Krankenhaus erreichten, bevor es zu spät war.

28

Es war Sonntagmorgen, zwei Tage später, als Allie in einem Privatzimmer des Mercy Hospital die Augen aufschlug. Sie erinnerte sich vage, nach der Operation auf der Intensivstation gelegen zu haben, aber offensichtlich hatte man sie mittlerweile anderswohin gebracht.

Sie befand sich in einem völlig weißen Raum mit grauem Linoleumboden. Über ihrem Bett hing ein Fernseher an der Decke. Neben dem Bett standen auf einem Rollwagen ein Krug mit Wasser und ein Plastikbecher mit einem Strohhalm im Deckel.

Ihre Schulter pochte. Über die Kanüle an ihrem Handgelenk tropfte aus einem transparenten, hoch hängenden Plastikbeutel eine Flüssigkeit in ihre Vene. Während sie die verpflasterte Nadel betrachtete, bemerkte sie aus dem Augenwinkel eine Bewegung neben dem Bett. Sie drehte sich zur Seite und sah Jake zusammengesackt in einem Stuhl sitzen, der für seine Größe viel zu klein war.

Er schlief. Sie konnte ihm die Erschöpfung ansehen. Welliges schwarzes Haar fiel ihm in die Stirn, der Bartwuchs mehrerer Tage machte ihm das Kinn rau, dunkle Schatten lagen unter seinen Augen, und sein Hemd war so zerknittert, dass er es tagelang angehabt haben musste.

Jake schien zu spüren, dass sie ihn ansah, denn seine Augenlider klappten auf, und er war auf der Stelle wach, wie schon damals im Dschungel. »Allie …«

Sie versuchte zu lächeln, aber ihre Lippen bewegten sich kaum. »Jake …«, sagte sie, erstickter als beabsichtigt, und immer noch benommen, von welchem Schmerzmittel auch immer.

Er setzte sich gerader auf und fuhr sich mit der Hand durch die Haare. »Wie geht es dir? Dumme Frage. Du hast vermutlich höllische Schmerzen.«

Ihre Mundwinkel zuckten schon ein wenig beweglicher. »Ich lebe. Könnte viel schlimmer sein.«

»Yeah.« Das Lächeln, mit dem er sie bedachte, wirkte zwanghaft. Da waren Schatten in seinem Blick, und sie fragte sich, weshalb.

Sie feuchtete die trockenen Lippen an. Jake nahm den Wasserbecher zur Hand und hielt ihn so, dass sie trinken konnte. Gierig sog sie am Strohhalm, bis sie genug hatte, und Jake stellte den Becher wieder weg. »Ich komme doch wieder auf die Beine, oder?«

Diesmal war sein Lächeln eine Erleichterung für sie. »Du wirst wieder ganz gesund. Der Arzt meint, du hättest großes Glück gehabt. Die Kugel ist glatt durchgegangen. Sie hat zwar nur knapp dein Herz verfehlt, aber eben auch andere lebenswichtige Organe oder Knochen. Die Pistole hatte nur Kaliber .32, hat also nicht so viel Schaden anrichten können, wie eine größere Waffe es getan hätte. Der Arzt sagt, du bist Mitte nächste Woche hier raus.«

Erleichtert lächelte sie und ließ einen Moment lang die Augen zufallen.

»Allie?« Sein besorgter Tonfall ließ sie den müden Blick wieder auf sein Gesicht richten.

»Es geht mir gut. Die Schulter tut ein bisschen weh, und schläfrig bin ich, das ist alles.«

Er beugte sich vor und drückte auf ein Ventil, das sich auf dem Schlauch zu ihrem Handgelenk befand. »Das ist eine Freigabeautomatik. Drück einfach das Ventil, und du kannst dir, wann immer du es brauchst, selber eine Dosis Schmerzmittel verabreichen.«

Sie zog eine Augenbraue hoch. »Eine automatische Reise ins Tralala-Land?«

»So ungefähr. Deine Mom und dein Dad sind hier. Sie haben die meiste Zeit hier im Krankenhaus verbracht und sind nur gerade runter in die Cafeteria, um eine Tasse Kaffee zu trinken.«

Allie nickte langsam, während Jake ans Fenster ging. Sie konnte ihm ansehen, dass irgendetwas ihm Sorgen machte, und hatte Angst ihn zu fragen. Aber es nicht zu wissen, das war noch schlimmer. »Was ist los, Jake?«

Er drehte sich um und sah sie an, die schönen blauen Augen in Aufruhr. »Ich hätte dich das nicht tun lassen dürfen. Ich hätte einen Weg finden müssen, dich aufzuhalten.«

Sie kicherte. Nicht einmal der Schmerz in der Schulter konnte sie davon abhalten. Vielleicht waren es auch die Medikamente.

»Was ist denn so lustig?«

»Du. Du denkst, es wäre dein Fehler gewesen. Ach, vergiss es … Es war meine Entscheidung, das zu tun. Ich wollte dir all den Ruhm nicht allein überlassen.«

Ihre Augen schlossen sich wieder. Als sie sie wieder aufschlug, sah Jake sie mit dem gleichen Blick an wie in der Nacht, in der sie angeschossen worden war. So voller Liebe und Zärtlichkeit, dass ihr Herz sich fast überschlug. Beim ersten Mal hatte sie noch gedacht, sie müsse wohl träumen.

»Ich liebe dich, Allie«, sagte er, während sie in den Schlaf hinüberglitt. Sie spürte seine Lippen über die ihren streifen, und in ihrem Unterbewusstsein flackerte eine Erinnerung auf. Er hatte diese Worte schon einmal gesagt. Sie fragte sich jetzt wie damals, ob er meinte, was er sagte, und betete inbrünstig, dass er es tat. Dann sank sie in den Schlaf.

Jake war fort, und draußen vor dem Fenster ging bereits die Sonne unter, als Allie wieder erwachte. Diesmal war ein Arzt im Zimmer. »Er stellte sich als Dr. Charles Franklin vor und war der Chirurg, der sich um ihre Verletzung gekümmert hatte. Kurz erläuterte er, was ihr passiert war und was er unternommen hatte, sie wieder zusammenzuflicken.

»Sie hatten sehr viel Glück, junge Frau«, sagte er. »Und dass Sie physisch und mental so fit sind, hat Ihnen sehr geholfen.«

»Wann kann ich gehen?«

»Wenn Sie sich weiterhin mit einer solchen Geschwindigkeit erholen, würde ich sagen, Mitte nächster Woche.«

Sie lächelte. »Ich glaube, so lange halte ich es hier noch aus.« Aber eigentlich mochte sie Krankenhäuser nicht und wollte so bald wie möglich entlassen werden.

Als Dr. Franklin das Zimmer verließ, kamen ihre Eltern herein. Ihre Mutter lächelte sie unter Tränen an und tupfte sich die Augen. Dann kamen Mom und Dad an ihr Bett und umarmten sie. Sie stellten ihr die übliche Runde an Fragen: Wie fühlst du dich? Können wir etwas für dich tun? Brauchst du irgendetwas Bestimmtes?

»Wir kümmern uns um Whiskers, bis du wieder ganz gesund bist«, sagte ihre Mutter. »Jake war das sehr wichtig. Und Mrs. Chambers hat angerufen und sich dafür bedankt, dass du ihrer Tochter Gerechtigkeit hast widerfahren lassen. Du bist eine richtige Heldin, Liebes.«

Allie fühlte sich wacher diesmal und besser in der Lage, die Dinge auf die Reihe zu bekommen. »Ist Baranoff im Gefängnis?«

Ihr Vater nickte. »Der Mann, der bei ihm war, Viktor Ivanov, ist bei der Schießerei ums Leben gekommen. Er war ein Ex-KGB-Agent. Er und seine Frau haben illegal hier gelebt. Die Frau wird schnellstens ausgewiesen, und Baranoff sieht einer Anklageschrift entgegen, die eine halbe Meile lang ist. Jake sagt, er wird die Sonne für mindestens zwanzig Jahre nicht mehr sehen.«

Offensichtlich waren ihre Eltern auf Jake getroffen. Ihr Vater mochte ihn, da war sie sicher, und Mom würde versuchen, ihn zu bemuttern, was Jake vielleicht ganz gut tat, weil er seine eigene Mutter schon so früh verloren hatte.

Immer vorausgesetzt, er würde lange genug bleiben, um in diesen Genuss zu kommen.

»Wir möchten dich nicht anstrengen«, sagte ihr Vater, als er sah, wie sich die Erschöpfung in ihr Gesicht schlich.

»Wir kommen morgen früh wieder, Liebes.«

Allie nickte und kämpfte darum, die Augen offen zu halten.

»Jake hat gesagt, er kommt heute Abend wieder her«, setzte ihr Vater hinzu. »Er ist rund um die Uhr hier gewesen.«

»Was für ein netter Mann.« Ihre Mutter beugte sich vor und küsste Allie auf die Stirn. »Ich glaube, er liebt dich sehr.«

Allie dachte an Jakes Worte und betete, dass sie wahr waren.

Barb Wallace öffnete die Tür zu Zimmer Nr. 424 im Mercy Hospital. Dan Reynolds neben ihr hielt ihre Hand. Barb hatte Krankenhäuser immer gehasst. So weit es sie betraf, waren Krankenhäuser das Schlimmste am Kinderkriegen. Ihr wurde schwindlig, sie bekam ein flaues Gefühl im Magen, und ihre Knie fingen an zu zittern, wenn sie nur einen Krankenhausflur betrat. In dem Augenblick, als sie beide durch den Haupteingang die Lobby betreten hatten, war bereits alle Farbe aus ihrem Gesicht gewichen. Aber Dan hatte darauf bestanden, dass sie mitkam, um Allie zu besuchen, und solange er ihre Hand hielt, war es auch gar nicht so schlimm.

Es war still im Zimmer. Barb blieb am Fußende des Betts stehen und betrachtete die Phalanx der Blumensträuße auf allen erdenklichen Stellflächen: Nelken, Rosen, Tulpen, Narzissen. Vor allem aber rote Rosen. Allie hatte jede Menge Freunde und war nach der Schießerei zu einer lokalen Berühmtheit geworden, aber Barb war sicher, dass die roten Rosen von diesem ATF-Typen stammten, der offensichtlich total in Allie verliebt war.

Barb wusste es seit dem Augenblick, als sie ihn im Fernsehen gesehen hatte, wo er erläuterte, welch wahre Heldin Allie doch war, wie gelassen und kühl sie in dieser gefährlichen Situation reagiert hatte und wie viel Mut sie beim Showdown mit Baranoff und dessen Killer bewiesen hatte.

»Sieht so aus, als ob sie schläft«, sagte Barb und begutachtete den Schlauch, der in Allies Arm führte, und den Verband um ihre Schulter, der unter dem Ärmel des Krankenhausnachthemds hervorsah. Ihr Haar bedurfte einer Wäsche und ihr Teint war so weiß wie das Laken. Allie sah im Großen und Ganzen grauenhaft aus, aber der Doktor hatte gesagt, ihre Genesung ginge schnell voran, und es würde nicht mehr lange dauern, bis sie nach Hause könnte.

Genau in diesem Moment flogen Allies große blaue Augen auf. »Hallo, ihr zwei.«

Sie spielten das übliche »Wie fühlst du dich«-Spiel, und als sie damit durch waren, war auch etwas Farbe in Allies Gesicht zurückgekehrt.

»Ich habe Dan in den Sechs-Uhr-Nachrichten gesehen«, sagte Allie. »Dein Partner war es also, der Baranoff am Tag der Razzia den Tipp gegeben hat.«

»Stimmt«, sagte Dan. »Archie Hollis. Sie haben ihn ungefähr zehn Minuten nach der Schießerei in der Altstadt in Gewahrsam genommen. Um die Wahrheit zu sagen, ich hab den Kerl nie sonderlich gemocht.«

»Ich bin froh, dass sie ihn erwischt haben.«

»Ja«, sagte Dan. »Es gibt nichts Schlimmeres als einen korrupten Cop. Und weil wir gerade von Gesetzeshütern sprechen: Ich habe deinen ATF-Typen getroffen. Scheint ein echt guter Kerl zu sein. Ich kann euch beiden nur alles Gute wünschen.«

Warum nur, fragte sich Allie, schienen alle zu wissen, was zwischen ihr und Jake vorging, nur sie selber nicht?

»Wir haben auch eine Neuigkeit zu berichten«, sagte Barb. Dan beugte sich zu ihr und nahm ihre Hand. »Dan und ich haben uns inoffiziell verlobt. Wir haben vor, uns Zeit zu lassen und uns erst einmal richtig kennen zu lernen, aber er hat gefragt, und ich habe ja gesagt. Wir wollten, dass du es als Erste erfährst, Allie.«

»Oh, Barb, ich freue mich ja so für dich. Für euch beide. Und ich bin stolz auf dich, dass du es riskieren willst.«

»Ich hätte es nicht getan, wenn du nicht gewesen wärst.«

Dan grinste und legte den Arm um Barbs Taille. »Ich weiß deine Hilfe zu schätzen, Allie. Um die Wahrheit zu sagen, es ging mir gar nicht so gut damit, allein zu sein.«

»Und Dan geht so wunderbar mit den Jungs um«, sagte Barb. »Die beiden glauben fast, er könne über das Wasser wandeln.«

»Ich bringe ihnen das Segeln bei«, erklärte Dan mit einem Seitenblick zu Barb. »Barb ist die geborene Seglerin.«

»Letzte Woche waren wir alle zusammen campen«, warf Barb ein. »Wir hatten wirklich viel Spaß. Ich hab nicht gewusst, dass Familienleben sich so anfühlen kann. Wirklich, ich hätte nie gedacht, dass es so gut ist.«

Dan drückte ihre Hand. »Und es wird immer noch besser werden, Liebling.«

Abrupt ging die Tür auf und eine beleibte, grauhaarige Krankenschwester in gestärkter weißer Uniform steckte den Kopf zur Tür herein. »Tut mir leid, Freunde, aber die Besuchszeit ist vorbei. Zeit, nach Hause zu gehen.«

Barb nahm Allies Hand. »Sind die Rosen da von Dawson?«

Allie nickte.

»Ich hoffe, dass auch für dich alles gut wird, meine Liebe.«

Allie lächelte verunsichert. »Das hoffe ich auch.« Aber in Wahrheit hatte sie nicht die leiseste Ahnung, was Jake im Schilde führte.

Am Tag, als Allie aus dem Krankenhaus entlassen wurde, holte Jake sie ab. Mit Ausnahme einiger Tage zu Anfang der Woche hatte er sie jeden Tag besucht, hatte ihr gesagt, dass er sie wie wahnsinnig liebte, und sie hatte ihm dasselbe gesagt, aber nie hatte er von der Zukunft gesprochen oder dass er Pläne geschmiedet hätte, in denen auch sie vorkam.

Mit der Hilfe einer Krankenschwester hatte Allie sich heute die Haare gewaschen und geföhnt. Sie trug eine Jeans, eine weite, blaue Karobluse, die genug Platz für die Verbände um Brust und Schulter ließ, und hatte in einem Rollstuhl Platz genommen, um sich zum Ausgang fahren zu lassen. Das sei eben Krankenhauspolitik, hatte man ihr gesagt, als sie sich beschwert hatte, weil sie das Mercy Hospital lieber auf eigenen Füßen verlassen hätte.

Jake wartete mit dem nächsten Rosenbouquet draußen auf dem Gang und hatte zum ersten Mal seit der Schießerei nicht diesen gehetzten Ausdruck im Gesicht. »Guten Morgen, du Schöne«, sagte er grinsend. »Du siehst fantastisch aus.«

Allie blickte zu ihm auf und wunderte sich über seine gute Stimmung und das teuflische Blitzen in seinen Augen. »Na, du bist aber heute gut gelaunt.«

Allie selbst war ein wenig mürrisch. Jake mochte sie ja lieben, aber dieses Grinsen konnte genauso gut an einem neuen Auftrag liegen, den man ihm gerade erteilt hatte. Das Abenteuer würde ihn immer reizen. Auch sie konnte daran Gefallen finden, wie sie mittlerweile herausgefunden hatte, aber sie wollte mehr vom Leben als nur einen Beruf. Einen Ehemann zum Beispiel und eine eigene Familie.

Jake pfiff vor sich hin, während er sie im Rollstuhl den Gang hinunterschob. Sie hatte noch nicht einmal gewusst, dass er überhaupt pfeifen konnte. Jakes Schritte waren beschwingt, und Allies Verwunderung wurde immer größer. Irgendetwas stimmte hier nicht. Verdammt, er schuldete ihr zumindest eine Erklärung, nicht nur ein schnelles Ich-liebe-dich und dann wieder ein Adieu.

Jake schob den Rollstuhl durch die große Drehtür an der Frontseite des Krankenhauses auf einen breiten Asphaltstreifen. Das Bouquet in den Armen, versuchte Allie, sich aus dem Rollstuhl zu erheben.

»Bevor du jetzt aufstehst, rate ich dir, bleib lieber noch eine Weile sitzen.«

»Wovon redest du eigentlich?«

»Ich habe eine Überraschung für dich.«

»Ich bin nicht gerade ein Freund von Überraschungen, Jake.«

»Yeah, ich weiß, was du meinst. Aber diese wird dir gefallen – das verspreche ich dir.«

Er drehte den Rollstuhl herum, und Allie traute einen Moment lang den eigenen Augen nicht. Ein kleiner dunkelhäutiger mexikanischer Junge mit einer Rosenknospe hinter dem Ohr stürzte mit ausgebreiteten Armen auf sie zu.

»Señorita Allie! Señorita Allie!«

Das Rosenbouquet rutschte ihr vom Schoß, als sie aus dem Stuhl schoss. »Miguel!« Jake erwischte den Jungen gerade noch, bevor er sich in Allies Arme warf.

»Ganz ruhig, Kumpel. Erinnerst du dich, die Dame ist gerade eben aus dem Krankenhaus entlassen worden. Wie wäre es mit einer ganz sanften Umarmung?«

Allie ging in die Hocke, und der kleine Junge legte ihr ganz vorsichtig die Arme um den Hals. »Ich hab Sie vermisst – *mucho*«, sagte er. Allie umarmte ihn, und die Tränen rollten ihr die Wangen hinab.

»Ich hab dich auch vermisst. Sehr.«

Als Allie ihn endlich losließ, griff er in die Tasche einer nagelneuen Jeans und holte den Führerschein mit ihrem Foto heraus, den Allie ihm in Belize gegeben hatte. Er hatte überall Eselsohren, als hätte Miguel das Foto nicht nur ein paarmal angesehen.

»Ich hab Sie nie vergessen, Señorita Allie. Ich hab zu der heiligen Jungfrau gebetet, dass Sie kommen und mich holen. Und Major Jake, er hat mir ein großes silbernes Flugzeug geschickt. Er hat gesagt, Sie warten auf mich, Señorita Allie, und dass Sie jetzt meine Mutter werden.«

Allie hatte einen riesigen Kloß im Hals. Sie drehte sich zu Jake um und marschierte einfach in seine Arme.

»Danke, Jake. Danke.«

»Willst du mich heiraten, Süße? Wenn du ja sagst, bekommst du die Familie, die du haben wolltest – auf einen Schlag.«

Allie schaute zu ihm auf und wischte sich die Tränen von den Wangen. »Was … was ist mit deinem Job?«

»Am Tag nachdem wir Baranoff erwischt hatten, habe ich gekündigt. Ich war noch nicht sicher, was ich machen wollte, aber ich wusste, was immer es auch ist, du musst dabei sein. Egal was ich tue, ich weiß, dass ich ohne dich nicht mehr glücklich sein kann.«

»Ich liebe dich so«, sagte Allie.

»Ist das ein Ja?«

Sie nickte. »Das ist ein Ja.«

Miguel zupfte an ihrer Jeans. »Werden Sie Major Jake jetzt heiraten, Señorita Allie?«

»Ja, Schätzchen. Wir werden jetzt alle eine Familie.«

»Und wir leben auch alle zusammen?«

Allie blickte zu Jake auf. Er grinste wieder.

»Wenn es dir recht ist«, sagte er. »Ich mag San Diego inzwischen sehr. Ich dachte, wir könnten ein Haus auf Coronado Island kaufen und diese private Ermittlungsfirma gründen, über die ich schon seit Jahren nachdenke.«

»Ich weiß nicht, Jake.« Sie biss sich auf die Unterlippe und hasste sich dafür, der Spielverderber zu sein, wo Jake doch so optimistisch war. »Das ist eine tolle Idee, aber dazu braucht man eine Menge Geld. Ich denke nicht, dass wir uns das leisten können.«

Jake grinste nur noch breiter. »Ich denke, vielleicht doch.«

»Was hast du getan? Das Geld aus Baranoffs Aktentasche gestohlen?«

»Nicht ganz. Erinnerst du dich an die Textilreinigungsfirma, die meinem Vater gehört hat?«

Sie nickte. »Ich erinnere mich, ja.«

»Ich hatte vielleicht nicht erwähnt, das er eine ganze Kette hatte – die Twinkel Trockenreinigungs- und Wäschereibetriebe, mehr als hundert im ganzen Land.«

»Es gibt auch in San Diego welche.«

»Yeah. Das Ganze ist über dreißig Millionen Dollar wert. Und weißt du was, Süße? Mein Vater hat die Firma mir vererbt.«

Allie sank langsam in den Rollstuhl und der kleine Miguel nahm sie bei der Hand.

»Sind Sie krank, Señorita Allie?«

»Nein, Schätzchen. Es geht mir gut.«

Jake hatte zu grinsen aufgehört. Er schaute zum Ozean hinüber, der ein klein wenig in der Ferne zu sehen war. »Ich habe am Morgen der Beerdigung mit meiner Cousine Rachel gesprochen. Ich habe ihr erklärt, dass man auf dich geschossen hat und ich es nicht zur Beerdigung schaffen würde. Sie meinte, ich solle am Montag wenigstens zur Eröffnung des Testaments kommen. Und jetzt weiß ich auch, warum.«

»Du dachtest, du stehst nicht im Testament.«

»Mein Vater hat mich an dem Tag, an dem ich zur Armee gegangen bin, aus seinem Testament gestrichen. Und als wir uns dann über Michael gestritten haben, hat er mir mit recht deutlichen Worten gesagt, dass ich von seinem Geld nie etwas sehen würde. Ich habe ihm gesagt, dass mich sein Geld nicht interessiert. Aber Rachel und ihr Ehemann waren interessiert. Sie haben Dad jahrelang nur ausgenommen. Ich dachte, er würde ihnen die Firma überlassen.«

»Aber dann hat er sie dir vererbt.«

Er nickte. »Sie haben ein Videoband abgespielt, das Vater kurz vor seinem Tod aufgenommen hat. Er sagt darauf, es tue ihm Leid, wie er mich behandelt hat, und dass er wünschte, er hätte mir dabei geholfen, meinen Sohn zu finden. Seinem Wunsch nach soll ich einen Teil des Erlöses aus dem Verkauf der

Firma dazu verwenden.« Jake schaute sie an. »Und das ist genau das, was ich tun werde.«

»Oh, Jake.« Allie sprang auf und nahm sein Gesicht in die Hände, während sie ihn zärtlich küsste. »Wir finden ihn, Jake. Wir geben nicht auf, bevor wir ihn nicht gefunden haben.«

»*Sí,* Señorita Allie. Wir finden Major Jakes Sohn, und dann haben Sie zwei Miguels.«

Allie lächelte und wischte sich abermals die Tränen ab.

Epilog

Ein Jahr später

Dawson Security okkupierte das halbe Erdgeschoss eines zweistöckigen weißen Gebäudes mit Stuckfassade in einer Seitenstraße des Harbour Drive, ganz in der Nähe des Embarcadero. Jake hatte das neu aufgebaute Haus einen Monat nach der Schießerei gekauft, ein Schild über die Tür gehängt – DAWSON SECURITY SERVICES – und auf der Stelle mit etwas begonnen, das sich als höchst erfolgreiche Werbekampagne erweisen sollte.

Obwohl es ihn nie interessiert hatte, eine ganze Kette von Textilreinigungen zu leiten, hatte er im Laufe der Zeit doch einiges von seinem Vater gelernt.

Das Geschäft lief so gut, dass er erst letzte Woche im gleichen Haus eine zweite Firma eröffnet hatte: Dawson and Dawson, eine Privatdetektei.

Er dachte an den Ausdruck in Allies Gesicht, als sie das Schild entdeckte hatte, und grinste. In dem Jahr nach der Schießerei hatte sie, während der Kindergartenstunden, Kurse an der San Diego State belegt und einen Abschluss in Strafverfolgung erworben. Zwischendurch hatte sie ihm tagtäglich zugesetzt, ihr alles über das Fahndungsgeschäft beizubringen.

Jake hatte geächzt deswegen, sich insgeheim aber über jede Lektion gefreut, die er ihr erteilt hatte. Und er musste zugeben, sie hatte Talent.

Das Einzige, das sie noch besser konnte, war, ihren beiden Söhnen eine gute Mutter zu sein.

Mit einem Blick auf die Armbanduhr ging er zum Fenster. Ein paar Minuten später kam Allies brandneuer kastanienbraun-silberner Subaru Outback am Randstein zum Stehen. Wenn sie allein in der Stadt unterwegs war, fuhr sie den kleinen grünen Beetle, aber mit den zwei Jungs brauchten die Dawsons etwas Größeres. Der Subaru war ein wirtschaftlicher Wagen, und die Sicherheitsausstattung gefiel Jake besonders.

Er sah seiner Frau zu, wie sie aus dem Wagen stieg und die Heckklappe des Outback öffnete. *Meine Frau*, er liebte den Klang dieser Worte. Genau genommen liebte er alles an ihr. Von ihrem aufreizenden kleinen Körper bis hin zum glänzenden goldenen Haar und besonders ihr Lächeln. Er konnte nicht genug davon bekommen.

Die Jungs kletterten aus dem Auto auf den Gehsteig. Jake hörte sie lachen, und ihm wurde warm ums Herz. Obwohl er sich mit seinen Cousins hatte arrangieren müssen, hatte ihn der Verkauf der Twinkel Trockenreinigungs- und Wäschereibetriebe zum Multimillionär gemacht. Rücklagen, die ihn in die Lage setzten, die besten Ermittler des Landes zu engagieren, genau genommen eine ganze Armee.

Vor sechs Monaten hatte Phil Goldstein von der Detektei Goldstein and Richards Marla ausfindig gemacht. Sie hatte unter dem Namen »Marla Jennings«, dem Mädchennamen ihrer Mutter, in einer billigen Gegend von Miami gelebt, als Kellnerin gearbeitet, ganze Nächte durchzecht und dringend Geld gebraucht. Jake hatte ihre eine Summe geboten, die sie nicht hatte ablehnen können, und dafür das Sorgerecht für Michael gefordert.

Marla hatte zugestimmt.

Draußen sah Jake, wie die Jungs Allie zur Glastür an der Vorderseite des Bürogebäudes zogen. Es war Samstag. Sie wollten heute Nachmittag in den Zoo gehen. Er hatte noch ein paar Kleinigkeiten zu tun, bevor sie losfahren konnten, aber ansonsten war die Arbeit erledigt.

Allie hielt sich nicht damit auf zu klingeln, da sie halbtags ohnehin im Büro nebenan arbeitete. Sie drehte den Messingknauf der Tür, die vom Empfangsbereich hereinführte, der am Wochenende aber nicht besetzt war. Ein Lächeln brachte ihr Gesicht zum Strahlen.

»Hallo«, sagte sie leise.

»Hallo.« Jedes Mal, wenn sie ihn so ansah, zog sich ihm das Herz zusammen, und das Atmen fiel ihm plötzlich schwer.

Die Jungs kamen auf ihn zugelaufen, und Jake ging in die Knie, um sie beide auf einmal zu umarmen. »Hallo, Jungs.« Er war jetzt Vater zweier Söhne. Beide mit Namen Michael, wobei Miguel bei der spanischen Version geblieben war. Die beiden hatten sich auf der Stelle miteinander verbrüdert. Miguel, der aufgeschlossenere der beiden, hatte sich verzweifelt einen Bruder gewünscht, und Michael, der anfangs etwas schüchtern gewesen war, hatte Miguels unschuldigem Charme einfach nicht widerstehen können.

Beide hatten sie schwarzes Haar, wenn auch Miguels Haut ein wenig dunkler war und das Haar glatt, nicht wellig. Obwohl sie nur wenige Monate auseinander waren, war es jetzt schon offensichtlich, dass Michael der bei weitem Größere werden würde. Vielleicht war dies auch der Grund für seinen Beschützerinstinkt, was seinen Bruder anging.

Vielleicht ließ ihn die Erfahrung, einen Elternteil zu verlieren, aber auch nachfühlen, was es heißen musste, beide zu verlieren.

Aus welchen Gründen auch immer, Jake war stolz auf seine Söhne und dankte Gott jeden Tag dafür, dass er sie hatte.

»Nun mach schon, Dad«, sagte Michael. »Wir wollen fahren. Ich will die Tiger sehen.«

»Ja, Dad. Ich auch«, sagte Miguel.

»Die Jungs haben Recht.« Allie grinste ihn an. »Wir vertrödeln hier nur den schönen Nachmittag.«

Jake lachte, er konnte nicht anders. Jeder Tag mit Allie war das reinste Vergnügen. Man wusste nie genau, was sie jetzt wieder vorhatte, und Jake passte das gut. »Also gut, fahren wir.«

Die Jungs rannten zur Tür hinaus und zum Wagen, der am Bordstein geparkt stand. Allie wollte ihnen nach, doch Jake packte sie bei der Hand, drehte sie zu sich herum und zog sie in seine Arme.

»Habe ich dir in letzter Zeit gesagt, wie sehr ich dich liebe?«, fragte er.

Sie lächelte. »Seit dem großartigen Sex heute Morgen jedenfalls nicht mehr.«

»Da hat das kleinere von meinen beiden Hirnen gesprochen. Jetzt ist es das Größere.«

Allie lachte. »Habe ich dir eigentlich schon gesagt, wie glücklich du mich machst?«

»Seit dem großartigen Sex heute Morgen jedenfalls nicht mehr.«

»Da hat mein befriedigter Körper gesprochen. Jetzt ist es mein Herz.« Ihr Gesichtsausdruck wurde ernst. »Ich liebe dich, Jake. Ich liebe unsere Familie. Manchmal denke ich, dass ich Felix Baranoff eigentlich zu Dank verpflichtet bin, weil er diese Marschflugkörper gestohlen hat.«

»Und dich damit fast umgebracht hat?«

»Das war es mir wert.«

Jake gab ihr den nächsten lustvollen Kuss. »Wir gehen jetzt lieber. Die Jungs verzeihen uns nie, wenn ihnen die Tiger entgehen.«

Allie grinste. »Wenn wir wieder zu Hause sind, habe ich, glaube ich, meinen eigenen Tiger zu zähmen.«

Sofort stieg ihm die Hitze in die Lenden. »Versuche besser nicht, diesen Tiger zu zähmen, Lady, sonst frisst er dich womöglich noch auf.«

Allie lachte und lachte, während sie zum Wagen gingen.